10
18

12, AVENUE D'ITALIE. PARIS XIIIe

Sur l'auteur

Caroline Roe, pseudonyme de Medora Sale, est née à Windsor, au Canada, et a vécu à Washington, Ottawa et Detroit avant de s'installer à Toronto. Elle est titulaire d'un doctorat en études médiévales de l'université de Toronto. Professeur, traductrice, écrivain, elle fait ses débuts en littérature en 1986. La même année, elle reçoit l'Arthur Ellis Award du Meilleur premier roman policier pour *Murder on the Run*, premier volet de la série John Sanders et Harriet Jeffries, qu'elle signe de son vrai nom. Découvrant par hasard l'existence de l'évêque Berenguer de Gérone et celle de son médecin juif Isaac dans l'Espagne médiévale, elle s'en inspire pour débuter en 1998 la série des *Chroniques d'Isaac de Gérone. Le Glaive de l'archange* fut pressenti à la fois pour l'Anthony Award aux États-Unis et pour l'Arthur Ellis Award au Canada. En 1999, Caroline Roe obtient le Barry Award du Meilleur livre policier pour *Antidote à l'avarice*.

CAROLINE ROE

LE GUÉRISSEUR ET LA MORT

Traduit de l'anglais
par Jacques Guiod

INÉDIT

10
18

« Grands Détectives »

dirigé par Jean-Claude Zylberstein

Du même auteur
aux Éditions 10/18

Titre original :
A Poultice for a Healer

ISBN 2-264-04003-3

Ce livre est affectueusement dédié à Alain Duffieux
et Thing Ling, dont les réflexions sur la vie,
les voyages et tout ce qui croît me furent
infiniment précieuses.

PERSONNAGES

À Gérone :

Isaac, médecin de Gérone
Judith, épouse d'Isaac
Raquel, leur fille
Rebecca, leur fille aînée, qui s'est « mésalliée »
Nathan et Miriam, jumeaux, fils et fille de Judith et Isaac
Yusuf, jeune musulman, pupille du roi, apprenti d'Isaac
Ibrahim, Jacinta, Leah, Naomi, leurs serviteurs
Daniel, soupirant de Raquel
Éphraïm, gantier, oncle et tuteur de Daniel
Dolsa, son épouse
Mordecai ben Aaron, homme d'affaires
Aaron, son serviteur

Berenguer de Cruilles, évêque de Gérone
Bernat sa Frigola, son secrétaire, père franciscain
Domingo, sergent de la garde épiscopale
Jordi, serviteur de Berenguer depuis l'enfance
Gabriel, garde plein de charme
Blanca, cavériste, son amie
Jaume Xavier, notaire
Pau, son clerc

Lucà, herboriste
Magdalena, veuve âgée, sa patiente
Narcís Bellfont, son patient
Anna, servante de Narcís Bellfont
Romeu, menuisier
Regina, sa fille
Tomás, neuf ans, enfant des rues

Sur la route :

Antoni, marchand à Sant Feliu de Guíxols
Joan Cristià, herboriste

À Majorque :

Maimó, riche homme d'affaires
Perla, veuve d'Ezra ben Rubèn, oncle de Mordecai
Faneta, sa fille
Rubèn, fils de Faneta
Sara, blanchisseuse de Perla
Josep, fils de Sara
Miquel, dix ans, messager sans emploi

NOTE HISTORIQUE

De l'automne 1354 à l'été 1355, Pere (Pedro) le Cérémonieux, roi de l'Empire d'Aragon, et Eleanora de Sicile, sa royale épouse, séjournèrent en Sardaigne, une île capitale du point de vue de la stratégie, afin de régler les problèmes posés par l'état insurrectionnel qui y régnait*. Le paysage politique y était semblable à un kaléidoscope riche en alliances changeantes et en loyautés incertaines, l'ennemi d'hier pouvant brusquement se muer en un ami sincère.

Dans la péninsule Ibérique, les provinces de Catalogne et de Valence devaient assumer les lourdes dépenses occasionnées par la guerre, avec tout le ressentiment et les difficultés que cela peut engendrer.

Les provinces avaient leurs propres dépenses. Les côtes de Catalogne étaient sans cesse harcelées par des pirates venus des divers États de la Méditerranée ; avides de trouver esclaves et marchandises aisément négociables, les pillards s'en prenaient aux petits ports, dépourvus des ouvrages de défense qui caractérisaient les villes de plus grande importance, telle Barcelone. Une fois tombés aux mains de l'assaillant, nombre de ces ports eussent été autant de portes

* Voir *Potion pour une veuve,* n° 3481, note historique.

d'entrée dans les riches et aisément franchissables campagnes de l'Empordà, l'une des terres d'Europe où l'on s'était le plus ardemment battu au cours des siècles. Entre ses collines vertes et autour de ruines antiques gisent les restes des descendants des Celtes, des Grecs et des Romains, de plusieurs groupes de Sarrasins et d'une variété d'Européens ultérieurs qui, tous, sont passés là, y ont combattu, y ont vécu et y sont morts.

Pour se protéger, les collines de l'Empordà se hérissaient d'un réseau de citadelles. Et la route la plus commode pour y accéder était bloquée par la ville de Gérone, avec ses hautes et solides murailles.

Sant Feliu de Guíxols était depuis longtemps une proie facile pour les pillards et les envahisseurs, au même titre que d'autres ports maritimes tel Palamós. Gérone développait ses fortifications. L'éventualité d'une guerre avec la Castille se profilait à l'horizon, et chacun avait à l'esprit une stratégie de défense. La fortification de Sant Feliu et de Palamós et l'extension de ces ouvrages défensifs jusqu'à la ville de Gérone étaient très controversées, car il s'agissait d'ouvrages lourds en termes de temps, d'effort et d'argent.

Première partie

L'ORAGE

I

Quan plau a Déu que la fusta peresca
En segur port romp àncores i ormeig

Quand il plaît à Dieu que les vaisseaux périssent
En un port abrité Il rompt les ancres et les gréements

21 octobre 1354

Les cloches sonnèrent entre sixte et none, juste à la fin d'une rude matinée de labeur pour les habitants — la plupart d'entre eux, tout au moins — du port maritime de Sant Feliu de Guíxols. Celles du clocher de l'abbaye bénédictine furent les premières à donner l'alarme. Puis ce fut le tour des cloches de toutes les églises du voisinage jusqu'à ce que leur vacarme réduisît au silence les cris des personnes terrifiées et les jurons des autres, mises hors d'elles.

Près du port, une mère à l'air las arracha son bébé à son berceau pour gagner un endroit mieux protégé que le taudis qui lui tenait lieu de logis. Elle se tourna vers deux autres enfants, des garçons âgés de sept et neuf ans.

— Prenez une couverture, leur dit-elle. Sortez d'ici et allez vous cacher.

L'aîné se saisit d'un mince couvre-lit, attrapa son petit frère par la main et courut sans la moindre hésitation vers une niche creusée dans les rochers marquant la fin de la grève. Ils s'y faufilèrent et se blottirent l'un contre l'autre, la tête posée sur leurs bras croisés. Puis ils regardèrent en silence le spectacle qui se déroulait sous leurs yeux.

Le vent se leva, ajoutant le bruit et la confusion qui lui étaient propres au son discordant des cloches ; alors, clocher après clocher, celles-ci se turent quand les sonneurs allèrent à leur tour chercher un refuge.

— J'ai pas assez de place, murmura le cadet.

— C'est parce que tu grandis, lui répondit l'aîné d'une voix douce teintée d'inquiétude. Moi aussi. Il va falloir trouver une autre cachette.

— Où ça ?

— J'en sais rien. On verra quand ils seront partis. Tiens, regarde par là : si on bouge maintenant, ils vont nous voir.

Dans la baie attendaient cinq vaisseaux, des galées au mât à voile carrée que la distance faisait paraître aussi petites qu'inoffensives. Dix embarcations dotées chacune de quatre à six paires d'avirons filaient sur la mer agitée. Quand elles furent à proximité de la grève, les rameurs sautèrent dans l'eau et les halèrent vers la terre ferme. Sans s'arrêter un seul instant, ils tirèrent leurs armes et se mirent à hurler à pleins poumons, pris de fureur destructrice, n'ayant cure ni des biens ni des vies humaines. Alors, deux hommes armés de ce qui ressemblait à des massues se détachèrent de la horde et disparurent de la vue des enfants. Ils entendirent qu'on coupait du bois et le cadet demanda :

— Pourquoi ils font ça ?

Un instant plus tard, ils réapparaissaient, brandissant leurs massues à présent transformées en torches embrasées.

— Du feu, lui expliqua son frère, c'est ça qu'ils cherchaient. Ils vont incendier les maisons.

De leur cachette, située un peu plus loin sur le littoral, ils ne pouvaient voir qu'on brisait leur porte et qu'on allumait des torches dans leur âtre, mais ils perçurent les cris, virent la fumée et sentirent l'odeur de brûlé. Le cadet fondit en larmes.

— Arrête, chuchota son frère, tu vas nous faire remarquer.

Non sans effort, il cessa de pleurer.

— Qu'est-ce que c'est ? demanda-t-il en désignant les vaisseaux qui mouillaient en eau profonde.

— Ne sois pas idiot, c'est leurs bateaux, répliqua son frère avec impatience.

— Non, le petit, là-bas.

L'enfant tendit la main droit devant lui.

Là, ballotté sur une mer de plus en plus agitée, flottait un minuscule canot, à peine assez grand pour les deux hommes qui l'occupaient. L'un d'eux ramait et l'autre était assis à l'arrière.

— Il y a quelqu'un d'autre, dit l'aîné.

— Non, fit son frère qui avait le regard plus perçant. Celui qui est derrière tient un paquet dans ses bras. Plutôt volumineux.

Le vent reprit soudain de la vigueur et poussa le canot vers le port de Sant Feliu de Guíxols. Les enfants virent alors le rameur tenter de tenir le cap — en tirant fort sur l'aviron de gauche afin de lutter contre le vent — et de filer droit sur eux. Une grosse vague souleva le canot et le fit retomber non sans y avoir laissé une grande quantité d'eau qui, ajoutée à l'insuffisance de son équipage, le faisait tanguer et s'enfoncer dans les flots. À chaque coup d'aviron, un peu plus d'eau s'y engouffrait.

Une saute de vent frappa le côté de bâbord de la frêle embarcation. Au même moment, une énorme vague s'abattit sur elle et le rameur tira de toutes ses forces sur l'aviron de gauche.

— Il va couler, dit l'aîné.

Le canot disparut. Un instant plus tard, il revenait à la surface pour se retourner, mais il n'y avait pas la moindre trace de ses occupants. Peu après, il heurta un banc de sable et disparut une fois encore, brisé.

— Il y a quelqu'un d'accroché à un bout de bois, fit remarquer le cadet.

— Tu as raison.

Une lame de fond s'abattit sur le banc, soulevant l'homme et le bois pour les rejeter ensuite sur le sable humide, là où se rejoignaient la terre et la mer.

— On va voir ce qui s'est passé, proposa le petit.

— Tu es fou. Regarde plutôt par là. Ils reviennent chercher leurs bateaux et ils ne rapportent pas grand-chose. Ils vont être ici dans un instant. Tu veux te retrouver à Gênes ou à Venise, peut-être même en Égypte et être vendu ? On se reverrait plus jamais. Attends et ne bouge surtout pas.

Ils attendirent que le dernier homme eût sauté dans la dernière embarcation puis fait la moitié du chemin jusqu'aux galées.

— C'est bon, dit l'aîné. Dès que ce canot sera assez loin pour qu'ils ne nous voient plus...

— C'est quand ?

— Quand *toi* tu ne les verras plus. Quand il n'y aura plus qu'une tache noire sur la mer...

Le cadet suivit du regard l'évolution de l'ultime canot.

— Ça y est, je ne vois plus personne.

Avec prudence, les deux enfants s'avancèrent vers le banc de sable où les restes du canot gisaient à côté d'un homme trempé.

— Señor, dit l'aîné, vous m'entendez ? Vous êtes vivant ?

L'homme était couché sur le ventre, un bras sur le morceau de bois qui, semblait-il, lui avait permis d'arriver jusque-là. Un petit paquet était attaché à son épaule. Il ne parlait ni ne bougeait.

L'aîné le poussa délicatement de son pied nu. Sans plus de réaction que la question qu'il venait de lui poser.

— Qu'est-ce qu'il a ? demanda le petit.

— Il est mort. Enfin, je crois. On ferait mieux de s'en aller de là et de prévenir quelqu'un.

Quelques heures plus tôt, ce même matin, trois hommes chevauchaient à pas modéré sur leurs mules et s'adonnaient de temps à autre à une conversation décousue.

— Avez-vous pris cette route pour vous rendre à Gérone ? s'enquit un jeune homme à l'air grave.

On lui avait demandé de se montrer aimable envers son compagnon, mais, par sa réserve, l'étranger avait épuisé depuis longtemps son lot de préambules. Le silence était étouffant.

L'autre observa les environs.

— Ces lieux ne me sont pas familiers, dit-il sèchement.

C'était à peine plus qu'un jouvenceau imberbe et il semblait incarner tout ce que son âge peut avoir de maussade et de capricieux. Pourvu d'une masse de cheveux roux et bouclés impossibles à discipliner, il irritait son compagnon en écartant constamment des mèches de son visage avec la timidité d'une jeune fille.

— Mais c'était un jour de pluie, poursuivait-il. Tout a l'air différent quand il fait soleil.

— Comment êtes-vous venu de Séville ? demanda le jeune homme sérieux dont le nom était Daniel.

Le garçon le regarda comme s'il était un juge l'interrogeant à propos de quelque faute impardonnable.

— Par voie de terre ? ajouta Daniel. De mer ?

— De mer. C'est un voyage épuisant par la terre, dit-on, et ce n'est pas très sûr.

— Combien de temps cela vous a-t-il pris ? Par la mer, naturellement.

— Pour me rendre à Barcelone ? Ça a pris... qu'est-ce que c'est ? fit-il brusquement en tendant le cou.

— Un char à bœufs. Vous n'en aviez jamais vu ?

Mais Rubèn devait songer qu'une telle question ne méritait pas de réponse et il retomba dans son mutisme.

— Pourquoi vous rendez-vous dans ce port ? demanda-t-il après un long silence, comprenant certainement qu'il s'était montré peu courtois.

— Je vais chez mon oncle Éphraïm. Le gantier. Son agent à Sant Feliu de Guíxols a reçu des marchandises qu'il désire me voir examiner. Ce n'est pas très intéressant à moins que l'on ne soit gantier, ce que je suis.

Rubèn observait toujours le paysage.

— Qu'est-ce qui vous a conduit à Gérone ? s'enquit Daniel, qui se jurait bien que ce serait là sa dernière tentative de faire la conversation. C'est assez loin, non ?

— Oui, dit Rubèn avant un silence qui ne présageait rien de bon. Ma mère est une cousine de Mordecai. Son père et celui de Mordecai étaient frères. Ma mère est partie à Séville pour s'y marier mais, à la mort de mon père, nous avons quitté cette ville pour vivre avec ma grand-mère, à Majorque. Ma mère m'a pressé de rendre visite à ma famille de Gérone. Elle espérait certainement que j'y apprendrais un métier.

— Vous n'en avez donc pas ?

— De métier ? fit Rubèn, l'air pensif. Pas vraiment. On m'a éduqué pour que je devienne un érudit, mais mon père avait décidé que je devais prendre sa suite.

— C'est-à-dire ?

— C'était un marchand, comme celui que nous allons voir. Une grande partie du commerce passe par Séville, savez-vous.

— Je connais peu cette ville, avoua Daniel.

— C'est un endroit agréable et il y a plein de choses à y faire.

Rubèn s'essuya le front du revers de sa manche et regarda le ciel.

— Il fait très chaud aujourd'hui.

— Vous devez être habitué à la chaleur puisque vous venez de Séville.

— Certes, mais ici l'air est pesant, répliqua le garçon agacé.

Comme s'il commandait aux éléments, un petit vent du Sud se leva alors, assez violent pour agiter les feuilles.

— Pour combien de temps en avons-nous encore ? Je ne veux pas rater le bateau qui me ramènera chez moi.

— C'est Aaron le responsable de ce voyage, dit Daniel en souriant. Quand arriverons-nous, Aaron ?

Le serviteur corpulent qui chevauchait à leurs côtés se tourna vers Daniel.

— La route n'est pas longue, maître Daniel. Même à ce rythme, il ne faut pas plus de cinq heures.

— Dans ce cas, pourquoi ne va-t-on pas plus vite ? demanda Rubèn.

— Nous serons à Sant Feliu à temps pour jouir d'un bon dîner avant que le bateau n'appareille, lui répondit Daniel. Mon oncle Éphraïm a dit qu'il devait prendre la mer dans l'après-midi, me semble-t-il. Nous avançons à bonne allure, n'est-ce pas, Aaron ?

— À très bonne allure, maître Daniel. Mais nous pourrions peut-être presser le pas. Il y a dans l'air une odeur de pluie et je pense qu'il fait mauvais sur la côte.

— Le vent change, dit soudain Rubèn. Je le sens. Si nous ne nous hâtons pas, le capitaine pourrait bien décider de partir plus tôt et sans nous.

— Vous êtes bien trop jeune pour sentir le vent dans vos os, dit Aaron en riant. Mais regardez ces arbres, maître Daniel. Le jeune maître Rubèn a raison : les vents ont changé.

À la même heure, Berenguer de Cruilles, évêque de Gérone, entrait dans la grande salle de l'abbaye bénédictine de Sant Feliu de Guíxols. Il frissonna. Le soleil avait disparu derrière une masse de nuages noirs et la pièce était glacée. Les cloches de tierce résonnaient encore dans sa tête et leur tintement rebondissait en écho contre le plafond voûté; il cligna des yeux, s'assit à l'extrémité d'une longue table dont la surface sombre et vernie luisait tel un marbre glacial et humide, et il ferma les paupières comme s'il pouvait ainsi chasser le froid. Son secrétaire, le père Bernat, et son confesseur, le père Francesc, se tenaient de part et d'autre de sa personne. Francesc Pou, abbé de Sant Feliu, et quatre frères étaient installés à côté d'eux. Tous avaient l'air d'hommes prêts à confronter leurs idées pendant des heures.

— La situation est impossible, Votre Excellence, dit l'abbé, résolu à frapper le premier. Nous ne pouvons rien faire.

— Sa Majesté a exprimé son inquiétude à propos des pillages dont font l'objet les villes côtières, mon père, dit Berenguer avec fermeté.

Il avait la voix grave et la baissait volontairement d'un ton pour donner davantage de poids à ses arguments.

— Sant Feliu de Guíxols et Palamós en particulier, reprit-il. Ces deux villes ont plus d'installations maritimes que de fortifications pour les protéger.

— Nous en sommes conscients, Votre Excellence, répondit l'abbé, mais...

— Elles sont vulnérables aux attaques des ennemis de la Couronne ainsi qu'elles l'étaient au temps de notre noble seigneur, le roi Pedro le Magnifique, quand les Français, faisant preuve d'une grande cruauté, détruisirent la ville et massacrèrent la plupart de ses habitants.

— Il y a peu de chances pour que nous oubliions de tels événements, Votre Excellence. Ils ont beaucoup affecté nos prédécesseurs.

— À cause de cela, dit l'évêque en ignorant l'abbé, sont libres d'agir les Génois, les pirates et tous ceux qui ont dans l'idée de profiter de nos richesses et de notre population. Cela ne peut continuer.

Berenguer frémit et se frotta les mains en un vain effort pour les réchauffer.

Le père Bernat appela un serviteur à qui il adressa quelques mots à l'oreille.

L'abbé secoua la tête, qu'il fût d'accord ou par dépit, on n'aurait su le dire.

— Les villes n'ont pas de ressources suffisantes pour ériger des fortifications dignes de ce nom, Votre Excellence. En fait, à l'heure qu'il est, Sant Feliu ne peut même pas nous régler le loyer qu'elle nous doit. Je n'ai pas besoin de vous rappeler que la responsabilité de la sécurité de cette ville repose autant sur elle-même que sur Gérone et sur l'abbaye. Les exigences de Sa Majesté nous mettent dans le plus profond embarras.

— Pourquoi donc ? demanda l'évêque.

— N'avez-vous pas reçu mes lettres, Votre Excellence ?

— Si, mais il ne serait pas raisonnable d'y mettre des explications que le premier venu pourrait lire. Dites-moi, avec franchise et honnêteté, pourquoi les ressources financières d'une ville apparemment prospère et vivante n'ont jamais suffi et ne suffisent toujours pas à payer son loyer à l'abbaye, laquelle ne peut par conséquent contribuer à la protéger des pillards.

— Les raisons remontent à plusieurs années. Certaines sont honnêtes, d'autres s'expliquent peut-être mieux par la cupidité des hommes, soupira l'abbé.

Il rassembla les documents éparpillés devant lui et se lança dans une longue explication desdites raisons. Berenguer regarda l'abbé et remarqua qu'il fixait un point du plafond voûté de la grande salle : il comprit alors qu'il pourrait parler jusqu'à la tombée de la nuit, si nécessaire.

Un serviteur déposa devant Berenguer une coupe de vin chaud épicé. L'évêque saisit le gobelet d'argent comme pour réchauffer ses mains et but une gorgée afin de s'éclaircir la gorge.

La voix du bénédictin grondait et se calmait par vagues successives, mais Berenguer ne distinguait pratiquement pas un mot de ce qui se disait. Il ne désirait qu'une chose, quitter cette salle froide et sonore pour chevaucher jusqu'à La Bisbal, où une chambre l'attendait dans la résidence. La Bisbal. Ce n'était pas très loin de là. Ses pensées dérivèrent. À La Bisbal, il ne se trouverait qu'à quelques lieues de son château de Cruilles, où il avait passé des instants parmi les plus heureux de son enfance. À Cruilles, il pourrait se pelotonner auprès d'un bon feu, enroulé dans de chaudes fourrures, dans une salle aux murs tendus de tapisseries, derrière une porte bien close.

— Votre Excellence ne voit-elle pas la situation où nous nous trouvons ? demanda l'abbé.

Quand Berenguer se rendit enfin compte que c'était

à lui qu'on s'adressait, il devina aussi que l'abbé avait plusieurs fois répété les mêmes mots. La colère lui fit monter le rouge aux joues. Désemparé, il se tourna vers le père Bernat, qui pâlit et s'empressa de tirer quelques documents du portefeuille en cuir posé devant lui.

— Son Excellence a émis quelques propositions susceptibles de résoudre vos difficultés, monseigneur, murmura le secrétaire à l'abbé. Peut-être devrais-je vous les laisser pour vous donner le temps de les étudier à loisir avant que de reprendre notre discussion. De plus, si Votre Excellence n'y voit pas d'objection, ajouta-t-il avec un regard inquiet à l'adresse de l'évêque, je pourrais évoquer d'autres problèmes et soulever quelques points mineurs sur lesquels l'assistance et les sages conseils de Son Excellence, l'abbé, auraient la plus grande valeur.

Berenguer serrait sa coupe et respirait les épices du vin chaud tandis que les affaires qui l'avaient amené étaient rondement diligentées par le père Bernat.

Avant que l'abbé eût le temps d'évoquer la multitude de problèmes mis à l'ordre du jour, Berenguer se leva et s'appuya au bord de la table.

— Mon très noble seigneur, dit-il à son hôte, je crains que nous ne devions nous excuser. Il nous faut reprendre la route dès que possible. Si vous avez la bonté de me faire parvenir la formidable liste exposée devant vous, chaque détail en sera examiné. Bernat, Francesc, nous partons sur-le-champ. Vite. Envoyez chercher ma cape la plus chaude et mon cheval et préparez-vous. Tout le reste peut être remis à plus tard.

L'abbaye se trouva soudain en état d'effervescence.

— Votre Excellence, murmura Francesc, quel mal vous arrive-t-il ?

— La fièvre me guette et je dois partir quand je le peux encore, dit l'évêque, la voix rauque.

Il se retourna pour se diriger le plus vite possible vers la porte.

— Demandez à mon médecin de me rejoindre au château de Cruilles et laissez-nous prendre congé. Je refuse de finir mes jours à grelotter en ce lieu froid et plein de courants d'air.

Quelques minutes plus tard, l'évêque, son serviteur personnel, les deux prêtres et quatre gardes affrontaient la grisaille et le vent changeant, annonciateur de l'orage.

Ils avaient parcouru un tiers du chemin quand les cloches sonnèrent sexte. Le hardi cavalier qu'était Berenguer était alors penché sur l'encolure de son cheval. Deux gardes l'encadraient, plus soucieux de l'évêque que du paysage alentour. La route commençait à serpenter pour s'enfoncer dans les terres au moment où les premières gouttes de pluie s'abattirent sur la petite procession.

Une heure plus tard, Daniel, Rubèn et Aaron pénétraient dans la ville de Sant Feliu de Guíxols.

— Maître Antoni, le marchand, a sa maison dans cette rue, dit Aaron. Son entrepôt se trouve juste derrière. Je vous y conduirai en premier car j'ai des lettres et des documents d'affaires à lui remettre. Il devrait vous renseigner sur les bateaux à destination de Majorque.

— Où allons-nous dîner? s'enquit Rubèn.

— En compagnie de maître Benjuha. Votre qualité d'hôte vous vaudra le meilleur accueil, maître Daniel.

— Est-il donc si riche pour nous traiter ainsi? demanda Rubèn avec un intérêt supérieur à celui qu'il avait manifesté à chaque étape de leur périple.

— Nullement... répliqua Aaron en adressant un regard désapprobateur au jeune homme.

L'attitude du serviteur de Mordecai envers le parent de son maître amusait énormément Daniel.

— Mais c'est un homme bon et hospitalier.

Aaron mit pied à terre, décrocha les sacoches de la mule et les emporta vers la maison de maître Antoni.

Quand la servante les eut fait entrer dans la salle, maître Antoni se planta devant la porte de son cabinet. Puis il fit un pas et leur adressa un sourire radieux. C'était un gros homme qui respirait la puissance ; ses cheveux avaient été blanchis par le soleil et sa peau était aussi hâlée que celle d'un marin.

— Aaron ! Comme je suis heureux de te voir ! Mais qui sont ces deux gentilshommes que tu amènes avec toi ?

— Je m'appelle Daniel et je suis le neveu d'Éphraïm, gantier à Gérone, dit le jeune homme en s'inclinant. Très pris par ses affaires, mon oncle m'a prié de venir voir les nouvelles marchandises dont vous lui avez signalé l'arrivée.

— Vous êtes le bienvenu, Daniel. Votre oncle m'a parlé de vous en termes très élogieux. Et ce jeune homme ?

— Voici Rubèn, un parent de Mordecai le bottier. Nous avons eu la chance qu'il fût notre compagnon de voyage.

— Je suis porteur de lettres de la part de maître Mordecai, dit le serviteur. Des lettres qui précisent ses demandes et présentent le jeune maître.

— Merci, Aaron. Vous arrivez au bon moment. Vous voudrez certainement déjeuner avec moi. Ma cuisinière a préparé des mets en abondance et je suis certain que vous trouverez sur la table quelque chose qui corresponde à vos goûts.

— Je crois que nous sommes attendus par maître Benjuha, dit Daniel.

— Il pleut à présent, et maître Benjuha se tient près du feu car il a pris froid. J'enverrai un message pour lui faire savoir que vous déjeunez ici.

— Merci.

— Bien. Je propose à présent que vous vous débarrassiez de la poussière de la route et que vous vous rafraîchissiez tandis que je lis ces lettres. Ensuite, nous nous rendrons à l'entrepôt voir les marchandises.

II

Per molt amor ma vida és en dubte

Par moult amour ma vie est en péril

— Et quelle est selon toi la racine de son mal? demanda le médecin Isaac à sa fille.

Ils marchaient dans les rues du Call, le quartier juif de Gérone, et se dirigeaient d'un pas lent vers leur demeure. Il avait posé la main sur l'épaule de Raquel afin qu'elle le guidât, même si, dans un environnement aussi familier, il n'en avait nul besoin.

— La racine? s'étonna-t-elle. Dans pareil cas, ne devrions-nous pas traiter les symptômes avant de nous préoccuper des causes?

— Tu as on ne peut plus raison de m'opposer une objection, dit son père en riant, mais cela ne signifie pas que la racine doive être négligée. En outre, Regina a presque le même âge que toi et tes réflexions à ce propos m'intéressent.

— Je n'ai pas vraiment réfléchi, papa. Elle est tombée amoureuse du jeune Marc alors qu'elle sortait à peine de l'enfance, et voici qu'il l'abandonne. Elle est au désespoir, et la vie ou la mort lui importent peu.

Raquel tira sur le portail de la maison et constata qu'il était fermé à clef.

— Puisque Ibrahim tient tant à verrouiller cette porte quand nous sommes dehors, il devrait au moins se tenir à proximité, lança-t-elle. Ibrahim ! Ouvre cette porte !

— Et quel est le remède ? lui demanda son père une fois que le portier et intendant de la maison, Ibrahim, eut accouru remplir son devoir.

Le soleil d'octobre déversait une timide chaleur dans la cour comme pour repousser l'approche de l'hiver. La table du dîner était dressée dans un coin ensoleillé et la famille y était déjà rassemblée.

— La maîtresse attend pour dîner, maître Isaac, dit Ibrahim d'un ton réprobateur.

— Si tôt, maman ? s'étonna Raquel.

— Nous profitons du soleil tant qu'il est encore là. Maîtresse Dolsa m'a dit qu'il fallait s'attendre à un orage.

— Je crois qu'Ibrahim veut nous faire comprendre que nous l'empêchons de dîner, oui, affirma Isaac. Il peut disposer, mais que suggères-tu ? demanda-t-il à sa fille.

— Nous devons la faire boire et manger afin qu'elle se sente mieux, puis la convaincre qu'à dix-sept ans elle a encore toute la vie devant elle.

Ils prirent place à table.

— Et comment comptes-tu t'y prendre ? Sa famille a échoué. Comment nous, nous qui tenons une place moindre dans sa vie, y arriverions-nous ?

— Je lui ai démontré que l'amour n'est pas tout dans la vie, même s'il revêt une importance certaine.

— Tu sais, ma chérie, dit son père en tournant vers elle ses yeux aveugles comme pour chercher à la voir une fois encore, je doute que tu aies raison. Quand on a les moyens de vivre, fût-ce chichement, tout le reste dépend de ce que l'on aime.

— Ne voulez-vous pas dire « de qui l'on aime », papa ?

— Non. Un homme — ou une femme — peut aimer sa famille, ses amis, sa religion, son pays, l'argent, ou même le vin et la bonne chère. Prive-le du ou des objets de son amour et il sombrera dans le désespoir. Comme bien des plantes, l'amour peut nous nourrir et nous reconstituer, mais il peut aussi nous empoisonner. Dans ce cas, nous devons chercher son antidote et nous en servir comme d'un emplâtre afin d'extirper le poison.

— La haine ? Vous proposez qu'elle en vienne à haïr Marc ? Mais ce n'est pas possible, papa. Non, il faut trouver un remède.

— C'est bien de cela que nous discutons.

— Non, vous parliez d'emplâtres.

Ils étaient déjà quatre autour de la table. Judith, l'épouse d'Isaac, Nathan et Miriam, leurs jumeaux âgés de huit ans, et un jeune musulman d'une douzaine d'années, Yusuf, à qui le roi avait accordé la permission de vivre dans cette famille.

— Qui a besoin d'emplâtre ? demanda Judith. La fille de Romeu ?

— Pas encore, maman, lui répondit Raquel.

— Comment va Regina ? C'est cette triste histoire avec le jeune Marc qui est responsable de tout, hein ? Ses parents n'auraient pas dû la laisser tomber amoureuse aussi jeune.

— Voyons, maman, comment auraient-ils pu l'en empêcher ?

— Ils auraient bien trouvé un moyen. Mais le jeune Marc reviendra certainement quand la guerre sera finie. Il ne peut songer à rester soldat toute sa vie.

— C'est pourtant ce que lui a dit le Castillan. Vous

vous souvenez de lui ? Il était l'officier de Marc en Sardaigne et il est rentré au pays à cause des fièvres.

— J'ai peut-être perdu ma minceur, mais pas encore la tête, trancha Judith. Naturellement, je m'en souviens.

— Le Castillan a recouvré la santé, et il a envoyé un message à Regina pour l'informer que son Marc ne reviendrait pas avec ses compagnons : il a rejoint un régiment d'Almogàvers et est en route pour Athènes ou je ne sais où. Il veut s'enrichir et croit que cela mérite qu'on y joue sa vie. Le Castillan a ajouté que la vie de soldat lui plaisait beaucoup.

— Voilà qui n'est pas très encourageant. Si j'ai bien compris, Marc est pauvre ; même si Regina lui apporte une dot coquette, il ne s'enrichira pas pour autant.

— Elle pleure à s'en rendre malade, maman, et elle refuse de s'alimenter. Elle jure qu'elle veut mourir ou encore s'habiller en soldat et partir le rejoindre !

— Tout ça, c'est du pareil au même. Quelle idée pour une jeune fille respectable et si bien dotée !

— Il semble que son père soit du même avis, dit Isaac. Romeu prétend n'avoir jamais rien entendu d'aussi sot de toute sa vie.

— Ah, Isaac, reprit Judith, je crois que vous accordez trop d'importance à son chagrin. À cet âge, le plus infime souci semble aussi infranchissable qu'une montagne. Attendez une semaine ou deux et elle sera comme avant.

— Oui, affirma Yusuf.

Le garçon apprenait l'art de la médecine auprès d'Isaac, celui des armes et de l'équitation avec la garde épiscopale. Très récemment, l'évêque avait ajouté la philosophie à ses études et, deux fois par semaine, Yusuf se joignait à l'un ou l'autre des prêtres de la cathédrale pour lire des passages d'Augustin, de

Jérôme ou de Grégoire, selon les goûts de son tuteur du jour.

— Car les philosophes déclarent qu'une femme ne s'accroche jamais bien longtemps à une idée, ajouta-t-il.

— Depuis quand es-tu devenu expert en femmes ? lui demanda Raquel d'un ton acerbe. Je pourrais demander la même chose à tes philosophes. Lesquels évoques-tu et quelles raisons avancent-ils ?

— C'est quoi, un philosophe ? demanda la petite Miriam.

— Moi aussi, je suis une femme, s'échauffa Raquel. Et je pense avoir nourri des idées et des principes du plus loin que je m'en souvienne. En outre, Yusuf, j'en sais plus que toi sur les fiançailles. J'ai vu Regina, je lui ai parlé et je sais qu'elle sombre dans le désespoir. Dans les mêmes circonstances, j'aurais la même douleur.

— Il n'empêche que Regina et toi êtes des personnes très différentes, dit Isaac. Aussi différentes que deux femmes peuvent l'être. À présent, si vous voulez bien m'excuser, je vais me rafraîchir avant de dîner.

— Elle oubliera son désespoir et son chagrin, dit Judith, dès qu'une autre occasion se présentera à elle.

— Maman, c'est si cruel ! Elle souffre vraiment.

— Je n'en doute pas. Je veux seulement dire qu'elle s'en remettra.

Elle s'arrêta un instant de parler pour regarder son époux traverser la cour et pousser la porte de son cabinet. Quand il l'eut refermée, Judith se tourna vers sa fille.

— Raquel, ton père ne peut nous entendre. Je dois te demander quelque chose.

— Oui ?

— Repousse tes noces de quelques mois encore. Quand le rabbin reviendra de Barcelone, le temps sera froid et humide. Je t'en prie, pour l'amour de ton père, reste ici et aide-le à traiter les maux de l'hiver.

Frémissante de colère et de surprise, Raquel regarda sa mère droit dans les yeux.

— C'est impossible, maman. J'ai déjà attendu trop longtemps. Et Daniel sera furieux. Que vais-je lui dire ? Quelle excuse voulez-vous que je trouve ?

— Contente-toi de lui dire la vérité. S'il est aussi bon que nous le pensons, il comprendra. Mais pas un mot à ton père.

Isaac traversa la cour sans faire de bruit et reprit place à table, où régnait le silence. Raquel contemplait son assiette vide d'un air révolté. Judith regardait sans les voir les jumeaux, qui s'amusaient d'un jeu de leur invention, sans se préoccuper des adultes.

— Auriez-vous perdu l'appétit comme cette pauvre petite Regina, ma mie ? demanda Isaac. Mais certainement pas pour la même raison.

— Le dîner n'est pas encore servi, répliqua Judith. Mais je pense à quoi ?

Elle courut à la cuisine voir ce qui se passait.

— Raquel, lui dit doucement son père, quand ton mariage aura lieu, serait-il possible que tu restes à la maison jusqu'à la naissance de l'enfant de ta mère ? Elle est plus harassée qu'elle ne veut l'admettre. Je le perçois à sa voix et à sa démarche, qui n'a plus ni légèreté ni assurance.

— Mais, papa, nous avons trouvé Jacinta pour venir en aide à Naomi, et elle fait à la cuisine bien des choses dont maman est aujourd'hui délivrée. Vous ne comprenez donc pas à quel point cet heureux événement l'a changée ?

— Ta mère se fera toujours du souci, c'est dans sa nature.

— Mais aujourd'hui, elle porte un enfant. Il est tout à fait normal qu'elle soit fatiguée et qu'elle se déplace plus lentement.

— Ce n'était pas le cas quand elle attendait les jumeaux, dit Isaac.

Raquel savait reconnaître sa défaite.

— Il vaudrait peut-être mieux que nous nous épousions au printemps, admit-elle en soupirant.

III

Bullirà la mar com la cassola en forn

La mer bouillonnera telle la marmite au four

Le marchand repoussa les restes de poisson farci de riz aux herbes qu'ils avaient eu à déjeuner. Sa servante déposa sur la table un plateau de fruits secs et de noix, puis elle se retira pour permettre aux trois hommes de s'entretenir.

— Maître Éphraïm va-t-il bien ? demanda Antoni. Cela ne lui ressemble pas de laisser passer l'occasion de venir inspecter nos produits. Et de prêter l'oreille aux derniers bavardages.

— Il va très bien, répondit Daniel, mais il prétend être trop occupé pour voyager. Je ne le crois pas. Je pense que c'est ma faute s'il reste chez lui.

— Comment est-ce possible ?

— Oh, c'est une longue histoire !

— L'après-déjeuner est le meilleur moment pour écouter une longue histoire. Car si elle est par trop ennuyeuse, on peut l'associer à une sieste réparatrice.

— Je m'efforcerai de ne pas être aussi pesant, dit Daniel en riant. Le mois dernier, je devais épouser la jeune fille la plus belle et la plus intelligente de Catalogne. Elle s'appelle Raquel et son père est un médecin connu et respecté de tous, maître Isaac.

— Je le connais, en effet. Son père est le praticien aveugle qui a guéri le jeune duc de Gérone, n'est-ce pas ?

— Oui, et sa cécité fait que sa fille, presque aussi talentueuse que lui, l'assiste aujourd'hui. Hélas pour moi, peu avant la date prévue pour notre union, maître Isaac fut appelé dans le Nord pour y secourir un ami, et il semble qu'il devait absolument avoir sa fille à ses côtés. Elle n'est revenue que depuis peu et elle a demandé quelques semaines supplémentaires afin de terminer les préparatifs du mariage.

— Je peux comprendre ses raisons, dit Antoni. Et au lieu de ces noces tant désirées, vous voilà envoyé dans notre charmant port de Sant Feliu de Guíxols pour trouver votre bonheur parmi les merveilles de mon entrepôt.

— En effet, et cela me plaît beaucoup. J'étais particulièrement intéressé par quelques-unes de ces précieuses teintures. Une telle qualité nous est pour ainsi dire inconnue.

— Elle l'est dans toute cette partie du monde, dit Antoni avec satisfaction. Elles proviennent d'un port situé sur la mer Noire.

— Voici quelque temps, nous avons eu une demande accrue pour de nouvelles garnitures de fourrure... Mon oncle regrettera amèrement de ne pas m'avoir accompagné quand il saura quelles peaux vous avez fait venir, mais je suppose que s'il s'était joint à moi, il n'aurait plus eu aucun prétexte pour m'envoyer ici.

— Tel est le prix à payer quand on est trop subtil. Et trop bon. Mais, dites-moi, jeune messire, d'où êtes-vous issu ? dit Antoni en se tournant vers Rubèn.

Rubèn ne put que rougir d'être ainsi apostrophé.

— Issu ?

— Mordecai dit que vous êtes l'enfant de sa cousine Faneta et que vous venez à Gérone pour la première fois. Une brève visite, semble-t-il.

— Une semaine, c'est tout. Je suis né et j'ai grandi à Séville, mais désormais nous vivons à Majorque auprès de ma grand-mère. Et cet après-midi, si tout va bien, je prendrai un bateau qui me ramènera chez moi.

— Je vois. Mais avec qui embarquez-vous ?

— C'est un petit vaisseau dont vous n'avez certainement jamais entendu parler. Ma grand-mère connaît le capitaine, mais maître Mordecai a bien insisté sur le fait que, si ce bateau tardait à arriver, il faudrait s'adresser à vous : il n'est personne sur ce littoral qui en sache davantage en matière de navigation, maître Antoni. Je dépends entièrement de vos bons conseils.

— J'ignore lesquels je pourrais vous donner, mais ce sera avec plaisir, assurément, dit Antoni qui l'observait avec un intérêt accru.

— Si je fais ce voyage, dit Rubèn, c'est pour ma mère. Elle tenait beaucoup à ce que je rencontre ma famille.

— Et qu'avez-vous pensé de vos cousins de l'Est ?

— C'est avec étonnement que j'ai fait la connaissance de maître Mordecai. Moi qui pensais qu'il n'était qu'un simple bottier, j'ai découvert un homme à la fois riche et distingué. Je me sentais très mal à l'aise, car il aurait pu croire que j'étais venu profiter de lui, mais il s'est montré très aimable à mon égard et très hospitalier.

Antoni l'observait tout le temps qu'il parlait comme s'il était susceptible de présenter un certain intérêt commercial.

— Quand êtes-vous arrivé à Majorque avec votre mère ?

— Il y a près de trois ans, répondit Rubèn.

— Vous savez, si vous ne m'aviez dit que vous étiez originaire de Séville, j'aurais pensé que vous aviez passé toute votre vie dans les îles.

— Qu'entendez-vous par là ?

— J'ai de nombreux amis et connaissances à Majorque. Certaines relations aussi. Vous parlez déjà comme un vrai Majorquin.

— Merci, mais je crois en revanche ne plus pouvoir parler comme un Sévillan.

— Vous n'en aurez pas vraiment l'occasion par ici, dit Antoni qui lança un clin d'œil malicieux dans la direction de Daniel.

— Je ne sais pas...

Un claquement suivi d'un bruit sourd mit un terme à cet interrogatoire.

— C'était quoi ? demanda Daniel.

— Le vent, je le crains, répondit Antoni. Je crois que nous allons avoir un bel orage.

Une jeune servante déposa sur la table un plat de petits poissons grillés, un gros canard rôti agrémenté d'une sauce aux oranges amères, des abricots secs, du riz et des lentilles.

— Cela sent très bon, dit Isaac. Dis-moi ce que tu nous as apporté, Jacinta.

— Du poisson grillé, du canard et du riz, maître, répondit-elle.

— C'est Jacinta qui a préparé la sauce du canard, dit Judith en parlant de la servante que son époux avait récemment ramenée de Perpignan. C'est déjà une bonne cuisinière. Je dois...

Judith ne put exposer ses projets : la cloche du portail venait en effet de retentir violemment. Nathan tendit le cou pour voir qui faisait tout ce raffut.

— Papa, on dirait un soldat.

Inquiète, Raquel se leva pour aller voir.

— C'est l'un des gardes de l'évêque.

— Que peut-il vouloir à cette heure? dit Judith. Faut-il donc que vous soyez dérangé chaque jour à l'heure du dîner?

— Mais non, pas chaque jour, ma mie, dit Isaac. Je vais aller voir ce qu'il veut.

Raquel tira sur le portail pour l'ouvrir et laissa entrer un garde visiblement embarrassé. Il salua tout le monde, murmura quelques mots d'excuse, puis se lança dans une longue conversation avec le médecin.

Isaac s'adressa alors à sa famille.

— Je suis mandé d'urgence par Son Excellence, ma mie. Elle est souffrante et je dois la retrouver dès que possible en son château de Cruilles. Mais, en attendant, notre messager n'a rien pris depuis ce matin. Je suis certain qu'il y a assez à manger à la cuisine...

— Bien entendu, dit Judith. Jacinta, apporte une assiette au garde.

— Raquel, Yusuf, dès que vous aurez terminé votre repas, rassemblez tout ce que j'aurai besoin d'emporter.

— Nous allons aussitôt nous en occuper, papa, nous nous restaurerons après. Viens, Yusuf.

Le garçon arracha un morceau de pain, le trempa dans la sauce et l'engloutit avant de suivre Raquel dans le cabinet.

— Qui prendrez-vous avec vous? demanda Judith.

— Son Excellence m'a envoyé un garde pour m'escorter, lui répondit son mari.

— C'est absurde. Il vous faut aussi emmener Yusuf.

— Si je devais choisir quelqu'un, il vaudrait mieux que ce fût Raquel, répliqua Isaac d'un ton sec. Son Excellence est très malade.

— Alors prenez-les tous les deux, mais Raquel aura besoin de la compagnie de Leah.

Un quart d'heure plus tard, le gaıde acheva son repas rapide et fut conduit vers les écuries épiscopales afin d'y trouver les montures destinées à Isaac et à ses assistants. Ces derniers continuèrent de dîner, puis rassemblèrent les objets nécessaires et, quand le garde revint avec trois mules et le cheval de Yusuf, ils se mirent en selle pour bientôt franchir les portes de la ville. Sur fond de ciel menaçant, les premières gouttes de pluie se mirent à tomber.

Ils allaient au pas, ralentis par le fait que la mule d'Isaac venait en tête.

— Le ciel est très sombre, papa. Je crois qu'un orage s'annonce.

— Dans ce cas, pourquoi cheminons-nous aussi lentement ? demanda Isaac.

— Je ne veux pas vous voir faire une chute, maître, dit le garde qui rougit d'embarras. Pouvez-vous adopter une allure plus vive ? Cela nous serait d'un grand secours.

— Je peux essayer. Et si je tombe de cette docile créature, je pense que, dans le pire des cas, je serai couvert de boue.

— Je vais prendre les rênes, dit Yusuf avec l'assurance de ses douze ou treize ans. Je connais mon cheval mieux que vous cette mule.

Yusuf s'empara des rênes et fit adopter un trot rapide à sa monture. La mule rechigna un instant puis elle avança au même rythme que la jument baie.

La route était encore sèche malgré la petite averse.

— Il va falloir garder cette allure le plus longtemps possible, dit le garde. Plus loin, il pleut à verse et le chemin va être changé en bourbier. Une fois la nuit tombée, personne, ni homme ni bête ne verra plus rien.

— Ne pouvons-nous faire halte si la route devient aussi mauvaise que vous le dites ?

— Oh, non, maîtresse. Son Excellence était déjà très mal au départ de Sant Feliu, et son état n'a fait qu'empirer depuis son arrivée au château, répondit le garde, pris de panique. Et si je vous conduisais trop tard jusqu'à elle ?

— Nous ne nous arrêterons pas, trancha Isaac.

La route suivait la plaine du Ter tandis que collines et montagnes se dressaient à leur droite. La pluie tombait par intermittence et s'accompagnait de rafales de vent, mais elle ne les gênait pas vraiment. Devant eux, cependant, s'amassaient de gros nuages noirs. Yusuf en parla à son maître et protecteur, puis il tira sur les rênes de sa monture pour la mettre au petit galop.

Leah, la servante de Raquel, poussa un cri de terreur quand sa mule fit de même. Le visage blême, elle ne songeait qu'à s'accrocher de toutes ses forces à l'encolure de la bête. Raquel la rattrapa sans difficulté et le petit groupe chevaucha à cette allure pendant plusieurs lieues. Le tonnerre roulait dans le lointain et des éclairs blancs déchiraient par instants le ciel.

La route gravissait le flanc de la montagne, une pluie continue se mit à tomber tandis que les mules ralentissaient pour ne pas déraper dans la boue. Le garde se retourna vers ses compagnons et leur fit signe de le suivre vers un bouquet d'arbres planté au bord du chemin.

— Je crois qu'on devrait laisser les bêtes se reposer un peu, dit-il. Il y a là-bas un cours d'eau où elles pourront se désaltérer.

— Ma jument pourrait marcher des heures encore, lança Yusuf.

— J'en suis certain, jeune maître, répondit le garde en désignant de la tête les deux femmes.

Puis il s'approcha du médecin aveugle, avec qui il engagea la conversation.

Le jeune garde ne les laissa pas se reposer assez longtemps pour qu'ils s'engourdissent ou prennent froid.

— Le pire est encore à venir, dit-il d'une voix tendue, visiblement peu habitué à donner des ordres à qui que ce soit, et encore moins à des gens d'une qualité supérieure à la sienne.

— Dans ce cas, partons sur-le-champ, répliqua Isaac.

Ils avançaient au petit trot. Le vent fouettait leur visage et la pluie ne cessait d'augmenter.

— On vient de derrière les montagnes ! cria le garde pour se faire entendre malgré le vent. Ça peut durer encore un moment !

Les chevaux et les mules progressaient maintenant plus lentement. Les trombes d'eau avaient transformé la route en un fleuve de boue ; le ru qui dévalait la pente de la montagne avait triplé ou quadruplé de volume.

Le garde eut la prudence de laisser son cheval aller à sa guise ; les autres bêtes le suivirent. Partout, la route était inondée. Derrière les nuages, le soleil se couchait ; sa lueur, déjà blafarde, s'éteignit, dès lors il fut difficile de voir devant soi. Cela faisait longtemps qu'ils n'avaient rencontré personne. Même les estafettes et les personnes chargées d'affaires urgentes avaient fait halte quelque part pour attendre la fin de l'orage.

Raquel se demandait s'ils ne risquaient pas d'y laisser la vie et s'il convenait de mettre en jeu l'existence de cinq personnes pour sauver l'évêque dont l'état de santé était certainement assez grave. Elle aurait aimé parler à son père, mais chevaucher côte à côte dans de telles conditions relevait de la folie. Il valait mieux laisser la mule choisir son itinéraire plutôt que de la forcer.

Il faisait nuit quand ils trouvèrent la route de Cruilles, mais la pluie s'était calmée peu à peu, le vent aussi. Bien qu'il y eût moins d'eau, on voyait que la surface du sol était toujours humide. Raquel repoussa sa capuche, heureuse de l'accalmie, et chercha autour d'elle des traces d'habitations. Elle ne vit rien. Le garde, quant à lui, semblait avoir des yeux de chat ou de hibou.

— C'est juste là-bas, dit-il, la main tendue.

Raquel regarda dans la direction qu'il lui indiquait et discerna une colline solitaire au milieu de la plaine. La route qu'ils empruntaient ne cessait de tourner comme pour trouver le meilleur accès au sommet. L'eau ruisselait toujours sur le chemin, mais les bêtes semblaient se repérer, trébuchant parfois à cause de l'obscurité.

— Nous ferions mieux de marcher, dit Isaac.

— Elles graviront plus aisément cette colline que nous ne le ferions, de plus elles ne sont pas trop chargées, répliqua le garde sans ajouter que l'on perdrait du temps à terminer le trajet à pied.

Le château se dressait au faîte de la colline, robuste donjon se détachant à peine sur le ciel nocturne. Les maisons se regroupaient autour de lui en forme de fer à cheval : ainsi les solides murailles de la petite bourgade protégeaient à la fois le château et les citadins. Le garde appela quand ils approchèrent de la première porte, laquelle s'ouvrit presque aussitôt. Des torches éclairaient la rue étroite bordée de maisons qui débouchait sur une place. Celle-ci était inondée de lumière et bruissait de conversations.

Raquel se préparait à mettre pied à terre quand des

mains robustes l'arrachèrent à sa mule. Avec les autres, elle fut conduite dans la grande salle du château.

Ils faisaient un groupe bien pitoyable. L'eau ruisselait de leurs habits pour former des flaques sur les dalles de pierre. Crottés, fatigués, ils avaient froid. Raquel regarda autour d'elle et constata qu'une nuée de serviteurs la fixaient du regard. Il n'y avait pas un seul visage familier dans cette grande salle voûtée.

— Où est mon patient? demanda doucement Isaac.

Des pas rapides et légers claquèrent sur les marches de pierre de l'escalier menant aux chambres, et le père Bernat apparut, suivi quelques instants plus tard du père Francesc.

— Maître Isaac, dit-il, c'est un plaisir de vous voir. Vous avez fait diligence.

— Comment va Son Excellence?

— Mal, maître Isaac, très mal. Hâtez-vous, je vous en supplie. Notre évêque a de la fièvre et il souffre depuis ce matin.

— Dans ce cas, pourquoi l'avoir amené ici? s'étonna Isaac. Êtes-vous tous fous? Avec cette pluie et ce vent? Le garde que vous m'avez envoyé m'a raconté qu'il n'était pas sur une litière, mais sur la selle de son propre cheval. Cette folie pourrait lui être fatale!

— Je n'ai pu l'en empêcher, maître Isaac, répondit Bernat, la voix brisée par l'émotion. Il a donné des ordres et nous lui avons obéi. Il refusait de nous écouter. Nous avons tenté de le convaincre qu'il était de son intérêt de ne pas bouger, mais il a insisté pour venir ici... à cheval de surcroît. « Je me meurs, Bernat, m'a-t-il dit alors que je m'efforçais de l'arrêter, et je ne saurais guérir nulle part ailleurs. Voulez-vous donc me tuer? Si ma vie doit s'achever aujourd'hui, que ce soit sur les terres où je suis né. » Comment le contredire? ajouta Bernat, des sanglots dans la voix. Peu après notre départ, la pluie s'est mise à tomber; à notre arrivée, il était trempé et glacé. Je crains que mon dévouement ne l'ait achevé.

— Si vous voulez bien me permettre d'ôter ma cape et de me débarrasser de cette boue... Espérons que son état n'est pas aussi grave que vous le dites. Je vais également avoir besoin de ma fille. Peut-être quelqu'un pourra-t-il l'emmener dans une pièce où elle se rendra présentable elle aussi. La route pour venir ici était très fangeuse.

— Dis-moi tout ce que tu sais de son état, commanda Isaac à Jordi, le serviteur de l'évêque.

Il était au service de Berenguer depuis leur enfance commune et il connaissait son maître mieux que quiconque.

— Il ne garde rien depuis son arrivée ici, expliqua Jordi. Et ses entrailles laissent échapper des selles liquides qui le font souffrir.

— Des traces de sang?

— Non.

— Que lui a-t-on donné depuis qu'il est ici?

— Il a demandé du vin à la cannelle, mais il n'y a pratiquement pas touché. Quelqu'un est allé chercher un médecin qui lui a prescrit un cataplasme pour la gorge et une certaine boisson, mais Son Excellence l'a refusée. Le père Bernat a suggéré que je fasse de mon mieux pour qu'il soit à son aise en attendant votre venue. J'ai baigné son visage, j'ai insisté pour qu'il boive.

— Et tu as bien fait, dit Isaac qui palpait la gorge et le cou de Berenguer.

Il posa alors l'oreille sur sa poitrine.

— Comment vous sentez-vous, Votre Excellence?

— J'ai froid. J'ai si froid ! Mes mains sont glacées et mes pieds aussi. C'est ce chien, ajouta-t-il en secouant la tête en tous sens, il a effrayé mon cheval et il m'a jeté dans le marais. J'ai froid.

— Depuis combien de temps délire-t-il ? demanda Isaac dont les mains revinrent délicatement palper la gorge de Berenguer.

— Cela a commencé avant none, répondit Jordi. Et il doit être près de complies.

— Six heures, murmura Isaac.

— Tantôt il est lui-même et se plaint qu'il a soif, mais avaler quelque chose lui est trop pénible.

— Raquel, dis-moi ce que tu vois.

— Je vois le gonflement de son cou que vous avez palpé, papa. Malgré le peu de lumière, je trouve que son visage est plus gris et qu'il est plus malade que je ne l'ai jamais vu.

— Des taches, des rougeurs ?

— Non, papa.

— Tant mieux. Que lui prescrirais-tu ?

— Quelque chose pour les fièvres, les vomissements et les douleurs au niveau de la gorge, puis du bouillon chaud chaque minute jusqu'à ce qu'il s'endorme.

— Tu as entendu, Jordi ? Est-ce qu'il y a du bouillon ?

— Je vais en faire préparer une marmite que l'on gardera sur le feu. Et aussi demander qu'on enveloppe des pierres dans un linge pour lui tenir les pieds au chaud.

— C'est une bonne idée. Il doit se sentir le mieux possible. Raquel, y a-t-il une bouilloire sur la plaque ?

— Oui, papa.

— Alors mets-y à tremper une bonne quantité de plantes et d'écorces de saule. Quand cette décoction aura refroidi, il faudra tenter de le faire boire. Où est Yusuf ?

— Je vais m'en occuper, papa.

— Oui, ma chérie, je le sais bien, mais il devrait être ici. Il lui faut apprendre les gestes mais la patience aussi.

Tandis que Raquel versait de l'eau sur le contenu d'un sachet de plantes médicinales et mettait la préparation de côté afin qu'elle refroidît, Isaac ouvrit un petit coffret contenant des remèdes préparés à l'avance.

— Tu as terminé ?

— Oui, papa.

— Mets dans une coupe une cuillerée de vin et une autre d'eau.

Elle regarda autour d'elle. Le feu et une bougie étaient les seules sources de lumière. Elle distingua tout de même sur une table un plateau chargé de deux petites fioles et de deux coupes. Elle les sentit. Du vin et de l'eau. Elle en versa une minuscule quantité et s'approcha du lit.

— Tenez, papa.

— Mets une goutte, pas plus, ordonna son père en lui tendant un flacon trouvé dans le coffret.

Raquel laissa donc tomber une goutte dans l'eau coupée de vin puis elle mélangea. Elle prit un morceau de tissu propre, le trempa dans le liquide et le passa sur les lèvres du malade. Sa langue le toucha et il frissonna. Elle trempa à nouveau l'étoffe et la pressa pour en faire couler quelques gouttes dans la bouche de l'évêque. Il frissonna une fois encore. Après avoir répété à trois ou quatre reprises cette opération, elle approcha le rebord de la coupe de ses lèvres. Il s'efforça d'avaler. Il recracha une partie du liquide, qu'elle essuya, puis elle refit inlassablement le même geste jusqu'à ce que la coupe fût vide.

— J'ignore quelle quantité il a effectivement avalée, papa.

— Même s'il n'a pas tout bu, l'essence va insensibiliser la gorge. Il pourra alors prendre la décoction, puis le bouillon. Il recevra la même dose, exactement la même, quand les cloches auront une nouvelle fois sonné. Te sens-tu bien ? Es-tu au sec ?

— Non, papa, je suis trempée et j'ai froid.

— Va te changer, bois quelque chose de chaud et reviens avec Leah. Alors je me mettrai le plus à l'aise possible. On ne peut le laisser seul tant que les fièvres le tiennent. Hâte-toi.

Quand Raquel revint dans la chambre, traînant derrière elle une Leah peu enthousiaste, elle vit que Jordi avait déposé la marmite de bouillon sur le feu ainsi que les pierres chaudes destinées aux pieds de Son Excellence. Une collation composée de soupe chaude, de pain et de poulet froid attendait les gardes-malades. Le père Bernat avait fait allumer un bon feu dans la pièce voisine : c'est là que se reposeraient ceux qui ne veillaient pas l'évêque.

Une fois qu'il fut assuré que tout allait pour le mieux, un des jeunes serviteurs conduisit Isaac dans la pièce voisine. Yusuf s'y trouvait déjà, en train de se réchauffer les mains devant le feu.

— Pardonnez-moi, seigneur, dit-il, mais j'ignorais où vous étiez.

— Et où étais-tu ? répliqua Isaac d'un ton cinglant. On ne t'a pas amené ici pour que tu profites des amusements de la ville mais pour que tu m'aides à apaiser les maux de l'évêque.

— Je suis allé voir les bêtes, seigneur. Mon cheval et les mules de Son Excellence. Pardonnez-moi. Je veillerai toute la nuit s'il le faut.

— Méfie-toi, mon garçon, car un jour je pourrais bien te prendre au mot. Bon. As-tu pris soin des montures ?

— Oui, seigneur.

— Dans ce cas, passons des habits secs et retournons voir notre patient.

IV

Oh, mort, que est de molts mals medicina
e lo remei contra mala fortuna

Ô mort, toi qui es la médecine de tant de maux
et le remède contre la mauvaise fortune

Le craquement des volets fut suivi d'un profond silence. À la table d'Antoni, chacun attendait avec angoisse que quelque chose survienne. Et puis, tel un hurlement annonçant le Jugement dernier, les cloches se mirent à sonner, des cloches bruyantes et désordonnées qui étouffaient les bruits de la vie quotidienne.

— Pourquoi font-ils ainsi sonner les cloches ? demanda Rubèn. Nous n'avons pas ce genre de choses chez nous. Vos églises cherchent apparemment à se faire remarquer.

— Elles n'appellent pas à la prière, lui répondit Antoni. Elles donnent l'alarme.

Il frappa dans ses mains et écouta un instant.

— Mateu, Pere, cria-t-il, venez ici !

Un serviteur à moitié vêtu arriva en courant. De toute évidence, on l'avait arraché à sa sieste.

— Le portail et les portes, Mateu.

— Tout est bouclé.

— Vérifie à nouveau. Il faut les barrer, y compris celles de l'entrepôt. Venez avec moi, lança-t-il à ses deux hôtes.

Ils coururent à l'arrière de la maison, récupérèrent au passage cinq serviteurs, traversèrent la cour et pénétrèrent dans l'entrepôt.

— Emportons tout ça dans la maison !

Le maître et les serviteurs sortirent les objets les plus précieux pour les ranger en grande hâte dans la cave ; les invités leur prêtèrent main-forte.

Dès qu'ils eurent terminé, les serviteurs disparurent.

— Si vous redoutez les pirates, dit Antoni, vous êtes libres de rejoindre les serviteurs à la cave. Mais si votre curiosité vous pousse à voir ce qu'ils vont faire cette fois-ci, vous pouvez me rejoindre sur le toit.

— Alors nous grimperons sur le toit, décida Daniel. Vous venez, Rubèn ?

— Qu'est-ce qu'ils veulent ? demanda Rubèn.

— Tout ce qui se transporte et se vend aisément, lui expliqua Antoni. C'est pourquoi je sors mes plus belles marchandises de l'entrepôt dès que sonne l'alarme. Sinon, ils cherchent des esclaves.

— Vous prenez la chose avec calme, maître Antoni, dit Daniel.

— Céder à la panique n'est d'aucune utilité. J'ai travaillé dur et j'ai dépensé pas mal d'argent pour protéger ma maison. Cela fait, je ne peux que monter et regarder.

Comme ils parlaient, Rubèn s'approcha du bord du toit, se tapit derrière un petit parapet et observa avec intérêt.

— Je présume qu'il n'y a pas de pirates à Séville, dit Antoni avec un étonnement feint. Un jeune homme de cette ville ne peut donc y être habitué.

— Je pense qu'il a dû en entendre parler à Majorque, enchérit Daniel.

— Regardez-le, maître Daniel. *Hola,* Rubèn ! À qui faites-vous signe ? Avez-vous les mêmes pirates à Séville ? À Majorque ?

— Il faisait signe ? demanda Daniel.

— Comment est-ce possible ? Il avait pourtant l'air de regarder quelqu'un et je l'ai fait sursauter, n'est-ce pas ?

Rubèn sauta sur ses pieds et, après avoir lâché quelques mots incohérents, partit du toit en courant. Ses bottes claquèrent sur les marches de pierre de l'escalier.

— Où allez-vous ? cria Antoni en s'élançant derrière lui. Il vaut mieux que vous restiez ici, ajouta-t-il à l'adresse de Daniel. Ce garçon est mon hôte et je dois m'assurer qu'il demeure en sécurité entre mes murs.

Daniel entendit le marchand appeler Mateu, puis il se rendit de l'autre côté du toit, juste à temps pour voir Rubèn traverser la cour, ôter la lourde barre du portail et sortir à toute allure. Deux serviteurs s'élancèrent, non pas pour rattraper le garçon, mais pour clore à nouveau la demeure. Daniel regagna la partie du toit la plus proche du port. Les assaillants avaient incendié deux maisons et faisaient monter dans leurs canots deux groupes d'enfants apeurés. Par instants, il entrevoyait Rubèn, du moins le croyait-il, parmi les gens qui s'enfuyaient dans les rues.

Moins d'une heure après que les cloches eurent donné l'alarme, les pirates regagnaient les galées.

Quand les vaisseaux disparurent à l'horizon, la pluie qui ne tombait jusque-là que par intermittence s'abattit en véritables trombes. Les citadins s'en moquaient bien et ne pensaient qu'à évaluer les pertes : des enfants disparus, des biens dérobés, deux cabanes en bois qui avaient brûlé, et Rubèn était introuvable. Alors que les voisins consolaient les parents des enfants perdus, Antoni, Daniel et deux serviteurs coururent dans les rues à sa recherche. Une femme déclara voir vu un jeune étranger, fort bien vêtu, courir en direction de la plage, au sud de la ville, mais elle n'en était pas certaine. Une autre jura ses grands dieux avoir vu les pirates l'enlever et le jeter dans un canot.

— Tu en es sûre ? lui dit Antoni. Il n'a rien d'un enfant.

— C'était un étranger, s'obstina-t-elle. Je le sais.

D'un geste nerveux, il s'essuya le visage.

— Venez, maître Daniel, nous faire tremper ne nous aidera en rien.

Il reprenait le chemin de sa maison quand une main s'agrippa à sa manche. Il se dégagea sans peine, mais à nouveau on tirait sur son vêtement. Deux enfants en haillons se tenaient à côté de lui, bien décidés à attirer son attention.

— Maître Antoni, dit le plus grand, il y a un mort sur la grève.

— Voilà exactement ce dont j'avais besoin, grommela Antoni. Le cousin d'un excellent client vient à mourir alors qu'il s'est placé sous la protection de ma maison.

— Vous ne pouvez être tenu responsable, maître Antoni, dit Daniel.

— Vous voulez qu'on vous montre ? proposa le gamin.

— Oui, petit. Je te remercie de m'avoir prévenu. Tiens, cette pièce sera pour toi si tu nous emmènes là où tu l'as trouvé, et vite. Qui sait, il n'est peut-être pas trop tard.

Antoni, Daniel et, bien qu'il plût toujours à torrents, deux ou trois badauds prirent le chemin de la grève. Des rafales s'abattaient sur la côte et le vent ne cessait de grossir.

— Bien, où est donc ce mort ? demanda Antoni.

— Par là, señor, répondit l'aîné. Juste à côté des roches grises.

Courbés en deux, tête dans les épaules comme pour mieux se protéger, ils avançaient.

— Alors ? fit Antoni une fois arrivé devant le premier rocher.

— Là, señor, dit l'enfant le doigt tendu.

Mais la plage était déserte.

— Il était juste là, señor.

— Le corps aura été emporté par la mer, suggéra l'un des curieux, un pêcheur. Elle peut monter très vite, vous savez.

En hochant la tête, il contempla le sable déserté par les flots. D'étranges formes y avaient été sculptées, que le crépitement de la pluie aplanissait mais que la vague suivante faisait resurgir.

— Non, dit l'enfant en élevant la voix pour se faire entendre malgré le vent et la pluie. On l'a mis à sec pour que ça n'arrive pas. Regardez, c'est là qu'on l'a transporté.

Le sable gorgé d'eau présentait une sorte de dépression. Elle était entourée d'empreintes aussi nombreuses que floues, comme si les deux enfants avaient lutté pour tirer le corps avant de se sauver.

— Dites-moi, leur demanda Antoni en se penchant pour se mettre à hauteur de leurs oreilles, est-ce qu'il aurait pu être parent avec mon client ? Un jeune garçon, de taille moyenne, plus grand que vous mais pas autant que moi. Avec des cheveux roux clair qui lui tombent presque jusqu'aux épaules. Et aussi...

— Non, señor, dit l'aîné. Il avait des bras et des jambes très longs et aussi des cheveux noirs. Et il avait l'air bien plus vieux que moi.

— Tu en es sûr, petit ?

— Oui, j'en suis certain.

Antoni chercha sa bourse dont il sortit deux pièces.

— Tenez, c'est pour vous, les enfants. Rentrez vous mettre à l'abri. Nul n'a plus rien à craindre.

— Il n'y a pas ici la moindre trace de mort ou de qui que ce soit, dit l'un des voisins. Moi, je retourne chez moi, voilà ce que je vais faire. Vous n'avez pas remarqué qu'il pleut des cordes ?

— Vous avez raison, répondit Antoni. Nous ne résoudrons pas ces énigmes dans la tempête.

— Vous non plus vous n'avez rien trouvé ? demanda Antoni après que Daniel et lui eurent passé des vêtements secs.

Une fois de plus, ils étaient réunis autour de la table, et le feu vif qui flambait dans l'âtre les réchauffait tout en repoussant l'obscurité.

— Nous l'avons cherché partout, maître Antoni. D'autres personnes m'ont bien dit l'avoir vu courir dans la rue, mais elles pensaient tellement à leur sécurité que personne ne pourrait le jurer.

— Il fallait s'y attendre, dit Antoni en terminant son assiette de soupe chaude. Pour ma part, je dirais qu'il n'est pas mort. Il n'a certainement rien de commun avec le cadavre découvert sur la grève, si cadavre il y eut un jour.

— J'y ai aperçu quelque chose alors que je me trouvais sur le toit. On aurait dit une personne. Et quelqu'un se penchait sur elle. Est-ce que Rubèn se serait enfui pour avoir vu la même chose que ces gamins ? Un corps gisant sur la grève ?

— Je ne le pense pas. Je n'aurais pas reconnu mon propre père à une telle distance, encore moins un étranger couché dans le sable. En supposant qu'il y en eût jamais un, ajouta Daniel, pensif. Peut-être a-t-il vu le capitaine de son bateau venir le chercher.

— Les seuls vaisseaux arrivés aujourd'hui sont

ceux des pillards, dit Antoni. Évidemment, il peut avoir prévu de partir avec eux.

— Quoi ? Avec les pirates ?

— Non, cela ne semble pas possible. Je n'ai jamais entendu parler de pirates qui prévoient leurs intrusions avec tant de précision qu'ils puissent s'offrir le luxe de proposer une traversée à un simple voyageur.

— Je suis d'accord avec vous, mais alors pourquoi fuir en pleine tempête ?

— Les hommes sont de bien étranges créatures. Qui sait ? dit Antoni avec un sourire narquois. Maître Daniel, j'entends le crépitement de la pluie contre les volets. Puis-je vous suggérer de passer la nuit ici ? Vous serez à nouveau trempé en traversant la ville. Quant à moi, j'aurais plaisir à vous accueillir. J'ai pris la liberté d'avertir votre hôte de ne pas vous attendre tant que le temps ne sera pas revenu au beau.

Berenguer était couché, à demi éveillé, ni conscient ni inconscient, et cela dura toute la nuit. Jordi ne le quitta pas un seul instant, disposant des pierres au fond de son lit, faisant du feu ou lui frottant les mains pour les réchauffer. Raquel et Leah, Isaac et Yusuf l'assistaient tour à tour, lui épongeant le front ou l'obligeant à avaler du bouillon et des décoctions qui luttent contre la douleur et atténuent les fièvres. Tantôt il murmurait, et tantôt il appelait d'une voix rauque des gens dont seul Jordi avait entendu parler ; le reste du temps, il gisait, immobile, et ronflait parfois. Sa température ne cessait de monter en dépit de tous les breuvages qu'on lui administrait.

Au matin, Leah alla se coucher, épuisée. Yusuf et Jordi restèrent seuls un quart d'heure avec l'évêque pendant que Raquel et son père se restauraient de pain frais, de fromage, de fruits et d'œufs. La jeune fille était pâle d'épuisement et de découragement.

— J'ai tout essayé, papa. Tous les remèdes habituels. J'ai gardé sa bouche toujours humide, j'ai déposé les drogues goutte après goutte sur sa langue pour qu'il ne les rejette pas et qu'elles aillent directement dans son estomac. Et pourtant il est toujours à l'agonie.

— Entre la sixième heure de la nuit et la première heure du matin, ma chérie, principalement entre la neuvième heure et la première, rien ne semble devoir faire effet. L'espoir demeure quand on parvient à garder le malade en vie durant tout ce temps. Tu as bien agi. À présent va te coucher et dors. Yusuf et moi prendrons la relève. Il devient de plus en plus utile, ce garçon... pas autant que toi, évidemment, et pas comme je le voudrais.

— Papa, tu es injuste. Il mérite mieux que ça.

— Peut-être. Allez, va te coucher.

Quand Isaac revint voir son patient, l'évêque dormait. Un sommeil troublé, de toute évidence, mais plus profond qu'il ne l'était auparavant.

— Depuis combien de temps est-il ainsi ?

— Depuis que les cloches ont fini de sonner prime, maître Isaac, répondit Jordi à voix basse. Il s'est agité en les entendant, mais dès qu'elles ont cessé, il a avalé un peu de bouillon et il s'est endormi.

— Excellent. Nous pouvons le laisser dormir un moment, mais il ne doit pas rester trop longtemps sans s'abreuver.

— Je serai à son chevet, maître Isaac.

— Non, Jordi, toi aussi tu dois dormir. Tu veilles depuis un jour et une nuit. À quoi te servirait de tomber malade par manque de sommeil ? Va te reposer quelques heures. Je te réveillerai quand j'aurai besoin de toi.

— Je serai là, dit Jordi en indiquant une issue masquée par une portière. J'ai une couchette dans cette alcôve. Comme il n'y a qu'un rideau entre nous, j'entendrai si mon maître a besoin de moi.

Isaac s'assit doucement à côté du lit. Privé du bavardage de Yusuf, il pensa que celui-ci avait dû s'endormir dans un coin de la pièce. Il écouta la respiration légère et régulière puis il hocha la tête de satisfaction. Il passa quelque temps à réfléchir aux maux de son patient puis médita sur d'autres sujets, plus graves ceux-ci.

Mais à tout moment, sans même y penser, il épiait le moindre bruit. Soudain, il se redressa sur sa chaise et huma l'air. Il se rapprocha du lit et se concentra intensément sur le souffle de l'évêque. Il approcha l'oreille de la poitrine du malade et écouta. Il posa délicatement la main sur son front, secoua la tête et réfléchit un instant.

— Yusuf, murmura-t-il enfin.

Un mouvement, le craquement d'un siège, puis une voix.

— Oui, seigneur ?

— Ah, tu es là.

— Pardon, seigneur, je m'étais assoupi.

— Peu importe puisque j'étais là, mais je voudrais que tu t'approches et que tu l'examines.

— Oui, seigneur, dit le garçon obéissant. Il est très paisible, seigneur, bien plus qu'il ne l'était, et...

— Ses yeux, Yusuf, est-ce qu'ils sont caves ?

— Ils ne sont pas comme à l'ordinaire.

— Raquel s'inquiétait. J'aurais dû l'écouter. Réveille Jordi. Il est quelque part derrière cette tenture.

— Je la vois, seigneur.

Jordi traversa la pièce à pas feutrés.

— Vous m'avez demandé, maître Isaac ?

— Excuse-moi de te déranger, Jordi, mais nous

allons peut-être avoir besoin de toi. Yusuf, envoie quelqu'un chercher Raquel. N'y va pas toi-même.

— Oui, seigneur.

— Il faut le réveiller et le faire boire. Ce sera mieux s'il est en position assise. Nous allons commencer par cette décoction à base de plantes qui devrait se trouver par ici.

Yusuf alla chercher la coupe tandis que Jordi s'efforçait de redresser son maître.

— Il faut lui humecter les lèvres de ce liquide, expliqua Isaac. Tends-moi la coupe et guide ma main vers sa lèvre inférieure.

Isaac inséra doucement le rebord de métal entre les dents de l'évêque afin qu'un peu de liquide lui coulât dans la bouche. Ensuite, il rendit la coupe à Yusuf, referma la bouche de Berenguer et lui palpa la gorge.

— Il a avalé, conclut le médecin.

— Je m'en occupe, papa, dit Raquel qui entrait précipitamment dans la pièce. Je n'aurais pas dû aller me coucher.

Elle répéta les gestes de son père.

— Tu sais, ma chérie, tu te fais des reproches, mais cela n'aurait rien changé : tes craintes étaient fondées. J'étais là, et nous avons perdu peu de temps. Il faut lui administrer quelque chose de plus fort contre la douleur : moins d'eau qu'à l'ordinaire, une petite cuillère de vin, beaucoup de sucre. Le remède doit être plus puissant, mais en aucun cas plus amer ou plus corrosif. Deux gouttes, cette fois-ci, et il faut qu'il boive tout. S'il n'éprouve aucune douleur à la gorge, il pourra avaler autre chose. Cela calmera également son estomac et mettra un terme aux reflux.

Pendant le reste de la journée et toute la nuit suivante, ils s'affairèrent pour empêcher l'évêque de mourir de soif et de déshydratation. Aux heures les plus sombres de la nuit, entre laudes et prime, Raquel veilla sur lui, luttant constamment contre une fatigue si intense qu'elle ne croyait pas être capable de rester éveillée. Ses bras et ses jambes étaient lourds et elle ne leur commandait plus ; ses yeux étaient irrités et sa tête lui semblait emplie d'une matière laineuse qui asséchait sa bouche et annihilait toute pensée rationnelle. Elle se leva, se rafraîchit le visage et entreprit de faire les cent pas dans la chambre pour rester éveillée. Leah s'était assoupie sur une chaise. Elle ronflait doucement au point de couvrir le souffle douloureux de l'évêque. Le silence régnait dans le reste du château. La pluie s'était arrêtée au cours de l'après-midi et Raquel se rendit compte que le vent était tombé. Elle se glissa derrière les lourdes tentures accrochées devant la fenêtre. De timides rayons de lune se frayaient un chemin à travers les volets. Elle les entrouvrit pour respirer quelques bouffées d'air frais.

Les étoiles étaient disséminées dans la noirceur des cieux comme de pâles graines jetées à grosses poignées dans un champ par un paysan insouciant. Leur éclat discret permit à Raquel de distinguer l'horizon. De l'autre côté de la plaine se dressait aussi une colline. Les deux sommets firent à Raquel l'effet de deux amants au désespoir, séparés par une courte distance, mais séparés tout de même, et ce à tout jamais. Au sommet de la colline, elle put voir la forme trapue d'une bâtisse. À travers l'une de ses fenêtres, elle apercevait la chaude lueur d'une unique chandelle. Elle fut tentée de se pencher au-dehors et d'appeler cette personne inconnue qui, comme elle, veillait au plus profond de la nuit, et elle n'eût pas été surprise de l'entendre lui répondre. Elle secoua la tête. L'air nocturne était peut-être néfaste à son patient. Elle referma les volets, tira les tentures et revint dans la pièce.

Il y avait là quelque chose de différent, et elle s'immobilisa, mal à l'aise, consciente d'avoir négligé son malade. La bougie placée près du lit crachotait et menaçait de s'éteindre. Elle s'empressa d'en placer une nouvelle, qu'elle alluma à l'ancienne. Elle attisa le foyer où ne subsistaient plus que des braises et nettoya l'extrémité de la chandelle usée.

La pièce lui apparut aussi claire que le jour. Elle se pencha sur son patient et sentit aussitôt une bouffée de joie l'envahir tout entière. Le visage gris et hâve présentait désormais une pâleur plus saine, et la respiration semblait moins haletante. Elle lui posa la main sur le front et le trouva toujours anormalement brûlant. Elle s'apprêtait à réveiller son père quand le doute l'assaillit. L'évolution, si évolution il y avait, était minime. Son père était aussi fatigué qu'elle, sinon plus. Et elle craignait de passer pour une écervelée.

— Jordi, appela-t-elle doucement.

Jordi arriva sans faire le moindre bruit. Hormis son allure quelque peu débraillée, on l'eût cru réveillé depuis des heures.

— Oui, maîtresse Raquel ? murmura-t-il tout en posant un regard inquiet sur son maître.

— Regarde-le bien, Jordi. Qu'en dis-tu ?

— Je crois qu'il va mieux. Le Seigneur soit loué.

— Peux-tu rester à ses côtés tandis que je vais chercher mon père ?

Sans même attendre sa réponse, elle quitta la pièce.

— Il a l'air d'aller un peu mieux, papa, dit Raquel quand son père se fut redressé après avoir examiné l'évêque.

— Oui, dit Isaac. Jordi est-il du même avis ? s'enquit-il. Car il le connaît bien mieux que nous.

— Effectivement, maître Isaac.

— Dois-je m'en tenir au même traitement ? demanda Raquel.

— Oui. Jusqu'à ce qu'il éprouve une légère douleur en avalant. Cela ne suffit pas d'écarter la mort. Nous devons lutter pour qu'il recouvre la santé.

— Je l'espère, dit la voix brisée qui s'élevait du lit. Sinon pourquoi vous paierais-je, mon ami ?

— Savez-vous où vous vous trouvez, Votre Excellence ? lui demanda Isaac.

— J'ai chaud, Isaac. Cela veut dire que je ne puis être à l'abbaye. J'ai rêvé que nous étions à Cruilles, mais cela me semble impossible.

— Et pourtant, vous y êtes, Votre Excellence. Vous avez été des plus déraisonnables de chevaucher jusqu'ici dans votre état, mais vous y êtes tout de même arrivé.

— Papa, il s'est rendormi.

— Alors laissons-le un instant, puis nous reprendrons nos soins.

La lumière s'infiltrait sur les bords des lourdes tentures quand Isaac revint. Il écouta attentivement le rapport de Raquel puis il acquiesça.

— Il n'est pas encore tiré d'affaire, murmura le médecin, mais l'espoir nous est rendu. Tu peux aller te coucher, ma chérie. Je t'enverrai chercher si nécessaire. Où est Yusuf ?

— Je crois qu'il est parti chercher à manger, papa. Avez-vous besoin de lui ?

— Non, l'excellent Jordi ici présent est plus utile et plus fiable que quiconque.

Monté sur un âne d'allure peu amène, un personnage efflanqué, vêtu comme un pauvre marchand, entra dans la bourgade de La Bisbal. Hagard, il semblait épuisé, mais aussi préoccupé par des affaires autrement plus pressantes que son voyage. Il héla la première personne d'allure respectable qu'il rencontra.

— *¡ Hola !* señor, vous êtes d'ici ?

— Effectivement, messire, répondit l'autre. Je suis clerc au palais épiscopal. Vous êtes étranger ici, n'est-ce pas ?

— Oui, mais dites-moi, Son Excellence l'évêque est-elle ici ?

— Non, mais monseigneur Berenguer ne se trouve pas très loin puisqu'il est en son château de Cruilles. Si vous avez un message, je veillerai à ce qu'il lui soit transmis.

— Non, fit l'homme, l'air égaré. Je dois le voir. Où se trouve la route ?

— Juste devant vous, à main gauche.

— Merci pour votre courtoisie. Mais, si je puis me permettre... Connaissez-vous un potier du nom de Baptista ? Je dois lui ramener cet âne que son cousin lui a emprunté.

— Son atelier est situé sur la route de Cruilles, non loin d'ici. Mais peut-être feriez-vous mieux de vous arrêter pour prendre un peu de repos. Il y a une auberge à quelques pas d'ici. Vous paraissez malade, dit le clerc en le regardant plus attentivement.

— Ce n'est rien. À combien sommes-nous de Cruilles ?

— C'est tout près, mais je crois que l'évêque a été souffrant : il ne pourra certainement pas vous recevoir, et vous aurez fait tout ce voyage en vain. Avant-hier, ils sont allés chercher son médecin personnel. À Gérone.

— Ne craignez rien, dit l'étranger. Je vous remercie.

Sur quoi, il reprit sa route.

V

... aquells són decebuts

... ceux qui sont trompés

Isaac était assis au chevet de son patient. Plongé dans ses pensées, il réfléchissait à plusieurs problèmes pratiques tout en portant une extrême attention à la respiration du malade alité. Son Excellence dût-elle ne pas guérir, les problèmes pratiques ne seraient pas seuls en jeu...

Un coup frappé à la porte l'arracha à ses sombres pensées. Il l'entendit s'ouvrir et reconnut la démarche de Yusuf.

— Pardonnez-moi cette intrusion, seigneur, mais un personnage bien étrange attend dans la pièce attenante à l'escalier. Il est arrivé ce matin et il semblait si malade qu'on m'a prié de prendre soin de lui. Ils ne voulaient pas vous déranger, vous ou maîtresse Raquel.

— Qu'a-t-il, Yusuf? *Malade*, voilà qui ne me renseigne guère.

— Il est couvert de croûtes et de bleus, seigneur, et sa peau est rouge par endroits. Je ne pense pas que ces blessures soient responsables de son état général. Il est faible et souffre beaucoup. Il insiste pour vous voir ainsi que Son Excellence. Je lui ai expliqué que Son Excellence était elle-même trop malade pour le recevoir, mais il m'a supplié de vous prévenir.

— M'a-t-il demandé par mon nom ?

— Oui, seigneur, quelqu'un lui avait dit que le médecin personnel de Son Excellence se trouvait ici, et il a prononcé votre nom. Si je puis me permettre, il me semble très mal en point...

— Dans ce cas, je dois y aller. Jordi, peux-tu rester ici afin de veiller sur ton maître ? Je pense qu'il vaut mieux le laisser dormir jusqu'à ce que les cloches sonnent à nouveau, mais si tu constates que son état se dégrade, envoie-moi chercher.

— Certainement, maître Isaac

— Yusuf, conduis-moi jusqu'à cet étranger.

— Et qui êtes-vous, messire, pour venir jusque ici et me demander ? s'enquit Isaac. Je suis au chevet d'une personne très malade.

— Je suis un voyageur, maître Isaac, répondit l'homme haletant allongé sur le lit. Je m'appelle Joan Cristià. J'ai quelque connaissance de la médecine et des plantes, et je puis vous assurer que les ecchymoses qui ont tant intrigué votre jeune confrère ne sont pas très importantes.

— En êtes-vous certain ? Yusuf m'a dit que votre visage et votre tête avaient subi bien des dommages, d'où qu'ils vinssent.

— Cela importe peu, maître Isaac. C'était il y a près de deux jours. J'ai été étourdi sur le coup mais je n'ai rien ressenti depuis. Je crains cependant qu'il ne me reste que peu de temps si vous ne me venez en aide, dit-il d'une voix qui n'était plus qu'un murmure. Faites sortir tout le monde, je vous en conjure.

— Je vois par les yeux de Yusuf et je sais qu'on peut lui faire confiance. Mais si vous le désirez, tous les autres s'en iront.

Le serviteur qui avait débarrassé Joan Cristià de ses habits crottés et déchirés avant de lui passer une chemise propre claqua la porte.

— Je l'ai offensé, je le sais, dit l'étranger, mais je n'y puis rien. Maître Isaac, je vous en supplie, votre assistant ou vous-même pourriez me faire une puissante décoction de plantes ?

— Lesquelles ? demanda Isaac, intrigué par cet homme qui avait fait appeler un médecin avant d'établir son propre diagnostic et de décider de son remède.

— De la gentiane, des baies de genièvre écrasées ainsi que des racines de chardon. Broyez-les avec des feuilles de plantain encore fraîches et des fleurs de rue.

— Qu'est-ce qui vous aurait empoisonné pour exiger une telle décoction ?

— Je n'ai pas le temps de vous expliquer. Je suis certain de ce qu'il y avait dans la boisson qu'on m'a donnée.

— Ne vaudrait-il pas mieux commencer par nettoyer l'estomac ? suggéra Isaac. J'ai ici une teinture de baies...

— Il est déjà trop tard. J'ai fait tout mon possible dès que j'ai compris ce qui se passait.

— Nous avons quasiment tout avec nous, seigneur, dit Yusuf. On trouvera facilement le reste dans le champ. J'envoie quelqu'un.

— Hâte-toi, mon garçon, hâte-toi, fit le malade.

— Je dois me rendre un instant auprès de mon patient, dit Isaac, mais je reviendrai vous voir.

Isaac fit rentrer le serviteur et lui donna pour instruction de veiller à ce que l'étranger se sentît le plus au chaud et le mieux possible.

Yusuf arriva avec la mixture peu après le retour d'Isaac.

— Tout est là, mon garçon ? demanda Cristià.

— Oui, messire.

— Alors donne-la-moi.

Il agrippa la coupe mais ses mains tremblaient tellement qu'il ne put la porter à ses lèvres. Yusuf l'aida à boire. En grelottant, il avala le tout puis retomba sur son oreiller.

— Dieu sait si cela m'aidera. Je l'ai concoctée pour tant de gens... aujourd'hui, je vais savoir si elle est vraiment efficace.

— Souhaitons-le, dit Isaac. Ou espérons que vous vous êtes fourvoyé en croyant qu'on vous a donné du poison.

— J'en doute. Pour le coupable, c'est la même chose d'empoisonner quelqu'un ou de lui offrir une coupe de vin. Je le savais, mais j'ignorais qu'il agirait de même avec son maître... le traître, l'impitoyable traître !

— D'où venez-vous, messire, pour avoir reçu ici un tel accueil ? Car votre façon de parler n'est pas celle de nos régions.

— D'où ? bredouilla l'homme en clignant des yeux. Je viens... je viens de Gênes. L'orage m'a jeté sur vos côtes. Notre vaisseau avait jeté l'ancre avant qu'il n'éclate, mais le canot qui m'a amené ici a dû affronter des vagues énormes. C'est ainsi que j'ai reçu tous ces coups.

— Où avez-vous gagné la terre ferme ? À Palamós ?

— Palamós ! s'écria le voyageur. Non, ce n'est pas là que je suis arrivé. Il ne faut pas aller à Palamós. Il y a de la traîtrise là-bas.

Il agrippa la manche d'Isaac.

— Je dois voir l'évêque. J'ai des choses à lui dire. Conduisez-moi auprès de lui. J'ai soif, oh, j'ai si soif...

— Cela ne vous servirait à rien. Il est trop malade pour vous recevoir. Il dort à l'heure qu'il est mais, même éveillé, il sait à peine où il se trouve.

— Je dois le voir, répéta Joan Cristià. Lui et les officiers du roi. Peu importe ce qui m'attend. J'ai entendu, j'ai vu de telles choses... vous ne pourriez croire à cette traîtrise, et pourtant il m'a trahi.

— Yusuf, dit Isaac, va chercher le père Bernat et demande-lui d'emmener un scribe. Les paroles de cet homme doivent être entendues par un témoin et jetées sur le papier. Maître Joan, faites un effort, je vous en prie. Il ne suffit pas d'avaler quelque chose.

— Oui. Mes membres ne tremblent plus, je veux dormir.

— Non, pas encore. Il vous faut rester éveillé. Parlez-moi. Parlez-moi de vous.

— Je m'appelle Joan Cristià.

— Êtes-vous un *converso* pour porter un tel nom ?

— Pourquoi me demandez-vous ça ? cria le malade comme pris de panique. Vous soignez un évêque. Pourquoi pas un *converso* ?

— Je ne pose la question que dans votre intérêt. Quel nom portiez-vous avant votre conversion ? Peut-être connais-je votre famille.

— Certainement pas. C'était... mais cela n'a pas d'importance. J'ai oublié ce pan de ma vie.

— Vous êtes un voyageur, dites-vous.

— Oui, j'ai connu bien des pays... de Gênes à Venise, de la Sardaigne à Constantinople... toujours dans le même but, la quête de remèdes.

Bernat arriva en courant, comme à son habitude, suivi d'un jeune scribe porteur d'une écritoire, d'une plume et d'encre.

— Vous m'avez fait demander, maître Isaac ? demanda le secrétaire de Berenguer.

— Veuillez m'en excuser, père Bernat, dit Isaac à

haute et intelligible voix, mais cet homme désire avertir Son Excellence de quelque danger.

Il se leva et se dirigea vers le prêtre. Sa voix n'était plus alors qu'un murmure.

— C'est une affaire urgente. Il croit avoir été empoisonné et je pense qu'il n'a pas tort. Nous n'avons pas beaucoup de temps. Quand Son Excellence sera remise, elle désirera savoir ce qu'a dit cet étranger. Même si je fais de mon mieux, je ne pense pas qu'il survivra. La mort rôde autour de sa couche.

Il regagna son siège. La porte s'ouvrit à nouveau et le sergent de la garde épiscopale se glissa furtivement dans la pièce avant de se tapir dans le coin le plus obscur de la chambre.

— Des accusations aussi graves exigent la présence de témoins, dit prudemment Bernat en se tournant vers le sergent. Cet homme sait-il qu'il agonise ?

— J'en suis persuadé, répondit Isaac, l'air sombre. À sa façon, c'est aussi un médecin.

— A-t-il demandé un prêtre ?

Isaac fit signe que non puis il se tourna vers l'étranger alité.

— Maître Joan, voici le père Bernat, le secrétaire de Son Excellence. Il va prendre note de vos paroles et les transmettre à l'évêque dès que celui-ci sera en état de reprendre ses fonctions.

— J'étais à bord d'un navire marchand parti de Cagliari, en Sardaigne, raconta l'homme avec beaucoup de calme. Nous voguions vers Barcelone et nous en étions à moins d'un jour de voile quand la tempête nous obligea à changer de route. Les marins m'ont transporté jusqu'au rivage, j'ignore ce qu'il est advenu d'eux.

Un spasme de douleur le fit hoqueter.

— Sant Feliu, reprit-il, je croyais que nous n'atteindrions jamais Sant Feliu de Guíxols. Ils m'ont fait descendre dans un petit canot. Ils riaient de moi. J'ai cru périr en mer. Jamais cru que cela pourrait arriver, jamais. Surtout lui, cet immonde porc, ce traître...

— Quel est ce traître infâme que vous évoquez ? demanda Bernat. Est-il une menace pour Son Excellence ? Ou Sa Majesté, peut-être ?

— Laissé aller à la dérive. Moi. Je leur avais tant donné. Mon seigneur leur a tant donné. J'avais des messages à délivrer de la part de mon seigneur. Des messages importants.

— Dis-moi à quoi il ressemble, fit Isaac dont les mains couraient sur le corps de l'étranger, raidi par la douleur. Vite !

— Il est livide, seigneur, l'informa Yusuf. Son corps est agité de spasmes, mais pas comme sous l'effet de la strychnine. J'ai à présent vu ça.

— Il serait mort à présent si c'était ce qu'on lui a administré. Va chercher un peu du remède contre la douleur préparé pour Son Excellence. Dis à Raquel qu'il nous en faut davantage.

Peu après avoir réussi à avaler une gorgée de cette mixture, les mâchoires crispées de l'homme se détendirent et il reprit la parole.

— C'est le garçon qui a fait ça. Ce miséreux, ce rebelle... je lui ai enseigné tout ce que je savais... tous mes secrets... même la formule qui lui a permis de me tuer, celle que j'avais apprise auprès des grands maîtres de Gênes, oui, je la lui ai confiée et il me l'a volée. Il va la gaspiller. Je l'avais prévenu. Les pauvres hères ne doivent pas utiliser ce genre de choses. Seuls les riches en sont dignes...

Il s'arrêta un instant et écarquilla les yeux.

— Les riches. Sa stupide seigneurie ne l'est pas assez pour l'emporter sur le monarque le plus froid, le plus cupide du monde et son épouse sans cœur... Elle est meilleur général que lui. Si elle avait été amiral, c'eût été la fin de nous tous. Mais nous nous en sommes tirés, mon seigneur et moi.

— Fait-il référence à Leurs Majestés ? demanda Bernat, un peu guindé, guettant une confirmation.

— Je le crois, dit Isaac.

— Il est aux portes de la mort. Mais qui est sa seigneurie ?

— Qui est votre seigneur ? insista Isaac. Vit-il ici, dans l'Empordà ?

Il ne semblait plus à même de répondre aux questions.

— Nous avons quitté sa seigneurie, le grand juge, ce lâche, pour nous cacher dans son petit donjon tandis que la fille de Rocabertí devait se traîner à genoux devant Sa Majesté et lui rappeler sa noble ascendance.

La plume du scribe courait à toute allure sur le papier.

— Il parle du juge d'Arborea, dit Bernat, moins scandalisé qu'intrigué. Car c'est lui qui a marié la fille du vicomte Rocabertí et ainsi réuni deux grandes maisons. Je parierais que cet homme se trouvait à Alghero. Mais il ne parle pas de lui comme de son seigneur.

— Maître Joan, dit Isaac, quel est votre seigneur ? Est-il l'auteur du message adressé à Sa Majesté ?

— Mon seigneur... murmura le mourant. Mon seigneur se moque bien de ce qui nous arrive après tout ce que nous avons fait pour lui. Mais il entendra à nouveau parler de nous. C'est déjà fait d'ailleurs. Attention, le médecin. Avertissez votre évêque de se tenir sur ses gardes. Il me doit une vie. Ils m'ont volé ma vie, ils me la doivent, tous, oui, tous, ils m'éloignent de ma vie... prennent tout pour eux...

Il lutta pour s'asseoir, mais Isaac posa doucement la main sur sa poitrine et l'obligea à reposer la tête sur l'oreiller.

— Sur ses gardes ! hurla l'homme, paniqué, avant de revenir au murmure. Je lui ai tout appris... Des voleurs... ce sont tous des voleurs... nul autre ne sait ce que je lui ai enseigné... m'ont pris la moitié de mon or, mais ils n'auront pas le reste. Il n'est pas aussi malin.

— Qui donc, maître Joan ? le pressa Isaac. Qui n'est pas assez malin ? Quel est son nom ?

— Je ne suis pas un voleur. Je ne prends que ce qu'il me doit. Je ne suis pas un voleur. C'est ce satané garçon. Il ne comprend pas.

— Quel garçon, Joan ?

— Si je n'avais pas... il n'aurait pu... dit-il d'une voix qui s'affaiblissait d'instant en instant. Dites à l'évêque... nulle part en sécurité... nulle part... traqué de port en port quand les royaumes tombent les uns après les autres.

Le malade se tut. Il chercha à reprendre son souffle et Yusuf lui humecta le visage. Le scribe achevait d'écrire et se hâtait de changer de plume.

— Votre seigneur est-il Mariano d'Arborea ? demanda Bernat. Venez-vous d'Alghero ?

— Maudits soient-ils tous ! s'exclama-t-il soudain. Des voleurs, des menteurs, des traîtres, tous tant qu'ils sont ! Puissent-ils crever comme des chiens et pourrir en enfer avec ceux qui grimpent leurs catins de mères !

— Il nous quitte, dit Isaac, je le sens.

— Joan, mon fils, intervint Bernat. Ne mourez pas en proférant de telles malédictions. Je dois lui parler seul à seul, ajouta-t-il en se tournant vers les autres.

Avant même qu'ils eussent franchi la porte, Joan Cristià se raidit une ultime fois sous l'effet de la douleur, jura à nouveau et retomba.

Isaac se pencha vers lui et posa l'oreille contre sa poitrine. Puis il palpa le cou du malheureux.

— Il n'est plus, annonça le médecin.

— Ce n'est pas une fin très édifiante, dit le scribe

qui parlait pour la première fois. Mais si j'avais été empoisonné, je n'aurais sans doute pas été plus digne.

— Que savons-nous de lui ? demanda Bernat qui posait un regard soucieux sur le défunt. Nous allons lui donner une sépulture mais, s'il a de la famille, celle-ci devra être informée de sa mort. Dans ses habits était dissimulée une bourse contenant six pièces sans grande valeur, et puis, attachée à sa personne, une autre bourse renfermant, elle, cinquante maravédis d'or. Cette somme doit aller à ses héritiers. Je l'ai fait mettre en sécurité.

— Nous connaissons son nom, dit Isaac. Si tel est bien son nom. Car je crains, père Bernat, qu'il ne soit pas aussi honnête que vous.

Pour la première fois depuis l'instant où il avait franchi la porte, le sergent Domingo, de la garde épiscopale, prit la parole.

— Si j'ai bien compris ses paroles, mon père, il était impliqué dans une affaire qui sent le roussi, à mon avis. Comment est-il arrivé ici ? Était-il seul ? Où est-il allé auparavant ? Nous devrions essayer de mettre la main sur ses complices parce qu'ils connaissent certainement les réponses. Je ne puis ignorer les menaces proférées à l'encontre de Son Excellence. Si des hommes œuvraient avec lui et sont aujourd'hui en état de parler, nous devons les retrouver sans plus attendre.

— Comment cela ?

— Je vais prendre un de mes hommes et me rendre dans toutes les fermes et habitations des environs. Quelqu'un a bien dû le voir débarquer ici. Quand j'aurai un témoin sous la main, je me mettrai en quête de celui qui l'a vu avant ça.

— Je dois retourner auprès de mon patient, s'excusa Isaac. J'ai laissé ma fille à son chevet et elle a grand besoin de repos.

Le sergent Domingo était habitué à une vie où le succès venait parfois couronner des efforts acharnés. Cela ne l'étonna pas qu'une seule villageoise eût aperçu Joan Cristià s'avancer en titubant vers le château.

— Complètement éméché qu'il était, oui, dit-elle en frappant sur la tête un marmot braillard qui, l'on s'en doute, cria de plus belle. Si tôt le matin. Devrait avoir honte. C'est lui, l'homme qui est mort au château ? D'ivrognerie, à coup sûr. J'arrête pas de dire à mon Roger que c'est ce qui va lui arriver, et puis après tout, bon débarras.

Elle serra le bébé contre elle et se prépara à rentrer dans sa masure.

— De quelle direction venait-il ? demanda le sergent. De l'abbaye ou de la ville ?

— La ville, voyons, répliqua-t-elle. Comme si les frères allaient lui donner assez à boire pour le mettre dans cet état !...

— Merci, ma brave femme. Mais où sont passés les autres ? ajouta-t-il en désignant le village désert.

— Aux champs, évidemment. Moi, dit-elle en tapotant son ventre rond, je peux plus me pencher, c'est pour ça que je reste ici depuis quelques jours.

Le sergent et son compagnon prirent la route de La Bisbal et rencontrèrent deux autres personnes en chemin : ni l'une ni l'autre n'avaient vu un étranger cheminer vers le château.

— Les routes étaient recouvertes de boue, dit l'un d'eux. Jusqu'à aujourd'hui, les hommes et les bêtes arrivaient pas à marcher.

Quand ils arrivèrent devant la modeste échoppe de Batista le potier, non loin de la route de La Bisbal, le sergent fit halte et mit pied à terre.

— Batista est toujours là, dit-il au jeune garde. Avec un peu de chance, il aura remarqué d'où venait notre homme.

— Un étranger ? s'étonna le potier. Quel genre d'étranger ? Personne n'est passé par là, à part le brave homme qui m'a rendu mon âne.

— Je ne sais au juste, dit le sergent d'un air détaché. Quand était-ce ?

— Le lendemain de... non, deux, peut-être trois jours après l'orage. Les routes étaient encore humides. La pauvre bête était toute crottée. J'étais bien content de la revoir. Il m'a payé pour en avoir fait usage, même si, normalement, mon cousin lui a donné de l'argent pour qu'il me la ramène. Il est très près de ses sous, mon cousin.

— L'étranger, il vous a parlé de lui ?

— Non. Je lui ai demandé s'il voulait prendre quelque chose avant de poursuivre son chemin, mais il m'a répondu qu'il avait un message urgent pour l'évêque et il a déguerpi.

— À pied ?

L'homme acquiesça.

— D'où venait-il pour y avoir emprunté votre âne ?

— De Palamós.

Après avoir eu connaissance du nom et de la profession du cousin, les deux gardes s'en revinrent faire leur rapport au château et se préparer à partir le lendemain pour Palamós.

L'évêque passa tout l'après-midi dans un état proche de la torpeur. Son sommeil était agité et il s'éveillait par instants. Chaque fois qu'il entrouvrait les yeux, Yusuf, puis Raquel quand elle l'eut remplacé, l'incitait à boire — de l'eau, du bouillon, peu importe. Avaler le faisait toujours souffrir, et, après une ou deux gorgées, il refusait de continuer. Mais la fièvre semblait avoir quelque peu diminué ce troisième après-midi, et Isaac paraissait moins inquiet.

— Je ne m'attends pas à de grands changements

avant un jour ou deux, confia-t-il à Bernat, mais son état n'a pas empiré et c'est ce qui importe.

— Voulez-vous dire qu'il est hors de danger?

— Nullement. Vous le saurez quand il en sera ainsi, je vous l'assure. Une autre nuit pénible nous attend.

Cette nuit-là, ils veillèrent donc à tour de rôle, ne se relayant que lorsque les cloches sonnaient. En compagnie d'un des serviteurs, Yusuf prit la première garde, de complies jusqu'à matines, puisque Berenguer semblait avoir sombré dans un profond sommeil. Il avait reçu des instructions très strictes : faire boire Son Excellence au moins deux fois et appeler quelqu'un s'il observait le moindre changement. Raquel et Leah lui succédèrent de matines à laudes, puis Jordi et Isaac restèrent à son chevet de laudes à prime, pendant les heures les plus redoutables de la nuit, celles où la vitalité s'étiole et où l'espoir se meurt.

— Il me semble être toujours semblable, dit Raquel quand elle les quitta.

Elle avait l'impression de répéter sans cesse les mêmes phrases.

— Repose-toi, ma chérie, la rassura Isaac, tu as bien agi.

Les premières lueurs du jour traversaient les volets et tombaient sur le sol quand Berenguer s'éveilla.

— Êtes-vous toujours ici, mon ami? Votre épouse va venir vous chercher si vous vous attardez trop.

— Votre Excellence, pourriez-vous me dire où nous nous trouvons à l'heure actuelle?

— En rêve, quelqu'un me disait que nous étions à Cruilles, mais cela ne peut être vrai.

— Vous êtes bien à Cruilles, Votre Excellence.

Mais l'évêque avait déjà refermé les yeux.

— J'ai soif et j'ai la gorge encombrée de mucosités.

Jordi le souleva et approcha une coupe de ses lèvres. Il but, fit la grimace en avalant, mais termina tout de même le breuvage.

— J'ai un si grand besoin de sommeil... murmura-t-il avant de se rendormir.

À l'aube, le sergent et le jeune garde se mirent en route pour Palamós. La chaussée était redevenue quasiment sèche, le temps clair était plaisant, et seules quelques petites heures de marche séparaient le château du port. Quand ils eurent descendu la colline et furent entrés en ville, le sergent se mit en quête du cousin du potier. La troisième personne interrogée leur indiqua une ruelle descendant vers la mer.

— C'est là que vous le trouverez, dans son atelier, s'il est pas déjà parti à la taverne. C'est pas un acharné du travail, ajouta-t-il avec malice.

— Va voir ce que peut nous apprendre ce cousin, dit Domingo. De mon côté, je vais enquêter dans le voisinage.

Sous l'œil envieux de son subalterne, il s'installa donc dans une taverne bien située.

— Je devais retrouver un homme ici ce matin, dit le sergent quand le tenancier lui eut apporté un gobelet de son meilleur vin, du pain et du fromage. Mais je ne le vois pas. Un grand gaillard, maigre comme un échalas. Il devait partir hier, c'est ce qu'il m'a dit, mais il comptait revenir aujourd'hui.

— Oui, et il m'a laissé quelques affaires à lui, mais c'est son ami qui les a récupérées en fin de journée sous prétexte qu'il aurait changé d'avis.

— Ce sont des gens dignes de confiance mais, tenez, l'ami, allez donc chercher un gobelet pour m'accompagner.

Quand le tenancier fut revenu et se fut assis dans la salle déserte, il vida d'une traite la moitié de son vin.

— Merci, messire, à vrai dire j'ai peur que vous perdiez votre temps. Vous risquez d'être déçu si vous dépendez d'eux. C'est sûr, ils ont l'air sérieux, encore que... Si ce sont de vos amis, je ne vous embarrasserai pas avec tout ça. Vous aussi vous m'avez l'air sérieux.

— Ce ne sont pas des amis, précisa le sergent. C'est plutôt d'affaires qu'on voulait parler. Ils avaient besoin d'un autre associé...

— Je ne m'y fierais pas. Ils ont passé la nuit ici, vous savez, et ils s'accusaient tous deux de tricherie.

— J'ai du mal à y croire, dit le sergent. Mais reprenez donc à boire.

Le tenancier fut interrompu par l'arrivée de trois hommes assoiffés et exigeants. Domingo attendit patiemment qu'il eût satisfait leur demande et qu'il fût revenu à sa table.

— Le plus jeune accusait l'autre de l'avoir floué et ils ont échangé des propos plutôt durs. Ensuite votre ami a dit que ça se réglerait à son retour et qu'il lui fallait attendre ici. Il a payé pour le vin et m'a laissé assez d'argent pour héberger le jeune pendant deux nuits.

— Ça lui ressemble bien, dit le sergent qui croyait dur comme fer à leur honnêteté.

— Mais quand le plus vieux est sorti un instant pour se soulager, il a confié sa bourse au jeune. Il avait l'air d'un ange du ciel, ce garçon, mais il faut voir comment il a tiré une poignée d'or de la bourse. De l'or ! Deux hommes, vêtus comme ceux qui étaient là, sauf que les habits du plus vieux étaient blanchis par le sel de la mer... Et il possédait de l'or ! Tirez-en les conclusions que vous voudrez, messire. En tout cas, le garçon a remplacé l'or par des pièces en cuivre, pour que le poids soit le même. Il a fait ça en deux temps trois mouvements, mais je l'ai quand même vu. Dans mon métier, on apprend à noter ce genre de choses.

— Eh bien, quel vilain tour ! commenta le sergent. Et qu'a fait mon ami quand il s'en est aperçu ?

— Ben, il n'a rien remarqué, répondit le tenancier un peu gêné.

— Il était trop occupé à trouver un âne pour l'emmener à La Bisbal, expliqua un consommateur assis à une autre table. Même qu'il cherchait l'évêque. En tout cas, il avait pas l'air du genre à se préoccuper du salut de son âme ! ajouta-t-il en riant.

Le jeune garde arriva en courant.

— Sergent, j'ai trouvé...

— Sergent ? fit le tenancier, mal à l'aise, tout en regagnant son comptoir.

Domingo hocha la tête et laissa sur la table trois petites pièces, un gobelet de vin à peine entamé, une tranche de pain rassis et un bout de fromage.

— Désormais, dit le sergent, quand je serai entouré de gens qui me racontent ce pour quoi on est venu, tâche de ne pas m'interpeller par mon grade.

Décontenancé, le jeune garde le suivit quand il sortit de la taverne.

— Alors, qu'as-tu appris ? demanda Domingo. Et baisse la voix.

Ils étaient assis dans une taverne mieux fréquentée. Les reliefs d'un excellent dîner s'étalaient devant eux.

— Il m'a dit qu'ils venaient de la taverne et qu'ils voulaient lui louer son âne. Quand il a compris qu'ils se rendaient à La Bisbal, il a accepté et leur a demandé de le rendre à son propriétaire. Le plus vieux des deux s'appelait Joan. Il m'en a fait une description exacte.

— Et l'autre, le jeune ?

— Son nom ne lui revenait pas. C'était quelque chose comme Ramir, ou Raul, peut-être même Rafael. Il ne l'a pas vu en pleine lumière. Son atelier est de l'autre côté. En tout cas, il a remarqué qu'il avait les cheveux clairs, jaunes, peut-être, ou roux, et qu'il n'était pas très grand. Le tenancier a dû le voir mieux que ça.

— Le tenancier, ah! Il sait où réside son intérêt, mon garçon, et ce n'est pas de notre côté. Dès qu'il a eu compris qu'on en voulait au complice, il s'est réfugié parmi ses cruches et ses tonneaux. Il ne se rappelait même plus leurs noms!

Quand les deux hommes rentrèrent au château, au crépuscule, l'atmosphère du château avait changé du tout au tout. Débarrassée de la fièvre, Son Excellence avait réussi à manger. Pour les serviteurs installés à demeure, la mort de l'évêque n'aurait affecté que ceux qui le connaissaient depuis l'enfance et qui l'auraient pleuré; mais pour ceux qui l'avaient accompagné dans ses déplacements, leur existence tout entière en eût été bouleversée.

Bernat avait à peine le temps d'écouter le rapport du sergent et de veiller à ce qu'il fût correctement transcrit.

— Tout ceci devra être mis de côté jusqu'à ce que Son Excellence soit en mesure d'approuver nos actions, dit-il. Comment va Son Excellence? lança-t-il au médecin alors que celui-ci sortait de la chambre de l'évêque.

— Son état s'améliore, répondit Isaac, mais elle est encore faible et se fatigue très vite. Monseigneur Berenguer souhaite rentrer à Gérone, pourtant je ne puis l'autoriser à voyager.

— Je ne ferai donc pas état de cet incident tant qu'il n'aura pas pleinement recouvré la santé.

— En attendant, et je vous dis cela en toute humilité parce que j'en sais moins que vous, je suggérerais que mon patient fût tenu à l'écart de tous ceux en qui vous avez le plus confiance, quels qu'ils soient. Si nous avons œuvré jour et nuit pour le garder en vie, ce n'est pas pour que le poison ou l'acier l'emporte aujourd'hui.

— Jordi veillera sur lui, dit Bernat.

— Oui. Je ne le pense pas capable de trahir son maître.

Deuxième partie

L'HIVER

VI

Dins nos mateixs medicines trobam

En nous-mêmes nous trouvons des remèdes

Les plantations et les récoltes d'automne étaient achevées ; la ville avait tenu sa foire et célébré son protecteur, Sant Narcís, béni soit son nom, qui les avait sauvés des Français lors de ce redoutable siège que leurs aïeuls et leurs bisaïeuls avaient enduré. L'hiver arrivait, avec son cortège de pluies interminables. Même lorsqu'elles s'arrêtaient provisoirement, une désagréable humidité imprégnait l'air. Les jours raccourcissaient et le soleil, quand il daignait se manifester, ne cessait de pâlir. Certains jours, les scribes se plaignaient qu'à midi ils ne pouvaient déjà plus écrire. Dans la lutte éternelle entre les ténèbres de la nuit et la lueur bienfaitrice du jour, c'était la nuit qui semblait l'emporter.

C'est par une journée blafarde que l'évêque revint de Cruilles, accompagné des gardes de sa maison et de ses serviteurs, de son médecin, de Raquel et de Yusuf. Bien que soulagé des fièvres et désireux de rentrer chez lui, il était encore trop faible pour protester à l'idée d'être transporté dans une litière au lieu de monter à cheval ou de chevaucher sa mule placide.

Isaac, Raquel et Yusuf trouvèrent à leur arrivée une cheminée bien garnie et une table chargée d'une abondance de mets savoureux. Attiré par le bruit qu'occasionnait leur retour, Daniel, déposant ses outils, déclara à son oncle qu'il s'accordait un peu de repos.

— Dis à maître Isaac que nous lui rendrons visite avant l'heure du souper, lui répondit calmement Éphraïm, et Daniel s'élança dans la fraîcheur de l'après-midi.

On s'empressa de lui faire une place à table, et Daniel s'installa juste à côté de Raquel.

Une fois que Judith eut appris à quoi ressemblait le château de Cruilles et le nombre exact de ses chambres à coucher, elle secoua la tête.

— Ça m'a l'air bien petit pour un château. Je croyais qu'ils étaient très riches.

— Non loin de là, ils en ont un autre, bien plus grand, lui expliqua Raquel. Mais Son Excellence aime particulièrement celui-là et c'est là qu'elle a demandé à être menée. Quand êtes-vous revenu à Gérone ? demanda-t-elle à Daniel en se tournant soudain vers lui. Nous étions sans nul doute tout près l'un de l'autre.

— D'une certaine façon, oui.

— Cela vous a-t-il plu de voyager aux côtés du jeune maître Rubèn ? ajouta-t-elle d'un ton moqueur. Il ne m'a pas fait l'effet d'être le compagnon idéal, mais il faut dire que je lui ai à peine adressé la parole. Mérite-t-il d'être connu ?

Daniel mangeait du poisson grillé et il faillit s'étrangler.

— Vous n'êtes donc pas au courant ? Vous ignorez que Rubèn s'est jeté dans les bras des pirates ?

— De quoi parlez-vous ?

— Je ne devrais pas rire, ce n'est pas charitable, mais il commençait à m'agacer. Nous avions à peine atteint Sant Feliu de Guíxols qu'ils ont attaqué la ville, ainsi qu'ils l'ont déjà fait à plusieurs reprises au cours de ces dernières années, et Rubèn a détalé comme pour se joindre à eux. Malgré le vent et la pluie, nous l'avons cherché dans toute la ville, en vain.

— Que lui est-il arrivé ? demanda Isaac.

— Nul ne le sait vraiment, mais maître Mordecai a reçu de son agent une lettre lui indiquant qu'un corps, très abîmé par la mer, avait été rejeté sur le sable. Il avait les cheveux clairs et des bottes qui pouvaient être celles de Rubèn. Il précisait quand même qu'il n'était certain de rien.

— Vous ne croyez pas que c'était Rubèn ?

— Je ne saurais dire. J'ai du mal à croire qu'une telle chose ait pu lui arriver. Mais j'ai eu aussi des difficultés à imaginer qu'il puisse s'enfuir en pleine attaque de la ville. Je suis navré de l'avouer, mais je ne l'aimais pas. S'il est mort, c'est triste pour ma famille, mais je ne le pleurerai pas.

Après cette oraison, la conversation porta sur des sujets plus agréables.

Une fois dans son palais, l'évêque se reposa pendant quelques jours, dormant dans son lit douillet, réchauffé par un bon feu et des couvertures en fourrure, et requinqué par les meilleurs plats sortis de ses cuisines. Puis, progressivement, il se remit au travail. Il signa d'abord quelques papiers indispensables, des licences et des autorisations qui ne pouvaient attendre, déposés devant lui par Bernat. Plus tard, il insista pour lire les documents qu'il parafait. Plus tard encore, il exigea que l'on changeât la tournure de plusieurs phrases, et tout le monde s'en trouva soulagé. Son Excellence redevenait elle-même.

Un matin, il se rendit dans son cabinet et fit demander Bernat et le scribe.

— Que se passe-t-il ici ? demanda-t-il en voyant sa table de travail exempte de tout parchemin. Il n'y a même pas une particule de poussière.

— J'ai pensé que Son Excellence ne se sentirait pas prête à reprendre les affaires, s'excusa Bernat. Pas encore, du moins, c'est pourquoi j'ai tout fait porter dans mon propre cabinet.

— Sans peut-être pas tout revoir aujourd'hui, Bernat, si je ne m'y mets pas dès à présent, cela deviendra vite très difficile.

Bernat se retint de dire qu'à son avis ce l'était déjà.

— Oui, Votre Excellence. Que désirez-vous que je vous apporte, les dernières dépêches ou les plus anciennes ?

— Toutes, Bernat. J'aime savoir ce qui m'attend, je ne veux pas le découvrir par bribes.

Bernat adressa un regard au scribe qui bondit sur ses pieds et quitta la pièce en compagnie du secrétaire. Quand ils revinrent, chacun avait les bras chargés d'une pile de documents.

— Dois-je les poser sur mon bureau ? demanda Bernat.

— Certainement pas, répondit Berenguer. Sur le mien. Et voyons ce que l'on peut faire avant dîner. Par respect pour mon médecin, je travaillerai la première moitié de la journée, et pas un instant de plus.

Deux jours après, la cloche du portail sonna de manière si énergique qu'Isaac traversa la cour. Un vent perfide venu des montagnes avait franchi les murailles de la ville pour glacer chacun jusqu'aux os. Il frissonna.

— Qu'y a-t-il, Ibrahim ?

— Je viens de la part de Son Excellence, lança une jeune voix avant même que le portier eût le temps de répondre. Vous devez vous rendre immédiatement au palais, maître Isaac.

Isaac se rembrunit. Il avait quatre malades à visiter ce matin-là et il attendait le retour de Raquel pour se consacrer à ses patients.

— L'évêque exige votre présence, maître Isaac, insista le garçon dont la voix virait au suraigu.

Il réfléchit un instant avant de conclure que ses patients pouvaient bien attendre un peu.

— Va dire à Son Excellence que je serai au palais dès que j'aurai rassemblé quelques remèdes. Ibrahim, va chercher Yusuf, il doit être en train d'étudier.

Le médecin regagna la petite pièce bien ordonnée qui lui servait à la fois de cabinet et de laboratoire — de chambre à coucher, aussi, quand il revenait nuitamment après s'être rendu au chevet d'un malade. Il enfila une tunique plus chaude et mit sa cape tout en se demandant ce qui lui serait nécessaire pour ces cinq patients.

Yusuf arriva en bâillant.

— Vous vouliez me voir, seigneur ?

— Oui. Je pensais que j'allais t'interrompre dans tes études, pas dans ton sommeil.

— Je vous demande pardon, seigneur, mais je n'ai...

— Peu importe. Je sais ce dont nous aurons besoin. Range bien tout et couvre-toi, ajouta-t-il.

— Votre Excellence ne se sent pas bien ? dit Isaac. On m'a rapporté que votre santé s'améliorait d'heure en heure. J'espérais que c'était la vérité.

— C'est bien la vérité, oui, s'impatienta Berenguer. Je vais si bien que j'en suis arrivé à cette partie de mon travail que mon secrétaire juge sans importance.

— Pas sans importance, Votre Excellence, le corrigea Bernat. Sans urgence, simplement.

— Vraiment ? Vous ne trouvez pas importantes des menaces proférées à l'encontre de ma personne, de Sa Majesté et de ses représentants ?

— Si, Votre Excellence, mais qu'elles puissent être mises à exécution, c'est douteux, s'entêta Bernat.

— Vous voyez, Isaac, ils se révoltent tous, même Bernat. Au moindre signe de faiblesse, ils...

— Votre Excellence ! s'écria le secrétaire, horrifié.

Berenguer éclata de rire.

— Ah, cela fait si longtemps que je n'ai pas ri de bon cœur, Bernat aura oublié mon humour ! Non, mon bon père Bernat, redevenons sérieux : je serais plutôt de votre avis, mais je crois que nous ne pouvons garder cela par-devers nous. Si cette menace est bien réelle, nous ne pouvons l'ignorer.

— L'homme délirait, Votre Excellence. On comprenait à peine ce qu'il disait.

— C'est pourquoi j'ai envoyé quérir maître Isaac. Lui aussi l'a entendu. Isaac, j'ai sous les yeux le rapport du sergent. Tout de suite après l'avoir lu, Bernat, j'ai décidé que mon médecin pourrait nous aider s'il daignait ajouter sa science aux renseignements que le sergent nous a fournis.

— C'est possible, oui, dit le secrétaire dont la patience semblait mise à rude épreuve.

— En premier lieu, notre bon sergent Domingo déclare avoir décrit l'homme mort à Cruilles à l'aubergiste de Palamós, et celui-ci a aussitôt reconnu en lui l'un des deux individus venus passer une nuit dans son établissement. Apparemment, le mort se faisait appeler Joan.

— C'est exact, intervint Isaac. Quand je l'ai vu

pour la première fois, il m'a dit que son nom était Joan Cristià. Mais il n'a pas goûté que je veuille savoir si c'était un *converso* pour se dénommer ainsi. Pourquoi, je l'ignore. Ce n'est pas un nom que l'on donne souvent à ceux nés dans votre foi, Votre Excellence. Hormis cela, qu'a donc découvert le sergent ?

— Bernat nous lira le reste.

— J'ai pris par deux fois connaissance de ce document, dit Bernat. Il serait plus simple que je vous en fasse un résumé. Le mort a quitté Palamós avec l'intention d'y revenir, apparemment. Il a en effet confié ses affaires au tenancier. Son ami les a récupérées un peu plus tard.

— Si notre Joan Cristià avait raison dans ses conjectures, dit Isaac, son ami savait déjà qu'il ne reviendrait pas.

— Cela me semble probable. Le sergent a également appris de l'aubergiste que le jeune homme avait subtilisé une bonne partie de l'or contenu dans la bourse du mort. De plus, les vêtements de celui-ci avaient trempé dans l'eau de mer. J'ai posé la question aux serviteurs qui s'occupaient de Cristià et ils m'ont répondu que sa tunique était raide et décolorée comme après un passage dans la saumure.

— Il a dit avoir été jeté à la mer.

— Cela expliquerait tout, fit le secrétaire. Selon le sergent, tout le monde a décrit le mort avec précision, mais personne n'a vraiment remarqué son compagnon, à l'exception de l'aubergiste, qui lui a trouvé l'air d'un ange, et du cousin du potier, qui a décrit ses cheveux pâles, jaunes ou roux, l'on ne sait.

— Un ange ! s'écria Berenguer. Et vous pensez que cela suffit pour le retrouver ? La région est pleine de « petits anges », à en croire leurs parents. Et puis, sait-on vraiment à quoi ressemble un ange ? Si c'est là l'unique description dont nous disposons... Non, ce qui me soucie davantage, ce sont les paroles du mourant telles que les a répétées maître Isaac et que les a recopiées votre scribe, Bernat.

— Pourrais-je les entendre à nouveau, Votre Excellence ? dit Isaac. Cela me rafraîchirait la mémoire.

— Certainement, dit Bernat qui adressa un signe de tête à son scribe.

Celui-ci lut la transcription d'une voix tout à fait neutre.

— Merci, cela m'a été très utile.

— Utile ? s'étonna Berenguer. Mais en quoi ?

— Je doutais de certains détails, j'ai à présent une idée plus précise de ce qu'il a dit.

— Vous avez bien de la chance, fit l'évêque. Mais puisqu'il en est ainsi, maître Isaac, révélez-moi le sens de ces propos, s'il existe, naturellement.

— Je pense que, tandis qu'il parlait, il ne cessait de passer de la vérité à une fable innocente qu'il inventait pour l'occasion.

— Et quelle était donc cette fable ?

— Qu'il avait payé pour s'embarquer sur un honnête vaisseau faisant route vers Barcelone. Le bateau frappé par la foudre menaçait de couler et de braves marins, faisant preuve d'une remarquable abnégation, l'ont mis dans un canot pour qu'il regagne la terre ferme.

— Cela m'a paru très clair, dit Bernat.

— Non, parce qu'il souffrait par intermittence du poison qu'on lui avait administré. Chaque fois, son langage se faisait plus saccadé, mais je crois aussi, plus honnête. C'est pendant l'une de ces crises qu'il a déclaré être monté sur un bateau dont le capitaine avait été grassement payé par son maître pour le prendre à son bord mais, au lieu de le conduire à destination, comme prévu, ils l'ont jeté à la mer.

— C'est là le geste d'hommes manquant de tout principe, dit Bernat d'un ton guindé.

— Des pirates, ajouta l'évêque.

— C'est également mon avis, Votre Excellence, dit Isaac avant de poursuivre son raisonnement. Je crois aussi que le garçon angélique et l'apprenti auquel il a tout appris ne font qu'une seule et même personne.

— Quel est donc ce personnage que nous avons tenté de secourir ? demanda Berenguer.

— Un expert en poisons, Votre Excellence. Il savait précisément ce qu'on lui avait donné et il m'a demandé de lui préparer un mélange de plantes et de simples qui l'aurait aidé s'il l'avait ingurgité plus tôt. J'imagine que cette connaissance le rendait précieux aux yeux de son seigneur, quel qu'il fût.

— Arborea ? suggéra Berenguer. Bernat, ne m'avez-vous pas dit qu'il avait mentionné le juge ? Et Sa Majesté est toujours en Sardaigne...

— Nous ne savons pas s'il était au service du juge. Il parlait de lui avec le plus grand mépris, mais pas comme s'il était son maître. Cependant, le diocèse étant désormais en possession de ses affaires, y compris cette somme en or, j'ai pris la liberté, tandis que Votre Excellence était souffrante, d'écrire aux Arborea pour savoir s'ils connaissent cet homme. Nous n'avons pas encore reçu de réponse de leur part.

— C'est très bien, Bernat. Mais je dois réfléchir attentivement à ce que l'on peut entreprendre d'autre. Une accusation aussi terrible à l'encontre d'un noble puissant pourrait causer plus de mal que de bien à Sa Majesté.

— J'ai eu l'impression, dit Isaac, qu'il était — ou avait été — au service d'un membre de la famille des Arborea, et qu'il avait été congédié à juste titre.

— Une chose est claire. Il était l'un de ces deux chenapans, et si notre « angelot », Rafael, Raul ou

Ramir, se présente ici, il sera arrêté. Mais de là à dire comment il s'appelle...

— Les garçons portant des noms ressemblant à Rafael sont aussi nombreux que les « angelots », pour reprendre l'expression de Son Excellence, fit remarquer Bernat d'un air sombre.

Le dîner attendait depuis plus d'une heure quand Isaac et Yusuf rentrèrent enfin à la maison. À l'instant où ils avaient quitté leur deuxième patient, le temps incertain s'était brusquement changé en une averse épouvantable. La violence du vent était telle que la pluie leur cinglait le visage et frappait les pavés avant d'éclabousser bottes, tuniques et capes. Trempés, tout tremblants, ils retrouvèrent la chaleur bienveillante de la solide maison de pierre du médecin.

— Mais que faisiez-vous donc dehors par un tel déluge ? demanda Judith en quittant la table familiale où chacun attendait leur retour.

— Oh, ce ne sont que quelques gouttes, ma mie ! lui répondit son mari. Il nous suffit de nous changer et tout ira mieux.

— Venez avec moi, je vais vous sécher et vous trouver des habits secs.

Isaac la suivit avec docilité quand elle l'installa près de l'âtre.

— Restez là.

Sans perdre un instant, elle entra dans la chambre à coucher, ouvrit une grande armoire et tira une pile de vêtements de l'une des étagères. Elle les disposa devant la cheminée pour qu'ils s'imprègnent de la chaleur du feu. Puis elle dénoua les cordonnets qui fermaient la cape et la capuche d'Isaac, déboutonna sa tunique et défit sa chemise. Elles rejoignirent ses chausses et ses bottes pour former un gros tas humide posé à même le sol.

— Vous grelottez, dit-elle d'un ton sec.

Naomi, la cuisinière, apporta une grande serviette chaude et le frotta énergiquement comme lorsqu'elle était sa nourrice et qu'il n'était qu'un petit enfant.

Judith prit la chemise que le feu avait réchauffée et la lui enfila.

— C'est de la folie de sortir par un temps pareil, dit-elle avant de lui passer ses chausses. Il fallait rentrer dès les premières gouttes. Qu'allons-nous faire, l'enfant et moi, si vous venez à mourir ?

Naomi l'aida à enfiler sa tunique.

— Maîtresse, je vais chercher ses mules fourrées. Je les ai placées devant l'âtre dès qu'il s'est mis à pleuvoir.

— Là, dit Judith en fermant le dernier bouton. Vous allez maintenant avaler de la soupe chaude. Comment vous sentez-vous ?

— Mieux, dit Isaac, mais j'ai toujours froid.

— Je vais faire allumer un feu dans notre chambre, mais vous devez d'abord manger.

Naomi apporta dans la salle à manger une grande marmite de soupe qu'elle posa sur une desserte. Il s'en élevait une délicieuse odeur de poulet aux légumes, mais aussi d'oignon et d'ail, de poivre et de safran. Elle plaça une épaisse tranche de pain grillé dans l'assiette d'Isaac et versa dessus une pleine louche de soupe.

— Voilà, il n'y a rien de tel pour un jour comme aujourd'hui. Ensuite, vous mangerez le poulet accompagné d'une bonne sauce revigorante.

— Merci, Naomi, dit Isaac. Que pourrais-je souhaiter de meilleur ?

— Où est Yusuf ? demanda Judith.

— Je l'ai installé dans la cuisine pour l'avoir à l'œil. Il est toujours trempé, mais il mange ma soupe.

— Il n'est plus question qu'ils sortent tant qu'ils ne

seront pas remis, et peu importe qui les demande! affirma Judith.

— Je dois veiller sur mes patients, dit timidement Isaac.

— Vous allez vous reposer.

— Je m'en chargerai, papa, intervint Raquel. Yusuf et vous resterez bien au chaud.

— Tu ne peux tout de même pas sortir seule, dit Isaac, plus inquiet que furieux.

— C'est vrai. Je prendrai Leah avec moi, marcher lui fera du bien, et Ibrahim, qui pourra nous défendre même s'il n'est pas très robuste. Je serai à la fois respectable et protégée. Si vous vous faites toujours du souci, je demanderai à Daniel de nous accompagner, et nous foulerons tous les quatre de nos bottes boueuses le sol de la demeure de vos patients.

— Je suis vaincu, une fois encore, soupira Isaac. Il ne me reste plus qu'à manger ma soupe...

Les vêtements chauds, la soupe au pain et à l'ail, la tiédeur de la chambre à coucher et la chaufferette n'y firent rien : le lendemain matin, Isaac se réveilla avec de la fièvre et la gorge endolorie.

Outre les patients de son père, Raquel dut également s'occuper de lui.

— Ce n'est pas parce qu'on a reçu la pluie hier, dit Isaac d'une voix rauque. C'est la même maladie dont souffrent trois de mes patients.

— Le froid et l'humidité n'ont rien arrangé, papa. Maintenant buvez ceci, vous prendrez ensuite du bouillon chaud. J'espère que vous vous montrerez plus coopératif que Son Excellence.

Deux semaines s'écoulèrent avant que Judith permît à qui que ce soit de prononcer devant son époux un mot relatif à son travail. Des amis apportaient des mets délicats qui, ils le souhaitaient sincèrement, adouciraient la gorge la plus irritée du monde. Protégés de la dureté du climat, le verger et les jardins de l'évêque produisaient des fruits tardifs et des herbes médicinales qui faisaient l'admiration de Naomi.

Judith finit par céder. Depuis deux ou trois jours, son mari avait quitté le lit et errait comme une âme en peine. Les serviteurs ne cessaient de se plaindre qu'il les dérangeait à tout moment dans leurs tâches ménagères. Judith permit alors à un messager de Son Excellence de pénétrer dans la maison.

— Son Excellence dit ne pas vouloir vous arracher à la chaleur de votre foyer si vous ressentez encore les effets néfastes de votre maladie, ânonna le jeune garçon qui faisait de son mieux pour réciter sans erreur un texte appris par cœur. Si tel est le cas, pourriez-vous lui adresser de ce... de cette... enfin de ce que vous lui avez donné.

— De quoi souffre Son Excellence ? s'enquit Isaac. Cela change tout, tu sais ?

— Oh, de la goutte, elle a dit que c'était la goutte.

— Dans ce cas, je vais lui rendre visite. Je crois que le soleil luit enfin.

— C'est exact, maître Isaac. Quand j'ai quitté le palais, le soleil brillait si fort qu'il m'a aveuglé. La tramontane a chassé les nuages et le soleil a réchauffé les pavés des rues. Mais à l'ombre, il fait encore frais, ajouta-t-il à voix basse.

— Ma cape la plus épaisse me permettra d'affronter une petite chute de température.

— Je vais vous la chercher, soupira Judith. Et je vous envoie Yusuf.

— Je me porte bien depuis plusieurs jours, Votre Excellence, mais mon épouse m'a cantonné près du feu de crainte que je ne commette une imprudence et ne retombe malade. Votre message a été le bienvenu. Je n'aime guère l'oisiveté.

— Et moi je n'aime guère la goutte, grommela l'évêque. Ces ignorants n'ont pas préparé suffisamment de votre remède, et il n'en restait plus quand le mal m'a frappé. Mais je vous sais gré d'être venu.

— J'en ai donné à Jordi qui va vous en apporter une coupe. Puis-je examiner votre pied pour voir comment l'enflure évolue ?

Jordi entra alors à pas feutrés. Il prit un tabouret et le plaça devant le repose-pieds de Berenguer afin qu'Isaac s'y installât.

— Merci, Jordi, dit le médecin en soulevant avec délicatesse le pied malade.

— Je suis étonné que vous sachiez qu'il s'agit de Jordi, fit l'évêque. Il se montre si discret qu'on pourrait imaginer qu'il n'existe pas.

— Oh, Votre Excellence, ce n'est pas compliqué ! Tous les autres serviteurs ainsi que les pères Bernat et Francesc font du bruit, même s'il est infime. Mais voyons plutôt votre pied. Il est brûlant et l'extrémité doit en être très douloureuse. Vous n'auriez pas dû attendre si longtemps pour me faire venir. Je crains que vous ne soyez trop brave et trop obstiné.

— Ne craignez rien, Isaac, mon ami, dites plutôt que je suis têtu. Mais j'ai tout de même fini par vous appeler, non ?

— J'ai le remède, maître Isaac, lui chuchota Jordi. Quelle quantité dois-je verser ?

— Une bonne cuillerée, Jordi, je t'en prie. Prépare également un emplâtre bien chaud pour réduire l'inflammation, ainsi qu'une bassine d'eau froide où tu auras au préalable versé les sels : cela devrait assouplir les articulations.

Quand le traitement fut terminé et que l'évêque se

sentit un peu mieux, il se cala dans son fauteuil bien rembourré et allongea la jambe sur le repose-pieds.

— Ah, la goutte choisit bien son heure pour venir m'importuner, grogna-t-il.

— Il est navrant que ce soit au moment où vous vous remettez à peine.

— Oui, mais je tiens pour responsables les cuisiniers qui me gavent, sous prétexte que je n'aurais plus que la peau sur les os.

— Je leur parlerai, Votre Excellence, l'assura Isaac.

— Je m'en suis déjà chargé. Non, le problème est que j'ai ici une délégation venue de Palamós déposer une plainte qui concerne les fréquentes intrusions des pirates : leur dernière incursion à Sant Feliu de Guíxols les pousse à demander à Sa Majesté des fonds pour des fortifications. Apparemment, ils attendaient que la pluie cesse et que je guérisse pour me parler. Ils sont arrivés la nuit dernière, au grand dam des cuisiniers, horrifiés d'apprendre que cinq conseillers et leur train espéraient être logés et nourris.

— Ils ne vous ont pas écrit ? s'étonna Isaac.

— Il semble que si, mais leur messager ne s'est pas montré digne de confiance. Ils l'ont retrouvé dans une auberge en train de vider autant de cruches de vin que sa bourse le lui permettait. Ils l'ont également amené ici, avec le message. Ils sont résolus à m'exposer leurs doléances, n'ayant pu obtenir de rendez-vous avec le procurateur de Sa Majesté, le seigneur Vidal de Blanes. Un entretien avec lui n'aurait rien changé. Ils ne venaient pas quémander quelques pièces. Ce genre de décision ne peut être prise que par Sa Majesté en personne, et je sais qu'elle y a déjà beaucoup réfléchi. Quand elle désirera donner audition aux représentants des villes, elle le leur fera savoir. Évidemment, ce n'est pas ce qu'ils souhaitent m'entendre leur annoncer.

— Que veulent-ils de vous, Votre Excellence ?

— Sans aucun doute, que j'approche Sa Majesté et que je parle en leur nom. Peut-être espèrent-ils aussi que le diocèse financera l'érection de nouvelles murailles ou enverra une flottille patrouiller au large des côtes. Je crains que notre entretien ne se déroule difficilement.

— Cela ne vous aidera pas à surmonter l'attaque de goutte, Votre Excellence. Dormir, vous reposer et vous purifier le sang grâce à une nourriture moins riche, voilà ce dont vous avez besoin. Mes plantes médicinales ne sauraient faire mieux.

— Je m'en souviendrai quand je rencontrerai ces gentilshommes. Je resterai calme et souriant. Je vous promets de faire de mon mieux. Puis je leur rappellerai que ces décisions regardent la défense du royaume, pas seulement celle de leurs cités, et que seule Sa Majesté peut les prendre. Après quoi, je les inviterai peut-être à partager un frugal repas de pain et de légumes, dit l'évêque en riant. Ils seraient surpris, non ? Quoi qu'il en soit, je me demande s'il y a un quelconque rapport entre ces dernières attaques et les difficultés que nous connaissons en Sardaigne. J'aimerais mettre la main sur ces pillards et savoir exactement d'où viennent leurs bateaux et leurs capitaines.

— Quelle est votre opinion ?

— Je ne sais au juste. Gênes ? L'Afrique du Nord ? Plus loin encore ? Ceux qui ont entendu parler les hommes d'équipage racontent qu'ils sont de toutes les origines, mais ce sont leurs maîtres qui m'intéressent.

— Votre Excellence, ils seraient, selon vous, animés du désir d'abattre le royaume ?

— Non, mon ami, mais du désir de remplir d'or

leurs coffres. Oh, j'y songe, un des membres de la délégation de Palamós m'a dit avoir été attristé par la nouvelle de votre mort. Il m'a ensuite demandé si j'avais besoin d'un nouveau médecin avant d'ajouter que l'un de ses jeunes cousins ferait parfaitement l'affaire.

— Ma mort ?

— Oui, ils vont être légion à postuler, croyez-moi, conclut l'évêque, l'air sombre.

Troisième partie

MARS

VII

No em fall record del temps tan delitós

Je n'ai pas oublié un temps aussi délicieux

Dimanche 1er mars 1355

En cette fin d'après-midi, le soleil réchauffait les pierres du mur est de la cour et inondait celle-ci de lumière. Judith et Raquel s'étaient assises à l'abri du vent pour coudre tandis que les jumeaux s'adonnaient à un jeu compliqué consistant à faire rouler des cailloux à l'aide de bâtons. Brusquement, Judith rejeta son ouvrage dans le panier et regarda autour d'elle.

— Je crois que je n'en peux plus, soupira-t-elle.

— Qu'y a-t-il, maman ? lui dit Raquel. Est-ce que vous...

— Non, ce n'est pas moi. C'est cette cour. Dès qu'il fait un peu jour, on se rend bien compte qu'elle n'a pas été balayée depuis longtemps. Je me demande qui aurait envie de s'installer près de la fontaine. Comment pouvons-nous préparer la Pâque avec une maison aussi en désordre? Va chercher Ibrahim, Raquel. Il faut qu'il fasse quelque chose.

— Dès maintenant? La Pâque n'est pas avant deux mois et le soleil est déjà bas. Le temps de donner des directives à Ibrahim et qu'il les comprenne, la nuit sera tombée et il devra aider Naomi à la cuisine. En outre, papa ne sera pas content s'il nous découvre en train de nettoyer la cour au moment où il rentre à la maison. Non, nous nous y mettrons demain. Tous.

— Je veux pas nettoyer la cour, dit Nathan d'un ton mutin.

— Moi non plus, ajouta sa sœur, Miriam.

— Il risque de pleuvoir demain, dit Judith qui se leva d'un bond que son impressionnant tour de taille n'aurait pu laisser prévoir.

— Il peut pleuvoir n'importe quand, répliqua Raquel irritée. S'il fait beau demain, nous balaierons la cour, c'est promis. Mais pour l'heure, vous devriez plutôt vous reposer.

— C'est ce que j'ai fait tout l'après-midi devant ton insistance, Raquel. Même si je n'en ai pas envie. Je vais aller me promener et profiter des derniers rayons du soleil. C'est une belle journée, et l'on n'en a pas si souvent à cette période de l'année. Accompagne-moi, tu as l'air si pâle.

— C'est possible, mais ce n'est certainement pas par manque d'exercice. Pourtant je ferai quelques pas avec vous puisque vous le souhaitez.

D'un commun accord et sans plus de discussion, la mère et la fille empruntèrent une petite rue qui les mena à la maison d'Éphraïm le gantier, non pour y chercher des gants, mais pour voir son épouse, Dolsa, et son neveu, Daniel. Car la conversation animée de Dolsa et la passion de Daniel les attiraient, chacune pour ses propres raisons, comme un point d'eau attire un animal assoiffé.

La cour ne serait pas nettoyée le lendemain. Judith et Raquel achevèrent leur visite — frustrante pour la jeune fille ; au moment de franchir le seuil, elles entendirent la voix d'Isaac devant le portail d'Éphraïm. Yusuf accompagnait son maître. Tous quatre prirent le chemin de leur maison. Très vite, Judith dut s'arrêter et s'appuyer contre le mur.

— Isaac, attendez un instant, dit-elle, je dois reprendre mon souffle.

Il lui toucha le bras droit et sentit qu'elle plaquait la main sur son ventre.

— Pouvez-vous encore marcher ? lui demanda-t-il doucement.

— Cela va aller.

— Comme vous êtes courageuse ! Raquel, va chercher la sage-femme. Je ramène ta mère à la maison.

La nuit était là, et les femmes avaient pris possession de la maison. La sage-femme, Raquel et Naomi se trouvaient dans la chambre à coucher tandis que Judith ne cessait d'aller et de venir entre cette pièce et la cuisine. Leah avait emmené les jumeaux dans un coin tranquille de la maison et plus personne ne pensait à eux. Bien qu'incitée plusieurs fois à gagner son lit, Jacinta, la petite servante, resta debout pour préparer la soupe, s'occuper du feu et chauffer de l'eau.

Isaac s'enferma dans son cabinet, murmurant des prières, puis méditant sur la naissance et la mort. Il savait qu'on viendrait le chercher, Raquel ou la sage-femme, une femme habile et raisonnable, si Judith courait le moindre danger. Mais quand il entendit chanter le premier oiseau, il se leva d'un coup. Il fit sa toilette dans la bassine d'eau claire toujours à disposition dans son cabinet, dit ses prières matinales et décida de braver les femmes qui occupaient le premier étage de la maison. Il faillit trébucher sur Yusuf, enroulé dans une chaude cape et couché sur le pas de la porte.

— Pardonnez-moi, seigneur, mais je ne pouvais dormir....

— Moi non plus, mon garçon. Allons aux nouvelles. Le jour se lève-t-il ?

— Le ciel pâlit à l'orient, seigneur. Sinon, la pleine lune illumine encore le ciel et la cour.

Ils montaient l'escalier menant à la chambre à coucher quand un cri rauque se fit entendre.

— Pauvre maîtresse ! dit Yusuf. Comme elle souffre...

— Non, Yusuf, ce n'est pas un cri de douleur, mais de triomphe. Écoute.

Le vagissement énergique d'un nouveau-né se fit alors entendre.

Raquel faillit percuter son père quand elle déboula dans le couloir pour lui annoncer la bonne nouvelle.

— Papa, maman va bien, et mon petit frère est déjà robuste et plein de vie. Je n'ai jamais vu de bébé aussi gros.

— Ton petit frère ?

— Oui, papa, vous avez à présent un autre garçon. Mais allez voir maman, elle ne cesse de vous réclamer.

— Isaac, dit Judith, il est superbe ! Il vous ressemble tant !

Le médecin tendit les bras et la sage-femme lui confia le nouveau-né.

— Mais oui, il m'a l'air en pleine santé. Ah, Judith, quelle bonne épouse vous faites !

— Maman a raison, dit Raquel, il a vos traits. Et s'il continue comme il a commencé, il sera aussi grand et aussi robuste que vous.

— C'est pourquoi j'étais si fatiguée, dit Judith d'une voix enjouée. Porter un tel fardeau, vous vous rendez compte !

— Je dois le prendre et le langer convenablement, intervint la sage-femme d'un ton désapprobateur.

Elle retira l'enfant à Isaac et l'emmaillota dans un linge propre, puis elle se pencha pour le déposer entre les bras de sa mère.

— Il est très grand, tout comme son papa, répéta Judith en riant avant de fermer les yeux et de s'endormir.

— Elle est épuisée, expliqua la sage-femme. Un bébé aussi gros rend la mise au monde longue et douloureuse, mais je crois que tout va bien pour maîtresse Judith et son petit.

— Vous faisiez cette taille-là à votre naissance, dit soudain Naomi, mais votre pauvre mère n'avait ni la force ni le courage de maîtresse Judith. Oh, je n'étais qu'une gamine à l'époque, mais vous étiez le premier bébé que je voyais naître, et ça, je ne l'oublierai jamais.

Le lendemain de la naissance de l'enfant, la maisonnée était sens dessus dessous, pareille à une armée que son général blessé laisse désemparée. Judith dormit, se réveillant parfois pour prendre soin de son enfant et demander si tout se passait bien dans la maison. Une fois rassurée, elle retombait dans le sommeil. Le surlendemain, elle reprit des forces ; peu de temps après, elle s'attribuait à nouveau les rênes du pouvoir.

— Qu'allons-nous faire pour la veillée ? demanda-t-elle à Raquel. Il est clair que pour accueillir un nouveau fils, surtout quand il ressemble tant à son papa, il faut des préparatifs exceptionnels. Où est Naomi ?

C'est ainsi que, le soir précédant la circoncision de l'enfant et le choix de son nom, la maison s'illumina de torches et de chandelles et que d'innombrables plats délicieux vinrent orner les tables.

Le bébé avait bien profité des quelques jours déjà passés sur terre et il était vêtu d'une superbe robe de lin blanc. Amis et voisins poussèrent des cris admiratifs — et bien souvent sincères — quand on le leur présenta. Quelques-unes des personnes présentes pensaient peut-être que le médecin avait reçu plus que sa part de prospérité et de bonheur en ce monde, mais l'heure n'était pas à la controverse. En cet instant, le nouveau-né allait recevoir les vœux de la communauté entière afin que la félicité l'enveloppe et qu'il soit protégé de toute influence néfaste, y compris du tant redouté mauvais œil.

On déposa sur la table une cuvette d'argent pleine d'eau où flottaient d'infimes paillettes d'or et des perles minuscules. Soigneusement, tandis que l'on récitait des prières, l'enfant y fut baigné. Car sa naissance, et celle de tout bébé sain dans la communauté, était synonyme de grandes réjouissances. À l'exception des jeunes enfants, chaque personne présente se rappelait les temps de guerre ou de famine où l'on comptait dix, vingt, voire trente décès pour une seule naissance. Même l'année précédente, ou deux ans plus tôt, nombre de bébés avaient vu le jour pour cesser de lutter quelques semaines ou quelques jours après leur venue au monde.

— Je me demande comment ils vont l'appeler, murmura une jeune épouse.

— Chut, dit sa mère, nous le saurons demain. Il ne faut pas en parler aujourd'hui.

— Je me faisais la réflexion que les noms sont des choses étranges. À certaines personnes, ils semblent n'apporter que du malheur. Tenez, prenez le cas de... Mais qui est-ce là ?

La mère se retourna brusquement.

— Je ne l'ai jamais vu. Maîtresse Judith ne devait pas attendre un parent aussi éloigné.

Dans l'encadrement de la porte se dessinait la silhouette d'un jeune homme d'une vingtaine d'années. Il avait le visage pâle, un air impassible, sinistre même, plus approprié à des funérailles qu'à une naissance, mais aussi d'épais cheveux brun foncé qui contrastaient étrangement avec son teint clair et ses yeux noisette. Il parcourut la pièce du regard comme s'il cherchait quelqu'un de sa connaissance, puis il sourit timidement. Ses yeux révélèrent alors leur éclat, et son visage, son caractère, avec ses pommettes saillantes et son menton glabre.

Le silence qui avait suivi son arrivée fut rompu par la plainte du bébé affamé.

— Je sollicite votre pardon, déclara le jeune homme, je ne pensais pas arriver en une aussi solennelle occasion. Je cherchais Mordecai le bottier, et quelqu'un m'a dit que je le trouverais ici. J'ignorais...

La gêne l'empêcha de terminer sa phrase. Une voix s'éleva derrière lui.

— Je suis Mordecai. Pourquoi me chercher ici, un tel jour de surcroît ?

— Je viens d'arriver en ville. Je suis le fils de Faneta, votre cousine de Séville.

Il n'y avait pas un bruit. Même le bébé de Judith s'était arrêté de pleurer, comme si lui aussi était stupéfait.

— Le fils de Faneta ? répéta Mordecai. Et puis-je vous demander quel est votre nom ?

— Lucà, dit-il, je m'appelle Lucà.

— Vous affirmez que vous êtes le fils de ma cousine Faneta ? insista Mordecai en l'examinant sur toutes les coutures.

— En effet. Puis-je savoir dans quelle fête je me suis si grossièrement immiscé ?

— C'est la veillée précédant la circoncision du fils d'un voisin.

— Ce charmant bébé ? Mais quel âge a-t-il ? Et comment s'appelle-t-il ?

Une chape de silence s'abattit sur le petit groupe.

— Vous prétendez être l'enfant de Faneta ? rétorqua Mordecai. Il a l'âge de tous les garçons qui recevront leur nom le lendemain. Vous ne le savez donc pas ? Mais comment avez-vous été élevé ?

Lucà secoua la tête et eut un geste d'impuissance.

— Il est inutile de vous mentir, oncle Mordecai, car je me trahis chaque fois que j'ouvre la bouche. Mon père et ma mère furent contraints de se convertir peu après ma naissance, et j'ai reçu une éducation catholique.

— Peut-être cela explique-t-il son nom, maître Mordecai, dit Isaac. Et comment vous appeliez-vous avant que vos parents n'abandonnent leur religion ?

— Je n'en suis pas très sûr, répondit le jeune homme, mal à l'aise. En vérité, messire, je l'ignore. Et si on me l'a dit un jour, je ne m'en souviens plus.

— Mais pourquoi me cherchez-vous ? demanda Mordecai. Qu'attendez-vous de moi ? De l'argent ? Une position ?

— Rien de cela, maître Mordecai, fit Lucà dont les joues s'empourpraient de plus belle. J'ai une profession : je suis herboriste et je connais mon art, s'empressa-t-il d'ajouter, même si je ne suis pas aussi habile que je le souhaiterais. J'ai entendu dire que cette ville recelait un grand médecin, un certain maître Isaac, et j'escomptais apprendre auprès de lui. Je pensais que vous le connaîtriez, maître Mordecai, et que vous auriez la bonté de me présenter à lui, rien de plus.

À ces mots, Mordecai éclata de rire.

— Eh bien, jeune Lucà, je pense que maître Isaac

va pouvoir décider en cet instant même s'il désire vous rencontrer, car c'est dans sa maison que vous avez débarqué de manière si impromptue !

— Le jeune maître Lucà est le bienvenu dans ma demeure, dit Isaac, mais nous discuterons de cela plus tard.

— Comment êtes-vous arrivé jusqu'ici ? demanda Éphraïm le gantier.

— J'ai demandé après maître Mordecai à la porte de la ville, répondit Lucà, puis à la porte du Call, et l'on m'a expliqué comment venir, ce que j'ai fait aussitôt, comme vous pouvez le voir à la boue qui souille mes habits.

— Vous rendez-vous compte dans quelle situation vous vous mettez, vous qui êtes un *converso* ou un enfant de *conversos*, en venant rechercher des parents juifs ? dit Mordecai. Nous sommes plutôt bien protégés dans cette ville, je le concède, mais s'il y a des plaintes et que la populace s'échauffe, même l'évêque ou le roi ne pourront nous sauver. Et vous-même vous trouveriez en grand danger.

— Je suis désolé, plus que je ne saurais le dire, de causer tant de gêne à mes parents de Gérone, mais j'avais le réel désir de vous rencontrer, ne fût-ce qu'une fois.

Le jeune homme s'inclina devant chacun.

— Pardonnez-moi, je vous en prie. Je vais me retirer. Et si quelqu'un m'interroge sur ma visite au Call, je lui répondrai que c'était pour affaires et qu'elles sont réglées.

— Un tel soir, alors que nos voisins viennent partager notre joie, intervint Judith, je ne puis vous laisser partir sans une coupe de vin et quelque chose à manger.

— Merci, maîtresse, dit le jeune homme.

Jacinta remplit une assiette et la déposa devant Lucà.

— Merci, mon enfant.

Il lui sourit. Jacinta lui lança un regard audacieux malgré ses paupières baissées, puis elle alla vaquer à ses occupations.

Lundi 23 mars 1355

La naissance d'un enfant était un moment essentiel pour la maison d'Isaac, mais le reste du Call consacra bientôt toute son attention à un problème d'un poids autrement décisif. Le début du printemps n'était pas un pur synonyme de fête pour la communauté juive. De tous les événements suscités par le renouveau de la nature, celui qui nécessitait les préparatifs les plus intenses était, étrangement peut-être, une fête chrétienne. Pâques approchait, et la communauté tout entière devait se serrer les coudes pour se protéger.

— Les dispositions pour la Semaine sainte ont-elles été prises ? demanda l'évêque quand Isaac eut fini de manipuler son genou douloureux et de le masser à l'aide d'onguents de sa préparation. Avec la ville, évidemment, ajouta-t-il avec délicatesse.

Les accords entre la ville et le Call ne se déroulaient pas toujours aussi bien que ceux passés entre le Call et le diocèse, mais selon la coutume, c'était en ville que la communauté juive engageait des gardes chargés de la défendre contre d'éventuelles émeutes.

— Je crois qu'il y a eu des réunions hier et aujourd'hui, Votre Excellence. Je saurai ce soir ce qui a été décidé.

— Je suis certain que mon genou requerra de nouveaux traitements demain. Si vous pouviez revenir avant vêpres, je serais très intéressé par votre récit de ces réunions.

— Dans ce cas je reviendrai demain, Votre Excellence, dit Isaac en se relevant.

— Pourriez-vous m'accorder encore un instant, maître Isaac ?

— Certainement, Votre Excellence. Votre goutte menace-t-elle de se réveiller ?

— Non, maître Isaac, je ne souffre ni de la goutte ni de quoi que ce soit en cet instant, mais je voudrais vous poser quelques questions à propos d'une certaine personne. Je pense que vous pouvez y répondre.

— Si je le puis, Votre Excellence, croyez que je m'en ferai un devoir.

— Que savez-vous de ce jeune homme qui se prétend herboriste ?

— Lucà ? Je crois, pour être précis, qu'il se veut herboriste. Je n'ai jamais entendu dire qu'il se faisait appeler apothicaire ou médecin.

— C'est intéressant. C'est donc un jeune homme très prudent.

— Je doute qu'il détienne une licence lui permettant d'exercer la médecine ou d'ouvrir une échoppe — une qui fût valide en cette ville, en tout cas.

— C'est ce que l'on m'a demandé. Ou plutôt, c'est l'une des choses que l'on m'a demandées. Que savez-vous de lui ?

— Il loge chez Romeu le menuisier.

— Tout le monde le sait, lâcha Berenguer.

— Pardonnez-moi, Votre Excellence, mais j'ignore quasiment tout de lui.

— Eh bien, moi, je sais des choses. C'est un jeune homme qui aime à parler, mon ami, et, depuis son arrivée, il déclare, ou indique, qu'il vient de Gênes, si ce n'est d'Alghero ou de Majorque.

— Il nous a dit qu'il était né à Séville, Votre

Excellence. Mais sa voix m'indiquait qu'il était de Majorque. Quant à Alghero ou Gênes, je ne puis rien dire. A-t-il la permission de s'installer ici et de soigner les gens ?

— Il a en effet quelque chose, une sorte de parchemin tout déchiré signé de la main du secrétaire du procurateur de Sa Majesté, don Vidal de Blanes. Quand on l'a interrogé sur sa condition physique, il a répondu qu'il avait été blessé en tombant dans la mer.

— Dans la mer ?

— Le problème, Isaac, c'est qu'il semble raconter une histoire différente à chaque personne croisée sur son chemin. Cela vaudrait mieux pour lui s'il parlait moins.

— Si j'apprends la moindre chose susceptible de vous intéresser, Votre Excellence, je vous le ferai savoir aussitôt.

— Isaac, mon ami, dit Mordecai, j'espère que personne ne vous a appelé en ma maison. Car j'ai l'impression de me porter plutôt bien.

— Ne vous inquiétez pas, maître Mordecai, vous m'avez l'air en excellente santé. Non, c'est moi qui suis venu vous demander un service.

— Vous n'êtes certainement pas dans le besoin, mais si tel est le cas, sachez que mes coffres vous sont ouverts.

— Nullement. En dépit de tout ce que vous avez pu entendre, dit Isaac en riant, la prospérité ne m'a pas abandonné, que le Seigneur en soit remercié.

— Le Seigneur, mais aussi votre dur labeur et vos talents exceptionnels. Mais puisque ce n'est pas d'argent que vous avez besoin, en quoi puis-je vous être utile ?

— Je suis curieux, pour certaines raisons, de savoir ce que vous pouvez me dire de ce jeune homme qui prétend être le fils de votre cousine.

— Le jeune maître Lucà ?

— Exactement.

— J'aimerais vous révéler toutes sortes de choses à son sujet. Je lui ai parlé à plusieurs reprises afin de tenter de découvrir son secret. Interrogé sur son passé, il hésite et se contredit, ce qui n'est pas très encourageant. Mais si vous m'accordez un instant pour rassembler mes souvenirs, ajouta-t-il, je vous révélerai ce que je sais.

— Prenez tout votre temps, je vous en prie.

Mordecai ouvrit un coffret de cuir posé sur son bureau et en sortit une feuille de papier.

— J'ai ici des notes prises après chaque conversation, dit-il. D'abord, il prétend être né à Séville, d'une mère et d'un père sévillans. Ce serait exact s'il était le fils de Faneta. Mais je m'étonne qu'il parle peu la langue de Séville ; en revanche, il parle la nôtre comme s'il était d'ici. Pas de Gérone, Isaac, mais des îles. Il explique ceci par le fait qu'il a grandi auprès de sa grand-mère, une Majorquine.

— C'est intéressant...

— Sa grand-mère lui a permis de devenir herboriste, raconte-t-il. Son maître l'a emmené à Gênes puis à Alghero où il a développé ses connaissances. Quand l'herboriste est mort, il est revenu à Majorque, et sa grand-mère lui a suggéré de venir ici exercer sa profession.

— La mère de votre cousine Faneta était originaire de Majorque, n'est-ce pas ?

— Perla ? Oui.

Mordecai hésita avant de reprendre.

— L'oncle Ezra est mort peu après que Faneta fut envoyée à Séville pour s'y marier et, dans les jours suivant l'enterrement, Perla est revenue à Majorque.

— Pourquoi tant de hâte ? Il me semble... Elle n'aurait pas eu le temps de régler ses affaires, dit Isaac baissant volontairement le ton.

— Je me suis occupé de tout cela et j'ai subvenu à ses besoins immédiats.

— Je n'en doute pas, mon ami, vous avez toujours été le meilleur des hommes.

— Ah, j'aimerais croire que la bonté fut ce qui me motiva. Mais il est vrai que j'aurais entrepris n'importe quoi pour elle, je puis vous l'assurer. Quand l'oncle Ezra fit d'elle sa troisième épouse, il avait la quarantaine et elle, dix-sept ans seulement. Une créature vive et joyeuse, Isaac ! Moi, j'avais onze ans et je n'avais jamais vu de femme aussi belle. Je tombai amoureux d'elle et je souffris en silence, évidemment... surtout par peur du ridicule.

— Je me souviens d'elle, Mordecai, c'était en effet une très belle femme.

— Quand vous êtes arrivé ici, Isaac, l'oncle Ezra lui avait fait perdre sa joie et sa vivacité. On eût dit un animal sauvage enfermé dans une cage. Ses yeux trahissaient son désespoir et ils me hantaient.

— Ezra ben Rubèn était un homme droit et honnête, si ma mémoire est bonne.

— Oui, Isaac, mais il était aussi froid et désagréable, contrairement à mon père, son propre frère. Elle n'avait qu'une satisfaction dans l'existence, et c'était sa fille. Mais quand Faneta eut quinze ans, il maria la pauvre enfant à un homme, son aîné de vingt-cinq ans, qui, pour ne rien arranger, vivait dans la ville la plus éloignée qu'il pût trouver.

— Délibérément ?

— Je l'ai cru à l'époque, Isaac, car il lui aurait sans peine trouvé un excellent parti ici même. C'était une jeune fille douce et jolie à la dot confortable. Bien des familles espéraient faire d'elle l'épouse de leur fils préféré. Il prétendait que son mari était l'homme le plus riche qu'il eût jamais connu. Peut-être cela avait-il été vrai et que c'en était la raison. C'était certainement le fils d'un homme avec qui Ezra avait fait de grosses d'affaires quelques années auparavant.

Mordecai frappa soudain dans ses mains.

— Oh, Isaac, je ne vous ai rien offert, et je ne songe qu'à mes souvenirs !

Une servante apparut et il lui commanda des rafraîchissements.

— Je les trouve très instructifs, lui dit Isaac.

— Nous étions restés amis, reprit Mordecai. À la mort de l'oncle Ezra, quand elle se retrouva veuve, elle me dit qu'elle s'en allait. J'en étais pratiquement fou de désespoir. Ma pauvre épouse était encore de ce monde... une femme estimable que j'appréciais beaucoup. Nul n'en aurait pu avoir de meilleure. Mais Perla ajouta qu'elle ne pensait pas pouvoir rester dans une ville où elle avait été si malheureuse. De tout son cœur, elle désirait retourner à Majorque où, selon ses propres termes, il y avait lumière, joie et amitié. Un an après le départ de Perla, ma femme mourut et, tout en la pleurant, je regrettai aussi, à ma grande honte, qu'elle ne fût pas décédée avant Ezra. Je n'ai jamais parlé de ça à personne, Isaac, conclut-il tristement.

— Je n'évoquerai jamais l'affection que vous lui portez ni vos sentiments à l'égard de son mari, l'assura le médecin.

— Ah, votre formulation est pleine de circonspection, dit Mordecai en riant, mais vous avez raison. Rien d'autre n'était secret à l'époque.

— Je m'étonne qu'elle ait recommandé à son petit-fils de venir dans une ville qu'elle détestait.

— Il y a à cela une raison tout à fait valable. Mais je ne puis croire qu'un jeune homme, *converso* ou pas, sache si peu de choses de sa religion. Il est vrai que ce Lucà n'a que de vagues rapports avec notre foi, Isaac. Il n'est pas né dans notre communauté et n'a pas reçu l'éducation de ses membres.

— Est-ce parce qu'ils tentaient de le protéger ?

— J'ai envisagé cette solution, mais je persiste à croire qu'il en saurait davantage. C'est pour moi un problème d'une importance extrême : je me demande en effet si ce jeune homme est bien le fils de ma cousine Faneta.

— Pourquoi ?

— Je détiens une somme d'argent que mon oncle destinait à son petit-fils, Rubèn. Si ce Lucà est ce petit-fils, il devrait... non, il doit toucher cet argent. Sinon, il irait au véritable petit-fils. Il y a peu, juste après l'arrivée du premier Rubèn, j'ai adressé une lettre à un rabbin sévillan de mes connaissances et je lui ai demandé de faire procéder à une enquête discrète, car l'heure est venue de remettre cette somme.

— Peut-être serait-il plus utile d'envoyer quelqu'un à Majorque pour y découvrir la vérité.

— Oui, j'envisage cette solution, mais je préférerais d'abord avoir une réponse de Séville. Si j'envoie quelqu'un, il faudra que ce soit une personne fiable, intelligente et discrète, mais également capable d'aborder des étrangers. Oui, si une telle personne existait, je pourrais la dépêcher à Majorque. Mais pour l'heure, j'attendrai la réponse de Séville.

— La ville refuse d'entendre nos arguments, dit Bonastruch Bonafet aux membres du conseil et aux autres représentants de la communauté. Il va donc falloir engager cinq gardes supplémentaires, au nouveau tarif, car vous n'ignorez pas que des incidents ont éclaté l'année dernière.

— Leur avez-vous dit que problème il y a eu parce que leurs gardes étaient ivres et endormis sur le seuil de nos portes ? demanda Vidal Bellshom.

— Évidemment, mais cela ne les a pas impressionnés. L'année n'est pas aux doléances. Sa Majesté le roi est toujours en Sardaigne, le procurateur a déclaré que c'était un problème d'ordre local et que la cité manque d'argent à cause des impôts supplémentaires levés pour la guerre.

— Nous aussi nous avons apporté notre contribution, fit remarquer Mahir Ravaya.

— C'est vrai, lui répondit Bonastruch, mais nous avons connu pour la plupart une année prospère, en partie parce que la guerre a développé notre commerce. Je suggère que nous considérions cela comme une taxe additionnelle et que nous n'en parlions plus.

Il y eut un murmure confus d'opinions diverses où Bonastruch eut la sagesse de voir un assentiment.

— Pour ma part, je considère que le problème le plus important est celui de la sécurité du Call, déclara Astruch Caravida.

— C'est vrai. Combien de temps resterons-nous enfermés ?

— L'année dernière, dit une voix sèche émanant du coin le plus sombre de la salle, nous nous sommes montrés trop optimistes. Cela ne nous nuira pas de rester dans nos murs du crépuscule du mercredi précédant cette prétendue semaine sainte à l'aurore du lundi suivant. En tout, onze jours et douze nuits.

Chacun réfléchit à cette proposition. La voix du sage Shaltiel comptait pour beaucoup.

— Et s'il y a urgence ? demanda enfin Vidal Bellshom.

— Je ne vois pas quel genre d'urgence pourrait nous appeler à l'extérieur, mais, dans un tel cas, nous pouvons nous réunir en toute hâte et voir comment agir au mieux.

— Alors il faut en décider tout de suite, dit quelqu'un, parce que nombreux seront ceux qui désireront faire des préparatifs. Par exemple, les artisans auront besoin de matières premières pour ne pas rester oisifs alors qu'ils ne le désirent pas.

— Je crois que, pour la plupart, nous avons pris nos précautions, dit un armurier. Il y a plusieurs semaines, j'ai demandé à mes clients de passer très vite commande pour ce dont ils auront besoin au printemps et en été. C'est ce qu'ils ont fait, et je suis déjà en possession des matériaux.

— Je prévois aussi qu'il y aura des problèmes avec les boulangers, le boucher et le poissonnier, dit Vidal. Il est facile d'entreposer du métal, du cuir ou du drap, mais on ne peut conserver de la viande sans s'attendre à la voir pourrir.

— Nous savons quels jours et à quelles heures nous risquons d'avoir des ennuis, dit Bonastruch dont chacun connaissait la promptitude à résoudre les conflits. Je ne vois pas pourquoi nous ne pourrions ouvrir quelques heures le matin avant que les fauteurs de troubles ne commencent à boire.

Des commentaires fusèrent de toutes parts sur les mérites d'une telle proposition. Dans un autre coin de la salle, deux hommes se mirent également à parler.

— Vous êtes bien silencieux, maître Isaac, lui murmura à l'oreille Mordecai.

— C'est parce que les mêmes problèmes sont soulevés chaque année. Une telle réunion est nécessaire, j'en conviens, mais je ne pense pas avoir grand-chose à dire. Le plus important est de savoir dans quelle mesure nous nous barricaderons et quelle sera notre vigilance quand les portes seront ouvertes.

Bonastruch Bonafet se leva.

— Voisins, je vous en prie, si chacun se met à parler, personne ne pourra entendre.

— Qu'est-ce au juste pour vous que se barricader ? demanda Mahir.

— Cela me paraît clair. Chaque portail, chaque porte de chaque maison donnant sur le reste de la ville devra être fermée à clef et barrée, chaque fenêtre close et également barrée.

Il y eut un murmure d'acquiescement.

— Comment saurons-nous que chacun s'y prêtera ? s'enquit Mahir. Il y a trois ans, quand le boulanger...

— Les maisons du périmètre devront être soumises à inspection, précisa Bonastruch. Jour après jour, s'il le faut.

VIII

Metge escient no té lo cas per joc

Un sage médecin ne prend pas les choses à la légère

Lucà s'en tint à sa parole, semble-t-il. Il demeura plus ou moins à l'écart de la communauté juive, ne se rendant au Call que pour les mêmes raisons que tout chrétien de la ville — chercher des gants chez Éphraïm, acheter le pain de Mossé, s'enquérir sur le prix de la réparation d'une paire de bottes —, même si l'on remarqua qu'il allait saluer Mordecai. Hormis cela, tout indiquait qu'il s'était parfaitement intégré à la communauté catholique.

Lucà ignorait avec soin les juifs dont, selon lui, il était issu, mais ceux-ci voyaient en lui un remarquable objet de commérages.

— J'ai entendu dire que le jeune homme arrivé inopinément pendant la veillée du petit Beniamin (car tel fut le nom donné le lendemain au dernier-né d'Isaac et de Judith) a trouvé à se loger chez Romeu le menuisier, dit Dolsa, venue chez Judith pour voir le petit Beniamin, déjà âgé de trois semaines.

De manière réfléchie, elle s'était fait accompagner

de son neveu, Daniel. Depuis la naissance de l'enfant, Raquel et Daniel avaient à peine eu le temps de se parler ou d'échanger un regard.

— C'est quand même mieux que d'avoir une chambre dans la taverne de Rodrigue, avec toute cette canaille qui hante les lieux, lui répondit Judith. Savez-vous comment se porte maîtresse Regina ? On racontait hier qu'elle n'allait pas mieux.

— Romeu nous fabrique un nouveau comptoir et nous le voyons beaucoup en ce moment. Le vieux meuble est si usé et si bancal que, quand Éphraïm y dépose un gant sur lequel il place des perles ou des bijoux afin que le client voie l'effet produit, ils roulent et tombent même à terre. La dernière fois que cela est arrivé, j'étais partie chez la pauvre Regina. Ça m'a fait un choc de la voir ainsi.

— Sa santé ne s'est donc pas améliorée ? Je le croyais puisqu'elle n'avait pas appelé Isaac depuis des mois.

— Je dirais que son état s'aggrave. Elle ne met plus le nez dehors, volontairement ou non, je ne sais. Je lui ai apporté un plat très fin à base d'œufs sucrés, de citron et d'épices en pensant qu'elle se laisserait peut-être tenter, cependant elle m'a expliqué qu'il lui était impossible de manger. La vue et l'odeur de la nourriture la rendent malade, m'a-t-elle dit, même si elle se force un peu pour faire plaisir à son père.

— À quoi s'occupe-t-elle ?

— Elle fait de son mieux pour tenir sa maison, pourtant elle m'a avoué trouver cela difficile. Elle ravaude les habits de Romeu et cherche à lui couper une nouvelle chemise, mais elle ne peut dormir quand il le faudrait et, chaque fois qu'elle doit s'asseoir et se concentrer sur quelque chose, elle s'endort brusquement... ou se remet à pleurer.

— On ne peut pas la laisser comme ça.

— Romeu m'a confié qu'il avait renoncé. Elle lui dit qu'il est inutile de dépenser son argent avec un médecin puisqu'elle n'est pas malade, seulement malheureuse. Mais Judith, si vous la voyiez ! Elle est aussi frêle qu'une branche de saule et pâle comme un linge. Elle ne saurait vivre sans s'alimenter, et je suis persuadée qu'elle ne mange même pas assez pour nourrir une mouche.

— La pauvre. C'était une si jolie fille, si agréable ! J'étais sûre qu'un autre jeune homme se présenterait à elle. Mais si elle perd sa beauté et ses douces manières, comment cela pourrait-il arriver ? Ce n'est pas comme si elle était riche.

— Son père est prospère, précisa Dolsa, mais je ne le crois pas riche. Elle ne devrait pas avoir de difficulté à trouver un mari, une fille aussi intelligente et aussi travailleuse qu'elle, plutôt bien dotée de surcroît. On en viendrait à penser qu'elle fait cela délibérément. En toute franchise, je ne la comprends pas, ajouta-t-elle les yeux pleins de larmes. Le monde recèle déjà tant de souffrances, pourquoi ne fait-elle pas plus d'efforts pour oublier son infortune ?

— Il se peut qu'elle ait essayé et qu'elle n'y soit pas parvenue, répondit Judith d'une voix assez sèche. N'oubliez pas que sa mère est morte il y a peu. C'était une femme que l'on n'oublie pas. Mais comment le jeune Lucà qui habite chez eux fait-il pour gagner son pain ? À moins qu'il vive de la générosité de Romeu ?

— Il se prétend guérisseur et marchand d'herbes médicinales, dit soigneusement Dolsa sans adresser un regard à sa voisine. Je crois qu'il gagne un peu d'argent en vendant des plantes et des mixtures à ceux qui croient que ses décoctions leur viendront en aide.

Tandis que Dolsa rapportait à Judith les derniers

ragots concernant Lucà, celui-ci était installé dans sa petite chambre, dans les combles de la maison du menuisier Romeu, et il examinait une collection d'herbes séchées disposées devant lui. Lui aussi pensait aux petites sommes que lui valait la vente de ses potions. Si Romeu ne s'était pas montré aussi généreux, nourrissant le jeune homme et le logeant pour la moitié du prix pratiqué en ville, il aurait été contraint d'aller vivre ailleurs. Il soupira et sélectionna les ingrédients d'une préparation destinée à apaiser les maux de gorge de l'une de ses patientes.

— Je ne comprends pas pourquoi vous ne soignez pas la fille de Romeu, dit la vieille dame. Puisque vous vous occupez de ma gorge et éventuellement de mon ventre, vous pourriez faire quelque chose pour cette enfant en pleine santé. Ah, si vous aviez vu comme elle était jolie avant tout ça...

— Avant tout ça quoi, maîtresse ? demanda-t-il. Vous oubliez que je ne suis pas en ville depuis très longtemps et que je ne connais pas les gens aussi bien que vous.

— Je connais qui, hein ? fit-elle avec mépris. Personne.

— La majeure partie de la ville, maîtresse. Tous ceux que je rencontre ont pour vous la plus haute estime.

— C'est bien aimable de votre part, jeune homme, dit la vieille dame dont les yeux brillaient, mais je suis au courant de ce que l'on raconte sur moi. Je puis tout de même vous apprendre une chose : avant que le galant de Regina n'entre dans l'armée afin de se battre en Sardaigne au nom du roi... il se trouve à présent dans quelque coin perdu, à l'autre bout du monde, sans souhaiter revenir...

Elle fut interrompue par une quinte de toux et déglutit péniblement.

— Je souffre encore...

— Tenez, maîtresse. Prenez un demi-gobelet de ce mélange, dit-il en lui tendant une boisson à base de vin doux, de miel et de plantes.

Elle but, lui sourit, et reprit son récit.

— Elle n'a pas toujours été aussi pâle et elle ne pleurait pas continuellement. Chacun sait que, sans un miracle, elle mourra. Je prie pour un tel miracle, mais je ne me suis pas montrée parfaite à une certaine époque, ajouta-t-elle en riant, et je ne pense pas que le Seigneur accède à mes prières.

— Un miracle, répéta Lucà. Ah, maîtresse, cela me fait du bien de vous entendre et de voir que vous parlez mieux qu'hier. Si vous avez une cruche, je pourrai préparer une plus grande quantité de ce breuvage. N'y touchez pas pour l'instant, mais quand les cloches sonneront, remuez-le à l'aide d'une cuillère et buvez-en un demi-gobelet. Ensuite, reprenez-en chaque fois que vous entendrez les cloches, aussi longtemps que cela sera nécessaire. Mais jamais plus d'un demi-gobelet, dit-il en agitant le doigt comme s'il la semonçait. Une trop grande quantité serait nocive. Je reviendrai demain voir comment vous allez.

Lucà regagna lentement, très lentement même, la maison de pierre du faubourg de Sant Feliu de Guíxols où Romeu avait son atelier et sa demeure. Il réfléchissait à l'état de ses bottes et de sa tunique ainsi qu'à la légèreté de sa bourse, même s'il ne versait au menuisier que quelques pièces par semaine.

Les gens l'appréciaient. Et il le savait. Oui, tout le monde l'aimait bien, à l'exception peut-être de quelques membres de la communauté juive qui se méfiaient de lui depuis son arrivée inopinée dans la demeure de maître Isaac, trois semaines auparavant.

L'occasion lui avait paru idéale, songea-t-il avec tristesse. Aborder son cousin dans la maison du médecin, les deux hommes qu'il désirait rencontrer... Mais cela n'avait rien donné et, hormis la vieille dame et trois ou quatre autres personnes qui l'avaient appelé par curiosité, nul ne semblait intéressé par ses remèdes. Un miracle, voilà ce dont il avait besoin. La vieille dame lui en avait suggéré l'idée. Guérir la fille si pâle, si triste de son logeur. La ville le remarquerait enfin.

La fin de la semaine fut marquée par la fête des Rameaux. Le vent frais venu des collines ébouriffait les cheveux, soulevait les voiles et relevait les ourlets des robes, mais le soleil était radieux et les oiseaux égayaient les cœurs de leur chant. Ce matin-là, Lucà ne s'éveilla que lorsque les cloches de la grande église de Sant Feliu se joignirent à celles de la cathédrale pour appeler les fidèles à la messe. Il sauta du lit, fit sa toilette et se vêtit en un instant. Comme il ouvrait la porte de sa chambre, il entendit la voix du menuisier résonner dans les escaliers.

— Regina, tu dois te lever. C'est dimanche, celui qui précède Pâques. J'aimerais que tu m'accompagnes à l'église.

— Je ne peux pas, papa, dit une voix qu'il avait à peine entendue jusque-là. Je ne veux pas me présenter à tous ces gens et sentir sur moi leurs regards apitoyés. Je suis trop fatiguée, trop malheureuse aussi. Comment pourrais-je me rendre à l'église si je ne cesse de pleurer ?

Pour la première fois, Lucà se demanda vraiment ce qui n'allait pas chez la fille de Romeu. Personne ne lui en avait parlé, à l'exception de la vieille dame. Il songea qu'il devrait le savoir, lui, alors que tous les autres se contentaient de soupirer et de secouer la tête en disant « Pauvre Regina ! » comme si le mal de la jeune fille était évident.

Elle descendit pour le repas et ne prit quasiment rien. Elle était maigre. Elle ne parlait pas. Elle se comportait comme s'il n'existait pas.

Lucà alla seul à l'église sans cesser de penser à Regina.

Lundi 30 mars

— Où étiez-vous, papa ? demanda Raquel qui descendit dans la cour dès qu'elle entendit Isaac franchir le portail. Maman demandait après vous.

— Y a-t-il un problème ?

— Je ne crois pas.

Les cloches de la ville sonnèrent sexte, les interrompant dans leur conversation. De la cuisine s'élevait une odeur de viande braisée, signe que Naomi et Jacinta préparaient le dîner.

— Elle s'inquiète pour tout ces temps-ci, reprit Raquel.

— Elle est toujours ainsi quand elle vient d'avoir un enfant, expliqua Isaac, cela fait partie de sa nature. Elle aime savoir que chacun est bien à sa place. Mais asseyons-nous et prenons un rafraîchissement. Le soleil de mars est parfois aussi chaud que celui de juin quand nous avons peu de vent.

— Il y a sur la table un pichet de jus d'orange amère et de miel. Naomi pensait que vous auriez soif. Vous êtes allé loin ?

— Non, j'ai rendu visite à maître Mordecai. Nous avons parlé de l'herboriste. Il est l'objet de tous les commérages.

— Je l'ai vu ce matin, dit Yusuf, assis dans un coin de la cour et occupé à lire un petit livre relié de cuir. Pendant que je cueillais des plantes. J'ai eu l'impression qu'il me suivait partout et qu'il ramassait les mêmes choses que moi comme s'il voulait savoir ce que nous utilisons habituellement. Il parle beaucoup.

— De quoi ? lui demanda Raquel.

— De tout et de rien. Il m'a fait un cours sur les plantes qui poussent aux alentours de Gênes, leur utilité, celles qui peuvent être dangereuses. Ensuite il m'a demandé si l'on s'en servait, mais leur nom m'était inconnu : il a alors cherché autour de lui, mais il n'en a pas trouvé.

— Chaque plante porte diverses appellations, fit remarquer Isaac. C'est pourquoi il importe de bien les connaître et d'étudier les livres qui les décrivent avec précision si l'on ne veut pas commettre de graves erreurs.

— Il m'a proposé d'échanger diverses recettes, ajouta Yusuf. Selon lui, nous aurions tous deux à y gagner.

— Et tu as accepté ?

— Certainement pas. Je crois qu'il voulait vous voler vos secrets, seigneur, avant de vous prendre vos patients.

— Soigner les gens ne se résume pas à cueillir les plantes idoines, Yusuf, tu le sais bien. Si c'est un homme honnête, cela lui permettra d'aider autrui. S'il est animé par des désirs mauvais, cela pourrait agir à la façon d'un emplâtre, qui fait remonter le mal jusqu'à la tête d'où l'on pourra aisément l'extraire et l'éradiquer.

— En êtes-vous sûr, seigneur ? On m'a raconté qu'il rendait déjà visite à certains de vos patients.

— Crains-tu que je ne sois pas assez occupé ? Il

me semble que nous avons plus de travail que nous ne pouvons en abattre.

— C'est vrai, seigneur, reconnut Yusuf que cela n'empêcha pas d'insister. Il a proposé de vous vendre, oui, à vous seigneur, un tonique médicinal qu'il détient. Il m'a expliqué que cela sentait les herbes amères et que, le temps de faire bouillir une marmite, celui qui le buvait se sentait déjà mieux. Peu importe la maladie dont il souffre, a-t-il ajouté.

— Tu viens de me donner une idée. Notre estimé voisin, Mordecai, se sent las et d'une certaine façon indisposé. Je crois que je vais lui demander de faire venir son parent, le jeune Lucà, et le supplier de lui donner de sa mixture miraculeuse. Peut-être se sentira-t-il mieux.

— Maître Mordecai, papa ? s'étonna Raquel. Mais je l'ai vu hier qui marchait d'un bon pas vers la porte de la ville. Comment peut-il être malade ?

— Crois-moi, ma chérie, si je dis qu'il est souffrant, c'est qu'il l'est. À présent je dois lui parler. Raquel, préviens ta mère que je ne serai absent que quelques instants. Le fumet du dîner ne peut que me ramener à la maison.

— Feindre la maladie ? Mon bon ami Isaac, tout ce que vous voudrez, mais pas ça. C'est impossible.

— Je me rappelle une certaine personne qui avait fait une proposition... sans poser de question.

— Il s'agissait d'argent, Isaac, ou de quelque autre soulagement matériel que je pouvais vous apporter, mais garder le lit et éconduire mes clients, non, je suis bien trop occupé. Vous n'imaginez pas à quel point. Pendant une douzaine de jours à partir de jeudi prochain, nul ne pourra commercer avec nous autres, habitants du Call, et pour l'heure il y a à Gérone deux gentilshommes, des clients de longue date, menacés de ruine si je ne satisfais pas immédiatement leurs exigences. Ils dépendent de moi pour acheter les marchandises qui seront amenées en ville la semaine prochaine. Ma réputation ne s'en remettrait pas.

— Je ne vous demande pas de faire ça tout de suite. Je doute que des problèmes se posent dans les jours à venir, mais si vous pouviez m'obliger un peu plus tard en vous faisant passer pour malade, deux ou trois jours seulement, ce serait à la fois intéressant et utile. Vous n'aurez pas à garder le lit. Travaillez tranquillement dans votre cabinet et contentez-vous de refuser toute visite.

— Soit, dit Mordecai, je vais réfléchir à la question. Après tout, vous m'avez promis de me trouver quelqu'un de discret et de fiable qui puisse se rendre à Majorque pour y voir Faneta et sa mère.

— Je vous ai fait une telle promesse, maître Mordecai ?

— En effet. C'était bien votre idée, n'est-ce pas ?

— Je l'admets.

— Et je crois l'heure venue de la mettre à exécution.

— Pourquoi donc ?

— Parce que j'ai reçu une réponse à la lettre que j'avais envoyée à Séville. Une grande partie n'a pas d'intérêt pour tout autre que moi, mais je vais vous lire ce qu'elle dit de mon parent.

— Soyez-en remercié.

— « Maîtresse Faneta et le jeune Rubèn ont quitté Séville il y a trois ans, peu après la mort de son mari. Le garçon avait alors une douzaine d'années. Ils devaient aller vivre chez Perla, la mère de Faneta, mais ensuite je n'ai plus rien appris sur eux. Je ne vois pas pourquoi un jeune homme prétendant être le fils de Faneta devrait parler comme un Majorquin. Le garçon parlait comme tout membre de l'*aljama* de Séville ; il s'adressait à sa mère dans la langue natale de celle-ci, et elle lui reprochait souvent son mauvais accent. Rubèn est un brave garçon, mais il n'est pas très doué pour les langues, je ne le sais que trop, ayant eu la lourde tâche de lui enseigner des rudiments d'hébreu. » Voilà tout ce qu'il sait de ce garçon et de sa mère, Isaac, j'imagine donc que pour être mieux informé, il faut envoyer quelqu'un à Majorque.

— Espérons qu'il mettra au jour la vérité occultée par cette mascarade.

— Mascarade, dites-vous ?

— Avez-vous oublié que c'est la seconde fois qu'un cousin qui se dit le fils aîné de Faneta se présente à votre domicile, Mordecai ? Honnêtement, l'un ou l'autre de ces fameux cousins ressemble-t-il à Perla, à Faneta, à votre oncle ou à un quelconque membre de votre famille ?

— J'ai examiné leur visage, Isaac, et je n'y ai rien trouvé qui me rappelât les traits des personnes que vous venez de mentionner. Si déclarer que je suis malade et me terrer pendant quelques jours peut contribuer à démasquer un imposteur, je ferai ce que vous me demandez... mais dans une semaine ou deux, pas avant.

— Merci, mon ami.

— Mais dites-moi, Isaac, que pensez-vous, en tant que médecin, de notre nouvel herboriste ?

— Moi ? Je n'ai aucune opinion, sauf qu'il me semble être le médecin idéal.

— Idéal ?

— Oui. Il flatte tous les goûts. Pour les juifs, c'est un juif contraint de cacher sa religion ; pour les chrétiens, c'est un chrétien obligé de traiter avec les juifs. Pour les mères, il est le fils dévoué qu'elles n'ont jamais eu. Et pour les filles... je suppose qu'il lui suffit de pousser de profonds soupirs pour guérir leurs fièvres.

— Vous ne l'aimez pas, maître Isaac, je me trompe ?

— Mais si, mon ami, je l'aime bien, il est très aimable. Seulement, je ne lui fais pas confiance. Et je me demande s'il a lui-même confiance en soi.

Mardi 31 mars

Ce matin-là, Lucà se leva une fois de plus avec les oiseaux et, un gros panier à la main, il se dirigea vers les collines qui se dressaient au sud-est de la ville. Si l'on excepte une vague silhouette au loin, il semblait seul. Quand elle s'approcha, il fit un signe de la main.

— Vous arrivez tôt, dit le jeune garçon d'un ton enjoué.

— *¡ Hola !* Yusuf. Je cherche toujours cette fleur. J'espérais qu'il y en aurait de précoces.

— Vous n'en trouverez pas avant au moins un mois, même si le soleil est très chaud. Mais comme vous en avez besoin, j'ai vérifié notre réserve : nous en avons encore une belle quantité qui date de l'année dernière. Mais peut-être vous les faut-il fraîches ?

— Nullement.

— J'en ai apporté avec moi, au cas où vous en auriez besoin. Je vous en prie, servez-vous.

— Et si ton maître s'en apercevait ?

— C'est lui qui m'a dit de vous en donner, répondit Yusuf. Nous en avons suffisamment. Je vous souhaite une agréable journée, ajouta-t-il. Je vous laisse, j'ai un cours à la cathédrale.

Sur cette remarque intrigante, Yusuf s'inclina et dévala la colline.

— Seigneur, j'ai revu le nouveau guérisseur, dit Yusuf à la table du dîner. Lucà. Il récolte des plantes pour concocter un remède à la mélancolie.

— C'est le jeune homme qui est venu ici, n'est-ce pas, Isaac ? demanda Judith.

— Lui-même, ma mie. Et comment sais-tu qu'il traite la mélancolie ?

— Parce qu'il recherchait les fleurs de cette plante que les sorcières utilisent pour jeter des sorts. Les fleurs jaune clair, avec une tige qui m'arrive aux genoux. Voilà ce qui l'intéressait quand je l'ai vu pour la dernière fois. Il m'a expliqué qu'il en avait besoin pour un patient souffrant de brûlures.

— Effectivement, cela les apaise. Mais pourquoi crois-tu qu'il cherche à débarrasser quelqu'un de sa mélancolie ?

— J'ai eu la chance de regarder dans son panier, il n'y avait que du romarin en grande quantité et de la bétoine. Ce n'est pas très utile pour les brûlures, n'est-ce pas, seigneur ?

— Non.

— Comme je me suis rappelé votre demande, j'ai emporté avec moi un petit bouquet de fleurs des sorcières séchées. Je sais qu'il est là quasiment chaque matin. J'espère que vous ne m'en voudrez pas, seigneur, nous en avons une grande quantité et je la remplacerai dès la prochaine floraison, se hâta-t-il d'ajouter.

— Tu as bien fait, Yusuf.

— Dès que je les lui eus données, je suis parti en prétextant un rendez-vous, mais je l'ai surveillé et j'ai vu qu'il se dirigeait vers la maison de Romeu.

— Peut-être cherche-t-il à soigner la fille de son logeur.

— Là où vous avez échoué ? dit Raquel.

— Comment me l'as-tu décrit ? lui demanda son père. Un jeune homme, avec des cheveux bruns soyeux, des yeux très doux et un visage aux traits affirmés ?

— Comment vous rappelez-vous toutes ces bêtises ? dit Raquel. Mais c'est exact, c'est un beau jeune homme.

— Il se peut que la prescription de ta mère pour Regina soit meilleure que la mienne, et si Lucà obtient, de son regard, qu'elle mange et oublie sa mélancolie, peut-être guérira-t-elle. Nul doute que quelques plantes apaisantes l'aideront en cela. Je lui souhaite bonne chance.

Lucà passa le reste de la matinée à faire infuser chacune des trois plantes. Quand elles semblèrent avoir atteint la concentration idéale, il les goûta puis les mélangea en souhaitant ardemment que quelqu'un fût à ses côtés pour lui indiquer les proportions exactes. Le résultat était fort et amer. Il ajouta une cuillerée de miel et une petite quantité de vin. Le parfum était maintenant étrange, mais pas désagréable. Après un instant de réflexion, il en but une bonne quantité car il redoutait d'augmenter les souffrances de la jeune fille en lui donnant une potion néfaste à sa santé.

Le soir, quand Regina se fut excusée et qu'elle se retira dans sa petite chambre, Lucà s'adressa à son logeur.

— Messire Romeu, je ne puis m'empêcher de remarquer que votre fille, Regina, paraît malheureuse au point d'en être malade. Me permettriez-vous de l'aider si je le puis ?

— L'aider ? s'étonna Romeu. Irez-vous à Athènes convaincre son ami qu'il ferait mieux de revenir et de travailler ici plutôt que de se battre pour s'enrichir? Je vous félicite si vous y parvenez!

— Je suis herboriste et non faiseur de miracles. Mais mon maître m'a enseigné la préparation d'une décoction qui chasse les idées noires, supprime les maux de tête et ramène le sommeil. Je suis allé dans les prés et les collines, j'ai cueilli les ingrédients, je les ai broyés et les ai mélangés. Je les ai goûtés à chaque étape de la préparation et ils ne m'ont fait aucun mal.

— Vous ont-ils été bénéfiques?

— Ma tête ne me fait pas souffrir, je dors bien, je mange bien et je me sens heureux toute la journée, de sorte que je ne suis pas certain qu'ils puissent changer quoi que ce soit en moi. Mais ce matin, j'en ai avalé une bonne quantité et je demeure en bonne santé.

— Si elle désire boire ce remède, vous aurez la permission de le lui donner, mais il vous faudra d'abord lui expliquer ce que vous faites. Je ne veux pas que ma fille soit abusée, fût-ce pour son propre bien. La traîtrise masculine l'affecte déjà assez.

— Puis-je essayer sur-le-champ?

En guise de réponse, Romeu se leva et se dirigea vers l'escalier menant aux chambres.

— Regina! appela-t-il. Aurais-tu la bonté de descendre un instant?

Cinq minutes plus tard, l'air quelque peu irrité, Regina descendit les marches tout en tirant sur les lacets de son corsage et en resserrant son châle. Elle avait les yeux rouges à force d'avoir pleuré.

— Ma très chère enfant, dit Romeu, Lucà voudrait te donner quelque chose à même d'apaiser tes douleurs et ton chagrin.

— Comment le pourrait-il? répliqua-t-elle d'une voix éteinte. C'est impossible, papa. Je suis lasse d'être présentée à toutes sortes de médecins et de guérisseurs ou d'hommes incapables de comprendre pourquoi je souffre. Laissez-moi, s'il vous plaît.

— Je vous en prie, maîtresse Regina, dit Lucà, j'ai des raisons d'éprouver beaucoup de gratitude à l'égard de votre père, et cela m'émeut de le voir souffrir à cause de vous. Si je pouvais apaiser vos tourments, ses souffrances s'en trouveraient adoucies.

— Comment osez-vous? s'écria-t-elle pleine d'une fureur inattendue. Peut-être croyez-vous que je souffre d'une piqûre d'abeille, sur laquelle vous pouvez placer des feuilles séchées afin d'en extraire le poison? Le poison et la douleur sont ici, au plus profond de mon être, et nul ne peut les atteindre!

— Permettez-moi d'essayer. Accordez-moi trois jours, au moins, ensuite, si vous le désirez, je n'en parlerai plus jamais.

— Tu devrais accepter, Regina, lui conseilla son père d'une voix douce

— Si vous y tenez, papa... dit-elle en retombant dans l'apathie.

Lucà déposa son panier sur la table et en tira un flacon fermé par un bouchon de liège. Il le secoua pour en rendre le contenu homogène, l'ouvrit et remplit à ras bord un gobelet en bois.

— Voici ce que je vous ai préparé, dit-il en le lui montrant.

Il en but près de la moitié.

— Là. Vous constaterez que je ne crains pas de goûter mes propres remèdes. Me ferez-vous l'honneur de boire le reste?

— J'accepte à la condition que vous me permettiez ensuite de regagner ma chambre.

Regina but la préparation, ébaucha une révérence puis disparut dans l'escalier.

— Pensez-vous qu'elle continuera pendant trois jours? demanda Lucà.

— Elle a accepté, lui répondit Romeu, et elle ne reviendra pas sur sa parole.

— Dans ce cas, nous devrions constater une légère amélioration.

— Je l'espère, parce que si je vois son état empirer, vous regretterez d'avoir choisi de séjourner dans ma maison.

IX

Fortuna és sobtós canviador

La chance change tout en un instant

Quand Regina descendit l'escalier, le lendemain matin, elle se mouvait doucement et bâillait. Romeu avait déjà préparé de quoi manger, une grosse miche, une saucisse fumée et un beau morceau de fromage.

— Tu as l'air fatiguée, ma chérie, lui dit son père. Tu n'aurais pas bien dormi ?

— Si, papa. Plus que d'habitude. D'ailleurs je ne me suis réveillée qu'il y a une minute, et je sens encore le sommeil en moi.

— Tant mieux. À présent essaie de manger quelque chose.

— Oui, papa.

Mais bien qu'elle se servît une petite tranche de pain et un peu de fromage, elle ne mangea que du bout des dents et laissa presque tout dans l'assiette.

Le jour suivant, Regina descendit avec plus de vivacité et posa elle-même sur la table tout ce qui était nécessaire au déjeuner. Romeu l'observa et s'abstint de tout commentaire, se contentant de lui lancer un joyeux bonjour.

Lucà arriva peu après et, une fois salués le père et la fille, mangea copieusement. Ce faisant, il discuta du temps, de ses patients et des derniers projets de Romeu, de ses difficultés aussi, mais, comme le menuisier, il prenait soin de ne pas s'occuper de Regina.

Quand Romeu eut regagné son atelier, qui occupait quasiment tout le rez-de-chaussée de la maison où ils demeuraient, Lucà s'attarda à table.

— Votre père est très organisé. Faire la cuisine, s'occuper de la maison... Mais je m'étonne qu'il n'ait pas pris une autre épouse.

— Ma mère est morte il y a moins d'un an, dit Regina dont les yeux s'emplirent de larmes. Ce fut pour lui un coup très rude. Je doute qu'il s'en soit déjà remis.

— Ce devait être une femme très bonne.

— Plus encore. Elle était bonne et honnête, mais aussi très vive et très gaie. La maison était toujours emplie de rires et de chansons. Quand j'étais malade ou qu'il ne faisait pas beau, elle s'asseyait près de moi avec son ouvrage et me narrait des histoires mieux que les meilleurs poètes. Elle me manque tant, sanglota-t-elle. Si elle avait vécu, elle aurait deviné les intentions de Marc parce qu'elle voyait tout et savait beaucoup de choses sur les gens. Elle m'aurait prévenue — elle a tenté de le faire avant de partir — et elle aurait su comment m'aider.

Regina posa le front sur la table et pleura sans retenue.

Lucà fit le tour de la table pour s'asseoir sur le même banc qu'elle. Il la prit par les épaules et posa la main sur la sienne, chuchotant des paroles comme on le ferait à un enfant malheureux. Peu à peu, ses sanglots cessèrent et elle se calma. Elle voulut essuyer les larmes et il lui tendit son mouchoir.

— Prenez cela, dit-il en versant dans un gobelet du vin qu'il coupa d'eau.

Il posa des abricots secs et des noix sur une assiette qu'il plaça tout près de sa main.

Regina but quelques gorgées.

— Tout de suite après la mort de maman, Marc est parti en Sardaigne se battre aux côtés de monseigneur Francesch de Servian. Je l'ai supplié de n'en rien faire, mais à l'entendre, il en avait assez d'être pauvre et nous ne devrions pas nous marier tant que je ne serais pas remise de la mort de maman : vivre avec moi lui serait impossible. Il ne supportait plus la misère et le chagrin et préférait lutter et mourir plutôt que de travailler sans interruption et demeurer dans le besoin.

— Vous n'aviez personne vers qui vous tourner ?

— Non. Papa était si malheureux que je ne voulais pas ajouter mes soucis aux siens. Ensuite, quand nous avons appris par monseigneur Francesch ce que Marc avait fait, mon père lui en a voulu au point que je ne pouvais plus prononcer son nom devant lui. Il hurlait que c'était un fourbe et un bon à rien et espérait qu'il connaîtrait une mort infâme au combat, mais cela ne m'aidait en rien.

Ses larmes s'étaient taries et elle regarda par la fenêtre comme si l'histoire de sa vie, aussi brève fût-elle, était inscrite dans les nuages. Puis elle prit une noix qu'elle mangea et but encore un peu.

Au matin du Vendredi saint, Lucà la trouva au jardin, dans la partie consacrée aux plantes aromatiques.

— Les pauvres, dit-elle, je les ai tant négligées. Je viens d'arracher quelques mauvaises herbes. Elles sont mieux comme ça.

— Les plantes apprécient l'attention qu'on leur porte, déclara-t-il, mais vous ne devez pas vous fatiguer. Asseyons-nous plutôt à l'ombre avec un rafraîchissement.

— Je m'en occupe. Je viens de préparer une boisson à base de menthe et de citron pour que papa la trouve à son retour de l'église.

Elle revint avec une cruche pleine et deux gobelets puis s'en alla chercher une coupe chargée de fruits et de noix.

— Vous ne parlez jamais de vous, lui dit Regina. J'ignore même d'où vous venez. Quelqu'un a dit que c'était de Séville, mais vous n'avez pas l'accent de cette ville.

— C'est parce que je n'y ai pas grandi. Je ne m'en souviens pratiquement pas. Mais je vous raconterai mon histoire plus tard. Ce qui importe à l'heure actuelle, c'est comment vous vous sentez.

— Le plus gros de ma douleur...

— De quel genre de douleur s'agit-il? lui demanda-t-il, les yeux dans les yeux. Pouvez-vous me le dire?

— Là, dit-elle en posant la main juste au-dessus de sa taille. Et là, ajouta-t-elle en effleurant sa poitrine. Pendant des mois, j'ai eu l'impression que l'on entassait sur moi d'énormes pierres qui m'interdisaient de bouger, de respirer, d'avaler. Ensuite, cela s'est calmé et, aujourd'hui, j'éprouve... je n'éprouve plus rien. Je suis prostrée, sauf lorsque l'on me rappelle mon calvaire, et là je ne peux plus me retenir de pleurer.

Quelques larmes brillèrent dans ses yeux.

— Mais c'est tout de même mieux que de souffrir. Et le jardin m'est bénéfique.

Elle prit un abricot sec et mordit dedans.

— Puisque vous connaissez les plantes, croyez-vous que la menthe va repousser? Elle étouffait sous les mauvaises herbes et je la croyais morte. J'ai quasiment tout cueilli pour confectionner cette boisson.

— Oui, la menthe est très robuste. Quand on supprime ce qui l'étouffe, elle repart très vite, vous verrez. Exactement comme le font les personnes fortes accablées de soucis quand quelqu'un contribue à les en délivrer. Les êtres humains et les plantes, ajouta-t-il avec un sourire, ont besoin d'un peu d'aide de temps en temps.

— Oh, messire, voilà que vous me faites un cours, dit Regina avant de sourire, pour la première fois depuis près d'un an.

Le Samedi saint débuta par une forte averse, puis un vent violent souffla avant que le soleil ne brille dans un ciel marqué d'une traîne de nuages. Romeu se leva tôt et travailla jusqu'à l'heure du déjeuner sans se reposer un seul instant.

— Voilà, dit-il, j'ai terminé mon ouvrage pour maître Éphraïm. Il ne me reste plus qu'à le polir une dernière fois et à le vernir, mais cela attendra bien lundi. En attendant, je me repose. J'ai une belle pièce d'agneau à faire braiser pour la déguster demain.

Après un déjeuner frugal et une sieste, Regina passa l'une de ses plus belles robes et entra dans la cuisine, où son père et Lucà étaient assis, en pleine discussion. Elle les regarda, l'un après l'autre.

— Il fait beau et le vent a séché les chemins. J'ai pensé qu'il serait plaisant de se promener, dit-elle. Peut-être le long de la rivière.

— Quelle excellente idée, Regina ! s'exclama son père. Je n'avais pas remarqué que le temps s'était amélioré. Oui, allons tous nous promener.

À pas lents parce que Regina se fatiguait facilement, ils descendirent jusqu'à la rivière.

— Il y a tant de monde dehors, murmura-t-elle.

— C'est parce que c'en est fini des nuages et de la pluie, lui répondit son père.

— Quel est cet homme, papa? demanda-t-elle en désignant un groupe qui franchissait le pont. Ce doit être un nouveau venu.

— Lequel?

— Celui qui a les cheveux clairs et la barbe foncée. Hier, quand j'aérais les draps, je l'ai vu dans la rue qui se dirigeait vers la porte.

— Je ne le vois pas, et vous, maître Lucà?

Il observa les personnes présentes sur le pont.

— Non. Un instant, j'ai cru qu'il s'agissait d'un vieil ami, mais en fait il ne lui ressemble en rien. Je crains de ne pas encore savoir qui est nouveau venu ici et qui en est natif, ajouta-t-il comme pour s'excuser.

— Je dois sortir davantage, déclara Regina avec une modestie feinte, sous peine de devenir aussi ignorante que maître Lucà.

Son père aurait juré qu'elle lui avait adressé un clin d'œil.

— Nous allons rentrer, dit-il, tu pourrais te fatiguer car tu n'es plus habituée à l'exercice.

C'est alors que les commérages débutèrent. Les voisins s'attendaient à tout instant à apprendre que Regina devait être mise au tombeau. Et pourtant elle était là, amaigrie et un peu terne, certes, mais bien vivante, les joues rosies par l'air frais et le soleil.

Le lendemain matin, elle se leva et choisit sa plus belle tenue. Elle arrangea ses cheveux et son voile avec un soin extrême.

— Cela ne me va pas, dit-elle en entrant dans la cuisine. Regarde, papa, le tissu pend de toutes parts, j'ai l'air d'être vêtue d'un sac.

— Soit tu prends une aiguille, soit tu ajoutes un peu de chair à tes os, remarqua Romeu en riant. Je trouve pour ma part que cela te va plutôt bien. Viendras-tu à la messe avec nous ? C'est Pâques.

— Je sais que c'est Pâques, papa, et, bien évidemment, je vous accompagne à l'église.

Son pas était un peu plus rapide et elle n'était pas aussi pâle que la veille, détails qui n'échappèrent pas à ceux qui croisaient son chemin.

— C'est un miracle, dit une matrone à une autre. Je crois savoir qu'il la soigne avec une décoction de son invention et qu'en une semaine, il l'a arrachée à la mort.

— Je me demande s'il pourrait faire ça avec ma femme, dit un commerçant. C'est la créature la plus silencieuse et la plus pitoyable qui soit sur cette terre. Ça serait bien de la voir vivre un peu.

— Alors arrête de lui crier dessus et de la battre chaque fois que tu es de mauvaise humeur, lui répondit son voisin. C'est plus efficace que les plantes de maître Lucà et puis ça revient moins cher.

— Je ne lui crie pas dessus, protesta l'homme, et puis je ne la bats presque jamais.

— Elle se sent bien dès que tu es loin d'elle, ajouta la femme du voisin. C'est seulement quand tu rentres au foyer qu'elle a trop peur pour ouvrir la bouche. La résurrection de Regina, je crois que ça tient plutôt au fait qu'elle a un charmant jeune homme à la maison, c'est mieux que toutes les potions qu'il pourra lui préparer. La pauvre fille se sentait si seule ! Romeu ferait bien de l'avoir à l'œil.

Mais en ville, tout le monde était persuadé que le jeune herboriste pouvait faire des miracles, et il eut bientôt plus de patients qu'il ne pouvait en soigner.

Lundi de Pâques, 6 avril

Le Call était fermé depuis cinq jours. Même si la vie continuait à l'intérieur de son enceinte, Raquel trouvait que ces journées ressemblaient à un interminable sabbat, le calme et la sérénité en moins. Elle s'activait depuis des heures, avec son père dans une visite à deux patients, auprès de sa mère par une aide dont elle ne paraissait pas avoir besoin, se demandant si elle ne devrait pas mettre son châle et aller voir Daniel — ou plutôt sa tante Dolsa, qui s'assurerait de la présence du jeune homme. Sans un mot à quiconque, puisque personne n'avait l'air de s'intéresser à elle, Raquel se faufila jusqu'à la maison du gantier. Maîtresse Dolsa l'accueillit avec la chaleur et l'affection qui lui étaient coutumières, s'excusa, puis revint un instant plus tard avec Daniel. Elle les laissa alors profiter l'un de l'autre, selon sa propre expression, et sortit voir pourquoi les rafraîchissements n'étaient pas encore servis.

— Daniel, dit-elle, je me sens si misérable sans vous.

Il la prit dans ses bras et la serra contre lui.

— Dans ce cas, ma mie, pourquoi ne nous marions-nous pas ?

— Je vous l'ai dit, Daniel. Je ne sais plus quoi faire. Quand j'en parle à maman, elle me répond de cesser de l'ennuyer avec ça en ajoutant qu'on en reparlera quand le petit Beniamin sera un peu plus âgé. Quand je demande à papa s'il connaît la raison de ce retard, il se contente de sourire et de dire que nous serons unis bientôt, très bientôt. Quand on est grand, bientôt signifie de plus en plus tard, oui.

— Ils ne peuvent nous faire attendre plus tard que la Pâque. Je parlerai à mon oncle pour qu'il tente d'infléchir vos parents. Chacun s'accorde à dire que rien ne nous sépare.

Pendant les minutes qui suivirent, tous deux étaient trop occupés pour entendre des voix et des pas résonner dans la demeure d'Éphraïm. C'est seulement quand Raquel perçut le bruit familier du bâton de son père qu'elle repoussa Daniel.

— Raquel ? dit Isaac. Est-ce bien toi ? Tu es là ?

— Oh, papa, tu me suis maintenant ? s'écria-t-elle sur le ton de la plaisanterie, avec une pointe d'exaspération néanmoins.

— Nullement. Je ne savais pas que tu étais allée chez maîtresse Dolsa. Je suis venu voir Daniel et l'on m'a dit qu'il était dans la cour.

— Y a-t-il quelque chose que je puisse faire pour vous, maître Isaac ? dit Daniel dont la courtoisie lui faisait oublier, une fois encore, que de telles paroles pouvaient annoncer d'étranges événements.

— Oui, Daniel. J'aimerais que vous me rendiez un grand service en allant à Majorque. Cela ne vous prendra pas beaucoup de temps, à moins que les vents ne soient contraires, évidemment.

— À Majorque ? protesta Raquel. Papa, que dis-tu là ?

— Combien de temps ? demanda Daniel, méfiant.

— Trois ou quatre jours pour aller et autant pour revenir, si les vents sont relativement favorables et qu'il n'y a pas d'incident. Vous passeriez trois jours sur place. Il y a aussi le temps nécessaire pour rejoindre Barcelone...

— Et si les vents sont contraires ?

— Il faudra alors attendre une bonne semaine qu'ils mollissent. Si vous partiez demain — je puis vous assurer qu'un excellent bateau appareille jeudi —, vous seriez revenu à temps pour fêter la Pâque avec nous. Pendant votre absence, Raquel pourrait mettre la dernière main aux préparatifs de son mariage. La Pâque se termine un lundi. Le dimanche suivant me semblerait idéal pour une noce, mais vous pouvez choisir n'importe quel jour de la semaine ou encore plus tard, si vous préférez.

— Pourquoi voulez-vous que je parte dès demain pour Majorque ? s'étonna Daniel.

— Pour aller voir une dame du nom de Perla qui vit en ville et pour lui poser quelques questions. Si vous acceptez, je vous dirai quoi lui demander. C'est une personne très agréable, Daniel, assez âgée pour être ta grand-mère, Raquel. Discutez-en. Je retourne chez Éphraïm. Vous savez, Daniel, il espère que vous partirez, surtout si vous avez un moment pour régler quelques-unes des affaires qu'il a là-bas.

— Nous pourrons enfin nous marier ? demanda Raquel.

— Ta mère aura recouvré toutes ses forces. Plus rien ne vous séparera, ajouta Isaac en se tournant vers la maison. J'attends votre réponse.

— Mais partir demain... dit Daniel. Je n'ai pas de papiers pour voyager, pas de cartes...

— Maître Mordecai s'est occupé de tout. Vous verrez, vous n'aurez qu'à mettre des habits dans un ballot et à chevaucher l'une de ses excellentes mules.

— Maître Mordecai ? Je sens la main du destin posée sur mon épaule. Jamais, depuis que Jacob travailla pour être l'époux de Rachel[1], aucun homme n'a fait davantage pour gagner celle qu'il désire plus que toute autre chose au monde. Si je pars, tiendront-ils leur parole cette fois ?

— Si papa dit que nous nous marierons le

1. Jacob eut le coup de foudre pour Rachel ; le père de celle-ci le prit à son service contre la promesse de la lui donner en mariage au bout de sept ans. (Genèse, 29, 10-20.) *(N.d.T.)*

dimanche, dans quatre semaines, c'est qu'il le pense sincèrement, dit Raquel. Il ne change pas d'avis à la légère. Et nous en avons déjà parlé à votre oncle.

— Dans ce cas, je partirai. Demain, levez-vous aux aurores, ma chérie, lui murmura Daniel, je serai à votre porte avant de partir. Bien, je dois maintenant aller voir l'oncle Éphraïm.

Après un rapide coup d'œil aux autres personnes présentes dans la cour, il l'embrassa, la serra contre lui puis s'enfuit en courant.

— Daniel, tu retournes travailler? lui demanda Dolsa. Moi qui t'avais apporté de quoi grignoter.

— Je ne puis rester plus longtemps, je le crains, mais je suis persuadé que Raquel demeurera à vos côtés.

— Excellent. Nous aurons ainsi l'occasion de parler du mariage.

Raquel dormit mal cette nuit-là, tiraillée entre espoirs et craintes, dont la peur de ne pas se réveiller pour voir une dernière fois Daniel avant son départ. Elle bondit de son lit aux premiers chants des oiseaux et dès que les coqs se répondirent dans les fermes des collines toutes proches. Elle fit sa toilette et se vêtit dans l'aube blafarde, puis elle descendit en silence les marches de l'escalier menant à la cour.

C'est alors qu'elle entendit un bruit de pas. Elle s'élança vers le portail, peina pour l'ouvrir et se glissa dans la pénombre de la rue.

— Je n'ai pas beaucoup de temps, lui dit Daniel. Je pars avec un ami de Mordecai et il m'attend près de la porte avec une mule.

Raquel jeta les bras autour de son cou, l'embrassa et le serra très fort contre elle avant de s'écarter de lui.

— C'est pour vous, mon bien-aimé. Une boucle de mes cheveux, pour vous souvenir de moi.

Elle lui tendit un médaillon accroché à une chaînette.

Il l'ouvrit et trouva une boucle épaisse. Il referma alors le médaillon et mit la chaîne autour de son cou.

— Elle repose sur mon cœur. Je serai bientôt de retour.

Il l'embrassa une fois encore et disparut.

Peu après, Yusuf débarquait dans la cour tout en mangeant une tranche de pain et un morceau de fromage.

— Vous vous êtes levée tôt, dit-il.

— Où vas-tu ?

— Cueillir des plantes. La porte de la ville sera ouverte un bref moment ce matin et je vais en profiter. Je vais réellement cueillir des plantes, ajouta-t-il avec humeur. Et faire d'autres choses. Mais il y a des herbes médicinales dont nous avons grand besoin. Vous avez l'air fatiguée, Raquel. À votre place, je retournerais me coucher.

Convaincu que Yusuf savait pertinemment pourquoi elle s'était levée de si bonne heure, elle le regarda partir, ferma le portail et se dirigea vers la cuisine pour y trouver de quoi déjeuner. Elle prit des fruits, du pain et du fromage et remonta en silence l'escalier qui menait au grenier et au toit. Elle s'avança à pas feutrés entre les râteliers servant au séchage des provisions, ouvrit les volets et passa la tête par une petite fenêtre. De là, elle pouvait voir la ville et Daniel qui, sur sa mule, disparaissait dans la lumière argentée du jour naissant. Bien après, elle resta là à réfléchir, jusqu'à ce que deux silhouettes à flanc de colline attirent son regard.

Deux personnages récoltaient des plantes. L'un d'eux, elle ne pouvait en douter, était Yusuf. Ce corps mince, ces cheveux bruns, ces mouvements empreints de souplesse ne pouvaient être que les siens. Et puis, près des arbres, elle vit une jument baie. C'était bien

Yusuf. Le second personnage semblait ramasser des herbes ou peut-être des champignons.

Il s'approcha de Yusuf. Grand, large d'épaules, il n'avait rien d'un apprenti envoyé par son maître. En fait, se dit Raquel, c'était probablement Lucà. Yusuf ne s'était-il pas plaint qu'il le suivait partout ? Après quelques instants de ce qui ressemblait à une conversation, Yusuf fouilla dans son panier et tendit quelque chose au nouveau venu.

Raquel sourit. Elle s'imaginait déjà en train d'interroger le jeune garçon. Elle réfléchissait à ce qu'elle lui dirait quand son attention fut attirée par la silhouette d'un individu parmi les arbres. Il observait Yusuf et Lucà. Quand ils descendirent le long de la colline, il ramassa un petit paquet et se déplaça latéralement pour continuer à les voir. À cet instant, les premiers rayons du soleil frappèrent à l'oblique le flanc de la colline et changèrent les cheveux clairs de l'étranger en un halo de feu.

Il s'assit dans l'herbe, son paquet à côté de lui, les bras autour des jambes, et observa les deux cueilleurs avec le plus grand intérêt. Raquel secoua la tête et quitta le grenier, étonnée de ce qu'elle avait vu.

Mardi 7 avril

Portant la demi-miche de pain fourrée de fromage qui devait lui servir de déjeuner, Daniel grimpa sur la mule placide fournie par maître Mordecai et prit la direction de la grand-route. La lune décroissante éclairait le sud-ouest de sa lueur pâle.

— Pourquoi partir d'aussi bon matin ? demanda-t-il à Salomó Vidal. Je croyais que le bateau n'appareillait pas avant demain matin. Nous ne sommes pas si loin que ça de Barcelone.

Salomó était le marchand qui avait accepté que Daniel l'accompagnât, lui et ses deux robustes serviteurs, à l'unique condition qu'il ne leur pose aucun problème.

Il éperonna sa mule et fit signe à Daniel de le rattraper.

— Je connais le capitaine, dit-il. La cargaison sera mise en cale ce matin. Si le vent est favorable, nous quitterons aussitôt le port. Si nous nous trouvons là, il nous emmènera, mais si nous tardons trop, il n'hésitera pas à nous laisser à quai. Il faut donc se hâter, mon garçon.

— Mais il n'y a aucun vent! protesta Daniel.

— Il y en aura. Pas question de vous endormir sur votre bête. Si le vent souffle du nord, il donnera de la voile avant midi. Je n'aimerais pas le rater.

— Et moi, je serai heureux de faire l'aller et retour le plus vite possible.

— Tant mieux. Je dois tout de même vous prévenir de ne compter sur rien. On ne sait jamais, avec les vents printaniers.

— Seraient-ils plus fiables le reste de l'année? demanda Daniel en toute innocence.

Le marchand éclata de rire, un rire sonore venu du fond du cœur, si fort que les chiens alentour se mirent à aboyer.

— Ah, vous m'avez eu, dit-il. Oui, vous avez raison. On ne sait jamais ce que l'on va affronter.

Ils arrivèrent à Barcelone une demi-heure après tierce. Serviteurs et maîtresses se bousculaient dans la rue pour acheter volailles, poissons, viandes et fruits. Quand le soleil serait haut, le marché se viderait, et les produits invendus trouveraient preneurs auprès des paresseux et des personnes qui manquaient d'organisation. Ils mirent les mules à l'écurie à l'extérieur des murailles de la ville. Les deux serviteurs portant les bagages, ils descendirent vers la grève où des canots circulaient en tous sens pour livrer leur cargaison aux navires qui avaient prudemment jeté l'ancre loin du rivage.

— Le voilà, dit Salomó. Le pirate à la mine patibulaire que l'on voit là-bas.

— J'espère qu'il est plus affable qu'il en a l'air.

— Oui. Dès qu'il aura pris notre argent, il nous sera totalement acquis. C'est pourquoi j'aime naviguer avec lui.

— Je connais d'honnêtes marins qui...

— Je sais, l'interrompit Salomó. Si vous avez une énorme cargaison susceptible d'occuper toute une cale, vous pouvez engager l'un d'eux. Mais quand on n'a que peu de choses à transporter, ce qui est mon cas, ils vous feraient payer comme s'il s'agissait de toutes les épices de l'Orient, plus quelques lions et quelques tigres pour faire bon compte. Giovanni ne nous prendra pas trop cher et s'occupera bien de nous tant que nous ne lui dirons pas comment agir.

— Giovanni ? s'étonna Daniel.

— Ne me demandez pas... ne lui demandez pas d'où il est originaire, dit Salomó. Je crois que lui-même l'ignore.

Peu après que les quatre hommes furent arrivés sur le quai, Giovanni en personne vint les accueillir.

— *¡Hola!* dit-il. Nous appareillons bientôt. Où est votre cargaison, maître Salomó ?

— Dans le canot que vous voyez là.

Giovanni s'approcha de l'équipage de l'embarcation en question et brailla quelque chose d'incompréhensible.

— Quelle langue parle-t-il ? demanda Daniel.

Salomó haussa les épaules.

— Laquelle parle-t-il bien, voulez-vous dire ? Aucune, je crois. Mais mal, toutes celles dont vous connaissez le nom, plus quelques autres. Il leur a dit de prendre soin de ma cargaison, cela j'en suis sûr, mais pour le reste, j'avoue mon ignorance, et pourtant je connais bien des langues étrangères.

Avec trois autres passagers, ils s'entassèrent dans le canot suivant, lequel les mena à la *Santa Felicitat*, un deux-mâts fier et large qui se balançait au vent de noroît. Les quatre voyageurs furent poussés plus que conduits dans une minuscule cabine située près de la poupe. Elle possédait deux étroites couchettes de bois et des crochets à hamacs.

— Je crois, dit Salomó en s'asseyant, que l'on va mettre la voile. Ils ne nous veulent pas dans leurs jambes.

Avec des cris et des jurons de la part de l'équipage, avec les grincements et les craquements du bois, du métal et du cordage, les voiles furent hissées. Le bruissement de la coque adopta un rythme que Daniel reconnut aussitôt, accentué par le claquement de l'eau contre le bois. Ils étaient partis, poussés par un vent béni qui, ils l'espéraient, les mènerait sans encombre jusqu'au port de Majorque. Il s'appuya à la paroi du bateau et calcula à quel moment il serait de retour. Puis il s'imagina dans sa maison, avec sa cour inondée de soleil. Douloureusement, il ouvrit les yeux et, en soupirant, se rappela où il était.

Quatrième partie

MAJORQUE

X

Car vostre cos és de verí replet

Car votre corps est plein de poison

Le vent les poussait lentement loin du port, ce qui déclencha un beau tapage parmi les membres de l'équipage.

— Que se passe-t-il ? demanda Daniel. Pourquoi un tel affolement ?

— Ils ne sont pas affolés, lui répondit Salomó. Seulement nerveux. Si nous voulions mettre le cap sur Gênes, il n'y aurait pas meilleur vent. En revanche, ce n'est pas l'idéal pour aller dans les îles.

— Et ils ne veulent pas aller à Gênes, si je comprends bien.

— Oh non, car la plupart y seraient pendus pour piraterie ! Mais c'est un bon équipage que nous avons sur cette coque de noix, et il peut beaucoup même quand les vents ne sont pas pleinement favorables.

Comme par défi, la voile se mit à vibrer; les flammes claquèrent une ou deux fois puis retombèrent. Il n'y avait plus de vent.

— Et maintenant ? fit Daniel.

— Maintenant, rien, dit Salomó. À moins que vous ne vouliez prendre un des canots pour nous remorquer, ajouta-t-il en riant bruyamment. Mais ne vous inquiétez pas, à cette époque de l'année, nous aurons bien du vent à un moment ou à un autre.

Le navire ballottait doucement sur la mer d'huile, et Daniel trouva interminable cet après-midi-là. Les seuls marins à travailler étaient la vigie, l'homme de barre planté devant la roue et le second qui faisait les cent pas sur le pont.

Les hommes avaient terminé de souper quand une rafale fit claquer les voiles sur le mât. Un cri retentit. Oisif jusque-là, l'équipage s'affaira avec les cordages et le gréement. En quelques instants, les voiles se gonflèrent et le bateau ventru et paresseux contre lequel Daniel ne cessait de pester se changea en un gracieux oiseau des mers. Le vendredi matin, troisième jour de leur traversée, un éperon rocheux se profila à l'horizon.

— Qu'est-ce que c'est ? s'enquit Daniel.

— Les îles, lui répondit un marin occupé à ravauder un morceau de voile. C'est là qu'on va, non ?

— Et quand y arriverons-nous ?

— Cet après-midi.

— On m'avait dit que l'on mettrait plus de temps, bien plus.

— Ça peut arriver. Si le vent mollit, comme souvent.

Mais à l'heure où les Majorquins s'éveillaient après la sieste, Salomó et Daniel quittèrent le port pour la ville.

— Voici la rue qui mène au Call, dit Salomó. Une fois à l'intérieur, vous pourrez demander après la personne que vous venez voir. Je vous accompagnerais volontiers, mais malheureusement des affaires pressantes m'appellent ailleurs. N'oubliez pas que notre bateau repart pour Barcelone vendredi prochain, de bonne heure. Si vous êtes là, le capitaine vous acceptera à bord.

Après avoir pris congé de son guide, Daniel pénétra avec beaucoup de curiosité dans le Call de Majorque et chercha la maison d'un certain maître Maimó.

Écrasé de soleil, le Call était aussi bruyant que coloré. Devant la porte, la place grouillait de marchands, de chalands, de passants et d'enfants braillards que leurs mères épuisées avaient bien du mal à calmer. Ceux qui l'avaient remarqué le regardaient avec curiosité, les autres ne lui prêtaient même pas attention. À la recherche d'ombre et de fraîcheur, il prit à gauche une rue assez large pour permettre le passage d'un char à bœufs, bordée de maisons hautes et étroites abritant pour la plupart des commerces et des ateliers.

Mordecai lui avait dit que la demeure de Maimó se trouvait à portée du palais et que c'était l'une des plus grandes de la ville. Daniel passa devant une école susceptible d'accueillir de très nombreux enfants puis devant une synagogue assez vaste pour une nombreuse congrégation, mais il ne trouva nulle part le palais ou une maison ressemblant à celle qu'il cherchait. Il s'arrêta finalement devant l'échoppe d'un bottier. Un quinquagénaire buriné assis sur un banc s'affairait sur une sandale d'une taille peu ordinaire.

— Votre client doit être de belle carrure, dit-il. Et si sa bourse est aussi volumineuse, c'est avec plaisir que je lui ferais des gants.

— Vous êtes donc gantier, jeune homme ? lui demanda l'artisan de la voix douce des insulaires.

— C'est exact, et je m'appelle Daniel.

— Nous avons beaucoup de gantiers ici.

— Leur rencontre me serait profitable, j'en suis persuadé, mais je ne suis pas venu chercher du travail. Je dois repartir vendredi prochain. Peut-être pourriez-vous me dire où trouver leurs boutiques au cas où j'aurais un instant pour leur rendre visite ?

— Par là, fit l'homme qui se consacra à nouveau à sa sandale.

— Pourriez-vous également m'indiquer la maison de maître Maimó ? Je dois lui remettre une lettre.

— Vous ne la trouverez pas par ici, dit le bottier avant de recracher le fil qu'il tenait dans sa bouche, c'est pas assez bien pour sa famille. Continuez tout droit vers le palais et vous la trouverez, ajouta-t-il en grommelant avant de prendre un autre fil.

— Merci pour votre courtoisie, fit Daniel.

Mais l'homme avait les yeux rivés sur son ouvrage et les lèvres closes. Ainsi s'acheva leur conversation.

Daniel trouva la porte sans grande difficulté. De l'autre côté s'étendait une vaste place d'où partaient plusieurs rues : n'importe laquelle pouvait le mener à destination. C'est alors qu'il avisa un gamin de huit ou neuf ans qui importunait les passants en quémandant quelques pièces. Il tira un demi-sou de sa bourse et le présenta à l'enfant, d'assez loin pour qu'il ne l'attrape pas tout de suite.

— Connais-tu la maison de maître Maimó ? lui demanda-t-il.

— Le riche juif ?

Daniel hocha la tête. Il avait compris de lui-même que l'ami de maître Mordecai, selon toute vraisemblance, était un homme riche.

— Bien sûr que je sais où elle est, reprit le gamin.

— Oui, mais pas moi. Conduis-moi là-bas, et si c'est bien là que je veux aller, cette pièce sera pour toi.

Sur ce, l'enfant traversa la place à toute allure de sorte que Daniel le perdit de vue un instant. Il le vit se frayer un chemin entre deux imposantes matrones et se lança à sa poursuite.

— Voilà, c'est là, dit l'enfant en se retournant pour s'assurer qu'il n'avait pas semé son client. Juste derrière ce vieux portail. Vous voulez que je frappe ?

— Non, ça ira. Attends que j'aie vérifié qu'il s'agit bien de la bonne maison.

Un lourd portail de bois dissimulait une grande partie de la bâtisse, mais le peu que Daniel voyait en levant les yeux était imposant de par sa taille et sa décoration. Deux séries de larges fenêtres donnaient sur la rue, ainsi que quelques-unes de plus petites dimensions ; des pierres sculptées ornaient chacune d'elles. Il actionna la cloche et, mû par la curiosité, colla son œil à une fissure entre le portail et le mur. Il vit une partie d'un escalier et un arbre dans la cour, puis il se releva brusquement en entendant quelqu'un marmonner et des pas claquer sur le pavage. Il recula juste à temps et le portail s'ouvrit.

— Je cherche maître Maimó, annonça Daniel.

— Le maître n'est pas là, répondit le serviteur d'un air revêche, prêt à lui refermer la porte au nez.

— Veux-tu lui donner ceci ? dit Daniel en lui tendant une lettre scellée. Il m'attend, je crois.

— Je vais voir. Restez là.

— Hé, je vous ai dit que c'était bien cette maison, dit l'enfant avec beaucoup de sérieux.

— Merci pour ton aide. Comment t'appelles-tu, si j'ai besoin de trouver d'autres endroits ?

— Miquel.

Daniel lui tendit la pièce et en ajouta une autre.

Le gamin partit en courant.

— Je suis toujours sur la place, lança-t-il par-dessus son épaule. C'est là que je travaille.

Daniel le regarda partir puis il s'adossa au portail et observa la rue. C'est alors qu'il le vit enfin. Sans s'en rendre compte, il avait marché jusqu'à mi-hauteur d'une colline couronnée par un palais tout droit sorti des contes de son enfance avec ses tours orgueilleuses et ses hautes voûtes. Derrière ses murs, songea-t-il, se trouvaient de merveilleux jardins, des fontaines et des arbres donnant tous les fruits dont il avait connaissance. Le soleil inondait la rue, plutôt paisible à cette heure, et sa lumière aveuglante se reflétait sur le marbre et les tuiles des maisons.

— C'est beau, n'est-ce pas ? dit derrière lui une voix agréable. C'est notre palais royal, l'Almudaina. Et vous devez être maître Daniel. Je suis Maimó. Mais entrez, je vous en prie.

Daniel se retourna et resta un instant sans voix devant le spectacle qui s'offrait à lui. Le maître de maison avait ouvert tout grand le portail et le jeune homme se trouvait à présent à l'entrée d'une cour digne d'un palais royal. Des dalles aux riches couleurs formaient au sol des motifs complexes ; l'escalier menant aux appartements privés était le plus grand qu'il eût jamais vu dans une demeure privée. Tout autour de lui, des carreaux multicolores couvraient les murs. La chaleur du soleil était tempérée par le feuillage d'une paire d'arbres et une abondance d'arbustes en fleurs. À côté d'une telle richesse, la tunique de soie brun foncé de Maimó paraissait de la plus grande simplicité.

— Je regrette que l'on vous ait fait attendre dans la rue, poursuivit Maimó. Je vous demande de bien vouloir pardonner à mon fidèle chien de garde. Notre ville ressemble au paradis, mais on y trouve parfois des êtres aussi étranges qu'hostiles. De plus, à cette époque de l'année, nous nous devons de redoubler de prudence. Désormais, il vous traitera avec la plus grande courtoisie, à moins qu'il ne vous voie vous précipiter sur moi, l'épée à la main !

Il rit et Daniel en fit autant, non sans gêne.

— Qu'est-ce qui vous amène dans notre charmante

cité ? lui demanda Maimó, une fois qu'ils furent assis dans la cour et qu'on leur eut apporté gourmandises et rafraîchissements pour les faire patienter jusqu'au souper. Vous n'êtes pas là pour des gants, je suppose, même si nous avons ici des cuirs de toute beauté. Quand le vent soufflera d'une certaine direction, vous comprendrez où se situe le quartier des tanneurs, ajouta-t-il en tendant la main en direction du sud-est.

— Ce doit être assez...

— Ce n'est rien. Chaque ville a ses vents et ses odeurs. Ce qui pourrait davantage vous intéresser, ce sont les bateaux de tous les pays qui mouillent ici afin d'y faire commerce. Pour l'heure, plusieurs édifices sont consacrés aux transactions, mais nous espérons construire bientôt une vaste *lonja*, une « loge de mer », comme nous disons. Sa Majesté a donné son accord de principe à ce projet qui nous serait des plus bénéfiques. C'est là l'un des avantages du récent changement de régime, dit Maimó en faisant discrètement allusion à la conquête de l'île, une décennie auparavant.

Il croqua dans une olive et Daniel fit de même avec une tranche de pain.

— Je suis bien évidemment intéressé de voir tout ce qui est disponible, et mon oncle m'a demandé d'acheter ce qui pourrait nous être utile. Ma mission à Majorque n'a cependant rien à voir avec la ganterie. Je recherche une femme qui vécut un certain temps à Gérone. Après la mort de son époux, elle est revenue en ville où elle trouva... disons un endroit plus heureux pour y vivre, parmi de vieux amis et d'anciennes coutumes.

— Voilà une réponse tout en diplomatie, dit Maimó en souriant. Et quelle est cette veuve ?

— Perla, épouse d'Ezra ben Rubèn de Gérone.

— La belle Perla... Oui, elle a brisé bien des cœurs

en s'en allant. Je la connais bien, c'est une femme habile mais très aimable. Je puis vous conduire chez elle si vous le désirez. Demain vous conviendrait-il ? Je suis sûr que votre traversée vous a trop épuisé pour y aller maintenant.

— Vous avez raison. Même si elle fut rapide, j'ai l'impression qu'elle a duré très longtemps. Pendant une bonne partie de la journée, j'ai cru que nous revenions doucement vers le port que nous venions de quitter.

Une fois encore, son hôte se mit à rire.

— Ah, ce sont des choses qui arrivent. Nos marins sont très astucieux quand les voiles sont gonflées, mais ils ne peuvent rien contre l'absence de vent.

Ce même jour, au petit matin, alors que la ville de Gérone était plongée dans le sommeil, Isaac fut réveillé brusquement par la cloche du portail. Il quitta le lit installé dans son cabinet, jeta sa cape sur sa chemise de nuit et arriva au portail avant même l'ouverture de la porte de la petite chambre d'Ibrahim. Celui-ci sortit en maudissant les patients et leurs familles.

— Maître Isaac, dit une voix enfantine, il faut que vous veniez chez nous sur-le-champ. Le maître est malade et ça a été si long pour gagner le droit de pénétrer dans le Call que je crains qu'il soit mort avant notre arrivée. J'ai dû aller au palais et demander au garde qu'on me fasse entrer. Ça a pris tant de temps que je...

— Qui est ton maître ? demanda Isaac avant que le garçon ne lui raconte sa vie.

— Maître Narcís. Il souffre beaucoup, il se tord dans son lit et appelle... c'est insupportable.

— Un instant, que j'enfile ma tunique et prenne mon panier.

— Qu'y a-t-il, papa?

La douce voix de Raquel lui parvint du haut de l'escalier de pierre.

— C'est maître Narcís, dit Isaac en rentrant dans son cabinet pour s'y vêtir. Es-tu habillée?

— Oui, papa, depuis que j'ai entendu du bruit au portail.

— Alors jette une cape sur tes épaules et prends le panier. Viens, petit, nous allons voir ton maître. Ibrahim, referme le portail derrière nous.

La porte de la maison de maître Narcís s'ouvrit à l'instant même où le trio s'en approchait.

— Entrez, maître, dit une voix. Hâtez-vous, il est au plus mal.

— Est-ce toi, Anna? demanda Isaac.

— Oui, maître. Il est dans sa chambre à l'étage. Apporte d'autres bougies, mon garçon, lança-t-elle au gamin. Ne reste pas planté comme ça.

Il revint un instant plus tard avec un grand candélabre qu'il posa sur une commode afin qu'il éclairât le lit, tandis que Raquel étalait sur une table le contenu de son panier.

Isaac s'approcha du malade, écouta un instant et posa la main sur la poitrine de son patient. Il se pencha ensuite pour y coller son oreille.

— Il est très pâle, papa, dit Raquel. Ses mâchoires sont si crispées que je le crois incapable de parler même s'il le voulait. On a l'impression qu'un poids écrase tous ses muscles.

— Ses mâchoires? répéta Isaac. Alors il faut commencer par apaiser ses douleurs. Deux gouttes, Raquel.

D'un geste précis, elle mit dans un gobelet du sucre, de l'eau, un peu de vin et deux gouttes d'un breuvage épais, puis elle remua vigoureusement.

— Je suis prête, papa. Si vous voulez bien vous mettre sur le côté.

Elle souleva les épaules raidies du malade et s'efforça de faire couler le liquide entre ses dents serrées. Quand il eut tout pris, elle le recoucha.

Isaac posa la main sur le ventre de l'homme puis sur ses cuisses et ses mollets. Il secoua la tête.

— Va chercher quelque chose de chaud pour lui réchauffer les pieds.

Le garçon sortit en courant.

— Y a-t-il de l'eau pour lui baigner le visage ?

— Oui, papa.

— Comment est-il à présent ? Vite, Raquel.

— Ses mâchoires se décrispent légèrement et je crois que ses muscles s'assouplissent.

— Prépare encore du mélange mais ne le lui donne pas tout de suite. Anna est-elle ici ? demanda-t-il tout en massant le ventre de son patient.

— Je suis là, maître, répondit-elle.

— Qu'a-t-il mangé en dernier ? Ou bu, ou mis dans sa bouche d'une façon ou d'une autre ? Et où est ce gamin ? ajouta-t-il, impatient.

— Ici, messire. J'ai enveloppé des pierres dans de l'étoffe, elles sont encore chaudes du feu allumé pour le souper.

— Place-les à ses pieds.

— Il n'a mangé que du pain et de la soupe, dit la servante.

— Et toi ?

— Exactement la même chose.

— Et avant ?

— Il a bien déjeuné, maître Isaac. La cuisinière est sortie avant que je descende ce matin et trouve un beau poisson à farcir et du chevreau. C'était excellent et il a voulu de tout. On ne peut rien reprocher à la nourriture, ajouta-t-elle en insistant sur ce dernier mot.

— Comment le sais-tu ?

— Nous avons les uns et les autres mangé comme lui. Le maître ne veut pas que la cuisinière prépare deux menus différents. Elle lui sert toujours la meilleure part, mais souvent il en prend une autre et nous la laisse. Et nous allons bien. On ne peut pas non plus accuser le vin, nous en avons tous bu de la même cruche.

— Alors dis-moi, puisque tu sembles si bien informée, ce qu'il a pris qui a pu le rendre malade de la sorte.

— Oh, messire, c'est le médicament avalé la nuit dernière.

— De quoi parles-tu ? D'une potion que je lui aurais laissée ?

— Oh, non, pas vous ! C'est celle de l'herboriste. Tout est de ma faute...

— Papa, dit Raquel, il essaye de dire quelque chose.

L'homme chercha à relever la tête.

— J'ai si froid, murmura-t-il. Maître Isaac, est-ce vous ? J'ai soif, une soif terrible.

Raquel le souleva pour l'aider à boire.

— Nous aurions dû vous appeler, mais c'était fermé, oui, tout était fermé, dit-il en pressant la main du médecin. C'est cette mixture, cette terrible mixture.

— A-t-il été malade ?

— Non, messire, c'est comme s'il était empêché de faire quoi que ce soit.

— Combien d'heures se sont écoulées depuis qu'il a bu ?

— Trois ou quatre, dit Anna avec désespoir.

— Il faut tenter de lui laver l'estomac, Raquel. Anna, peux-tu nous aider ? Dis-nous point par point ce que tu sais.

Tandis que Raquel préparait un émétique et le faisait couler dans sa gorge afin de maîtriser les spasmes de l'homme qui rejetait le peu qu'il avait encore dans l'estomac, Anna se lança dans une grande explication.

— Ça a commencé la semaine dernière. Vendredi, le Vendredi saint. La nuit précédente, celle du Jeudi saint, il a bien soupé et il avait l'air joyeux. Des amis lui ont rendu visite et, quand je leur ai porté du vin et quelques petites choses à grignoter, il m'a paru plus jovial que jamais. Il leur disait qu'il se sentait mieux et qu'il avait enfin pu faire ce qui lui était interdit auparavant.

— Une minute. Raquel, je ne crois pas pouvoir vider davantage son estomac. Donne-lui un quart de cette nouvelle préparation et ne le laisse surtout pas s'endormir. Fais de ton mieux pour le tenir éveillé. Alors, Anna, quelles sont ces choses qu'il lui était impossible d'accomplir ?

— Je n'en sais rien, maître Isaac, j'ai dû m'en retourner à la cuisine.

— Et le lendemain matin ?

— Il avait bon appétit — s'il ne jeûnait pas, c'est que le prêtre l'en avait détourné tant qu'il n'aurait pas repris plus de forces, mais il m'a dit qu'il se sentait tout courbatu. Il a ajouté que c'était entièrement de sa faute, il n'aurait pas dû se démener autant la veille. Peu après, j'étais en train de faire les lits quand il a sonné avec tant d'insistance que je suis arrivée en courant. Il était dans son cabinet, penché au-dessus de sa table de travail, incapable de bouger à cause de crampes dans le dos et les jambes. Avec le gamin et la cuisinière, on l'a allongé sur sa couche et on a voulu vous prévenir, messire, mais le gosse n'a pas pu franchir la porte de votre quartier, bien qu'il ait expliqué que son maître était au plus mal. On a alors fait venir quelqu'un d'autre, qui lui a donné une potion, mais ça n'a rien produit. C'est le dimanche que j'ai entendu parler de l'herboriste. Dimanche de Pâques ou pas, je regrette d'être allée à la messe ce jour-là parce qu'il ne serait pas comme ça aujourd'hui.

— Nous n'en savons rien, Anna, et même si c'était vrai, tu n'es en rien responsable. Bon. Comment était ton maître après avoir pris la potion de cet herboriste ?

— La douleur et les crampes ont disparu et, aussitôt, mon maître a recouvré sa bonne humeur, même si la langueur et la raideur des jours précédents le gênaient encore.

— L'herboriste est revenu ?

— Chaque jour, maître Isaac. Il aimait s'asseoir là et bavarder — il peut parler pendant des heures —, et le maître le trouvait distrayant. Hier seulement il n'est pas venu. Un enfant s'est présenté en soirée pour demander si maître Narcís allait mieux. Je lui ai répondu qu'il avait passé une mauvaise nuit et qu'il devait le faire savoir à l'herboriste. Il a alors répliqué qu'il avait sur lui un nouveau remède et que le maître pourrait en prendre dès que cela serait nécessaire. C'est ce qu'il a fait cette nuit en disant que c'était peut-être nouveau mais que le goût en était encore plus amer. Et puis il est allé se coucher.

— Merci, Anna, dit Isaac qui n'avait pas ôté les mains du corps du patient pendant cette longue déclaration. Ses muscles se raidissent à nouveau.

— Dois-je lui en donner encore, papa ?

— Pas tout de suite.

Isaac se dirigea alors vers la porte de la chambre, suivi de sa fille. À tâtons, il abaissa le bec-de-cane.

— Sortons d'ici un instant.

— Qu'y a-t-il, papa ? demanda Raquel dès qu'ils se trouvèrent dans le couloir.

— Je ne tiens pas à ce qu'il m'entende. Reconnais-tu ce qui lui arrive ?

— Cela ressemble, telle que vous l'avez décrite, à

la mort de l'homme de Cruilles. Je ne l'ai pas vu parce que je dormais. Vous auriez dû envoyer quelqu'un me réveiller. Je serais peut-être plus utile à présent, ajouta-t-elle avec amertume. C'est seulement quand vous avez demandé à Anna ce qu'il avait mangé que j'ai compris qu'on l'avait empoisonné.

— Si nous ne lui donnons rien de plus pour apaiser la douleur, je crains — j'en suis pratiquement certain — qu'il connaisse une terrible agonie vu les spasmes qui tordent déjà son corps.

— Et si nous lui donnons quelque chose ?

— En quantité suffisante, cela arrêtera les spasmes et peut-être vivra-t-il, mais il peut aussi mourir d'avoir trop absorbé de cette drogue. Le seul espoir, bien léger au demeurant, c'est sa résistance. Mais de telles douleurs sapent la volonté. Nous ne pourrons rien faire s'il perd confiance et implore la mort de ses prières.

— Nous devons prendre une décision.

— J'ignore laquelle, mon enfant. Je m'occupe de lui depuis si longtemps... je ne peux délibérément provoquer son trépas.

— Et si nous lui donnions d'infimes quantités, une goutte diluée de temps en temps pour contrôler ses spasmes ? En tout cas, et quoi qu'il advienne, nous aurons fait de notre mieux sans lui nuire.

— Je crains que tu ne raisonnes en philosophe, Raquel. Mais tu dis vrai, c'est la seule chose à faire. Sois très prudente, ma chérie.

L'aube filtra à travers les volets avant qu'Isaac, sentant les mâchoires de son patient se contracter à nouveau et ses muscles se tendre, ne se tournât vers la servante.

— Anna, va chercher un prêtre.

— Oh non ! gémit-elle.

— Fais vite. Raquel, donne-lui le restant de ce gobelet, je t'en prie. Il souffre beaucoup.

— En êtes-vous sûr, papa ?
— Oh oui !

Isaac n'avait pas réussi à se recoucher. Il fut interrompu au milieu d'un déjeuner qu'il ne parvenait pas à avaler par un trio de gardes épiscopaux et un messager nerveux. On l'emmena à travers le Call et on lui fit franchir la porte du quartier en dépit des protestations du gardien. Puis il arriva au palais de l'évêque.

— On me parle d'une extrême urgence, Votre Excellence. Êtes-vous souffrant ?

— Non, maître Isaac, mais il est vrai qu'il y a urgence. J'aimerais vous entretenir d'un sujet capital.

— Vous êtes bien certain de ne pas être malade ? insista le médecin. J'avais cru comprendre...

— Nullement, je me sens en excellente santé, maître Isaac. Cela concerne une affaire terrible survenue ce matin. Un décès. Le capitaine de la garde et le père Bernat s'efforcent en ce moment d'en savoir le maximum. Ils seront bientôt de retour pour me faire leur rapport.

— Vous les aviez déjà dépêchés, Votre Excellence ? s'étonna Isaac. Je suis allé au palais dès que l'on est venu me trouver mais, apparemment, les nouvelles m'ont précédé.

— C'est vrai, reconnut Berenguer. Le problème de maître Lucà va se poser avec plus d'acuité. L'un de ses patients est mort, maître Isaac. Ce matin, juste avant le lever du soleil.

— J'en ai également perdu un, Votre Excellence. Mais il est certain, dit sereinement Isaac, que si des officiers sont envoyés auprès de chaque mourant, nous autres médecins nous trouverons bientôt en difficulté. D'ordinaire, dans un tel cas, c'est un médecin — un guérisseur, un herboriste, qu'importe le nom — que l'on fait venir. Ce qui ne signifie nullement qu'il est responsable de la mort du malheureux.

— J'en conviens. D'abord le médecin, ensuite le prêtre. Je ne m'en serais pas inquiété si je n'avais eu cette longue conversation avec maître Jaume Xavier.

— Le notaire ? Il devait attendre auprès du lit du mort. J'en déduis que le défunt avait du bien.

— Non, cette conversation avec maître Jaume s'est tenue il y a deux ou trois semaines. Il m'a expliqué qu'une de ses clientes — une veuve, une certaine maîtresse Magdalena — voulait tester pour faire la répartition de son argent et de ses propriétés. Très justement, elle en laissait la majeure partie à son petit-fils, son seul parent. Elle donnait aussi de petites sommes à ses serviteurs, plus cinquante pièces au jeune maître Lucà pour le remercier de ses remèdes et de sa courtoisie à l'égard d'une vieille dame. Telles furent ses paroles exactes, le notaire m'en a assuré. Peu après avoir rédigé son testament, elle est décédée.

— Son trépas avait-il quelque chose d'étrange ?

— Non. Elle déclinait depuis quelque temps et l'événement ne surprit personne. Son précédent médecin, qui la traitait pour une fluxion de poitrine et pour des maux d'estomac, avoua son étonnement de la voir survivre aussi longtemps. Et la somme, certes bienvenue pour un jeune homme qui débute, n'avait rien d'exceptionnel.

— Il est tout de même venu vous en parler.

— Non, il a mentionné ce fait alors que nous évoquions un tout autre problème, mais il me l'a rappelé il y a quelques jours quand il m'a prévenu qu'un autre client souhaitait modifier son testament.

— Oui ?

— Cet homme avait perdu la plus grande partie de sa famille au cours des dix dernières années — entre la peste, la famine et les guerres, il ne se connaissait plus qu'un parent. Et il avait amassé une imposante fortune.

— Et aujourd'hui ?

— Pour certaines raisons qu'il expliqua à la grande satisfaction de maître Jaume, il voulait diviser équitablement sa fortune entre le diocèse de Gérone et maître Lucà. Avant-hier, le testament fut rédigé et signé en présence de témoins. Mais le client de maître Jaume est mort tôt ce matin.

— De quel mal souffrait-il ? s'enquit Isaac.

— J'allais vous le demander puisque vous étiez son médecin, me semble-t-il.

— Dans ce cas, dites-moi qui est mort, Votre Excellence, le pressa Isaac.

— Je ne l'ai pas fait ? C'est maître Narcís Bellfont. Que pouvez-vous me dire de lui ?

— Nous parlions donc du même homme. J'étais auprès de lui toute cette nuit, ajouta Isaac après un moment de réflexion. Ce fut une terrible expérience. C'était un homme jeune et robuste, Votre Excellence, et il n'aurait pas dû partir aussi prématurément.

— Dans ce cas, pourquoi consulter tant de médecins ?

— Votre Excellence se rappelle sans aucun doute son accident.

— Oui. L'été dernier, quand il est tombé de cheval et s'est brisé la jambe. Je pensais qu'il s'en était bien remis.

— Je puis vous assurer qu'il s'était rétabli au mieux, vu ses blessures, mais qu'il souffrait toujours, dit lentement Isaac. Il se plaignait aussi du dos.

— Il n'était pas homme à gémir.

— Il faisait preuve de beaucoup de force de caractère. Un habile rebouteux s'est occupé de sa jambe, qui a guéri pour de bon sans présenter la moindre putréfaction, mais rien ne va jamais aussi bien après un accident qu'avant. Il marchait en boitillant et la douleur était quasi constante.

— Ne pouvait-on rien faire ?

— Si, Votre Excellence. J'ai remarqué que les personnes blessées, dotées d'un caractère impatient, qui refusent d'obéir à leur médecin lorsque celui-ci leur conseille de se reposer, souffrent davantage au début mais guérissent plus vite. En revanche, celles qui attendent docilement ne recouvrent jamais le plein usage de leurs membres.

— C'est tout à fait exact, reconnut l'évêque. Je pense à plusieurs cas, certains soldats, en particulier, qui ne supportent pas l'inactivité.

— Pour cette raison, Votre Excellence, quand les os se furent ressoudés, je l'encourageai à faire toutes sortes d'exercices bien qu'en petite quantité au début. Il a suivi mes conseils, me semblait-il, même si cela réveillait la douleur. Sa santé s'améliorait, puis c'est moi qui suis tombé malade. Ensuite, je l'ai fort peu vu. La dernière fois, j'a constaté qu'il était sur la voie de la guérison. C'était il y a deux semaines.

— Donc, pour vous, sa condition n'est pas à l'origine de sa mort ?

— En aucun cas, affirma Isaac. Au cours de cette nuit, j'ai eu l'occasion de m'entretenir longuement avec ceux qui le côtoyaient. Je suis persuadé qu'on l'a empoisonné, et même si je dois mettre en jeu ma vie et ma réputation, j'affirme que ses serviteurs ne sont en rien coupables.

— Vous croyez donc que les remèdes de maître Lucà y sont pour quelque chose ?

— J'ignore qui a fabriqué la drogue qu'il a prise, Votre Excellence, mais je suis quasiment sûr qu'elle est la cause de sa mort. Il n'est pas question ici d'une dose trop forte d'un quelconque médicament. Les patients qui meurent ainsi connaissent une fin toute différente. Non, cette drogue a été conçue pour tuer celui qui la boirait.

— Vous ne pouvez savoir à quel point notre nouvel herboriste s'est montré actif au cours de ces derniers jours. Le Call était trop bien protégé pour permettre aux nouvelles et aux commérages de circuler.

— Bien au contraire, Votre Excellence. Yusuf, pour qui murs et portes closes n'existent pas, n'a cessé de faire le va-et-vient entre la ville et le Call. Il me rapporte fidèlement tout ce qui se dit — à propos de ce qui l'intéresse, cela va de soi.

— Qu'a-t-il entendu ?

— Chacun raconte que le jeune maître Lucà poursuit de ses assiduités la fille de Romeu.

— Il n'est donc pas si cupide. Il y a en ville des femmes célibataires autrement plus fortunées.

— Il semble qu'il vivait de la charité de Romeu jusqu'à ce que l'on dît qu'il avait guéri Regina, sa fille, de sa maladie.

— Quelle était-elle ?

— La mélancolie, Votre Excellence.

— Pauvre enfant, je comprends qu'elle soit mélancolique, mais je pensais que le temps ferait son œuvre.

— Il y est certainement pour quelque chose. De même que le doux remède que Lucà lui a concocté. Quand j'ai essayé de l'aider, j'ai remarqué avec tristesse qu'elle avait peu d'amis, depuis qu'elle avait perdu son excellente mère et son amoureux. Il lui aurait fallu des moments de distraction pour permettre à son cœur de guérir. Au lieu de ça, elle ne cessait de se renfermer sur elle-même.

— Vous voulez dire que cette trop longue solitude est à l'origine de sa mélancolie ?

— Je crois que c'est possible, Votre Excellence. Et toutes les femmes racontent que Lucà n'est pas seulement beau, il est également courtois et attentionné. S'il s'est conduit ainsi avec elle, Regina a pu y trouver du secours.

— Tout va donc pour le mieux si ses intentions sont sincères. Elle n'a pas besoin d'avoir le cœur brisé une fois encore. Mais ce ne sont pas ses aventures amoureuses qui m'intéressent. Que savez-vous de ses remèdes ?

— Yusuf m'a expliqué ce qui constitue le médicament donné à la fille de Romeu. Je ne crois pas qu'il puisse lui faire du mal. En revanche, il en vend un autre très cher à ceux qui peuvent y mettre le prix. D'après ce que j'ai entendu dire, il est d'une puissance inhabituelle — je n'en donnerais qu'à un patient dont les souffrances sont insupportables —, mais Lucà le mélangerait à des plantes plus douces, du vin et du miel.

— Qu'a-t-il donc de si dangereux ?

— Rien, Votre Excellence, sauf lorsqu'on le prend en grande quantité ou à intervalles trop rapprochés.

— Alors ?

— Alors cela vous tue, Votre Excellence. Mais dès que le Call sera rouvert au monde, j'enquêterai sur ce médicament miracle que concocte maître Lucà.

— Comment vous y prendrez-vous ?

— J'ai conçu un plan avec l'aide d'un patient mécontent.

Bernat frappa brièvement à la porte du cabinet et entra.

— Je suis accompagné du capitaine, Votre Excellence.

— Alors, capitaine, qu'avez-vous découvert ? lui demanda Berenguer.

— Ses domestiques m'ont dit que maître Narcís était tombé malade le jour du Vendredi saint et qu'il n'avait pu contacter maître Isaac.

— C'est regrettable, murmura l'évêque.

— Le dimanche de Pâques, la servante est allée à la messe et a entendu parler de maîtresse Regina et de la potion de maître Lucà, laquelle, racontait-on, l'avait ramenée à la vie. Elle rapporta ces propos à son maître et celui-ci fit venir l'herboriste. Le lundi, il trottait comme un lapin et le mercredi, il faisait appeler son notaire. Mais hier, l'herboriste a envoyé à maître Narcís un flacon d'une nouvelle drogue.

— Et il l'a bue ?

— Oui, Votre Excellence, la nuit dernière.

— Merci. Ah, capitaine, avant que vous partiez, peut-être pourriez-vous me dire si l'on en sait plus sur ce voleur qui agit dans les environs. Je suis attendu par une délégation de fermiers mécontents.

— Si vous n'avez plus besoin de moi, Votre Excellence, dit Isaac, je vous demanderai la permission de me retirer. Je dois rentrer au Call si je ne veux pas rester en ville jusqu'à lundi matin.

— Vous ne pouvez rien me dire de plus à propos de sa mort ?

— Rien sinon que la seule chose bue ou mangée hier et à laquelle les autres n'ont pas touchée, c'est cette potion qu'un messager a déposée chez lui.

— Dépêché par Lucà.

— C'est ce qu'a dit sa servante, Votre Excellence.

— Il faut le retrouver à tout prix, conclut Berenguer.

XI

E no imagín que jo'l vulla decebre

Et n'imagine pas que je le voudrais tromper

Après un copieux souper, Daniel avait été conduit dans une chambre dont la fenêtre donnait sur la partie occidentale du port. Après trois jours à bord, la chambre et le lit lui semblaient assez grands pour accueillir six personnes ! Avec plaisir, il se glissa entre les draps de lin et s'endormit aussitôt. Le tintement des cloches l'arracha au sommeil. Le vent faisait vibrer les volets et, quand il les ouvrit, ce fut pour constater que la pluie tombait sur la ville. C'en était fini de la chaleur et du soleil de la veille. En frissonnant, il fit sa toilette et se vêtit, puis il sortit de la pièce pour déjeuner.

À peine avait-il fini de remplir son assiette que Maimó arrivait, l'air affairé.

— Bonjour, mon ami, dit-il avec chaleur, je vois que vous n'êtes pas un lève-tôt.

Daniel n'eut pas le temps de réagir à une telle remarque.

— Mais nul doute que ce voyage vous aura épuisé,

reprit Maimó. Quand vous vous serez restauré, je suggère que nous nous rendions sans tarder chez maîtresse Perla. Comme moi, elle se lève à l'aube la plupart du temps. Mais puisque c'est sabbat, un jour idéal pour les visites amicales, je pense que la nôtre devrait être de courte durée. Je vous présenterai, puis nous irons à la synagogue. La maison de maîtresse Perla se trouve plus ou moins sur notre chemin.

Daniel en déduisit qu'il ne devait poser aucune question à maîtresse Perla. Il acquiesça.

La pluie avait cessé quand ils se mirent en route. Ils débouchèrent sur la place et le soleil creva les nuages pour bientôt sécher les pavés. Maimó tourna à gauche au lieu de prendre la rue que Daniel avait précédemment empruntée.

— Perla vit ici, dit-il en pressant le pas. C'est une rue agréable, autrement plus paisible que l'autre partie du Call.

Ils s'arrêtèrent devant une demeure toute semblable aux autres. La porte d'entrée était ouverte. Un couloir sombre donnait sur une cour ensoleillée.

— *¡Hola!* cria Maimó. Maîtresse Perla, êtes-vous là ?

— Où pourrais-je être à une heure aussi matinale ? demanda une voix sur un ton si léger qu'on n'y décelait nul courroux.

— Pour un vieil ami, il n'est jamais trop tôt, dit Maimó en s'engageant dans le couloir.

Daniel regarda ses bottes encore humides et le suivit.

Arrivé dans la cour, Maimó se retourna vers le jeune homme.

— Je vous ai amené un ami qui souhaite ardemment vous être présenté, maîtresse Perla. Daniel ben Mossé.

— Maimó, comment pouvez-vous me laisser

raconter des bêtises sans me dire que nous avons un invité — un véritable invité, veux-je dire, et pas un vieil ami habitué à arriver à n'importe quel moment? Soyez le bienvenu, maître Daniel.

Elle lui sourit comme si sa venue suffisait à égayer sa journée.

— Maîtresse Perla, je suis enchanté de faire votre connaissance, dit-il en s'inclinant.

Il ne put manquer de s'étonner quand il se redressa. Il s'attendait à voir une vieille dame et pas cette femme dont le visage charmant devait faire tourner encore bien des têtes.

— Je vous apporte le salut d'un ami de Gérone.

— De qui s'agit-il? demanda-t-elle alors que le sourire s'effaçait de ses lèvres.

— Maître Mordecai ben Aaron, qui se rappelle à votre mémoire.

Le sourire revint.

— C'est très aimable de sa part. J'ai de lui les meilleurs souvenirs. Resterez-vous un instant?

— Cela nous est impossible, dit Maimó, mais je sais que maître Daniel aimerait vous revoir pour parler plus longuement, si cela vous est possible, bien entendu.

— Mais naturellement, j'en serais ravie.

— Je crois qu'il a beaucoup à dire sur Gérone et sur votre famille, ajouta-t-il avec une emphase que Daniel jugea de mauvais augure.

— Vraiment? s'étonna Perla. Dans ce cas, j'espère que ma mémoire ne me trahira pas.

C'est seulement le samedi matin que l'évêque de Gérone eut le loisir de s'intéresser à nouveau aux agissements du jeune Lucà et au décès de maître Narcís. Ce retard n'avait pas amélioré son humeur, l'on s'en doute.

— Bernat, je veux voir cet herboriste et savoir ce qu'il fait. Envoyez-le chercher.

— Tout de suite, Votre Excellence ? demanda son secrétaire.

— Oui, sur-le-champ.

Avant même que Berenguer eût le temps de lire un document dans son intégralité, un jeune homme essoufflé fut introduit dans la pièce.

— Votre Excellence, dit-il en s'inclinant respectueusement.

— Vous êtes Lucà, l'herboriste ?

— Soi-même, Votre Excellence.

Il chercha un siège du regard et, n'en voyant aucun à sa portée, se résolut à rester debout, mal à l'aise.

— C'est vous qui avez soigné le riche Narcís Bellfont.

— Oui, Votre Excellence.

— J'aimerais vous poser une ou deux questions relatives à la mort de ce bon maître Narcís.

— Je suis à l'entière disposition de Votre Excellence, dit Lucà, paralysé.

— Bien. En premier lieu, de quoi souffrait-il ?

Lucà se détendit.

— De crampes douloureuses dans les jambes et le dos, Votre Excellence, répondit-il, sûr de lui.

— Et que lui avez-vous donné ? Pour les crampes.

— Une préparation, Votre Excellence. Elle contenait en dose infime un ingrédient connu pour assouplir les muscles et ralentir leurs mouvements. Pas plus d'une goutte ou deux pour une fiole entière.

— Et quoi d'autre ?

— De l'écorce de saule et du jus de pavot contre la douleur, encore une fois pour détendre les muscles, ainsi que du miel et du vin pour que le goût n'en soit pas trop amer. C'est sans le moindre danger, Votre Excellence, sauf si ce mélange est absorbé en trop grande quantité, et j'ai prévenu maître Narcís de ne surtout pas dépasser la dose prescrite.

— Je vois, dit Berenguer. Et qu'y avait-il dans le second médicament ?

— Le second ? s'étonna le jeune homme. Mais de quel remède parlez-vous, Votre Excellence ? Je ne lui en ai donné qu'un, celui destiné à combattre la douleur.

— En êtes-vous certain ? J'ai cru entendre le contraire.

— Mais oui. Je lui en ai donné un flacon la première fois que je l'ai vu, dit-il en haussant le ton. C'était le dimanche de Pâques. Un demi-gobelet, trois fois par jour. Il y en avait assez pour trois jours. Et je lui en ai donné un autre mercredi.

— Vous lui rendiez visite quotidiennement ?

— Jusqu'à mercredi, Votre Excellence. Ensuite, j'ai eu trop de patients à satisfaire pour aller le voir. Je lui ai dit ce jour-là que je ne reviendrais que le surlendemain, mais qu'il pouvait tout de même m'appeler en cas de problème.

— Dans ce cas, pourquoi lui avoir envoyé un messager jeudi matin ?

— Un messager ? Mais non, Votre Excellence, je n'ai eu recours à aucun messager, ni jeudi ni un autre jour, que ce soit pour maître Narcís ou pour quiconque.

À nouveau, il se sentit mal à l'aise. Il regarda Berenguer droit dans les yeux avant de baisser la tête, comme pris de honte.

— Je n'ai pas confiance en ces gamins, Votre Excellence. Je sais quel enfant turbulent et inconscient j'étais, et je souffre de devoir donner mon argent à un garnement qui ne fera même pas l'effort de porter mon message.

— Donc il n'y a pas eu de messager ? insista

l'évêque. Dans ce cas, comment lui avez-vous donné le second médicament ?

— Le second flacon, voulez-vous dire ? Je l'avais sur moi mercredi, persuadé que maître Narcís en aurait besoin le lendemain.

— Je parle du second médicament, insista Berenguer.

— Il n'y en a jamais eu.

Lucà était en sueur et sa voix montait dans les aigus sous l'effet de la panique.

— Ce que j'ai donné à maître Narcís était totalement inoffensif. Au pire, cela l'aurait fait dormir contre son gré. Maître Narcís s'est montré bon envers moi, comment aurais-je pu lui nuire ?

— Bon ? Qu'entendez-vous par là au juste ?

— Il m'a accueilli dans sa maison comme si j'étais son égal, expliqua l'herboriste, les yeux pleins de larmes. Et il a vanté la qualité de mes soins à ses amis, de sorte que j'ai aujourd'hui davantage de clients. Pourquoi aurais-je voulu lui faire tort ?

— Voilà une excellente question, jeune maître Lucà, oui, une excellente question.

Lundi 13 avril

La première chose qu'Isaac fit en ce lundi matin où le Call rouvrait ses portes et permettait à nouveau les échanges entre les deux communautés fut de rendre visite à son patient et bienfaiteur, l'évêque de Gérone.

— Je ne vous prendrai pas beaucoup de temps, Votre Excellence, dit-il, mais je souhaitais m'assurer de votre santé et de votre bien-être.

— Si j'étais tombé malade, Isaac, je vous aurais fait appeler, soyez-en certain.

— Certes, mais Votre Excellence n'est pas homme à se plaindre de petits maux — ni même de grands, parfois. Avez-vous appris quelque chose à propos de la mort de Narcís Bellfont ?

— Seulement ceci : le sentiment populaire se partage entre ceux qui prennent l'herboriste pour un magicien et ceux qui ne voient en lui qu'un vulgaire assassin. J'ai ordonné au notaire de ne rien divulguer du testament, mais je crains des indélicatesses.

— Votre Excellence a-t-elle sondé maître Lucà ?

— Oui. Il nie l'existence du poison. Il nie également avoir cherché à nuire à ce pauvre Narcís.

— Alors que sa potion est de toute évidence responsable ?

— Il nie aussi l'existence d'un second médicament, intervint Bernat. Il prétend n'en avoir donné qu'un seul, et ce trois jours avant la mort de maître Narcís. Pas la veille de son trépas, en tout cas.

— Il fut porté par un messager, reprit Berenguer. Un garçon que nous n'avons pu retrouver. Le menuisier déclare que nul n'est venu chez lui chercher un paquet et ajoute que Lucà n'est pas sorti cette nuit-là. Ce seul témoignage nous empêche de le faire arrêter.

— Il a pu y avoir mise en scène, réfléchit Bernat.

— J'ai imaginé un stratagème destiné à connaître la composition de ce prétendu médicament, dit Isaac. Jusque-là, il vaudrait mieux éviter que le jeune Lucà fût jeté en prison. Je veux qu'il rende visite à des patients.

— Combien de temps cela prendra-t-il ? demanda Berenguer.

— Moins d'une semaine, Votre Excellence, je puis vous l'assurer.

Isaac se rendit directement du palais épiscopal à la belle demeure de maître Mordecai.

— Je ne voudrais pas insister, maître Mordecai, lui dit Isaac, mais l'un des patients du jeune Lucà est mort après avoir absorbé un remède spécial contre la douleur.

— J'ai entendu dire cela, Isaac, mon ami. C'est évidemment une solution aux problèmes, mais elle a des inconvénients, lança-t-il d'un air narquois. J'opterais pour une autre si le choix m'était donné.

— Saviez-vous qu'il allait tirer un certain bénéfice de ce décès ?

— Oui, on me l'a dit. En toute confidence, bien sûr. Auriez-vous l'intention de me faire prendre le même médicament ?

— Mais non ! Je veux seulement que vous le lui demandiez, ce qui est normal puisque vous en connaissez les bienfaits. S'il est d'accord pour vous en donner, j'aurai besoin de la totalité du flacon pour découvrir quels en sont les ingrédients. Pensez-vous pouvoir m'aider ?

— Ce jeune homme ayant déclaré à qui veut l'entendre que je suis son parent, je crains de devoir vous obliger, ne fût-ce que pour sauver l'honneur de ma famille. Discrètement, j'ai déjà fait savoir à des clients que je suis disponible en ce moment, mais que je pourrais être amené à voyager en début de semaine prochaine. Vendredi, à l'heure du dîner, me semble le moment propice pour tomber malade. Cela répond-il à vos espérances ?

— L'instant est bien choisi, maître Mordecai, dit Isaac après un silence lourd de sens. Mais les événements se précipitent.

— C'est ce que je vois. Accordez-moi encore un délai de réflexion. Bientôt je vous confierai ce que j'ai décidé.

L'après-midi touchait à sa fin. Isaac et Yusuf regagnaient la maison alors que le temps se rafraîchissait. Au bruit des pas de son maître dans la cour, Ibrahim déposa son balai à côté de la fontaine et se dirigea vers eux.

— Quelqu'un vous attend dans la pièce commune, maître Isaac. Il est là depuis au moins une heure.

— Qui est-ce, Ibrahim ?

— Je ne sais pas, maître Isaac. Il n'a rien dit. La maîtresse était endormie et maîtresse Raquel travaillait dans sa chambre, et je n'ai pas voulu les déranger.

— Merci, Ibrahim. Demande à la cuisine si on lui a apporté quelque chose.

— Oui, maître, murmura-t-il en s'éloignant lentement.

— Il vaudrait mieux que tu restes auprès de moi, Yusuf, dit Isaac. Peut-être est-ce un malade, j'aurais alors besoin de ton assistance.

Quand Isaac entra dans la salle commune, celle-ci semblait privée de toute vie. Les jumeaux et Judith en étaient absents, à l'évidence, car même lorsqu'ils s'activaient en silence, on percevait des bruissements d'étoffe réconfortants. Au lieu d'entendre ces bruits familiers, il perçut une odeur étrange — pas celle d'un être humain, non, plutôt celle d'herbes séchant dans un grenier.

Puis il entendit craquer la chaise installée près du feu et le visiteur se lever. Ce n'est pas un malade, songea Isaac, ni un blessé.

— Pardonnez-moi, maître Isaac, de forcer votre demeure, dit une voix jeune et agréable, aux inimitables intonations majorquines.

— Soyez le bienvenu, maître Lucà, car vous êtes bien maître Lucà, n'est-ce pas ?

— Effectivement, mais je m'étonne que vous le sachiez, car je n'ai...

— Votre façon de parler est très particulière et l'on s'en souvient aisément. Dites-moi ce qui vous conduit chez moi. Vous a-t-on offert un rafraîchissement ?

Il avait à peine achevé sa phrase que Jacinta entra dans la pièce et, sans prêter la moindre attention au visiteur, déposa un plateau sur la table placée le long du mur. Elle versa une boisson à base de menthe et de citron dans trois gobelets, puis elle en tendit un à son maître, un à Lucà et un autre à Yusuf, qui demeurait debout près de la porte. Après avoir mis sur une autre table une coupelle pleine d'olives et une autre de noix, elle lança un rapide coup d'œil à Lucà et s'en alla.

— Je suis venu vous voir parce que je me trouve dans une situation délicate, dit l'herboriste. Mon cousin, Mordecai, m'a fait venir cet après-midi, juste après dîner, parce qu'il avait la gorge irritée et souffrait terriblement des articulations. Je sais que vous vous occupez d'habitude de lui et, bien que je lui aie prescrit un remède destiné à atténuer ces symptômes, j'ai pensé que vous deviez être mis au courant.

— Je vous remercie de votre discrétion et de votre tact, maître Lucà, dit Isaac, mais si maître Mordecai souhaite être soigné par son parent, il est libre de le faire. Je vous assure que vous n'avez pas à vous inquiéter *à ce propos*.

La chaise de Lucà grinça à nouveau, mais il ne répondit rien.

— Y a-t-il autre chose dont vous désirez me parler ?

— Non, dit-il, et Isaac l'entendit se lever. Je vous remercie de m'avoir écouté, maître Isaac.

— Peut-être Yusuf aura-t-il la bonté de vous raccompagner.

— Bien sûr, fit le jeune garçon un peu étonné, qui, néanmoins, posa son gobelet et se dirigea vers la porte.

— Il est parti ? demanda Isaac quand Yusuf fut revenu.

— Oui, seigneur. Je crois que vous l'avez terrorisé.

— Vraiment ? Et quand donc ?

— Quand vous avez dit qu'il n'avait pas à s'inquiéter *à ce propos*, il a bondi de sa chaise comme si un serpent l'avait mordu.

— J'ai entendu gémir le bois de la chaise, en effet. Yusuf, veux-tu courir jusque chez maître Mordecai pour récupérer cette potion avant que quelqu'un n'essaie d'en boire ? Je dois réfléchir à tout ça.

Il fallut attendre le lundi pour que maître Maimó trouvât le temps d'emmener à nouveau Daniel chez maîtresse Perla. La porte était grande ouverte et une jeune fille balayait vigoureusement le sol du couloir sans même avoir conscience de leur présence. Elle leva les yeux, les vit et rougit.

— Oh, pardonnez-moi, maître Maimó, je ne voulais pas...

— J'en suis persuadé, mon enfant. Ta maîtresse est-elle là ?

— Je vais la prévenir, dit la servante qui se sauva en emportant son balai.

— Puisque vous insistez pour venir un jour comme aujourd'hui, dit une voix, et à moins que vous ne teniez à nous aider, il vous faudra vous asseoir tranquillement dans la cour et nous regarder.

— De quel jour parlez-vous, maîtresse Perla ? demanda Maimó qui, prenant cette remarque pour une invitation, entra, suivi de Daniel.

— Vous n'avez donc pas de nez ? Ne sentez-vous pas le linge qui bout, le savon et le dîner d'hier qui réchauffe sur le feu ? Cette semaine, nous faisons la lessive. Prenez garde, ou je vous envoie accrocher les draps humides, lança-t-elle avant de s'interrompre brusquement. Mais je vois que maître Daniel vous accompagne. Comme c'est charmant ! Vous allez apprendre comment on lave son linge dans les îles ! ajouta-t-elle en riant.

— Comme vous le savez, dit Maimó, je n'ai aucune compétence en ce qui concerne les choses de la maison. Comme des affaires m'attendent, peut-être puis-je vous confier un instant maître Daniel ? Je crois qu'il appréciera de s'entretenir avec vous si vous pouvez lui accorder de votre temps. Pour me rejoindre, Daniel, vous demanderez au premier venu : je serai en train d'examiner des soieries.

— Bien, dit Perla, qu'y a-t-il de si important qui ne puisse attendre jusqu'à ce soir et qui pousse maître Maimó à abandonner son invité ?

Ils étaient installés à une table, sous un arbre fruitier, et des rafraîchissements leur avaient été servis par la servante toute couverte de poussière.

— Je me trouve ici au nom de maître Mordecai, commença Daniel, en simple messager, et je ne suis pas certain de comprendre tout ce que je dois vous demander. Je vous prie par avance de me pardonner si mes questions vous semblent délicates ou douloureuses.

— Cela m'a l'air bien sérieux. En quoi cela me concerne-t-il ?

— Maître Mordecai aimerait tout savoir de votre petit-fils, Rubèn, depuis que celui-ci a quitté Séville en compagnie de sa mère.

— Le pauvre petit Rubèn, dit-elle alors que ses yeux s'emplissaient de larmes. Pardonnez-moi. Ils me manquent tant.

Elle s'essuya avec son mouchoir.

— Bien, cela ira. Mordecai veut tout savoir ?

Quelle étrange demande! Je ne crois pas que cela lui fasse du bien, mais je vais m'efforcer de vous répondre.

— Depuis le jour où il débarqua à Majorque.

— Je ferai de mon mieux, je vous l'assure. Ils sont arrivés il y a trois ans. Rubèn n'avait que douze ans. C'était un gentil garçon, affectueux et paisible, mais je crois qu'il s'ennuyait ici. Il fréquentait encore l'école, voyez-vous, mais ce n'était pas un érudit et la plupart des autres enfants étaient plus jeunes que lui.

— Cela n'a pas dû être facile pour lui.

— C'est possible. Il se sentait assez bien à la maison, mais il nous posait tout de même des problèmes de temps à autre. Il m'est arrivé à plusieurs reprises d'aller le chercher en classe pour le déjeuner et d'apprendre qu'il faisait l'école buissonnière. Faneta désapprouvait mon geste, elle m'en voulait et s'en voulait à elle-même. Elle disait qu'il ne s'était jamais conduit ainsi à Séville.

— Peut-être grandissait-il, tout simplement.

— C'est ce que je lui répondais. J'ajoutais qu'il était temps pour lui d'arrêter les études, puisqu'il détestait ça, et de se mettre au travail. C'est ainsi que maître Maimó lui a trouvé dans un entrepôt de drap une place qui lui plaisait beaucoup.

— Et votre fille? Qu'en pensait-elle?

— Faneta avait toujours critiqué le fait de quitter si jeune son foyer, mais je lui rétorquais que la plupart des garçons le sont encore plus quand ils entrent en apprentissage. Elle ajoutait alors qu'il lui faudrait se rendre dans un autre royaume, ainsi qu'elle-même avait été contrainte de le faire, et elle se tourmentait littéralement. Pourtant, il était évident pour tout le monde qu'elle n'aurait pu rester à Séville.

— Pourquoi? demanda Daniel.

— Son beau-père lui avait dit qu'il l'expulserait de

sa maison avant la fin de la première année de son veuvage — la loi l'y autorisait — et qu'il habiterait lui-même cette demeure.

— Ici, on ne le permettrait pas, du moins me semble-t-il.

— Je n'ai jamais entendu parler de pareille chose. Elle ne supportait pas cet homme et elle s'arrangea pour venir vivre ici, avec moi.

— Elle devait être dans la détresse.

— Après la mort de son mari ? dit Perla avec un petit sourire. Nullement. Elle le méprisait. Si mon mari — son père — avait cherché dans tous les royaumes du monde, il n'aurait pu lui trouver pire époux que le fils de son ami. Il était non seulement trop vieux pour elle, il était aussi cruel et pauvre.

Elle s'arrêta un instant et contempla le ciel parsemé de petits nuages blancs.

— Bien entendu, reprit-elle, il est possible que Rubèn ait regretté l'absence de son père, mais il n'en laissait rien paraître.

— Au lieu qu'il travaille à l'entrepôt de drap, demanda Daniel, pourquoi sa mère et vous-même l'avez-vous envoyé à Gérone ?

— À Gérone ? Êtes-vous devenu fou ? s'écria Perla. Comment aurait-il pu aller à Gérone ? Il est mort, et sa mère aussi.

— Rubèn est mort ? dit Daniel, si étonné qu'il en oubliait de faire preuve de tact. Comment est-ce possible ?

— Ils sont morts tous les deux, oui, ma Faneta et son fils. À une semaine d'intervalle et de la même maladie. Comment pouvez-vous l'ignorer ? Nous avons mis Mordecai au courant.

— Nous n'en savions rien. À ma connaissance, aucun membre de notre communauté n'en a entendu parler, dit Daniel, gêné d'avoir abordé un point douloureux. Non, maîtresse Perla, personne. Je suis désolé de l'apprendre et encore plus de vous demander d'en parler. Quand est-ce arrivé ? Quelle est la cause de leur trépas ?

— Le médecin a parlé d'une soudaine inflammation des entrailles provoquée par un agent infectieux. Il avait déjà vu ce genre de chose : ce mal s'attaquait surtout aux personnes jeunes ou robustes. C'est arrivé juste avant le temps des Pénitences[1].

— Avant ? Vous en êtes bien sûre ?

— On n'oublie pas aussi facilement un tel événement, maître Daniel.

— Bien sûr que non. Veuillez me pardonner, maîtresse Perla, mais la date est importante. Pourriez-vous me dire à quoi ressemblait Rubèn ? Je vous en conjure, c'est capital.

— À quoi il ressemblait ?

Perla posa les mains sur ses genoux et les contempla comme pour faire apparaître son image.

— C'était un beau garçon. Grand et mince. Il avait les yeux de sa mère — une nuance de vert —, mais la forme de son visage rappelait plutôt le mien. Il n'était pas aussi pâle que la pauvre Faneta et ses cheveux n'étaient pas aussi clairs que les siens. En vérité, il avait le teint plutôt mat. Sur ce point, m'avait expliqué Faneta, il ressemblait à son père. Je ne sais quoi vous dire d'autre, il n'avait aucune caractéristique physique qui l'eût rendu remarquable. Mais pourquoi me posez-vous cette question ?

— Maîtresse Perla, juste après le temps des Pénitences, Rubèn est arrivé à Gérone, dit lentement Daniel. Ou quelqu'un qui se faisait passer pour Rubèn.

1. Il commence pendant Elloul, le mois précédant Roch Hachana (Nouvel An), comprend Yom Kippour (Grand Pardon) et dure jusqu'à Soukkot (Fête des Cabanes). *(N.d.T.)*

— Non, dit Perla en secouant fermement la tête. Ce ne pouvait être le Rubèn de ma Faneta. C'est un nom assez commun par ici, il y a d'autres Rubèn dans la ville de Majorque. Est-ce pour cette raison que Mordecai vous a envoyé si loin de chez vous ? Pour me demander à quoi ressemblait mon petit-fils ?

— Le Rubèn de Gérone s'est présenté à maître Mordecai comme le fils de Faneta, donc le cousin de maître Mordecai. Comme s'il faisait partie de sa famille.

— Pouvez-vous me le décrire ? murmura-t-elle.

Une expression d'horreur déforma son visage et elle leva les mains comme pour repousser un ennemi.

— De petite taille, la peau claire, les cheveux blonds, dit Daniel.

— Le Seigneur soit remercié !

— Pourquoi dites-vous ça ?

— Parce que j'ai vu mon petit-fils couché dans son cercueil. J'ai pleuré sur son pauvre corps avant qu'on le mette en terre. Je n'aimerais pas m'éveiller en pleine nuit et craindre que son esprit erre lamentablement. Si ce Rubèn est tel que vous me le décrivez, ce n'est pas un parent à moi ni à Mordecai.

— Il est bien tel que je vous le dis. J'ai chevauché à ses côtés de Gérone à Sant Feliu de Guíxols.

— De quelle façon s'exprimait-il ?

— Comme tous ceux que j'ai entendus dans cette ville, maîtresse.

Perla leva la tête en entendant un objet tomber quelque part dans la maison, puis elle se ressaisit.

— Un garnement a emprunté le nom de Rubèn pour aller à Gérone et y trouver de l'argent, murmura-t-elle. Dites à Mordecai de ne rien lui donner. Dites-lui... non, cela suffira.

— L'argent n'est pas le problème pour l'instant, maîtresse.

— Quel est-il alors ?

— Ce Rubèn s'est enfui alors que nous étions à Sant Feliu de Guíxols, je pense qu'il craignait que l'on découvrît son imposture.

— Dans ce cas, il n'y a plus de problème.

— Si. Un autre jeune homme est apparu, se faisant lui aussi passer pour le fils de Faneta, mais, d'après ses dires, votre fille se serait convertie par peur des brimades et elle l'aurait élevé comme un chrétien.

— Ma Faneta ? cracha-t-elle avec mépris. Elle ne se serait jamais convertie. Son mari n'a pas réussi à la soumettre et pourtant il la battait, son beau-père n'y est pas non plus parvenu avec son argent et ses menaces. Pourquoi s'inclinerait-elle devant la populace ? Après la vie de souffrances qu'elle avait menée une fois partie de la maison pour se marier, elle m'avait assuré qu'elle ne redoutait en rien la mort. Elle ne s'est pas convertie, soyez-en convaincu. Et elle n'a pas fait de Rubèn un *converso*.

— Vous ne voyez pas qui pourraient être ces imposteurs ? lui demanda Daniel.

— Excusez-moi, maîtresse, dit une voix derrière Daniel.

Il se retourna et vit une femme aux mains rougies par le travail. À côté d'elle, un garçon de huit ou neuf ans tirait un panier de linge.

— Oui, Sara ?

— Je peux faire sécher les draps dans la cour ?

Perla lança un regard oblique à son hôte, qui fit mine de se lever.

— Bien sûr, dit Perla. Y a-t-il autre chose, maître Daniel ? Je serais heureuse de répondre à vos questions, mais pour l'instant...

De la main, elle indiqua la femme et l'enfant qui s'affairaient.

— Je resterai à Majorque jusqu'à vendredi matin,

dit Daniel. Je vais réfléchir à ce que je viens d'apprendre et, si j'en éprouve le besoin, pourrais-je revenir ?

— Bien entendu. J'aurai plaisir à vous revoir. L'après-midi nous conviendrait mieux à tous deux.

— Je reviendrai donc demain ou le jour d'après, dans l'après-midi. Merci, maîtresse Perla, vous avez été très aimable.

Dès que la porte de la maison se fut refermée, Daniel se rendit compte qu'elle n'avait pas répondu à sa dernière question, celle concernant les imposteurs. Il se retourna et se prépara à frapper à l'huis. Mais il avait déjà troublé la vie paisible de maîtresse Perla et on l'attendait à l'entrepôt. La réponse pourrait bien attendre jusqu'au lendemain. Il s'engagea donc dans la rue à la recherche du bâtiment ou de quelqu'un qui pût le renseigner.

Quelque part, derrière lui, une lourde porte s'ouvrit et se referma aussitôt. Il tourna la tête et entrevit un gamin qui partait en courant dans la direction opposée, tout joyeux, songea Daniel avec nostalgie, à l'idée de s'élancer dans le soleil et le vent.

XII

Caent en man d'enemics tan mortals

Tombant entre les mains d'ennemis si dangereux

Sans réfléchir, Daniel avait pris à droite et s'était éloigné de la demeure de maître Maimó. Après être passé devant une bonne douzaine de maisons, il se dit qu'il ferait mieux de retrouver la porte qu'il avait franchie la première fois pour pénétrer dans le Call. Il venait du front de mer, après tout, et c'était par là que devaient passer les marchandises importées ou celles à exporter. Penaud, il revint vers la maison de maîtresse Perla et se résolut à demander son chemin.

Cette fois-ci, la blanchisseuse se trouvait derrière la porte ouverte et c'était son tour de balayer le sol. Dès qu'elle le vit, elle s'interrompit dans son travail et posa son balai contre le chambranle.

— Vous voulez voir la maîtresse? demanda la femme.

Elle s'approcha tout près de lui et le dévisagea de façon assez impudente comme si elle avait l'intention de déchiffrer ses secrets les plus intimes. Ses yeux bleu foncé éclairaient ainsi qu'une chandelle par une nuit sans lune son visage hâlé et buriné.

Daniel se ressaisit.

— Non, je ne veux pas déranger maîtresse Perla. Je cherche maître Maimó. Il m'a assuré qu'il se tiendrait à l'entrepôt de drap. Peux-tu me dire où cela se trouve ?

— Il faut franchir le pont, dit-elle, le front plissé. L'entrepôt est dans la ville basse et ici, c'est la ville haute. J'ai du travail là-bas que je dois terminer avant le souper. Si vous le permettez, messire, je vous conduirai de l'autre côté de la rivière et je vous indiquerai la bonne direction. La maîtresse est très occupée, ajouta-t-elle avant de disparaître dans la maison.

Sara revint après s'être débarrassée de son tablier et de son balai. Sans un mot, elle se mit en chemin. Arrivée sur la place, elle tourna à gauche puis à droite et monta vers la cathédrale et le palais.

Sur les places, dans les rues, des enfants couraient, des femmes vaquaient à leurs occupations et des hommes déambulaient tout en parlant affaires ; les boutiques et les étals étaient étonnamment achalandés. Partout Daniel entendait cliqueter les pièces de monnaie qui changeaient de mains et les cris des vendeurs proposant leurs produits. Sara avait plongé au cœur de la foule, ne laissant pas à Daniel le temps d'admirer l'impressionnante beauté du palais et de la cathédrale. Brusquement, elle s'arrêta pour lui permettre de la rattraper. Dès qu'elle le vit, elle lui adressa un signe de la main, dévala la colline et traversa le pont.

Le lit de la rivière était assez profond et le cours d'eau boueux et tumultueux témoignait de la violence de la pluie tombée peu de temps auparavant. Quand Daniel eut rejoint la blanchisseuse sur l'autre rive, elle se tenait à l'intersection de plusieurs rues étroites, en grande conversation avec un homme vêtu d'une courte tunique brune d'étoffe grossière comme celles des porteurs. Il recula d'un pas à l'approche du jeune homme.

— Je vais vous laisser ici, maître Daniel, dit Sara. J'ai du travail qui m'attend ailleurs. Esteve vous montrera le chemin, vous ne pourrez pas vous tromper. Prenez par là, ajouta-t-elle en désignant une rue obscure, si étroite que les deux hommes n'auraient pu y marcher de front.

Daniel allait ouvrir sa bourse pour la remercier, mais elle s'était déjà éloignée. Il s'avança lentement vers la ruelle.

— Est-ce loin ? demanda-t-il en se retournant pour découvrir qu'il était seul.

La pente était assez raide. Le brusque passage de l'éclat du jour à l'ombre ne lui permettait pas de distinguer autour de lui. Plus loin, même quand ses yeux se furent habitués à la pénombre, il constata que la lumière avait du mal à s'imposer : certaines maisons, hautes et étroites, étaient reliées entre elles par des sortes d'arches qui enjambaient la rue. Il les considéra non sans inquiétude. Les avait-on construites pour créer une ou deux pièces supplémentaires ou juste pour empêcher les bâtisses de s'écrouler ? En effet, celles que rien ne reliait penchaient dangereusement.

Des marches avaient été taillées là où la pente s'affirmait davantage et Daniel y posa un pied prudent. Elles étaient encore humides de la pluie du matin et rendues glissantes par toutes sortes de déchets. Au pied du petit escalier, il s'arrêta. La rue s'élargissait au point de former une sorte de placette, puis elle tournait soudain à gauche. Devant lui se dressait une maison étroite dont la porte était entrebâillée.

Au bout de la rue, le soleil se reflétait sur les pavés

d'une artère plus large. Il s'y dirigea non sans éprouver un grand soulagement.

Soudain, deux silhouettes imposantes bloquèrent le chemin.

— Pardonnez-moi, messires, dit Daniel, mais...

Les deux hommes s'avancèrent et il recula, trébucha, tendit la main pour se rattraper mais tomba tout de même contre la porte entrouverte. L'obscurité se fit. Un homme lui avait jeté sur la tête un tissu sale et noir, un autre lui tenait les bras. Furieux, Daniel réagit en donnant des coups de pied à l'aveuglette et en se débattant comme un beau diable.

— Emmenons-le d'ici, dit une voix, avant que quelqu'un arrive.

On le traîna vers les marches humides et sales, du moins le pensait-il. Ses agresseurs ne semblaient pas dérangés par sa résistance, et ses appels au secours étaient étouffés par le tissu plaqué sur son visage. Il tomba sur une surface dure et reçut un coup de pied juste au-dessous de la cage thoracique. Il pouvait à peine respirer et sentait la nausée monter en lui. Il n'aurait pu dire s'il se trouvait dans la maison ou dans la rue, où on l'emmenait, ce qu'ils attendaient de lui. Tout ce qu'il éprouvait, c'était le regret profond d'avoir été envoyé loin de Gérone, loin de Raquel, et de perdre l'objet de son désir alors qu'il était à portée de main. Sa force le quitta et il cessa de lutter.

— Il s'est évanoui, dit une voix.

— De toute façon, c'est là qu'on le laisse, dit une autre. Je m'en vais avant que ça tourne mal.

Daniel n'avait aucune idée du temps qui s'était écoulé. Il s'efforça de faire le point. Il était couché sur le côté sur une surface froide et irrégulière. Son épaule lui élançait, mais ce n'était pas insupportable; son flanc était douloureux depuis le coup de botte; son nez et sa bouche s'emplissaient d'une poussière bien peu agréable. On lui avait ligoté les poignets dans le dos mais il avait les jambes libres. Heureux de ne pas avoir d'autres blessures, il roula sur lui-même et s'assit.

Il allait se lever quand il décida de n'en rien faire. Il ignorait la hauteur du plafond et ne tenait pas à s'assommer. Handicapé par sa position assise et l'impossibilité de se servir de ses mains, il recula sur son séant et vint buter contre un mur grossièrement recouvert de plâtre, aussi froid et humide que le sol. Il se trouvait certainement dans une cave et il se réjouit de ne pas s'être mis debout. Toujours assis, il progressa vers sa gauche et toucha un autre mur. Il fit de même à droite, se cogna et jura à voix basse. Quelle sorte d'endroit était-ce ? Une minuscule cellule ? Un local quelconque, par bonheur vide ?

Il se dirigea vers l'angle de la pièce et explora la surface du mur du bout des doigts. De la pierre et non plus du plâtre. Il s'aperçut que ce mur de pierre ne s'arrêtait pas là et, toujours en se tortillant sur le sol, il résolut de le suivre. Au bout d'un certain temps, il constata qu'il n'était plus froid et humide mais au contraire sec et tiède. Ses doits touchèrent alors une sorte de tige métallique plantée à angle droit dans le mur. Juste dessous, un autre objet en métal de forme ronde, semblait-il. Quand il le palpa, il se balança doucement.

Un foyer, une marmite. Il était dans une cuisine.

Il y aurait certainement un couteau, quoi que ce soit qui lui permît de trancher ses liens, mais où allait-il dénicher un tel objet ?

Il perçut un mouvement tout près de lui et s'immobilisa.

— Qui tu es ? demanda une petite voix. Pourquoi tu as ça sur la tête ?

— On m'a fait une farce, répondit Daniel le plus calmement possible. Tu peux me l'enlever ?

Il n'y eut pas de réponse, rien qu'un bruissement. Puis il sentit qu'on tirait sur l'étoffe, et de petits ongles lui griffèrent les joues.

— Peux-tu l'attraper par le haut et tirer très fort ?

Le tissu remonta vers ses cheveux, retomba sur son nez et son menton en libérant une belle quantité de poussière. Mais du moins sa tête était-elle dégagée. Son sauveteur se mit à rire.

— Tu es tout sale.

— Oui, ce tissu n'est pas très propre, tu as raison, mais je suis bien content d'en sortir.

Il éternua par trois fois et la petite fille rit à nouveau. Il cligna des yeux pour chasser les derniers grains de poussière de ses cils et découvrit une enfant qui ne devait pas être âgée de plus de quatre ans et l'examinait avec beaucoup de sérieux. Ils se trouvaient dans ce qui devait être la pièce principale de la maison. En plus de l'âtre, il y avait un lit, une table et une chaise ainsi qu'un coffre. Divers instruments y étaient posés.

— Pourquoi tu es assis comme ça ? demanda la fillette.

— Parce qu'on m'a attaché les mains dans le dos. Pourrais-tu... mais comment t'appelles-tu ?

— Guda.

— Benvolguda ?

Elle acquiesça.

— C'est un joli nom, Benvolguda. Je suppose que tu ne sais pas dénouer une corde.

Elle ne répondit rien et se contenta de le regarder de ses immenses yeux bruns.

— Mais si tu pouvais me trouver un couteau, je la couperais et c'est eux qui seraient pris à leur propre farce.

— C'en est pas une.

— Guda, Guda, où es-tu ? cria une femme à la voix aiguë. Je t'ai déjà dit de ne pas aller dans la cuisine.

— Non, maman, je vais dans la cour.

— Fais attention, hein ?

La petite fille traversa la cuisine, prit un objet sur le coffre et le cacha derrière son dos.

— C'était l'ami de ma maman, il lui a dit de te surveiller mais elle l'a pas fait, comme ça je suis là.

— Merci, dit Daniel. Qu'est-ce que tu tiens ?

— Un couteau, répondit-elle en exhibant une lame presque aussi grande qu'elle.

— Tu peux le poser par terre, juste à côté de moi ?

Avec quelque difficulté, elle le plaça sur le sol dans la position adéquate. Daniel le coinça pour maintenir la lame en position verticale et le tint dans sa main gauche tandis que sa main droite faisait courir la corde sur le tranchant.

— Maman vient voir ce que je fais, dit Benvolguda. Si tu viens avec moi dans la cour, je te dirai où est le passage secret pour aller à la mer. Dépêche-toi.

— Une minute.

Daniel ramassa les cordes et le tissu qu'il dissimula sous sa tunique. Puis il remit le long couteau en place sur le coffre. Plongeant la main dans sa bourse dont il se croyait pourtant délesté, il donna une petite pièce à l'enfant.

— Cache-la bien. Bon, où est ton passage secret ?

Il passait par un trou dans le mur quand il entendit une femme hurler.

— Comment je pourrais savoir où il est ? J'ai jamais posé les yeux sur lui !

— Et ta gamine ? demanda une voix virile.

— Ne sois pas ridicule, lança une autre. Qu'est-ce qu'elle pourrait faire ?

— Elle a des yeux, dit la femme. Guda, tu as vu un homme passer par là ?

— Oui, maman, hier j'ai vu papa qui passait par là.

— Que vous est-il arrivé ? demanda Maimó que l'étonnement privait de courtoisie. Vous êtes couvert de suie.

— Je crains d'avoir passé une matinée mémorable après vous avoir quitté, maître Maimó.

— J'avais l'intention de vous présenter à des personnes qui vous auraient été utiles, mais je vais plutôt vous emmener vous laver et vous changer. Une fois au calme, vous pourrez alors me raconter votre histoire.

Une heure plus tard, devant une coupe de vin annonciatrice du déjeuner, Daniel, propre et vêtu d'une tunique impeccable, achevait le récit de ses mésaventures.

— Qui étaient ces hommes ? lui demanda Maimó. En avez-vous une idée ?

— Je n'ai vu que des ombres et j'ignore totalement leur identité. La femme vivait dans la maison à l'endroit où la rue fait un coude. Ils ne m'ont pas blessé et ne m'ont rien dérobé.

— Pardonnez-moi un instant, dit Maimó en se levant, j'ai des ordres à donner pour le déjeuner.

Il s'inclina courtoisement et se dirigea vers l'arrière de la maison.

Daniel éprouvait un véritable soulagement de pouvoir réfléchir aux péripéties du matin sans avoir à satisfaire la curiosité de son hôte. Curieusement, celui-ci semblait fâché de ce qu'il lui était arrivé, mais en rien surpris. Peut-être ce genre d'agression était-il monnaie courante à Majorque.

Maimó revint dans la cour.

— Et vous avez été sauvé par une enfant de quatre ans ! dit-il en riant. Mais vous vous en êtes sorti et j'en suis fort heureux, croyez-moi. Vous avez certainement des marques.

— Quelques contusions, çà et là, répondit Daniel. À l'épaule mais surtout au genou et au ventre. En dehors de ça, je n'ai rien. Ce qui me préoccupe, maître Maimó, c'est de savoir pourquoi une telle chose s'est produite. Pour quelle raison ces deux hommes voulaient-ils me nuire ?

— Ils agissaient peut-être sur l'ordre d'un tiers. Non, c'est absurde, personne ne vous connaît ici. C'est un vol qui a mal tourné, rien de plus.

— Ma bourse n'était pas dissimulée, pourtant ils ne lui ont pas accordé le moindre intérêt.

— Ils vous auront sans aucun doute confondu avec un autre. Franchement, je ne crois pas qu'il faille prendre les choses trop au sérieux, mais je vais tout de même m'en inquiéter. Bien, j'espère que cette mésaventure ne vous aura pas coupé l'appétit. Ma cuisinière a remarqué que vous étiez un jeune homme qui appréciait les plaisirs de la table et elle a mis tout son cœur dans ce repas. Aujourd'hui, vous allez faire la connaissance de mon secrétaire, de mon fils et de ma fille ainsi que de mon gendre tout en dégustant quelques-uns des meilleurs produits de notre île.

Le déjeuner fut à la fois agréable et succulent, composé de plats répondant à tous les goûts, des minuscules poissons frits à l'agneau à la broche.

— Je suis comblé par votre hospitalité, messire, dit Daniel une fois que la nappe eut été ôtée et qu'ils purent discuter librement en dégustant des fruits et des friandises diverses. Je crois que je n'ai jamais mieux mangé de ma vie et en aussi plaisante compagnie.

— Je puis vous assurer, maître Daniel, dit le fils de Maimó qui était à peine plus âgé que lui, que ce n'est pas ainsi tous les jours. Notre cuisinière apprécie les bons convives et je crains que nous n'ayons une telle habitude de ses talents que nous ne lui faisons plus de compliments. Votre venue nous remplit de gratitude.

— Et les raisons de cette gratitude sont innombrables, ajouta Maimó. J'ignore si vous avez conscience des difficultés qu'a subies notre communauté à l'époque des anciens rois.

— J'ai seulement entendu dire que la situation s'était améliorée, répondit Daniel.

— Entre les taxes, les lourdes amendes pour la moindre infraction, les restrictions sur les déplacements et les métiers, nous ne pouvions que survivre.

— Il était rare de déguster de l'agneau plus d'une fois l'an, expliqua le fils. Je m'en souviens bien.

— Même chez vous, maître Maimó ?

— Tout le monde a souffert. Mais aujourd'hui, la ville prospère et nous prospérons aussi. J'espère seulement que cela durera.

— Avez-vous des raisons de vous inquiéter ?

— J'en ai toujours. C'est pour cela que l'accident de ce matin me chagrine, mais je ne crois pas que votre foi ait été à l'origine de cette agression.

— Non, l'approuva Daniel, j'avais le sentiment que cela leur importait peu. C'est étrange, on aurait dit qu'ils n'avaient pas d'intentions vraiment mauvaises à mon égard.

— C'est en effet étrange. La prochaine fois que vous chercherez mes entrepôts, mon fils ou moi-même vous y accompagnerons. Il y a des rues plus sûres que celles que Sara vous a indiquées, conclut Maimó.

XIII

Que per traidor on fos tot malifet

Que par un traître tout en méfait

La tournure étrange prise par les événements, ajoutée à ses meurtrissures, fit que Daniel dormit mal cette nuit-là et se réveilla aux premières lueurs de l'aube. La maison était silencieuse ; les bruits de la ville se réduisaient à de simples sons — claquement d'une porte, aboiement d'un chien, pleurs d'un enfant. La veille, il avait violé l'une des grandes lois de l'hospitalité en se levant tard pour prendre son déjeuner : il resta donc au lit pour ne pas faire pire en descendant avant les servantes.

Il eut alors le loisir de réfléchir. Il approcha de ses lèvres le petit médaillon renfermant la boucle de cheveux. Ses narines captèrent l'odeur délicate de l'huile de jasmin de Raquel et il soupira du désir ardent de voir s'achever cet interminable mois. C'était aujourd'hui mardi : le vendredi matin, si les vents étaient favorables, il reviendrait chez lui.

Il repoussa non sans difficulté ces pensées et réfléchit aux informations fournies par Perla. Sa description de son petit-fils éliminait à la fois Rubèn et Lucà. En dehors de ce fait capital, elle semblait ne savoir que très peu de chose du jeune homme. Mais peut-être ne lui avait-elle pas tout confié. Il dressa en lui-même une liste de questions et les examina l'une après l'autre. Il était exact, ainsi que maître Isaac l'avait un jour fait remarquer, qu'une question pertinente avait plus d'importance qu'une réponse exacte, même quand on ne parlait pas de médecine. Aujourd'hui, il ferait en fonction de ses possibilités. Il entendait aussi consacrer le reste du temps à ses affaires et celles de son oncle en visitant les bâtiments des transactions et l'atelier de certains gantiers.

À la fin du déjeuner, quand la table fut débarrassée et que les autres se furent excusés, Maimó versa du vin dans le gobelet de Daniel.

— Restez un instant avec moi, lui dit-il. Je dois vous avouer que, alors que vous étiez en grande conversation avec mon ami Benvenist et que vous débattiez de questions relatives au commerce des gants, je me suis rendu jusque chez maîtresse Perla.

— J'espère qu'elle va bien, fit Daniel pour tout commentaire, incertain de la tournure que prendrait cette discussion.

— Je présume. Ne croyez pas, s'il vous plaît, que j'ai méconnu les difficultés que vous avez rencontrées hier. Si je peux faire quoi que ce soit, je serai volontiers votre obligé.

— Vous ne pensez certainement pas que maîtresse Perla a un quelconque rapport avec cet incident ?

— Maîtresse Perla ? En aucun cas. Cela ne profiterait pas à l'un de ses protégés de vous nuire ainsi. Je vous assure que si quelqu'un constituait une menace pour une personne qu'elle apprécie, elle se montrerait une ennemie redoutable. J'en suis persuadé. Mais je ne suis pas allé la voir.

— Je vous demande pardon ?

— Non. J'ai discuté d'une affaire de linge que l'on avait négligé jusqu'à ce que le soleil soit presque trop bas pour lui permettre de sécher dans la cour. J'ai bavardé avec Sara, la blanchisseuse. Après tout, c'est elle qui vous a conduit à Esteve et, même si ce dernier n'a rien à voir avec votre agression, on ne peut pas dire qu'il se soit démené pour vous porter assistance.

— Avez-vous découvert quelque chose ? demanda Daniel.

— Rien de plus que ce à quoi je m'attendais : les rapports entre Sara et Esteve peuvent être considérés comme répréhensibles, mais ils n'ont rien de criminel. D'après ce que je sais, Esteve n'est ni un voleur ni un meurtrier. Sara jure que c'est un honnête homme qui ne commettrait pas un assassinat pour satisfaire son amie. C'est un porteur et tous ceux qui l'ont engagé l'ont trouvé sérieux.

— Je m'étonne que maîtresse Perla emploie Sara.

— Oh, c'est une autre histoire, qui plonge ses racines dans son enfance, ici, à Majorque, expliqua Maimó. J'ignore pourquoi, mais Perla se considère comme la protectrice de Sara. À son retour, elle a tout fait pour que fût levé le bannissement qui l'avait frappée. Peut-être est-il difficile de trouver de bonnes blanchisseuses, mais je crois plutôt que maîtresse Perla est une femme de cœur et qu'elle connaît Sara depuis l'enfance.

— Je pourrais rechercher Esteve et lui demander ce qu'il sait de mes agresseurs, suggéra Daniel. Puisqu'il est possible qu'il ne soit pas des leurs.

— Je vous le déconseille fortement. Il lui suffira de vous voir pour prendre peur. Je n'aimerais pas vous savoir victime d'un nouvel incident. Mon ami Mordecai penserait que je m'occupe bien mal des hôtes qu'il me confie.

Avec un sourire amusé, Maimó se leva et s'excusa.

C'était l'après-midi et la ville de Gérone sortait de sa torpeur quand un timide tintement de cloche fit descendre Raquel dans la cour. Comme elle s'en doutait, Ibrahim était invisible, donc ne saurait répondre. Son petit frère pleurait et l'on cherchait à le calmer ; le reste de la maison s'éveillait, mais lentement.

Quand Raquel ouvrit tout grand le portail, une femme voilée dont la robe flottait sur elle tomba pratiquement dans la cour.

— Merci, maîtresse Raquel, murmura-t-elle en rejetant son voile.

— Maîtresse Regina, soyez la bienvenue !

— Je ne puis rester que quelques instants. J'ai accompagné papa au Call, il devait discuter avec maître Éphraïm à propos d'un nouveau comptoir, mais je dois parler à votre père. Il le faut ! ajouta-t-elle d'un ton désespéré.

— Maîtresse Regina, dit Isaac depuis la porte de son cabinet. Vous êtes en effet la bienvenue. Notre invitée appréciera un rafraîchissement.

— Certainement, papa, dit Raquel qui s'empressa d'emprunter l'escalier menant à la cuisine.

— Je vous en prie, maîtresse, asseyez-vous. Par ici, près de la fontaine. Bien, pourquoi désirez-vous me parler ?

— Maître Isaac, c'est à propos de Lucà. On l'accuse d'avoir tué maîtresse Magdalena puis maître Narcís, et il ne peut avoir fait cela. Non, c'est impossible.

— Pourquoi parlez-vous ainsi ? Si ce que j'ai entendu est vrai, ses remèdes sont puissants et peuvent par conséquent être dangereux. Vous devriez le savoir, vous qu'il a aidée malgré vous.

— Non, maître Isaac, ce n'est pas vrai. Je sais que chacun pense ainsi, mais c'est inexact. C'est entièrement ma faute si je me suis abandonnée à la maladie, je le jure. J'étais si misérable et je me sentais abandonnée de tous, même de mon pauvre papa, au point que je ne voulais aller mieux.

— Je suis persuadé que votre père ne vous aurait pas trahie, maîtresse.

— À cause de son chagrin, il se montrait pour ainsi dire incapable de parler. Nous ne pouvions évoquer le passé et si, par malheur, quelque chose le lui rappelait, il se mettait à pester contre Marc et ce qu'il m'a fait. Je désirais simplement m'écarter de tous et rester seule.

Elle reprit son souffle pour mieux maîtriser les tremblements de sa voix.

— Maître Lucà a été très bon, continua-t-elle. Il ne m'a jamais posé de questions auxquelles je n'aurais pu répondre et n'a jamais pensé que je devrais me montrer aimable avec le premier venu. Ses remèdes m'ont aidée à dormir, oui, mais il a fait plus que ça. Il m'a expliqué pourquoi il voulait m'aider.

— Oui ?

— Parce qu'il aimait bien papa et ne pouvait supporter qu'il souffre à cause de moi.

— Croyez-vous qu'il était honnête en tenant de tels propos ?

— Je ne pense pas qu'il mentait. Il apprécie beaucoup papa. Après souper, quand il fait trop sombre pour travailler, il discute avec lui pendant des heures. Ils abordent toutes sortes de sujets et je pense que les soucis de papa disparaissent peu à peu. Par égoïsme, je méconnaissais que ma tristesse et ma maladie lui causaient autant de chagrin que la mort de maman.

J'aurais tout aussi bien pu le tuer en lui enfonçant des poignards dans la chair. J'ai donc essayé d'aller mieux et tout fut ensuite plus facile. Je n'ai pris des gouttes que pendant deux jours. Elles avaient un goût affreux. Comprenez-vous ce que j'essaye de vous dire ?

— Très bien, oui.

— Aujourd'hui, papa et Lucà passent davantage de temps ensemble, à discuter et à travailler.

— Lucà serait-il également menuisier ?

— Je ne crois pas, hésita la jeune fille. Comment serait-ce possible ? Mais papa a bien souvent besoin de quelqu'un pour lui tenir une pièce de bois qu'il façonne, et depuis qu'il a perdu son apprenti, il lui faut demander à un voisin de l'aider. Lucà s'interrompt alors pour lui prêter main-forte. Ils sont amis, et Lucà est un homme bon. Il m'a raconté qu'il avait commis quelques bêtises quand il était plus jeune, des choses dont il avait honte, mais qu'il n'avait jamais nui à qui que ce soit.

— Qu'attendez-vous de moi ?

— Ne pourriez-vous sentir quelques-unes de ses préparations pour voir si elles ne sont pas dangereuses ? Je peux vous dire ce qu'il y a dedans. J'ai apporté deux flacons.

— Excellent, fit Isaac. Il devrait y avoir un panier vide sur la table, posez-les là.

Regina s'approcha de la table et sortit de sa bourse deux petites fioles enveloppées dans du tissu.

— Pourriez-vous également m'apporter une pincée de chacune des plantes qu'il utilise ?

— Demain matin. Quand j'irai au marché. Vous en parlerez à l'évêque, n'est-ce pas ?

— Je ferai de mon mieux, maîtresse Regina. Mais à votre tour, ferez-vous quelque chose pour moi ?

— Si je le puis, maître Isaac.

— Vous rappelez-vous la soirée qui précéda la mort de maître Narcís ?

— Oui. Je me souviens que... hésita-t-elle.

— Vous étiez à la maison ?

— Nous y étions tous. J'avais préparé le souper, des œufs aux champignons, aux oignons et aux herbes aromatiques. C'était très bon et... tout le monde se régala. Avant de souper, Lucà était à l'atelier avec papa. Quand tout fut prêt, je suis descendue les observer. Papa lui montrait comment polir soigneusement une pièce de bois, et cela a pris beaucoup de temps. Ensuite j'ai cuit les œufs — en un rien de temps — et nous nous sommes assis autour de la table pour manger et deviser.

Lorsqu'elle prononça ces derniers mots, sa voix se brisa et Isaac intervint.

— Merci, lui dit-il, vous m'avez beaucoup aidé.

Mais si Raquel était restée dans la cour, elle aurait su que son père était perplexe.

Daniel avait passé pas mal de temps dans les bâtiments réservés aux transactions commerciales et chez plusieurs gantiers, et il se faisait tard. Ce mercredi, en fin d'après-midi, il se rendit à nouveau chez maîtresse Perla.

— Ah, vous avez échappé à la fin du travail de blanchisserie, dit Perla d'une voix joyeuse. Je suis désolée de n'avoir pu m'entretenir davantage avec vous hier, mais ma cuisinière et mes servantes se laissent facilement distraire chaque fois que la blanchisseuse arrive. C'est désespérant.

— Je l'ai rencontrée hier en vous quittant, dit Daniel qui ignorait dans quelle mesure Perla était au courant de son agression. Elle a eu l'amabilité de m'indiquer comment me rendre à l'entrepôt.

— Est-ce là ce qui lui est arrivé ? Elle a subitement

disparu, me laissant des brassées de linge humide, pour ne se montrer qu'une heure ou deux après. Chacun a dû s'affairer en l'attendant.

— Elle m'a dit que du travail l'attendait de l'autre côté de la rivière.

— Ah, je n'en doute pas. Sara est une personne étrange. Elle n'a pas toujours mené une vie exemplaire, je le crains, mais elle est robuste et travailleuse, c'est pourquoi je continue à l'employer. Sa vie n'a pas toujours été facile.

— Vraiment ?

— Elle fut veuve très tôt, dit Perla comme si cela expliquait tout. Elle a quitté l'île et y est revenue juste après moi. Je fais de mon mieux pour l'aider.

Les ombres s'allongeaient et Daniel se souvint qu'il devait poser certaines questions avant de voir Mordecai. Il délaissa donc toute subtilité et se lança.

— Maîtresse Perla, qui connaissait assez bien Rubèn pour vouloir emprunter son identité ? Pour aller à la rencontre de quelqu'un et se prétendre de sa famille, il faut savoir un certain nombre de choses.

— Honnêtement, je l'ignore. Rubèn n'avait pas beaucoup de camarades — et aucun ami intime digne de ce nom. Les seuls garçons qu'il côtoyait étaient à l'école avec lui.

— Que faisait-il quand il ne s'y rendait pas ?

— Je le lui ai demandé, maître Daniel. Quand il m'a enfin répondu, ce fut pour me dire que la plupart du temps il se contentait de rester assis à contempler la mer, rêvant de s'embarquer pour quelque autre ville qui ne fût ni Séville ni Majorque. J'ai dit à Faneta que, vu son âge, il ne serait pas heureux tant qu'une jeune fille ne l'aimerait pas. Certains hommes ne sont rien sans une épouse. Je crains de ne pas pouvoir vous en dire davantage, ajouta-t-elle. C'était un garçon paisible, agité par bien des pensées, me semble-t-il, mais qui refusait d'en parler.

Mal à l'aise d'avoir réveillé le chagrin de cette grand-mère, Daniel se leva brusquement.

— Merci pour votre patience et votre générosité.

— Transmettez mes vœux les plus sincères à maître Mordecai, je vous prie. Je suis heureuse ici mais je pense toujours à lui avec beaucoup d'affection.

— Je n'y manquerai pas, maîtresse, dit Daniel en s'inclinant.

Le lundi après-midi, Mordecai s'était retiré dans sa chambre et son cabinet attenant pour réfléchir aux problèmes que pourrait susciter son absence forcée. Il avait transféré des documents importants jusqu'à son cabinet, mis sa gouvernante dans la confidence, du moins partiellement, et laissé les ragots faire le reste.

Le mardi, effrayée par les difficultés domestiques qu'elle avait déjà à résoudre et convaincue que son maître était réellement malade, quoi qu'il pût dire, la gouvernante avait appelé au secours maître Isaac.

— Je ne savais pas quoi faire, lui avoua-t-elle. Surtout que maîtresse Blanca et maîtresse Dalia sont toutes deux à Barcelone, que maîtresse Dalia ne rentrera pas avant au moins une semaine. Il m'a dit que je devais faire venir cette autre personne, mais je n'ai pas trop confiance...

Isaac lui enjoignit d'obéir scrupuleusement à son maître, puis il lui murmura des paroles de réconfort, resta un instant auprès de son patient, lui laissa plusieurs remèdes et s'en alla.

En dehors du médecin et de la gouvernante, nul n'avait le droit de pénétrer dans la chambre de Mordecai ni même dans la partie de la maison où elle se trouvait. La nouvelle se répandit très vite, dans le Call puis dans la ville, qu'il était gravement malade pour ne pas dire au seuil de la mort.

Son médecin n'avait rien pu faire. Après une nouvelle journée à se lamenter et à se tordre les mains, la gouvernante avait enfin accepté d'appeler le jeune maître Lucà.

Le lendemain matin, dès que l'heure lui parut raisonnable, Daniel se rendit une fois encore au Call afin d'y rechercher le jeune homme qui avait eu bien du mal à instruire Rubèn.

— Oh, oui, ce fut un problème pour nous tous ! dit cet homme. Il n'était ni difficile ni grossier, seulement...

Il parut chercher l'expression exacte.

— Peut-être que les cours ne l'intéressaient pas ? suggéra Daniel. J'ai connu bien des enfants dans ce cas.

— C'est possible, mais il se peut aussi qu'il ait eu l'esprit lent. Quel que soit le sujet, les autres garçons apprenaient plus vite que lui. En vérité, il était trop âgé pour fréquenter encore l'école. Il avait bien trois ou quatre ans de plus que la plupart de ses condisciples. À treize ou quatorze ans, cela fait une grande différence, vous savez.

Daniel acquiesça, non sans se demander quelle sorte d'enfant pourrait patiemment accepter d'avoir des camarades de classe aussi jeunes.

— Il a alors commencé à faire l'école buissonnière. Un jour, il ne venait pas, le lendemain, il partait avant la fin du cours.

— Où allait-il ?

— Je l'ignore, mais quelqu'un m'a dit l'avoir aperçu dans la ville basse, près des remparts ; pour un autre, c'était au-delà des tanneries — un quartier peu respectable, je dois le reconnaître. On y trouve beaucoup de catins, de voleurs et de gens du commun. Mais pour ma part je ne l'y ai jamais vu.

Daniel le remercia longuement et lui donna une petite somme, sans préciser si c'était pour lui-même ou pour l'entretien de son école. L'homme l'accepta avec plaisir et, à en juger d'après l'état de sa tunique, il y avait bien des chances que cet argent ne revienne qu'à lui.

Daniel remonta lentement vers la porte du Call. Il réfléchissait à ce qu'il ferait ensuite. Il pouvait demander conseil à maître Maimó, mais il lui parut indélicat de tout raconter à une personne connaissant si bien Perla et Mordecai. Si ce dernier avait voulu mettre son ami au courant, il lui aurait écrit, tout simplement. Un mot, *discrétion*, s'imposa à lui. Voilà ce qu'il devait être, discret.

Il traversait la place quand on tira sur sa manche.

— Je peux vous emmener quelque part aujourd'hui ? dit une voix pleine d'espoir.

— *¡Hola!* Miquel. C'est possible, oui. Viens t'asseoir avec moi un instant.

Ils prirent place à l'ombre d'un arbre où ils pouvaient jouir d'une certaine tranquillité.

— Dis-moi, Miquel, as-tu entendu parler d'un garçon nommé Rubèn ? Il vivait au Call, mais je crois qu'il passait un bon bout de temps loin d'ici, seul ou avec des amis.

— Quel âge ? demanda Miquel.

— Il aurait quinze ans aujourd'hui.

Miquel compara avec son âge à lui, dans la mesure où il pouvait le connaître.

— De quoi il avait l'air ?

— Grand, mince, le teint comme cet homme que tu vois là-bas, dit Daniel en désignant discrètement un individu dont la couleur de peau ressemblait à celle décrite par Perla. Des yeux verts aussi.

— Comme un arbre ?

— Non, un vert tirant plutôt sur le gris ou sur le brun.

— Oui, d'accord. Je le connaissais, mais je n'ai

jamais su son nom. D'ailleurs je savais jamais leur nom. Il parlait d'une drôle de façon, un peu comme vous, mais en plus accentué. Il y en a qui disent qu'il est mort.

— En effet, à la fin de l'été dernier. Je crois que nous parlons bien de la même personne. Tu peux me renseigner sur ses amis ?

— Eh bien... ils étaient plus vieux, beaucoup plus vieux que moi, maître. Ils ne m'ont jamais adressé la parole. Lui, si, mais eux ils se croyaient trop importants.

— L'un d'eux vit près des tanneries ?

— Ah oui, sa mère est une catin, c'est pour ça qu'il habite par là.

— Et l'autre près des remparts extérieurs ?

— Possible. Je les ai suivis une fois, je sais dans quelle rue ils sont allés, mais pas dans quelle maison.

— Tu m'y emmènerais ?

— Où ça ?

— Dans les deux endroits.

— Ça vous coûtera une pièce, dit le gamin, l'air très assuré.

— Tu en auras bien davantage si je trouve ce que je recherche, l'assura Daniel.

Miquel se leva avant de se tourner vers son employeur.

— Par où vous voulez commencer ?

Après avoir discuté de l'itinéraire idéal, ils décidèrent de partir d'un étal où l'on vendait de belles portions de viande grillée. Daniel acheta deux petits pains, les fourra de viande et en tendit un à Miquel après l'avoir enveloppé dans une feuille de vigne. Il était persuadé que le gosse lui en dirait plus s'il avait le ventre plein. De là, ils franchirent le pont menant à la ville basse et aux remparts.

Miquel trottinait devant Daniel et lui désignait les endroits susceptibles de l'intéresser.

— Tenez, là, deux marins se sont fait tuer, et là, quand la rivière a débordé dans toute la ville, j'ai vu un homme et un chien qui s'étaient noyés.

Les descriptions se poursuivirent tout au long du chemin, parfois cocasses, parfois sinistres, parfois juste dignes d'un gamin de son âge.

— C'est là qu'ils sont allés, dit Miquel en montrant une ruelle étroite apparemment plus propre et moins sombre que celle où Daniel s'était aventuré. Vous voulez que je demande ? ajouta-t-il comme s'il doutait de la capacité du jeune homme à se faire comprendre.

— Je m'en charge. Si je rencontre des problèmes, je t'appellerai au secours.

Une femme balayait devant sa boutique : il semblait évident de commencer par elle.

— Maîtresse, dit poliment Daniel, je suis à la recherche d'un jeune homme. Je crois qu'il vivait ou travaillait dans cette rue jusqu'à son départ de l'île, il n'y a pas très longtemps.

— Vous connaissez son nom ? lui lança-t-elle, manifestement pressée.

— Je n'en suis pas certain.

— Quel genre il avait alors ?

— D'une taille moyenne ou grande, avec des yeux bruns, plus clairs que les miens, brun clair et le teint plutôt pâle. Il a une belle carrure ainsi que des manières et un sourire engageants.

— C'est tout à fait lui, dit Miquel d'un air admiratif.

— C'est votre ami que vous recherchez, hein ? Eh bien, laissez-moi vous dire que moi aussi, je le cherche, et que si je le trouve, lui et son voleur de maître, je leur enverrai les officiers. Malade, c'est ce qu'il disait — il n'en avait pas l'air, en tout cas. Quelque six mois de loyer qu'il me devait quand je l'ai vu pour la dernière fois, c'était avant la Saint-Michel, et je n'ai toujours pas de nouveau locataire...

— Vous n'avez pas vu ce jeune homme depuis la Saint-Michel ?

— Lui ? Pas depuis au moins un an. À la première alerte, voilà qu'il disparaissait. On ne peut plus faire confiance aux jeunes de nos jours, ajouta-t-elle en secouant la tête. En tout cas, je n'aurais pas dû, je ne serais pas dans cette mistoufle. Son maître disait qu'il reviendrait, qu'ils pourraient travailler régulièrement et payer le loyer, mais il n'a jamais refichu les pieds ici. Et puis, le vieux est parti à son tour, je ne savais pas s'ils reviendraient et tous ceux qui voulaient habiter chez moi avaient déjà trouvé autre chose.

Elle brandit son balai devant Daniel.

— Vous leur direz tout ça !

— Que faisait son maître ? Il travaillait à la boutique ?

— Il fabriquait des choses. Si vous le connaissez, vous devez savoir qu'il était menuisier, un bon menuisier qui plus est. Il m'a réparé ma table et elle est comme neuve. Il m'avait proposé ça, de menues réparations en guise de loyer, mais je ne marche pas là-dedans.

— Merci et pardon de vous avoir importunée, maîtresse, dit Daniel en lui glissant un sou dans la main.

— Vous n'auriez pas dû faire ça, maître, lui dit Miquel une fois qu'ils se furent éloignés. Elle n'a pas été très polie avec nous.

— Ne crains rien, Miquel, ce n'est pas mon argent que je dépense là. Et puis, elle nous a raconté des choses intéressantes.

Selon Miquel, le chemin qui menait aux tanneries était assez complexe et obligeait à zigzaguer dans une succession de rues se croisant à angle droit. Après quatre ou cinq tournants, Daniel ne savait plus du tout dans quel sens il allait. Il n'avait d'autre choix que de faire confiance à cet enfant qui, après tout et jusqu'à présent, ne l'avait pas trompé. Et quelque chose lui disait que sa confiance était justifiée.

— Les tanneries sont par ici, dit Miquel, mais on va ailleurs. Le garçon qui vous intéresse y venait parfois et je le voyais en compagnie de l'un ou de l'autre, mais c'est surtout là-bas qu'il allait.

Miquel désignait une bâtisse branlante adossée à un bâtiment d'aspect plus solide. Sans hésiter, il frappa à la porte et une femme ouvrit.

— Qu'est-ce que tu veux ? lui demanda-t-elle. Fiche le camp. Tu es trop jeune pour traîner dans le coin.

— On cherche Sara, répondit Miquel. C'est important.

— Elle est partie. Va-t'en.

— Où ça ?

— Comment je le saurais, moi ? Rentre chez toi.

Daniel décida que le moment était venu de s'immiscer dans cette conversation.

— C'est moi qui cherche Sara, maîtresse, dit-il poliment. Pas cet enfant. Il a juste eu l'amabilité de me montrer le chemin. J'ai des affaires...

— De quel genre ?

— Je viens de Gérone et je voudrais retrouver...

— Dégagez ! hurla la femme. Fichez-moi le camp d'ici ! Ou j'appelle des amis qui s'occuperont de vous !

— Je ne désire causer aucun tort à maîtresse Sara, dit Daniel en s'avançant vers elle.

— Au secours ! brailla-t-elle de plus belle.

Des portes s'ouvrirent et bientôt la rue déserte s'emplit de monde.

— Confiez-moi votre bourse, maître, lui chuchota une voix à l'oreille, et je vais vous trouver de l'aide.

Sans réfléchir, Daniel la sortit de sa large ceinture et la glissa au gamin, qui disparut dans la foule comme un furet dans sa tanière.

Daniel dérapa sur le sol humide et tomba. Il leva les bras pour se protéger des innombrables coups qui s'abattaient sur lui, mais soudain le tumulte s'amplifia. Les coups cessèrent de pleuvoir. Il avait été traîné vers le mur de l'ancienne maison de Sara et il s'y appuya pour se relever. La foule dont il ignorait totalement l'importance se réduisait à présent à trois gaillards armés de gourdins. De toute évidence, ils en avaient fait bon usage.

— Maître, dit Miquel, vous allez bien ?

— Je suis crotté, répondit Daniel, et j'ai quelques contusions, mais surtout je ne comprends pas. Pourquoi se sont-ils tous jetés sur moi ?

— Ils ont cru que vous leur vouliez du mal, dit l'un des hommes. Ils s'entraident, voyez-vous ? Mais Miquel a dit que ce n'était pas le cas... bon, de toute façon...

— Je leur ai promis une pièce à chacun, dit Miquel en rendant sa bourse à Daniel. Ça ira ?

— Vu que sans eux je serais mort à cette heure ou en mille morceaux, je ne peux qu'accepter.

Il récompensa les hommes ainsi qu'il en avait été convenu.

— À présent retournons chez maître Maimó.

— Dès maintenant et jusqu'à mon départ de Majorque, je jure de ne plus poser la moindre question à ceux que je ne connais pas, déclara Daniel à son hôte. Il semble que j'ai le don de demander aux gens des choses qu'ils ne souhaitent pas me dire.

Il portait une tunique propre et le gamin avait été généreusement récompensé. Daniel était assis dans la cour, un gobelet de vin à la main.

— Je crois qu'il serait sage que vous restiez à la maison jusqu'à demain, dit Maimó. On vous escortera au port. Vous avez d'une manière ou d'une autre, en toute innocence, j'en suis persuadé, semé la perturbation chez un certain nombre d'individus.

— La femme à qui Rubèn rendait visite s'appelait Sara. Pensez-vous que ce pourrait être la même Sara qui travaille pour maîtresse Perla ?

— C'est possible, bien que ce soit un nom très répandu. Il aurait pu la connaître quand elle venait s'occuper du linge. Ah, ce linge, voilà que nous le rencontrons à chaque pas ! Mais reprenez donc du vin, maître Daniel.

— Je crois que vous cherchez à me rendre incapable de sortir d'ici.

— Ce serait en effet une excellente idée si elle m'était venue, répliqua son hôte d'une voix douce.

Le lendemain matin, Daniel fut réveillé par un coup frappé à la porte.

— Maître Daniel, dit Maimó, le vent est favorable et le déjeuner vous attend. Je suis venu vous demander de vous hâter.

Il sauta de son lit, fit sa toilette, se vêtit et referma le ballot contenant ses affaires. Dans la cuisine l'attendait un copieux repas constitué de riz au poisson, de légumes, d'un pain tout juste sorti du four et de fruits. Un panier était posé à côté de son siège.

— Ma cuisinière craint que vous ne mouriez de faim à bord, dit le maître de maison. Je suppose qu'il y a là-dedans de quoi tenir pendant une accalmie de plusieurs semaines ! Peut-être pourrez-vous donner ce que vous-même ne mangez pas. Ah, puis-je vous demander d'emporter à Gérone plusieurs lettres que j'ai écrites ? Je les ai bien scellées pour qu'elles ne soient pas abîmées même si le temps tourne à la tempête. Quand vous les ouvrirez à Gérone, vous verrez que chacune porte le nom de la personne à qui elle est adressée.

Entre deux bouchées, Daniel assura à son hôte que ses lettres arriveraient bien à destination puis, après un échange de compliments, de présents et de vœux sincères, il fut conduit au port sous la surveillance de trois serviteurs.

Quand ils arrivèrent, une chaloupe attendait en eau peu profonde. Des débardeurs l'emplissaient de caisses et de paquets. Un personnage muni d'une liste vérifiait soigneusement la cargaison. Il y avait aussi un petit groupe d'hommes qui, plus ou moins endormis, parfois assez bavards, scrutaient l'horizon. Daniel devina à leur tenue que c'étaient eux aussi des voyageurs.

Deux d'entre eux préféraient toutefois observer le rivage. Daniel regarda dans la même direction qu'eux en se demandant ce qui pouvait les fasciner à une heure aussi matinale. Sur une tourelle, à l'angle du rempart, une femme se tenait aussi droite qu'une sentinelle. Une saute de vent soudaine lui arracha son voile et déploya sa chevelure comme la queue d'un paon. Au même instant, le soleil perça les nuages et illumina les cheveux roux de la femme.

— Qui est-ce ? demanda Daniel à son voisin immédiat.

Celui-ci regarda et secoua la tête.

— Je l'ignore. Elle est trop loin et je n'ai pas une très bonne vue.

— Je suppose qu'elle dit au revoir à quelqu'un, fit Daniel en repensant aux adieux de sa Raquel.

— Mais peut-être attend-elle le retour d'un marin...

La femme scrutait le front de mer comme une reine exotique observant son royaume. C'est alors qu'apparut derrière elle un soldat portant casque et pectoral. Il la prit par la taille. Elle se retourna, lui tapota le bout du nez et disparut en l'entraînant avec elle.

— On ne devrait pas autoriser ce genre de chose

quand un garde est de faction, dit une voix désapprobatrice. De mon temps...

— De votre temps, on ne prenait même pas la peine de monter la garde, répliqua quelqu'un. Et on voit le résultat.

Daniel sourit et secoua la tête. La reine hautaine et l'amant éconduit de sa rêverie s'envolaient pour céder la place à un simple garde et à une prostituée.

Le canot allait appareiller. Il prit donc ses affaires et monta à bord afin de rejoindre le navire.

— Vous êtes maître Daniel ? lui demanda le passager qui s'était assis près de lui.

— C'est exact, mais comment...

— Je m'appelle Jafuda. Je suis dans le commerce du drap, principalement, mais je me rends à Barcelone pour y régler diverses affaires. Maître Maimó m'a demandé de ne pas vous quitter des yeux. Il semble croire que vous attirez les ennuis.

XIV

Veles e vents han mos desigs complir
faent camins dubtosos per la mar

Voiles et vents doivent remplir mes désirs
en traçant des routes douteuses sur la mer

Le jeudi matin, la gouvernante poussa maître Isaac dans la chambre de son ami Mordecai.

— Il a demandé à vous voir une fois encore, messire, dit la femme essoufflée.

— Comment allez-vous, mon ami ? demanda le médecin dès que la porte de la chambre se fut refermée.

— Je suis déjà las de cet isolement, répondit Mordecai. Je vous préviens que je deviendrai fou d'ennui si je ne connais pas une guérison miraculeuse ! Mais j'ai la préparation que vous demandiez.

Il se dirigea vers une lourde commode ouvragée et prit un flacon empli d'une substance noirâtre.

À peine rentré chez lui, Isaac appela Raquel et Yusuf.

— J'ai besoin d'un gobelet propre et d'un pichet d'eau pure, commanda-t-il.

Intriguée, Raquel prit de l'eau à la fontaine. Yusuf entra dans la maison et agaça Naomi en insistant pour qu'elle lavât bien le gobelet.

— Comme si ce n'était pas propre dans ma cuisine, dit-elle à Jacinta qui comprit à son ton que cela ne souffrait aucune remarque.

Isaac alla dans la cour et ôta le bouchon du flacon de Mordecai. Il le tint à quelque distance de son nez, le huma, puis l'écarta et inspira à pleins poumons. Il répéta à plusieurs reprises ce processus, rapprochant chaque fois le flacon de son nez.

— Faites exactement ce que je dis et notez ce que vous sentez. S'il y a une odeur d'amandes amères, refermez-le aussitôt. Sinon, inscrivez toutes les caractéristiques.

Raquel et Yusuf sentirent le contenu du flacon puis ils le rendirent au médecin.

— C'est une odeur désagréable, papa, que dissimule une fragrance fleurie.

— C'est parce qu'il s'agit d'un mélange. Le nez s'efforce d'en dissocier les éléments et de les identifier. À présent, apporte-moi un demi-gobelet d'eau pure et mets-y une goutte de cette mixture.

Le pichet et le gobelet se trouvaient déjà sur la table dressée dans la cour. Raquel fit ce qu'on lui avait demandé. Plutôt visqueuse, la goutte dessina une forme d'un brun rougeâtre en tombant au fond.

— Le mélange est épais, papa, il se déplace lentement dans l'eau et produit des filaments.

— Va chercher une cuillère propre et remue.

Raquel adressa un signe de tête à Yusuf, qui courut jusqu'à la cuisine et revint avec la cuillère demandée. Elle remua le liquide, doucement et sans à-coups.

— C'est bien mélangé, dit-elle.

— Où est-ce ?

Elle posa le gobelet devant son père et il s'en saisit

de la main gauche. Il trempa son index droit dans l'eau, se frotta les doigts puis effleura le bout de sa langue. Il reposa ensuite le gobelet.

— À vous.

Raquel l'imita non sans grimacer de dégoût et tendit le gobelet à Yusuf.

— Oh, s'écria l'enfant, mais c'est horrible !

— De quelle façon ?

— D'abord, c'est très doux, puis il y a un goût affreux qui semble vouloir s'accrocher.

— Amer ? Acide ? Un goût de pourri ? Je veux savoir précisément, c'est important.

— Je ne suis pas trop sûr, dit l'enfant.

— Moi, je le qualifierais d'amer, intervint Raquel, mais il y a autre chose.

— Rincez-vous la bouche et jetez ce mélange à terre, dit Isaac en se dirigeant vers la fontaine pour faire de même.

Quand ceci fut fait, Isaac demanda que l'on mît deux gouttes dans de l'eau.

Raquel répéta le processus.

Une fois encore, le médecin plaça une infime quantité de liquide sur le bout de sa langue. Il tendit le gobelet à Raquel, qui réitéra l'expérience avant de le transmettre à Yusuf. Elle se rinça la bouche.

— C'est d'un sucré assez écœurant, papa, ensuite, il y a deux goûts amers différents, l'un après l'autre. Je ne parviens pas à les décrire.

— Qu'éprouves-tu sur la langue ?

— C'est curieux.

— Et toi, Yusuf, peux-tu me parler de ce goût ?

— Non, seigneur, répondit l'enfant. Mais je ne l'oublierai pas aussi longtemps que je vivrai.

— Bien, mais tu vivras plus longtemps si tu le recraches dès l'instant où tu l'identifies.

— Lucà aurait tenté d'empoisonner maître Mordecai ?

— Non, dit Isaac. Il lui avait recommandé de prendre deux gouttes dans un demi-gobelet de vin. L'étrange sensation qu'a connue ta langue aurait envahi tout son corps, il aurait eu les membres lourds et engourdis. Ce peut être utile quand un patient souffre de goutte ou des articulations, mais ce peut aussi être très dangereux car une trop grande quantité de cette substance entraîne la mort. Tu devrais la reconnaître, il a mélangé de l'écorce de saule ordinaire à du jus de pavot, des feuilles séchées de jusquiame et de la racine de mandragore. Pour masquer ce goût, il ajoute du sucre en grande quantité ; le vin avec lequel il est recommandé de boire ce remède fait le même effet.

— Quelle composante a ce goût aussi affreux ? demanda Yusuf.

— La jusquiame. Elle a toujours ce goût et cette odeur de pourri.

— Papa, vous aussi, vous utilisez ces substances, s'étonna Raquel.

— Oui, pour des douleurs intolérables, mais pas mélangées ainsi et surtout pas pour ce dont Mordecai était censé souffrir. C'est comme soigner un doigt blessé en coupant le bras. Mais je reconnais qu'il n'avait pas l'intention d'empoisonner mon ami Mordecai.

— Que va faire maître Mordecai à présent ? demanda Raquel.

— Je lui rendrai visite cet après-midi pour lui porter la bonne nouvelle — nul n'aime se croire la victime désignée d'un assassinat — et je lui donnerai la permission de guérir pour le sabbat. Il a hâte de reprendre ses activités habituelles et l'isolement lui pèse.

Le samedi matin, le destin joua un tour pendable à

maître Mordecai. Après avoir été contraint de se faire passer pour malade pendant cinq jours, voilà qu'il se réveillait avec la gorge endolorie. Furieux, il appela la gouvernante qui était toujours en chemise de nuit. Elle appela à son tour la servante qui déjeunait à la cuisine. Et bientôt tout le personnel se rassembla devant sa chambre.

— Ah, vous ne savez pas faire quelque chose de simple sans ameuter la terre entière, se plaignit Mordecai. J'ai besoin d'un remède pour ma gorge, que quelqu'un aille chercher le médecin.

— Lequel, maître ? s'enquit la gouvernante.

— Maître Isaac ! tonna-t-il avant de grimacer de douleur. Quel autre médecin pourrais-je consulter ?

— Je m'excuse sincèrement de ne pouvoir m'empêcher de rire, maître Mordecai, dit Isaac, et de vous avoir demandé de vous livrer à cette supercherie.

— Et pourquoi ?

— Parce qu'il est clair que nous n'appréciez pas le calme et le repos. Il suffit de vous éloigner du dur labeur, des problèmes, des gens malades et autres difficultés pour que vous tombiez malade vous-même. Mais je pense que nous allons bientôt mettre un terme à cette épreuve. Continuez à boire du bouillon chaud et à manger ce que vous pouvez. Des aliments peu nourrissants vous affaibliraient davantage. Je vais vous laisser du sirop destiné à apaiser votre gorge. Prenez-en une cuillerée immédiatement puis une autre quelques heures plus tard — quand les cloches sonneront à nouveau, par exemple. Et appelez-moi si vous vous sentez plus mal, dit Isaac en se préparant à quitter la pièce.

— Restez encore un instant. Je suis devant un dilemme, Isaac, et c'est pourquoi je suis tombé malade. Dès que je n'ai eu rien d'autre à méditer, je n'ai plus songé qu'à ça.

— De quoi s'agit-il ? Si je peux me permettre une telle question.

— Isaac, je ne sais que faire. En dépit de ce que j'ai pu vous dire, je crois possible que le garçon qui s'est présenté ici sous le nom de Rubèn soit réellement le fils de Faneta. Et qu'il soit vivant. Le récit de sa mort n'était pas convaincant. Le corps retrouvé pouvait être celui de n'importe quel infortuné capable de s'acheter des bottes.

— Dites-moi, avez-vous écrit à sa mère pour lui parler de sa mort ?

— Non, répondit sèchement Mordecai.

— Et pourquoi ?

— Parce que je ne croyais pas qu'il s'agissait de son fils et aussi parce que je n'étais pas sûr qu'il fût mort. Mais, Isaac, si le fils de Faneta est encore en vie, il doit recevoir cet argent avant la fin du mois de Nissan.

— Il ne vous reste donc plus que trois semaines.

— J'ai reçu de la communauté de Besalu une lettre fort aimable où ils me demandent s'il existe un héritier pour cette somme ou s'ils peuvent espérer en disposer. Pis encore, j'ai également reçu une lettre de ce garçon. Il m'est désormais impossible d'ignorer le problème.

— Une lettre de ce garçon ? répéta Isaac. Mais d'où ?

— De Majorque.

— Comment explique-t-il son comportement ?

— Il raconte qu'il fut capturé par des pirates à Sant Feliu de Guíxols alors qu'il sortait voir ce qui se passait. Mais, heureusement, il avait sur lui des pièces d'or, cousues dans son habit, dit-il, et il réussit à persuader ses ravisseurs de le déposer plus loin, sur la côte. De là, il s'est rendu à Majorque, où il a passé l'hiver avec sa mère et sa grand-mère.

— Cela semble possible...

— Oui, mais cela n'explique pas tout. Selon mon représentant, selon Daniel également, il n'est pas sorti par curiosité, mais il est parti en courant comme s'il s'enfuyait.

— Peut-être ont-ils mal interprété son geste.

— Je veux bien l'admettre. Et je marque à son crédit qu'il a parlé d'événements survenus à Majorque et dans le Call qui, je le sais, se sont de fait déroulés cet hiver. Ce qui me pousse à croire qu'il s'y trouvait bel et bien. Il a ensuite expliqué qu'il avait trouvé du travail et qu'il repartirait dès qu'il aurait assez d'argent. Il espérait que cela se ferait en peu de temps.

— Je n'en serais pas surpris outre mesure, dit lentement Isaac.

— Hier, j'ai fait appeler le notaire, reprit Mordecai. Je lui ai exposé le problème et lui ai demandé son avis. Je lui ai également demandé de gérer cette somme d'argent au cas où il m'arriverait quelque chose dans les jours qui viennent. C'est étonnant à quel point ces événements affûtent l'esprit, Isaac.

— Il est improbable que ce mal de gorge signe votre terme, maître Mordecai, mais je regrette que vous ayez fait appel au notaire. J'espère que vous prendrez toute précaution lorsque vous boirez ou mangerez.

— Oui, mais sincèrement, je ne me crois pas en danger. Je n'ai pas l'intention de léguer toute ma fortune à maître Lucà.

Isaac parla brièvement à la gouvernante de la santé de son ami puis il rentra chez lui pour le petit déjeuner.

Comme cela arrive souvent à Gérone, au printemps, la matinée ensoleillée céda la place à un après-midi nuageux. Bientôt il plut ; à l'heure du souper, les chemins étaient boueux et les rivières gonflées.

La cloche du portail de maître Mordecai tinta alors que l'averse était à son comble. Quand le portier l'ouvrit en grommelant, tout ce qu'il vit fut une pèlerine à capuchon toute trempée et des mèches de cheveux collées à un visage blême.

— J'ai un paquet pour maître Mordecai, de la part de maître Lucà qui s'excuse de ne pas l'avoir fait porter plus tôt.

Le portier lui sourit et s'empressa de retourner s'abriter.

— Je suis passé voir comment vous vous portiez, mon ami, dit Isaac.

La pluie avait duré une grande partie de la nuit mais le soleil avait repris tous ses droits au point que de la vapeur s'élevait des pavés humides.

— Il s'est produit une chose fort curieuse, dit Mordecai, assis dans son lit, le dos soutenu par plusieurs coussins.

— Et quelle est-elle ?

— Hier soir, alors que mon secrétaire, ma gouvernante et les serviteurs achevaient de souper sans que leur maître vînt les importuner, un messager a apporté un paquet de la part de maître Lucà. Il contenait le médicament que mon portier croyait que j'avais commandé.

— Réellement ? Était-ce par curiosité ou pour une autre raison ?

— Non, Isaac, je n'ai rien fait de tel. J'avais encore un peu mal à la gorge, mais votre sirop m'avait fait du bien, sans parler de l'attention incessante de ma gouvernante. J'ai donc rangé le médicament dans un coin de ma chambre.

— Est-ce tout ?

— Non. Peu après, je me suis endormi, très profondément, pour ne m'éveiller qu'aux premières cloches, bien avant l'aube. Mon état avait évolué pendant la nuit.

— Cela se passe souvent ainsi.

— J'avais mal à la tête, mes membres me faisaient souffrir, j'avais chaud et j'étais baigné de sueur, et ma gorge était des plus irritées. Je voulus boire de l'eau et me rappelai alors que j'avais ce nouveau médicament. Je me suis souvenu que vous aviez jugé les remèdes de maître Lucà inoffensifs, même si vous ne les donneriez pas à un chien malade.

— C'est vrai, Mordecai. Ils sont puissants, peut-être même dangereux, mais en rien mortels.

— En cet instant, c'est surtout ce dernier aspect qui m'importait, et je décidai d'en prendre une petite quantité pour voir si cela m'aiderait.

— Et alors ?

— Attendez. Comme il n'y avait pas de vin dans ma chambre et que je ne voulais pas réveiller la maisonnée, je résolus de le remplacer par de l'eau, fidèle à la description de vos expériences. À la lueur d'une bougie, je versai un demi-gobelet d'eau et y mis deux gouttes de ce liquide. J'en bus un peu mais, poussé par ma suspicion naturelle ou peut-être par votre mise en garde, je ne l'avalai pas immédiatement et le gardai dans ma bouche. J'éprouvai une terrible sensation, Isaac, mon ami, et elle demeure toujours en moi quoique de façon atténuée. Je m'empressai de rejeter le liquide dans ma main.

— Pouvez-vous me décrire cette sensation ?

— C'est délicat, cela me brûlait ou me picotait, puis j'ai senti comme un engourdissement très puissant. C'est alors que je recrachai et me rinçai la bouche.

— Qu'éprouvez-vous à présent ?

— Ma gorge ne me fait plus mal, mais j'ai dans la bouche une odeur et un goût curieux. Je suis surtout très heureux de ne pas avoir pris ce remède.

— Je vous suggère de manger légèrement aujourd'hui, de boire des liquides frais et de dormir chaque fois que votre corps le réclame. Essayez de ne pas vous agiter. C'est une belle journée, vous pouvez vous asseoir à l'ombre d'un arbre, toutefois gardez-vous de prendre froid. Si votre condition s'altère d'une manière ou d'une autre, faites-moi appeler, je vous en prie. Je vous regretterais si vous vous laissiez empoisonner.

— Vous croyez donc que cette fiole enfermait du poison ?

— J'en suis certain. Mais j'ignore s'il y a vilenie ou ignorance de la part du jeune maître Lucà. Me permettrez-vous d'emporter le flacon en question ? J'aimerais en étudier plus soigneusement le contenu.

— Je vous en prie, faites donc, maître Isaac. Je ne veux pas voir ce genre de chose sous mon toit !

Isaac rapporta donc le flacon chez lui, le déposa dans un coffret pris dans son cabinet et ramena le tout dans la cour.

— Pourquoi reprenez-vous le médicament de maître Lucà ? lui demanda Raquel. Les résultats ne vous satisfont pas ?

— Ce n'est pas le même, lui dit son père, mais il faut l'examiner lui aussi. J'ai besoin de deux grands gobelets, d'une carafe d'eau, d'une lanterne et de sa bougie, d'un morceau de papier ou d'étoffe et d'une cuillère. Apporte-moi tout ça ici.

— Ne serait-il pas plus facile de travailler dans votre cabinet ? Il y a du vent et...

— Justement. Je préfère que la brise souffle sur nous. Peux-tu également arracher Yusuf à ses études ? Un nez supplémentaire ne sera pas superflu.

Une fois Yusuf accouru et les objets rassemblés, chacun se plaça devant la table de la cour.

— Tout est prêt, papa. J'ai un morceau d'étoffe.

— Excellent. À présent je désire connaître la taille du gobelet.

— Oui, papa.

Elle le déposa devant lui. Il s'en saisit, en palpa la circonférence puis le reposa et en évalua la profondeur de sa main.

— Cela ira. Bien, emplis-le d'eau, Raquel, je t'en prie.

Elle s'exécuta.

— Il est plein à ras bord, papa.

— Ouvre le flacon et sens-le comme tu l'as fait l'autre jour. Puis passe-le à Yusuf.

— Il n'a pas la même odeur, dit-elle en le transmettant au jeune garçon.

— Hormis cette odeur de pourri, ajouta Yusuf en rendant le flacon à Isaac.

— Je crois que tu as raison. Raquel, qu'en penses-tu ?

— Je n'en suis pas certaine.

— Bon. Mets-en une goutte dans l'eau et remue. Ensuite, sens à nouveau mais pas de trop près.

— Oui, je vois ce qu'il veut dire. On dirait du chou pourri.

— Remplis l'autre gobelet d'eau pure et pose-le près de moi.

Du doigt, il effleura le contenu du premier gobelet, posa le doigt sur le bout de sa langue et s'empressa de se rincer la bouche et de cracher.

— Devons-nous en faire autant ?

— Prends le gobelet d'eau à la main pour le porter plus vite à ta bouche. Et surtout, n'en mets pas trop sur ta langue.

Raquel obéit sans rien dire.

— Je ne crois pas que Yusuf devrait s'y prêter, dit-elle ensuite. Il est plus jeune que moi, il en sentirait davantage les effets.

— Parce que tu les éprouves déjà ? Souviens-toi d'eux, de cette odeur aussi. Yusuf peut essayer s'il se dépêche de se rincer.

— C'était ignoble, seigneur, fit le garçon après s'être livré à l'expérience. Comme si ma bouche appartenait à quelqu'un d'autre.

— J'aimerais savoir ce qu'il advient quand on verse une goutte sur de l'étoffe, dit Isaac. Veux-tu t'y prêter, Raquel ? Pose ensuite le tissu sur la lanterne et observe de loin, je t'en conjure.

— Il devient brun, papa, et l'odeur est encore plus prononcée que dans le flacon. Surtout celle de chou pourri.

— Je la sens d'ici. Bien. Il y a trois manières de percer le secret d'un tel mélange. La jusquiame séchée présente une odeur étrange et déplaisante qui se renforce avec la chaleur. Ceux qui ont des nez exceptionnels, comme Yusuf, n'ont nul besoin de la goûter, leur odorat suffit. Une dégustation est toujours dangereuse. Je crois qu'on y a ajouté ici la racine séchée de la plante que les Grecs dénomment « plante de la mort ». Il faut moins d'une goutte pour tuer plusieurs hommes.

— Dans ce cas, pourquoi faites-vous ça ?

— Quand on est peu sûr de ce que renferme une préparation, cela renseigne mieux que bien d'autres expériences.

— Il est évident que maître Lucà a fait porter un flacon de poison, dit Raquel.

— Non, un messager a apporté ce poison en disant que c'était de la part de maître Lucà. Nous ignorons qui l'a préparé et qui l'a envoyé à maître Mordecai. Mais je vais exposer ce problème à l'évêque, ainsi que bien d'autres, car il semble possible qu'un chrétien ait commis un crime à l'égard d'un juif, et Son Excellence est la seule personne à pouvoir mener son enquête.

Les cloches n'avaient pas encore sonné tierce en ce lundi matin que Yusuf et Isaac se rendaient déjà au palais épiscopal.

— Soyez les bienvenus, maître Isaac et ami Yusuf, leur dit Berenguer. Je pensais que vous m'aviez oublié.

— J'ai travaillé de mon mieux, Votre Excellence, dit Isaac avec calme, et je crois pouvoir vous apporter d'intéressantes informations.

— Bien. Parce que je suis las d'être importuné par les autorités de la ville. On murmure qu'elles ont le droit de pendre cet homme, il est donc temps que je lève l'interdiction de s'emparer de lui. C'est une question de juridiction qui peut se révéler délicate.

— Votre juridiction sur la personne de Lucà est on ne peut plus claire, Votre Excellence.

— Vraiment ? Je suis heureux d'avoir un avis positif de votre part, maître Isaac. Et de quel terme du droit canon, ajouta-t-il d'un ton sarcastique, tiré-je cette juridiction ?

Isaac répondit sans se préoccuper de la mauvaise humeur évidente de l'évêque.

— Le jeune Lucà, chrétien dont la paroisse m'est inconnue, est accusé d'avoir donné en guise de médicament un poison redoutable à maître Mordecai ben Aaron, un juif du diocèse. Comme vous le savez, Sa Majesté le roi n'étant pas présente pour régler cette affaire, je pense que le seul tribunal à même de statuer est le vôtre. L'autre affaire, c'est-à-dire la mort de maître Narcís, relevant également de l'accusation, je crois que Votre Excellence a tous les droits de faire prévaloir sa juridiction.

L'évêque réfléchit un instant.

— C'est intéressant. Je n'aurais pas employé ces termes et je ne suis pas entièrement convaincu que vous ayez raison, mais peu importe, j'exercerai mon droit. À présent, dites-moi ce qu'il est arrivé à maître Mordecai. J'espère qu'il n'est pas...

— C'est une longue histoire, Votre Excellence.

— Vous avez toute mon attention, mais je pense que nous aurons besoin de témoins.

Il sonna et appela son secrétaire, Bernat, ainsi que le scribe de celui-ci afin qu'il notât la relation d'Isaac et en fût le témoin.

— Voilà, Votre Excellence, dit Isaac quand il eut achevé de résumer tout ce qu'il avait découvert au cours des dix jours précédents. J'ajouterai que maîtresse Regina m'a apporté des flacons des deux préparations spéciales de maître Lucà, ainsi que des échantillons des plantes qu'il utilise. L'un d'eux renferme un remède fort simple que je prescris fréquemment à mes patients, l'autre contient deux ingrédients qui, pris en quantité, sont dangereux, mais s'avèrent aussi très efficaces quand la dose est infime.

— Maître Lucà a-t-il pu s'expliquer sur le second flacon envoyé à maître Mordecai, celui qui n'est pas si bénin ?

— Personne ne lui en a parlé.

— Combien de gens sont-ils au courant de l'incident survenu samedi soir ?

— Sept, Votre Excellence. Maître Mordecai, ma fille, Yusuf et moi, ainsi que les trois personnes présentes dans cette pièce et qui viennent seulement d'en prendre connaissance.

— Personne d'autre ? Des serviteurs, peut-être ?

— Pas même eux. Je lui ai demandé de ne rien dire jusqu'à ce que je vous soumette le problème.

— C'est bien. Et vous pensez que cette jeune fille, Regina, est digne de confiance ?

— Elle l'a toujours été et son récit m'a paru très véridique.

— Si nous pouvions retrouver ce messager, dit Bernat, cela nous serait fort utile. Avez-vous une idée de qui il peut s'agir?

— Un jeune garçon, Bernat, dit l'évêque. Un garçon parmi une horde d'individus tous semblables, qu'ils vivent à la ville ou dans ses environs immédiats.

— Je vais essayer de le trouver, l'assura Isaac, mais je dois d'abord demander à ceux qui l'ont vu de me le décrire.

Le samedi matin, Daniel s'était réveillé dans la cabine de la *Santa Felicitat* et le calme ambiant l'avait aussitôt mis mal à l'aise. Il s'était levé et était prudemment sorti sur le pont pour voir ce qui se passait. Les voiles étaient baissées et l'équipage somnolait ou bavardait en paix. Le navire se balançait doucement sur une mer d'huile. Il n'y avait pas le moindre souffle de vent. Derrière eux, à l'horizon, se dressait l'île de Majorque.

En deux jours, ils n'avaient parcouru que vingt ou trente milles nautiques.

— Combien de temps cela va-t-il encore durer? demanda Daniel à une mouette qui voletait non loin de lui.

À sa grande surprise, ce fut un marin qui lui répondit.

— Je crois que c'est terminé. Je sens le vent se lever.

Anna, la servante de maître Narcís, secouait la tête.

— Je ne vois pas ce que je pourrais vous dire de plus. Il faisait nuit noire. La lune ne s'était pas encore levée quand le garçon a sonné au portail.

— Que portait-il?

— Comme vêtements ? C'était bizarre. Je me suis demandé s'il ne les avait pas volés.

— Volé ses habits ? demanda patiemment Isaac.

— Il avait une pèlerine à capuchon. La nuit était fraîche, mais il ne faisait pas froid, et sa pèlerine avait l'air épaisse, douillette, coûteuse en un mot. On ne s'attend pas à trouver ça sur le dos d'un vagabond. J'ai eu du mal à voir à quoi il ressemblait à cause du capuchon.

— Était-il grand ?

— Grand ? Pour un garçon, oui, il était grand.

— Pourrait-il s'agir d'un homme ?

— Un homme ? Peut-être bien. Sauf que sa voix ne ressemblait pas à celle d'un homme. Elle était trop fluette pour ça, mais trop grave pour un gamin. J'ai cru un instant que c'était une femme de grande taille, mais non, ce n'est pas possible.

— Reconnaîtrais-tu cette voix si tu l'entendais à nouveau ?

— C'est possible, hésita-t-elle. Je ne crois pas qu'il était de la ville. Peut-être de la campagne, oui. Il parlait bizarrement, pas comme les gens d'ici.

Le portier qui avait reçu le paquet destiné à maître Mordecai fut abasourdi à l'idée de devoir décrire la personne qui le lui avait remis.

— À quoi il ressemblait ? C'est que j'en sais rien. On aurait dit un jeune garçon. Tout le monde a dit que c'en était un. Il faisait noir et il pleuvait, maître Isaac. Avec sa pèlerine et son capuchon baissé pour se protéger de la pluie, on ne voyait pas à quoi il ressemblait.

— Était-il grand ?

— Grand ? Je n'ai pas remarqué. Pas autant que moi, en tout cas. Il était d'une taille ordinaire.

— Ordinaire pour un garçon ? Ou pour un homme ? Ou même une femme ?

— Vous venez de dire que c'était un jeune garçon ! protesta le portier. J'en sais rien, moi. Ce n'était qu'un messager. J'ai pris le paquet, il m'a dit qu'on l'avait déjà récompensé et moi, j'ai refermé la porte. Il ne faisait pas un temps très agréable, vous savez.

Il s'arrêta un instant et reprit d'un air triomphal.

— Oui, je sais que c'était un messager. Il avait un de ces paniers... grand, étroit, comme ceux où on met des choses qu'on ne veut pas perdre. Si c'en était pas un, pourquoi il porterait ça ?

— Merci, lui dit Isaac. Et quel genre de voix avait-il ?

C'était trop demander.

— La même que tout le monde. D'ailleurs, il n'a pas dit grand-chose.

Le gardien chargé de la porte du Call fut encore moins disert.

— Samedi soir. Personne n'a quitté le Call samedi soir. Il pleuvait.

— Personne ? insista Isaac. Tu n'as pas ouvert la porte, ne fût-ce qu'une fois ?

— Si, mais ça ne compte pas. C'était à un gamin

— Qui était-ce ?

— J'en sais rien. Il m'a donné une pièce et il est parti en courant. J'ai pas vu à quoi il ressemblait. Il faisait un sale temps.

— Quand est-il sorti ?

— Sorti ?

— Veux-tu dire qu'il vit ici ? Ou a-t-il franchi le mur ?

— Bien sûr que non qu'il a pas franchi le mur, grommela le garde. Mais j'ai pas vu d'étranger partir Un peu plus tard, j'ai ouvert la porte pour un petit groupe, peut-être qu'il était avec eux.

— De qui s'agissait-il ?

— Des hommes qui disaient avoir affaire en ville..
— Tu les connaissais ?
— Naturellement que je les connaissais. Maître Astruch...
— Merci, dit Isaac qui rentra chercher Yusuf.

Yusuf écoutait attentivement ce qu'Isaac avait à lui dire.
— Ce garçon ne serait pas de la ville ? demanda-t-il.
— Il semble que non. Anna pense qu'il vient de la campagne.
— Alors quelqu'un l'aura remarqué. Surtout s'il a gagné de l'argent à porter des messages. Je m'étonne qu'on ne l'ait pas chassé. Mais je saurai de qui il s'agit, ajouta-t-il plein d'assurance.
— Parfait.
— Et je le saurai d'autant plus vite que j'aurai sur moi de petites pièces de monnaie. Les langues se délient et les gens se laissent aller.
— Tu les auras, dit Isaac. Maintenant va te préparer.

Yusuf ne s'était pas absenté plus d'une demi-heure.
— Aurais-tu déjà la solution à notre problème ? lui demanda le médecin.
— Non, seigneur. Je venais de commencer quand j'ai entendu un groupe d'hommes parler de maître Lucà. Ils disaient qu'il avait déjà assassiné trois personnes et gagné beaucoup d'argent. Ils ont ajouté qu'on devrait le pendre et chasser le menuisier de chez lui pour l'avoir abrité. Peu après, j'ai entendu d'autres gens tenir le même genre de propos.
— Viens, Yusuf, nous devons rendre visite à l'évêque avant que tout ceci tourne mal.

XV

E'm furtarà la mia llibertat ?

Et me privera de ma liberté ?

— Ce que je dois faire, maître Isaac, est ce que j'aurais dû faire de longue date : arrêter ce Lucà. C'est la seule façon d'exercer mes droits juridictionnels sur sa personne et de m'assurer qu'il vivra assez longtemps pour être jugé. Équitablement. Sinon la foule se chargera de lui ainsi que de Romeu. Bernat, allez chercher le capitaine.

En quelques instants, le mécanisme bien huilé de la garde épiscopale se mit en branle et un petit groupe d'hommes fut envoyé appréhender l'herboriste.

— Puis-je vous demander une faveur, Votre Excellence ? dit Isaac après le départ du capitaine.

— Quel genre de faveur, maître Isaac ?

— Maître Lucà doit être mis aux arrêts dans la prison épiscopale, je le concède, pour son bien comme pour celui de notre ville, mais de grâce ne l'inculpez pas pour crime. Pas encore tout au moins. Il ne doit pas être jugé avant le retour de Daniel de Majorque.

— Pourquoi donc ?

— Je crains que Daniel ne nous rapporte quelque chose...

— Quoi ? Parlez.

— Je n'en suis pas certain, Votre Excellence, mais je pense que ce sera important et en rapport avec la culpabilité ou l'innocence du jeune Lucà.

— Et quand doit-il revenir ?

— Avant le jour de la Pâque s'il parvient à s'embarquer sur la galée la plus rapide de l'île. Car il ne tient pas à rater les préparatifs de son mariage.

— C'est une excellente raison, maître Isaac, mais le cours de la justice ne saurait être ainsi différé. Je serai obligé d'ouvrir le procès de Lucà dès que j'aurai réuni un tribunal — mercredi, je pense. Et en toute probabilité, il sera pendu jeudi. Si Daniel revient avant la date fatidique, nous serons bien évidemment heureux d'entendre son témoignage.

— Je trouve assez cruel que son destin dépende du caprice des vents, Votre Excellence.

— Je m'étonne que vous réagissiez ainsi, maître Isaac, dit l'évêque avec sévérité. Pourquoi plaidez-vous avec tant d'éloquence la cause de maître Lucà ? Je m'attendais à ce que vous révolte l'idée qu'il ait tenté d'empoisonner maître Mordecai, dont la mort constituerait une grande perte pour votre communauté et pour la nôtre.

— Je redoute seulement que votre justice ne soit pas rendue avec équité si vous agissez dans la précipitation. De plus, je n'aimerais pas voir souffrir une fois encore maîtresse Regina dont le cœur a déjà été mis à rude épreuve.

Bien avant que Berenguer de Cruilles et son médecin eussent mis fin à cette conversation plutôt tendue, quatre membres de la garde épiscopale s'engageaient dans la rue menant à la maison du menuisier. Regina était penchée à la fenêtre pour aérer les draps quand elle les aperçut. En toute hâte, oubliant les lits défaits, elle dévala l'escalier et pénétra dans l'atelier.

— Papa, où est Lucà ? Il est avec vous ?

— Mais non, ma chérie, répondit-il. Que se passe-t-il ?

— Je dois le trouver. Il faut qu'il s'en aille sur-le-champ, qu'il gagne un endroit où nul ne le connaît. On vient le chercher.

Elle grimpa alors l'escalier quatre à quatre pour se rendre dans les combles où l'herboriste avait à la fois sa chambre et son laboratoire.

— Maîtresse Regina, dit-il quand la porte s'ouvrit brusquement, mais qu'arrive-t-il ?

— Il faut vous sauver. Sans perdre un instant. Passez par la fenêtre de derrière et grimpez sur le toit. De là, sautez sur le toit du voisin et empruntez l'échelle posée contre le mur. Suivez ensuite le rempart, il vous mènera jusqu'à la rivière. Je le sais, je suis souvent passée par là étant enfant.

— Mais pourquoi devrais-je m'enfuir ? dit-il alors que la couleur quittait son visage. Qu'ai-je fait ? Aurais-je offensé votre père ?

— Oh, Lucà, comment pouvez-vous poser une telle question ? Seriez-vous la seule personne de cette ville qui ne sache ce que l'on dit de vous ?

— Mais personne n'y croit, Regina. Vous-même n'y croyez pas, n'est-il pas vrai ?

— Peu importe ce que je pense. C'est l'opinion publique qui compte.

Des coups de poing frappés contre la porte d'entrée plongèrent la jeune fille dans une véritable frénésie.

— Ils sont là, Lucà. Partez. Papa ne pourra leur dire où vous vous cachez puisqu'il l'ignore, et je ne leur dirai rien non plus.

Elle le prit par les épaules et voulut le pousser vers la fenêtre.

— M'enfuir ? dit-il d'une voix blanche. Une fois encore ? Je n'en peux plus. Je n'ai fait de mal à personne, Regina, je vous le jure sur mon âme. Je leur dirai la vérité et prierai pour qu'ils m'écoutent.

— Non, c'est moi qui leur dirai la vérité dès que vous serez hors de danger. Je les entends qui parlent à papa. Ils seront bientôt là.

Elle courut jusqu'au minuscule palier et referma la porte derrière elle. Lucà écouta un instant ses pas dans l'escalier, puis il rassembla ses quelques effets et se dirigea vers la fenêtre.

— Non, dit Regina, il n'est pas à la maison. Je le sais, j'étais justement en train de le chercher. Je le croyais dans la cour, mais elle est vide. Je suis donc montée dans sa chambre, mais il a dû partir très tôt ce matin, alors que je me trouvais au marché. Sinon il est peut-être dans l'atelier.

Elle se tenait au pied de l'escalier et défiait ces hommes de belle carrure de l'en déloger.

— Non, maîtresse Regina, dit patiemment le sergent. Il n'est pas avec votre père, nous avons vérifié.

— Alors c'est qu'il est sorti, s'obstina-t-elle.

— Vous vous trompez, maîtresse Regina, dit une voix derrière elle. Je n'étais pas parti. Qui sont ces gentilshommes ?

Et Lucà sortit de l'ombre, passa devant Regina et entra dans la salle commune.

Yusuf revint après le coucher du soleil. Il avait froid et faim, de sorte qu'il s'installa à la table du souper et exposa le résultat de ses recherches entre deux bouchées.

— Je ne suis pas certain que ce messager existe, seigneur. Personne ne le connaît dans les endroits où l'on s'attend à trouver ce genre de personnage, avide de gagner un sou ou deux en faisant des commissions ou en portant des messages. Nul ne l'attend sur le parvis de la cathédrale, au marché, près de la rivière ou sur le pont, non loin de la taverne de Rodrigue.

— Connaissent-ils Lucà ? demanda Isaac.

— Oui, mais il n'a jamais engagé de messager. Il se rend toujours en personne chez ses patients. De plus, un garçon portant une pèlerine à capuchon semblable à celle que l'on décrit ne pourrait passer inaperçu. Ceux qui traînent dans les rues ne s'habillent jamais ainsi.

— Donc il n'a rien d'un mendiant ou d'un vagabond.

— Ce n'est même pas un apprenti, renchérit Yusuf, ou un serviteur de second ordre.

— Il est probable que c'est un homme qui a délibérément choisi ce déguisement. Je ne vois pas beaucoup d'autres possibilités.

— Ou une femme.

— Pourquoi dis-tu ça ?

— J'ai parlé à un enfant qui avait pris la pluie et qui cherchait un abri. Il m'a raconté qu'il était en train de rentrer chez lui quand il s'était avancé sous l'arche du pont nord et avait bousculé une personne portant une épaisse pèlerine. Il ne l'a pas vraiment vue, mais il a senti l'étoffe. L'autre l'a frappé, a juré et l'a menacé d'un couteau en précisant qu'il lui trancherait la gorge s'il ne filait pas. Bien sûr, il a eu très peur, mais plus tard, il s'est demandé si ce n'était pas une femme plutôt qu'un garçon.

— Qu'est-ce qui justifie cette idée ?

— Il n'en sait rien lui-même, c'était juste une impression.

— J'aimerais beaucoup m'entretenir avec cet enfant, dit Isaac.

— La plupart des nuits, il dort dans une cabane de l'autre côté de la rivière, mais il entre en ville dès que les portes sont ouvertes.

Yusuf n'avait pas terminé de souper que la cloche du portail sonnait une fois de plus.

— Qui cela peut-il être ? demanda Judith.

— Nous allons bientôt le savoir, maman, lui dit Raquel. Ne vous levez pas.

Bruit de pas dans l'escalier. Ibrahim passa la tête dans la salle commune.

— Deux personnes attendent de voir le maître.

— On me demande au chevet de quelqu'un ? s'enquit Isaac.

— Non, l'homme a dit qu'il voulait vous voir, répéta Ibrahim. Il n'a pas l'air souffrant. Ils vous attendent dans la cour.

— Conduis-les ici, Ibrahim, dit Judith. La nuit est trop fraîche pour rester dehors et nous avons mieux à faire que d'écouter des commérages. Yusuf, emporte ton assiette dans la cuisine.

— Maître Isaac, dit gravement le menuisier Romeu, je suis venu vous parler à la demande insistante de ma fille, Regina, qui m'accompagne, d'ailleurs.

— Je voulais ajouter ma voix à celle de mon père, se hasarda-t-elle.

— Et s'assurer que je transmets bien les nouvelles.

— Desquelles s'agit-il ?

— Vous avez certainement appris que notre locataire, le jeune Lucà, l'herboriste, a été arrêté et se trouve à présent dans les prisons de l'évêque. Je ne comprends pas pourquoi on ne l'a pas placé dans la geôle municipale, puisqu'on l'accuse d'avoir causé la mort de maître Narcís.

— Je vous l'expliquerai dans un instant car j'ai à voir là-dedans.

— Ce n'est pas important, papa, le pressa Regina. Il est innocent et c'est cela qui compte.

— Non, dit Isaac, je vous dois une explication. Il est très important qu'il se trouve dans la prison épiscopale, car je suis ainsi certain qu'on ne le jugera pas avant mercredi, c'est-à-dire dans deux jours, et que son éventuelle exécution ne surviendrait pas avant jeudi. Bien des choses peuvent se produire au cours de ces deux jours.

— Je ne comprends pas de quoi vous parlez, dit Romeu. Je suis prêt à témoigner que l'après-midi et la nuit où le poison a été livré, Lucà n'a pas quitté la maison. Il a travaillé avec moi dans l'atelier, puis nous avons soupé. Ensuite, devant une cruche de vin, il m'a raconté sa vie à Majorque et en Sardaigne. Il ne peut avoir porté cette potion chez maître Narcís.

— Cela ne nous avance pas car personne ne prétend qu'il l'a fait. Le remède a été livré par quelqu'un se présentant comme un messager, quelqu'un de plus petit et de plus mince que le jeune Lucà, qui est un grand jeune homme vigoureux. Ses accusateurs pensent qu'il a payé un messager : il aurait pu le faire à n'importe quelle heure du jour.

— Quand l'aurait-il concocté ? intervint Regina. Depuis Pâques, il a préparé quatre lots de médicaments. Je le sais, parce qu'il lui est plus simple de travailler dans la cuisine et que je l'y ai aidé. Il en fabrique de deux sortes : il m'a confié que c'étaient les seuls qu'il connaissait.

— Qu'en est-il de la potion qu'il vous a donnée, maîtresse ?

— Il avait vu son maître en préparer et il a passé bien du temps à la reconstituer. Il en a bu une grande quantité avant moi pour s'assurer que c'était inoffensif. Chacun de ses médicaments a une odeur particulière que je sais reconnaître. Il en reste encore un peu de chacun.

Elle avait parlé à haute voix, sans hésiter, comme si elle se trouvait déjà devant les juges.

— N'aurait-il pu fabriquer une potion alors que vous étiez sortie ?

— Non, répliqua-t-elle avec fermeté, car il avait l'habitude de m'accompagner quand je faisais mes courses. Il disait que, tant que je ne serais pas entièrement remise, il m'aiderait à porter mes paniers. Si je l'avais laissé seul et qu'il se fût mis au travail, il aurait attisé le feu pour chauffer ses mélanges. Non seulement il aurait utilisé beaucoup de bois, mais l'odeur se serait répandue dans la cuisine, et je l'aurais remarqué.

— Ils vous écouteront et je suis persuadé qu'ils vous croiront, maîtresse, mais ils peuvent aussi penser que vous vous abusez : c'est un jeune homme à la fois beau et charmant, et ils ne manqueront pas d'en tenir compte.

— Je sais qu'il n'est pas responsable de ces empoisonnements, maître Isaac, je le sais. J'ai réussi à aller le voir en prison pour lui demander en quoi je pouvais l'aider et quelles personnes sauraient témoigner en sa faveur, mais il a seulement secoué la tête, répétant qu'il n'avait rien fait de tout ça et que Dieu ne le laisserait pas châtier injustement. Il a commis de petits délits dont il n'est pas très fier, mais il n'a jamais tué un homme. C'est alors que je me suis mise en colère : je lui ai lancé que Dieu n'apparaîtrait pas devant le tribunal épiscopal pour le sauver et que c'était à lui de se tirer de là ! Maître Isaac, je vous en conjure, aidez-nous. Demandez à l'évêque de faire quelque chose qui puisse le...

— Avant de supplier l'évêque, Regina, pourquoi ne retrouverions-nous pas ce messager ? dit Romeu. Il saura qui l'a payé pour livrer ce poison.

— C'est ce que je projetais moi-même, dit Isaac. Un gamin qui l'a vu sous la pluie habite au bord de la rivière, non loin du pont. Quand vous êtes arrivés, j'attendais que Yusuf termine de souper pour partir à sa recherche.

— Alors je viens avec vous. Si ce garçon vit bien là, c'est à côté de chez moi et je peux peut-être me montrer de quelque utilité. Mais avant, je vais ramener Regina à la maison.

— Et moi, je dois appeler Yusuf, conclut Isaac.

En fin de compte, ce furent six personnes qui, à la lueur des torches, sortirent du Call et se dirigèrent vers la demeure de Romeu.

— Regina, je n'aime pas te savoir seule à une heure aussi tardive. Peut-être pourrais-tu aller chez une voisine? lui avait dit son père alors que leurs quatre compagnons attendaient près du portail.

Raquel se tenait près de l'escalier au cas où l'on aurait eu besoin d'autre chose, et Ibrahim attendait patiemment de fermer derrière lui.

— Papa, il est trop tard pour réveiller les voisins sous un prétexte aussi mince. Je ne risque rien à la maison.

— Je ne me sens pas à l'aise de la laisser ainsi, avait confié Romeu à Isaac. Peut-être est-ce ridicule de ma part, mais...

— Dans ce cas, pourquoi ne viendrais-je pas avec maîtresse Regina? avait proposé Raquel. Ibrahim nous garderait et chacun serait rassuré.

— Maîtresse Regina peut également rester ici, avait renchéri Isaac. Elle sera en sécurité, je vous l'assure. Ma famille et mes serviteurs sont très prudents.

— Je préférerais rentrer, papa, si maîtresse Raquel veut bien m'accompagner.

C'est ainsi qu'ils s'en allèrent dans les rues comme un groupe d'amis retournant de chez quelque connaissance. Ils parlaient à voix basse pour ne pas réveiller le quartier.

— Pourquoi Lucà a-t-il passé un temps si long avec vous dans votre atelier? demanda brusquement Isaac. Était-ce par désœuvrement ou parce qu'il n'avait pas assez de patients?

— Je ne le pense pas, répondit le menuisier. Ces deux dernières semaines, des malades demandaient à le voir chaque jour. Je le sais parce qu'ils envoyaient un enfant porter un message. Quand je le lui donnais — il n'aimait pas ouvrir la porte —, il répondait qu'il était trop occupé et ne pourrait se déplacer que le lendemain. À moi, il se plaignait qu'ils voulaient tous le garder pour lui parler. Il ajoutait qu'il préférait le silence d'une pièce de bois ou le bruit de la hache pour ne pas dire le sifflement de la scie. Il aime le bois, maître Isaac, et il m'a été d'une grande aide.

Le chemin menant à la rivière n'était pas très éloigné de la maison de Romeu; bientôt, ils quittèrent le flanc de la colline pour se diriger vers le pont.

— La torche est-elle encore allumée, Yusuf? demanda Isaac.

— Oui, seigneur, murmura le garçon. Il fait nuit noire et la lune n'est pas levée.

— Il faut l'éteindre et nous débrouiller sans elle.

Ils avancèrent à pas de loup jusqu'à ce que leurs yeux fussent habitués à l'obscurité. Quand les pas de Romeu résonnèrent sur la travée du pont, Isaac lui effleura l'épaule pour lui demander de faire silence. Tous s'arrêtèrent.

Sous un ciel obscur piqueté d'étoiles, la rivière coulait comme un flot d'encre entre des rives dont on devinait à peine l'existence. Un chien aboya. Un frémissement dans l'herbe les fit sursauter. Puis il y eut un bruit semblable à celui d'une bête qui saute, retombe sur ses pattes et plonge dans l'eau.

— Qu'est-ce que c'était, seigneur ? fit Yusuf, nerveux.

— Une créature qui chasse dans la nuit, répondit Romeu. Je crois que nous l'avons entendue attraper sa proie, avec silence et efficacité.

— Je le crains, oui, dit Isaac. Yusuf, as-tu encore ta torche et de quoi la rallumer ?

— Oui, seigneur.

— Alors hâte-toi de l'embraser.

La flamme jaillit et le monde alentour exista à nouveau.

— Vois-tu quelque chose sur la rive ? demanda le médecin.

— Il faut encore se rapprocher, la cabane est dans l'ombre des arbres.

Yusuf marchait en tête aux côtés d'Isaac et Romeu les suivait, guettant le moindre danger.

— Voilà le chemin de la cabane, fit Yusuf en levant sa torche. Il devrait s'y trouver s'il ne s'est pas sauvé.

Il se pencha et regarda à l'intérieur de la misérable construction.

— Il n'y a personne là-dedans.

— Romeu, prenez la torche et éclairez la rivière, ordonna Isaac.

Le menuisier fut le premier à le voir. Il était allongé sur un banc de graviers, forme noire ballottée par les flots.

— Ici, mon garçon, dit Romeu. Brandis ta torche. Je vais aller le chercher.

Il s'avança prudemment dans l'eau froide et, quand il revint un instant plus tard, il portait dans les bras un jeune garçon.

— C'est lui, seigneur, dit Yusuf.

— Est-il mort ? demanda Isaac.

— Sa tête saigne beaucoup. On dirait qu'il a été grièvement blessé avant de tomber dans l'eau. Comment peut-il être encore en vie ?

— Le sang ne s'écoule plus dès l'instant de la mort, Yusuf. S'il saigne encore et qu'il ne s'est pas noyé...

— Je l'entends respirer faiblement, l'interrompit Romeu. Je crois que nous devrions le ramener chez moi. La nuit est fraîche.

— Bien, dit Isaac. Hâtons-nous.

Le garçon était allongé sur une couverture posée sur la table de cuisine. Regina ajouta trois bougies à celle qui éclairait déjà la pièce. Raquel se plaça au bout de la table alors que son père prenait entre ses mains la tête ensanglantée.

— La peau est déchirée et le crâne semble enfoncé sous la violence du coup. Heureusement, il n'a pas été frappé à la tempe, mais il est difficile de dire s'il survivra. Peux-tu me le décrire, Raquel ?

— Le cuir chevelu saigne encore, dit-elle, et il est très pâle. Il est trempé et il doit avoir très faim, mais je crains que le pauvre ne sente rien en cet instant. Il faut le panser, ensuite je pourrais lui ôter ses vêtements et l'enrouler dans la couverture.

— J'ai trouvé des draps déchirés, cela pourra servir de bandages, dit Regina en les tendant à Raquel.

Dès que le pansement fut terminé, on le débarrassa de ses haillons, puis Regina le vêtit d'une longue chemise qui avait appartenu à un apprenti de son père, et que ce dernier aurait dû renvoyer à la famille après la mort du jeune homme.

— Nous ne pouvons le laisser ici, dit Raquel. Y a-t-il un lit ou une couche où il pourrait se reposer en toute tranquillité ?

— Il y a la petite chambre de la servante, juste derrière celle-ci. Ou celle de Lucà, où logeaient auparavant les apprentis. Ce serait mieux, je crois.

Le garçon fut donc transporté dans la chambre de Lucà.

— On ne peut plus rien pour lui hormis le veiller et prier pour sa guérison, dit Isaac d'un air sombre. Épargnez-lui le bruit et la lumière vive. S'il est résistant, ce que je crois, il vivra peut-être. Son témoignage pourrait alors être très important.

Les cloches qui sonnaient minuit interrompirent leur conversation.

— Romeu, avez-vous encore un serviteur? demanda-t-il une fois le silence revenu.

— Hélas, non, répondit le menuisier. On avait bien une servante, mais elle a été emportée par les fièvres comme ma pauvre femme et mon apprenti. Quand Regina était très malade, une voisine venait m'aider.

— Pour l'heure, c'est parfait. Il est de la plus grande importance que personne n'apprenne l'existence de ce garçon. Je suis désolé de vous imposer ça, maîtresse Regina, mais mes visites s'expliqueront désormais ainsi : vous avez subi une crise nerveuse en apprenant l'arrestation de maître Lucà. Raquel s'occupera de notre blessé, si vous voulez bien l'aider, et Yusuf viendra de temps à autre apporter les nouvelles et vous assister si besoin est. Quand Romeu quittera sa maison, elle devra être fermée à double tour et personne — je dis bien personne, pas même un intime — ne pourra entrer, à l'exception de nous tous ici, naturellement. Regina ne devra pas s'approcher de la porte. Si, en dehors de nous trois, quelqu'un vient livrer un paquet, vous ne devrez pas ouvrir, maîtresse. Me comprenez-vous? Pour sauver Lucà, il faut d'abord sauver ce malheureux. Et je crains que le monde extérieur ne lui soit plus néfaste que cette blessure.

Le visage blême, chacun l'écoutait et acquiesçait. Puis le médecin s'en alla, accompagné de Yusuf et d'Ibrahim qui portait la torche.

— Vous attendez-vous à de graves dangers, seigneur? demanda Yusuf dès qu'ils se furent éloignés de la maison de Romeu.

— Je ne m'y attends pas, je les redoute. Je sais que Regina souffre et que son corps est encore affaibli par les épreuves qu'elle a endurées, mais elle est brave et j'espère que son courage la soutiendra.

— Non, seigneur, je parlais...

— Je sais fort bien de quoi tu veux parler, Yusuf, mais au lieu de spéculer en vain, dis-moi ce que tu donnerais à maîtresse Regina pour qu'elle affronte l'avenir avec sérénité. À quels symptômes avons-nous affaire? Quels sont les remèdes pour chacun? Lesquels peuvent être administrés en même temps? Allons, mon enfant, voyons ce que tu as appris en plus de la curiosité.

Hésitant, un peu confus, bafouillant sur certains noms, Yusuf mit de l'ordre dans ses idées et décrivit la situation.

— Je pense qu'elle sera dans l'incapacité de dormir. Pour ça, je lui donnerais... Il y a plusieurs remèdes, je ne sais lequel choisir.

— Dis-moi leurs noms et leurs propriétés, leurs avantages et leurs inconvénients. Dans l'ordre, évidemment. Réfléchis avant de parler.

— Nous sommes arrivés à la porte, seigneur.

— Alors frappe et profite de ce que nous attendons pour commencer.

Comme ils franchissaient la porte et récompensaient le portier, l'individu qui les suivait de loin changea semble-t-il d'idée. Quand la poterne se fut refermée sur eux, il s'arrêta, fit demi-tour et repartit lentement en direction du pont.

Yusuf énonçait la liste des substances soporifiques et en était arrivé au jus de pavot quand ils entrèrent dans la cour. Ibrahim grommela quelque chose qui ressemblait à « bonne nuit » et se retira dans sa chambre.

— J'ai du mal à me souvenir de tout, gémit Yusuf. Je vais me remettre à étudier.

— Tu n'as pas besoin d'étudier, lui dit le médecin, mais d'écouter.

— Je vais essayer, seigneur. Chaque fois que vous parlez d'un traitement.

— Non, c'est tout le temps que tu dois écouter, et pas seulement moi, et il te faut aussi réfléchir avant de parler. Il y avait quelqu'un derrière nous tout à l'heure. Si j'ai pu percevoir le bruit de ses pas, discret par ailleurs, il a pu entendre nos propos. Peut-être était-ce un innocent voyageur, peut-être pas. Nous n'en savons rien. À présent, va te coucher, mon gar çon tu as beaucoup travaillé et tu dois être fatigué. Bonne nuit.

— Maître Isaac, lui dit l'évêque, j'ai accepté de vous laisser converser avec le jeune Lucà même si je ne vois pas en quoi cela pourrait bouleverser l'issue du procès. Moi-même lui ai déjà parlé à deux reprises, en présence de témoins, et il n'a donné aucun élément qui saurait convaincre le tribunal de son innocence. Vous a-t-il confié quoi que ce soit qui pourrait jouer en sa faveur ?

— Pour être franc, Votre Excellence, il n'a pas plus fait de révélation qui me convainque de sa culpabilité. Il m'a seulement confié quelques détails que je trouve intéressants, et j'aimerais creuser dans ce sens.

— Vous êtes, bien entendu, libre de le faire.

— La raison pour laquelle je viens déranger Votre

Excellence à une heure aussi matinale, c'est que je crois avoir trouvé un témoin qui n'innocentera peut-être pas Lucà mais permettra à la vérité d'éclater.

— Dans ce cas, amenez-le-moi, s'impatienta Berenguer. Un témoin nous serait fort utile.

— Je ne le puis, Votre Excellence, car il est grièvement blessé. J'ignore jusqu'à son nom.

— Expliquez-vous. Et faites vite.

— Je l'ai revu ce matin et tout indique que son état général s'améliore, Votre Excellence, dit Isaac quand il eut achevé le récit de la nuit précédente. Si les poisons n'ont pas été fabriqués par Lucà, peut-être ce jeune garçon pourra-t-il nous dire qui est le complice de l'empoisonneur. Si un innocent est pendu, alors il y a quelqu'un ici pour qui la vie humaine ne vaut rien. Ne pourriez-vous accorder à ce malheureux un peu de temps pour qu'il recouvre ses esprits et sa mémoire? Jusqu'au retour de Daniel, peut-être? Car l'un ou l'autre doit être en mesure de nous révéler bien des choses que nous ignorons.

— Vous ne voulez pas que je le relâche, pendant que vous y êtes? dit Berenguer avec aigreur.

— C'est bien la dernière chose que je vous demanderais, Votre Excellence. Si vous l'élargissiez, la ville ou la foule s'emparerait de lui, et il n'aurait plus aucune chance.

— Bien, fit l'évêque un peu mal à l'aise, je vais réfléchir. Pour l'heure, je n'ai pas encore convoqué le tribunal, malgré les pressions de Bernat, car j'admets que ces circonstances me troublent beaucoup... même si je penche pour la culpabilité de ce jeune homme.

Isaac se pencha au-dessus du jeune garçon et posa la main sur sa poitrine avant d'écouter attentivement.

— As-tu observé quelque changement?

— Non, papa, répondit Raquel, sauf qu'il semble reprendre des couleurs.

— Son sommeil est plus normal, plus régulier. Tu dois m'appeler dès l'instant où il se réveille. S'il semble hagard ou nerveux, Regina et toi devrez vous efforcer de le calmer et lui appliquer des linges humides sur le front. Quel que soit son état, donne-lui à boire aussitôt qu'il est assez réveillé pour ça.

— Je lui ai tamponné les lèvres, papa, et il a bu quelques gouttes.

— Parfait. Quelqu'un d'extérieur vous a-t-il importunées ?

— Uniquement les voisins, dit Regina qui apparut en haut des marches. Ils sont curieux. J'ai dû me cacher dans la chambre de la servante. L'un d'eux a demandé à papa s'il avait entendu du bruit la nuit précédente : quelqu'un serait apparemment tombé dans la rivière.

— Et alors ?

— Il a répondu que oui et que, pour lui, c'était un ragondin qui regagnait sa tanière. Maître Isaac, ajouta-t-elle après un instant d'hésitation, vous l'avez vu ?

— Je lui ai rendu visite. Il m'a dit qu'on le traitait bien et qu'il avait assez à manger. Malheureusement pour nous comme pour lui, cela s'est arrêté là.

— Oh non ! Lui avez-vous dit à quel point c'était important ?

— Oui, mais il n'a pas changé d'avis pour autant. Même s'il a eu du mal à garder le silence quand je lui ai transmis votre message.

Étonnée, Raquel regarda la fille de Romeu avant de se consacrer à nouveau à l'enfant alité.

— Si seulement Daniel pouvait revenir, dit-elle. Je suis persuadée qu'il pourrait expliquer bien des choses. Je ne comprends pas ce qui le retient ainsi. Majorque n'est pas si loin et nous n'avons pas entendu parler de terribles tempêtes.

— Nous ne pouvons dépendre entièrement de lui, ma chérie, déclara Isaac.

— Je veux savoir qui a frappé ce garçon avant de le jeter à la rivière, dit Romeu. Ce n'est peut-être qu'un vagabond qui erre dans les rues à la recherche de quelques pièces de monnaie ou d'un quignon de pain, mais en tout cas son agresseur voulait le tuer. Si le coup sur la tête n'y était pas parvenu, la rivière s'en serait chargée. L'eau qui dévale des collines à cette époque de l'année suffit à engloutir un petit tas de chair et d'os comme celui-ci, vous ne pensez pas ?

— C'est la personne qui a livré les poisons, affirma Regina, en expliquant que c'était de la part de Lucà. Qui pourrait-ce être d'autre ?

— Mais qui haïssait maître Narcís au point de l'empoisonner ? demanda Raquel. C'était un homme bon et inoffensif qui n'a jamais nui à personne, que je sache.

— Qui déteste maître Lucà au point de faire mourir maître Narcís pour jeter le discrédit sur lui ? demanda Isaac.

— Il nous faut lui poser la question, dit Regina.

— Il ne répondra rien parce qu'il l'ignore. Je le lui ai demandé, justement, et il s'est montré à la fois scandalisé et surpris. Après tout, c'est un jeune homme charmant, qui n'a pas l'habitude de la haine. Peut-être cet enfant en sait-il davantage et s'éveillera-t-il à temps. Oui, moi aussi, j'aimerais apprendre où est Daniel, ajouta le médecin comme si le fiancé de Raquel était en retard à un rendez-vous. Il y a quelques minutes, ces cloches sonnaient midi, n'est-ce pas ? Il nous reste peu de temps.

— J'espère qu'il est sur le chemin du retour, dit Raquel assez sèchement. Le voyage à Majorque, c'est votre idée, papa.

— Ne revenons pas là-dessus. J'espère seulement

qu'il rapportera, que ce soit dans sa tête ou sur un morceau de parchemin, la clef de cette énigme.

— Et moi j'espère qu'il ne lambinera pas une fois à Barcelone, ajouta Romeu.

— Ne vous inquiétez pas, j'y ai veillé, conclut Isaac.

XVI

No sap los mals qui la mort li percacen

Il ne sait quels maux cherchent sa mort

La traversée ne fut plus très longue une fois que la *Santa Felicitat* eut trouvé un vent favorable qui dura deux heures environ. Elle arriva au port de Barcelone sous le soleil de midi. Les voiles n'étaient même pas repliées que déjà les passagers s'entassaient dans le canot. Quand il mit le pied sur la jetée de pierre, Daniel éprouva un immense soulagement. Il jeta son balluchon sur son épaule et se dirigea vers la ville.

Il avait à peine fait quelques pas qu'un garçon bien habillé l'aborda, un bout de parchemin grossièrement plié à la main.

— Êtes-vous maître Daniel ben Mossé ? lui demanda-t-il sur un ton à la fois poli et ferme.

— C'est moi, mais comment savais-tu que j'étais là ? s'étonna Daniel.

— Je guette la *Santa Felicitat* depuis hier, messire. J'ai ordre de vous dire que vous devez m'accompagner jusqu'à l'endroit où vous attend votre mule.

— Je devais passer la soirée avec des amis. Cela ne peut attendre à demain ?

— C'est très important, et voici une lettre qui explique pourquoi.

Daniel lut la lettre, qui répétait en quelques mots écrits à la hâte ce qu'on venait de lui dire.

— Que s'est-il passé ? s'inquiéta le jeune homme, lui que son expérience majorquine avait rendu prudent.

— À ma connaissance, rien de particulier, messire.

— Pars devant et je te suivrai.

Le garçon s'engagea d'un pas rapide vers la rue menant aux écuries.

— Maître Daniel, dit le jovial patron des écuries, je suis heureux de vous voir. Mon garçon vous a-t-il trouvé sans peine ?

— Dès que j'ai mis le pied sur la terre ferme, il était là. Mais qu'est-ce que cela signifie ?

— Je ne sais au juste, mais j'ai reçu un message m'enjoignant de vous retrouver dès votre descente du bateau, et de vous faire partir pour Gérone le plus rapidement possible. Ma femme vous a préparé une collation et du vin pour la route. Je vais vous donner un cheval rapide, vous devriez y être dans la soirée.

— Qui a envoyé ces instructions ? demanda Daniel alors qu'on le poussait vers la cuisine.

— Le médecin, naturellement. Maître Isaac. Savez-vous qu'un jour — il était jeune et venait me louer une mule —, il a guéri ma femme d'un abcès et ma plus belle jument de la colique ? Elles étaient toutes deux grosses à l'époque. J'ai gardé le poulain, qui est plein de vigueur aujourd'hui, et c'est mon fils qui est venu vous chercher. Nous étions pauvres en ce temps-là et je l'ai payé d'un repas, mais il a insisté pour régler la location de la mule. Je lui dois beaucoup. Vous pouvez vous rafraîchir par ici pendant que ma Marta vous sert à déjeuner, ajouta-t-il en montrant à Daniel une petite pièce attenante à la cuisine.

Daniel monta une petite jument vive et robuste, la tête bourrée d'instructions concernant les soins à lui prodiguer.

— Faites pas trop attention au vieux Roger, dit un homme en s'approchant de lui. Il aime bien s'écouter. Est-ce que vous allez vers le nord? Dans ce cas, on pourrait faire la route ensemble. Je passe la nuit dans une ferme des environs de Gérone.

— Est-ce là que vous vivez? dit Daniel qui ne lui trouvait pas l'air d'un fermier.

— Moi? Oh non! J'ai une chambre dans la maison de ma sœur, c'est tout. Je suis courrier.

— J'ai toujours cru que les courriers partaient aux aurores.

— Seulement quand on vous en laisse le choix. C'est un peu tard, je vous l'accorde, mais je fais ce qu'on me dit. Et ne vous inquiétez pas, ajouta-t-il un sourire aux lèvres, on n'ira pas trop vite. J'ai monté cette jument quand ma Nineta était malade et je sais exactement quelle distance elle peut couvrir sans se fatiguer. C'est une bonne idée de voyager à deux quand on le peut.

Quand Isaac quitta la maison de Romeu, il ne savait pas plus ce qu'il devait faire qu'à son arrivée. La logique l'avait entraîné assez loin mais, faute de connaissances plus précises, elle refusait de l'accompagner encore. En passant devant la maison de maître Pons, il se souvint que maîtresse Joana n'était toujours pas remise d'un mauvais rhume et il s'arrêta pour demander de ses nouvelles.

— Je vais bien mieux, maître Isaac, lui dit-elle, mais vous avez l'air préoccupé et cela ne vous ressemble pas. Pouvons-nous faire quelque chose?

— Je suis préoccupé, en effet, mais à moins que vous réussissiez à me dire comment retrouver une personne qui n'a ni nom, ni visage, ni voix dont l'on se souvienne — une personne mauvaise, dois-je ajouter —, je ne vois pas comment vous pourriez me venir en aide, maîtresse Joana.

— Vous voulez dire... comme retrouver les chenapans qui jettent des pierres aux oiseaux de ma cour et ont ainsi blessé ma cuisinière ? Il faut les traquer jusque dans leur repaire, comme un chasseur, et c'est ce que j'ai fait.

— Cela convient peut-être à des garnements, mais comment retrouver quelqu'un de plus âgé et de plus malin ?

— Il est difficile de trouver des gens plus intelligents que vous, maître Isaac.

— Je vais tout de même essayer.

— Où êtes-vous allé ? lui demanda Judith alors qu'il montait l'escalier. Un serviteur est venu dire que vous deviez rendre visite à son maître et qu'il vous attend toujours. J'étais inquiète, j'ai pensé que vous étiez malade.

— Ne vous tourmentez pas. Si j'avais été malade, dit Isaac, on se serait empressé de venir vous l'annoncer : les mauvaises nouvelles, les gens en sont friands. Mais où est Yusuf ?

— Ici, seigneur, dit le garçon. Nous nous préparions à dîner.

— Dans ce cas, mange le plus vite possible et rends-toi chez Romeu. Raquel aura certainement besoin d'aide. Si tu apprends quoi que ce soit, préviens-moi aussitôt.

— Je ne comprends pas pourquoi Raquel doit rester auprès de maîtresse Regina, remarqua Judith. Comment peut-elle être à nouveau malade ?

— Il le faut, c'est tout. À présent, parlons de choses plus agréables, dit-il quand Jacinta déposa devant lui une assiette de poisson et du pain. Comment va mon fils ? Il dormait encore ce matin et je n'ai pas eu le plaisir de le voir.

— Il est merveilleux ! affirma joyeusement Judith. Il a faim comme un ours et, tel un grand seigneur, dès qu'il a eu son content, il s'endort sur la table.

— Il pleure tout le temps, remarqua Miriam.

— Seulement quand il a faim, répondit sa mère. Tu faisais la même chose.

— Je savais pas qu'il serait aussi bruyant. Les bébés sont tous comme ça ?

— Ton petit frère a une voix particulièrement puissante, expliqua Isaac. Avec le temps, il apprendra à la modérer.

Le médecin devisa ainsi pendant tout le dîner, s'efforçant de se consacrer à sa femme et à ses enfants, mangeant un peu et pensant sans cesse au comportement de maître Lucà.

— Nathan a pas été à l'école ce matin, lança Miriam.

— C'est pas vrai, répondit son jumeau.

— Si, même que je t'ai pas vu dans la classe.

— J'ai pas fait ça, protesta-t-il.

— Alors qu'est-ce que tu faisais ?

— Je... ça te regarde pas ce que je faisais. J'ai pas quitté l'école.

— Pourquoi ne rien nous dire, Nathan ? demanda Isaac. Pourquoi les gens ne se défendent-ils pas quand on leur en donne l'occasion ?

— Parce que personne me croirait et que maman dirait que je raconte des mensonges.

— C'est parce que son ami Mossé se ferait punir s'il racontait ce qu'il a fait, oui, insista Miriam.

— C'est parce qu'il est trop têtu, dit Judith qui

posa sur son fils aîné un regard où l'affection se mêlait à l'exaspération.

— Ces raisons me semblent toutes également valables, conclut Isaac. Quelle est la bonne, Nathan ?

— Si tout le monde sait ce que je fais, pourquoi je le raconterais ? cria l'enfant qui sauta à bas de sa chaise et quitta la pièce en courant.

Isaac finit de manger et se rendit dans son cabinet. Assis dans son fauteuil ouvragé, les mains sur les genoux, il tenta de chasser de son esprit toute pensée inopportune. Comment se faisait-il que les gens se comportent d'une manière apparemment si extraordinaire et pourtant si propre à l'homme que son fils de huit ans puisse agir de la sorte sans que chacun s'en étonne ?

Que craignaient-ils plus encore qu'un châtiment prompt et injuste ? Aucune réponse ne s'imposait à lui. Il finit par se lever pour sortir dans la cour. La maison somnolait ; aucun être vivant ne s'affairait en dehors du chat qui vint se frotter à ses jambes.

— Tu le sais, toi, pourquoi tu refuserais avec mépris de te défendre devant un tribunal ?

Mais le chat ne lui répondit que par un miaulement interrogateur qui, aussi sage fût-il, ne fit en rien progresser sa réflexion.

Le médecin prit son bâton, traversa la cour et ouvrit le portail. D'un pas rapide, il parcourut les rues du Call en direction de la porte et réveilla le gardien somnolent.

— Jacob, si quelqu'un me cherche, je rends visite à un détenu de la prison épiscopale. Je serai bientôt de retour.

Le gardien bâilla et hocha la tête bien que le médecin ne pût le voir. Mais Isaac traversait déjà la place en rythmant sa marche de son bâton.

— Lucà, dit Isaac d'un ton sec dès qu'il eut la permission de voir le prisonnier, pourquoi refusez-vous de vous défendre ? Êtes-vous trop fier pour tenir compte de notre jugement ou de celui du tribunal ?

— Je ne comprends pas votre question, maître Isaac. Je ne suis pas fier. Pourquoi le serais-je ?

— Chacun sait que vous avez le don de plaire à autrui par vos manières et votre langage. Ce pourrait être une source de fierté.

— Uniquement si c'était vrai et si c'était un comportement appris à force d'effort et d'intelligence. Certains hommes ont le visage déformé et ne peuvent sourire sans paraître menaçants. Doivent-ils s'enorgueillir de semer la terreur dans les cœurs ? Je ne le crois pas. C'est un accident, pas un don.

— Dans ce cas, peut-être votre silence a-t-il pour but de protéger quelqu'un. Votre défense nuirait-elle à une personne que vous estimez ?

— Qui donc ? Mon silence peut-il aider Regina ou Romeu ? Qui d'autre m'est venu en aide ? De qui d'autre pourrais-je me soucier ?

— Une personne vivant à Majorque. Votre père, votre mère, un membre de votre famille. Ou votre maître.

— Rien ne peut les aider, maître Isaac, ou leur faire du mal.

— Dans ce cas vous ne nous faites pas confiance quand nous croyons à la vérité que vous proclamez.

— Maître Isaac, si je savais où réside la vérité, je le crierais de toutes mes forces. Mais je ne puis dire ce que j'ignore, et quand on ne connaît pas la vérité, on ne peut même pas mentir. C'est aussi simple que ça. Je n'en dirai pas plus.

Plongé dans ses pensées, le médecin reprit son bâton et quitta la prison. La réflexion de Lucà ne lui sortait pas de l'esprit. On ne peut mentir quand on ignore la vérité. C'était si clair, si évident. Sans la vérité pour vous guider, on ne peut que plonger dans la confusion. Avant que ses réflexions ne l'entraînent plus loin, il entendit courir dans sa direction.

— Seigneur, dit Yusuf à voix basse, je crois que notre patient est prêt à vous parler.

— Il va bien ?

— Sa tête le fait encore souffrir, mais son comportement est tel que nous l'espérions.

Isaac dut se satisfaire de ces paroles, que l'on pouvait interpréter de bien des façons. Il accompagna donc le garçon jusqu'à la maison de Romeu.

— Il n'a aucun souvenir d'hier soir, papa, dit Raquel. Je lui ai dit qu'il s'était cogné et qu'il devait rester tranquille.

— Depuis combien de temps est-il réveillé ?

— Pas très longtemps. Il a ouvert l'œil, bu de l'eau et murmuré des paroles incompréhensibles, puis il est retombé dans le sommeil. Nous avons attendu un instant pour voir ce qui se passerait avant d'aller vous chercher. Et puis, il s'est vraiment réveillé. Il avait très soif et pouvait enfin parler.

Le jeune garçon était calme, les yeux grands ouverts. Isaac s'assit près du lit et écouta sa respiration.

— Comment t'appelles-tu ? On ne peut pas dire tout le temps « le garçon » maintenant qu'on te connaît.

— Tomás. C'est mon nom.

— Dis-moi comment tu te sens, Tomás. Je suis médecin et je veux que tu ailles mieux.

— Ma tête me fait mal.

— Combien de doigts vois-tu ? dit Isaac en dissimulant trois doigts sous son pouce avant de lever la main.

— Un, naturellement. Mais comment vous pouvez faire ça ? Vous ne voyez pas, hein ? J'en suis sûr, vous êtes aveugle.

— En effet, je ne vois pas, mais je suis assez intelligent pour savoir combien de doigts je brandis. Si tu faisais de même et me posais cette question, je ne pourrais te répondre à moins que tu me permettes de toucher ta main. Vois-tu, la nuit dernière, j'ai palpé ta tête et j'ai pu dire, aussi bien que n'importe quel homme doté de ses yeux, ce qui t'était arrivé. En as-tu une idée ?

— Je me suis cogné.

— Sais-tu comment ?

— Non. Je suis tombé. La dame m'a dit que mes vêtements étaient tout trempés et elle m'a donné une chemise propre.

— Quelle dame ?

— La brune.

— C'est ma fille et elle s'appelle Raquel. L'autre dame est la fille de Romeu, et son nom est Regina. Tu es ici dans la maison de Romeu. Ne connais-tu personne en ville ?

— J'ai rencontré Yusuf, je le connais.

— Tout le monde connaît Yusuf, dit Raquel.

— Qu'est-ce qu'il m'est arrivé ?

— Quelqu'un t'a frappé sur le crâne, probablement avec un gourdin. Ensuite on t'a jeté dans la rivière.

— Papa, fit Raquel, c'est trop cruel...

— Pourquoi il a fait ça ? dit Tomás. Je le connais ?

— Je ne crois pas, mais tu l'as vu une fois. C'était par une nuit très noire, très pluvieuse, sous le pont.

— Le jour où je suis arrivé à Gérone, dit l'enfant avec une lassitude soudaine. Je cherchais mon oncle. Je me suis mis à l'abri même si c'était tout boueux. Il m'a frappé, il m'a injurié et puis il a sorti son couteau. Ensuite il s'est sauvé.

— Comment, comme un enfant ?

— Non, c'était un jeune... un peu plus vieux que moi, plus vieux même que Yusuf. En tout cas, ce n'était pas un homme.

— Tu n'as pas vu par où il s'en allait ?

— Oh si ! À cause des éclairs. Il est parti en courant sur la route de Figueres. Ça m'a paru bizarre parce que je venais justement d'arriver par cette route et qu'il n'y avait rien dans le coin...

— Papa, il s'est assoupi, dit Raquel.

— Pauvre petit, il a travaillé dur pour nous. Quelle âme courageuse !

— Va-t-il aller mieux ?

— Je l'ignore, mais il y a des chances. As-tu remarqué ses yeux ? Présentaient-ils quelque signe étrange ?

— Une pupille est un peu plus dilatée que l'autre.

— Assure-toi qu'on ne le dérange pas. La chambre est-elle obscure ?

— Oui, papa.

— Nous devons veiller sur lui. Même s'il ne peut rien nous dire de plus, il mérite notre secours.

Isaac descendit prudemment l'escalier. Le rez-de-chaussée de la maison était en grande partie occupé par l'atelier de Romeu.

— Maître Romeu, appela-t-il d'une voix douce, êtes-vous là ?

Une question superflue puisqu'il n'avait cessé de l'entendre à l'œuvre tandis qu'il posait le pied sur les marches étroites.

— Je suis là, maître Isaac, répondit le menuisier. Que puis-je pour vous ?

— J'étais au chevet de notre blessé. Il a repris un instant conscience et nous a raconté des choses d'un grand intérêt.

— Vraiment ? Quand Regina est descendue, elle m'a dit qu'il ne se souvenait de rien.

— Elle n'a pas eu, comme moi, l'occasion de parler avec maîtresse Pons. Celle-ci m'a dit que, quand on veut trouver une personne dont seuls les actes permettent de postuler l'existence, il faut la traquer jusque dans son repaire, comme un chasseur avec sa proie.

— Je ne suis pas chasseur moi-même, mais j'avoue, en toute modestie, qu'enfant j'ai pris au piège quelques lapins. Je comprends sa méthode. Mais quel rapport y a-t-il avec nos problèmes ?

— Le petit malade — il s'appelle Tomás — a vu le jeune messager s'en aller en courant sur la route de Figueres. Je pense qu'il a un endroit où se cacher, vivre même, dans une maison ou une ferme située non loin de là.

— Il l'a vu après avoir reçu son coup sur la tête ?

— Non, il l'a vu par cette nuit pluvieuse où maître Mordecai a pris le nouveau médicament qui aurait dû le tuer.

— Et vous voulez que je le retrouve ?

— Quelqu'un doit s'en charger.

— Si je quitte ma maison, maître Isaac, je laisserai l'enfant et ma fille seuls, sans protection aucune. Je ne puis faire ça. J'hésite aussi à sortir par une telle chaleur.

— Yusuf et ma fille seront également présents, mais il me vient une autre idée. Je crois que l'on peut trouver une solution différente.

Isaac se rendit sur le parvis de la cathédrale, dédaigna l'entrée principale du palais de l'évêque et gagna les quartiers des gardes. Quelques instants plus tard, il conversait avec le sergent Domingo en qui il avait une confiance absolue.

— Sergent Domingo, dit-il en posant son bâton contre le mur, je suis ici pour vous parler d'une chose dont vous ignorez peut-être tout et pour vous demander de m'aider si cela vous est possible.

— Dans ce cas, pourquoi ne vous installez-vous pas confortablement, maître Isaac ? Prenez du vin et racontez-moi ce que je ne sais pas.

— La nuit de la mort de maître Narcís Bellfont, un messager lui a apporté un flacon de médicament contre la douleur. Il a expliqué à la servante que c'était de la part du jeune Lucà. Maître Narcís l'a bu et il a trépassé.

— Je le sais, oui.

— Je n'en doutais pas. Pour des raisons qui me sont propres, j'ai demandé à maître Mordecai de feindre la maladie et d'appeler le jeune Lucà. Après avoir été soigné de façon tout à fait normale, recevant pour cela deux fioles de médicaments différents — qu'il ne but pas mais me confia en vue d'une analyse —, un messager lui apporta un flacon empli d'un poison violent. S'il l'avait pris, les effets eussent été des plus déplaisants : trouble de l'esprit, grande chaleur et sécheresse de la bouche et de la peau, douleur intolérable, convulsions, et, pour finir, la mort.

— Exactement comme Joan Cristià.

— Oui, à peu près. Les choses étant ce qu'elles sont, on pourrait presque croire que ce produit fut concocté par le même fourbe.

— Quel fourbe ? demanda Domingo. Lucà ?

— Je ne le crois pas aussi habile, avec des plantes tout au moins. Mais une personne sait quel est le créateur de ces poisons.

— Le messager.

— Oui, à moins qu'il ne soit lui-même le criminel, réfléchit Isaac. La difficulté tient à ce que nul n'a vu ou entendu parler distinctement ce messager. Il y a toutefois une exception...

— L'empoisonneur ?

— Non, un gamin de neuf ans appelé Tomás, venu du nord le jour de l'orage, c'est cette nuit-là que Mordecai a reçu la fiole de poison. Le messager portait une chaude pèlerine à capuchon ainsi qu'il l'avait déjà fait auparavant — un habit de trop belle qualité pour un pauvre diable. Au pire de l'orage, Tomás et lui-même se sont disputé un abri sous l'arche du pont. La pèlerine s'est alors enfuie en direction de Figueres. Je crois qu'il vit par là. Tomás l'a vu très nettement à la faveur d'un éclair.

— Dans ce cas, pourquoi n'a-t-il pas été amené à témoigner ? s'étonna Domingo.

— Parce que le jour où nous avons découvert son existence, quelqu'un l'avait assommé à coups de gourdin avant de le jeter dans la rivière. Par chance, il a échoué sur un banc de graviers, le visage hors de l'eau.

— Où est-il à présent ?

— Chez Romeu. Le menuisier se sent responsable de Lucà. Après tout, c'est son locataire.

— S'il survit, ce pourrait aussi être son gendre, m'a-t-on dit. Même s'il ne manque pas de candidats à cette fonction !

— Maîtresse Regina ne donne pas son cœur facilement. J'espère juste que son affection ne l'entraîne pas vers un autre cas désespéré.

— Et vous voulez, en dépit des ordres reçus et de mes responsabilités, que je quitte mon poste pour m'aventurer sur la route de Figueres à la recherche d'une pèlerine à capuchon, c'est bien ça ?

— Oui. À mon avis, c'est une personne qui n'est pas ici depuis plus d'un mois. Et peut-être a-t-elle un ami dans l'étude d'un notaire.

— Je ne commettrais une telle imprudence pour personne, maître Isaac, dit le sergent Domingo, mais je vous dois beaucoup. Je vais prendre Gabriel avec moi. Avec son regard perçant, il peut voir par la nuit la plus noire — même si la lune est là aujourd'hui. À votre avis, cet homme se trouve-t-il loin d'ici ?

— Pas très loin, deux ou trois lieues, tout au plus. Il semble faire souvent l'aller et retour.

— Bien. Un individu portant pèlerine dont l'ami travaille chez un notaire. Ça ne devrait pas être trop compliqué, commenta Domingo avant de terminer son vin.

Ils avaient déjà visité cinq fermes situées sur la route du nord et s'approchaient de la sixième quand Gabriel ouvrit la bouche. Jusqu'à cet instant, il avait eu la sagesse de se taire parce que l'expérience lui avait enseigné que c'était la meilleure façon d'éviter la langue acérée du sergent.

— Messire, dit-il, c'est que je connais quelqu'un ici...

— Ah oui ? fit le sergent d'un air sceptique. Et qui est-ce, la maîtresse des lieux ?

— Oh non, messire ! Sa servante. Et à cette heure, elle doit être dans la cuisine à bavarder avec la cuisinière. Enfin, si elle n'a pas de travail. Je ne crois pas très utile de parler avec la dame, elle n'est pas très...

Il s'arrêta, incapable d'expliquer avec diplomatie le caractère de cette femme.

— Vous voulez dire qu'elle ne parlerait pas à un individu comme vous ou moi ?

— Sans vouloir vous manquer de respect, sergent, je crois bien que non.

— Dans ce cas, rendons-nous à la cuisine.

Gabriel dirigea son cheval vers la petite route menant à l'entrée principale de la bâtisse. Le sergent s'amusa quand il vit l'animal prendre de lui-même à droite et suivre un chemin qui contournait la maison en direction des communs. Il s'arrêta finalement devant la porte de la cuisine.

— Il a l'habitude que la cuisinière lui donne quelque chose, dit Gabriel dont les joues rosirent.

Était-ce l'effet du soleil couchant ou de l'embarras ? Le sergent n'aurait pu le dire.

— Gabriel ! s'écria une jolie fille quand le garde mit pied à terre. Et Néron. Comment vas-tu ? murmura-t-elle à l'adresse du cheval, qui saisit son tablier entre ses dents.

De sa poche, elle sortit deux gros morceaux de carotte qu'elle lui tendit.

— Qu'est-ce qui t'amène ici ce soir ? demanda-t-elle. Je te croyais de service.

— Je le suis, répondit-il en jetant un regard désespéré derrière lui.

— Seigneur ! Je ne vous avais pas vu, messire, reprit-elle en esquissant une révérence.

— Voici le sergent Domingo, dit Gabriel.

— C'est *vous*, le sergent Domingo ?

Celui-ci descendit de cheval et s'avança.

— Oui, maîtresse, et je suis un être humain, précisa-t-il en souriant. Peu importe ce que Gabriel a pu vous dire, je ne suis pas l'incarnation du diable. Et vous êtes maîtresse... ?

— Blanca, c'est mon nom, messire. Mais entrez donc. Il fait frais dehors, vous allez bien prendre un peu de vin et de la soupe chaude.

— Un nouveau venu ? dit la cuisinière après s'être assurée que le souper du maître cuisait à feu doux.

Elle poussa un couteau et du fromage vers les deux hommes.

— Quel âge ? Parce qu'il y a bien le frère de maîtresse Alicia. Il est venu séjourner avec elle au début de l'hiver, mais il est un peu handicapé et il ne sort pas beaucoup.

— C'était quelqu'un de jeune et d'actif, expliqua le sergent en découpant un gros morceau de pain. Je dirais qu'il tient davantage du très jeune homme que de l'adulte. Plus jeune que Gabriel ici présent — on l'a décrit en train de courir, à propos. Comme un enfant, a précisé celui qui l'a vu. Mais aussi grand qu'un homme de taille moyenne.

— Encore un de ces échalas, fit Blanca avec mépris avant de se tourner vers Gabriel. Je n'ai pas vu ça par ici.

— Il y a aussi le nouveau de la *finca*, intervint la cuisinière. Je dirais qu'il est là depuis trois ou quatre semaines, pas plus. Il est plutôt mignon, celui-là, avec son sourire d'ange, ses boucles dorées et sa barbiche roux foncé. Il travaille pour l'intendant. Il raconte qu'il a étudié chez les frères, mais ce n'était pas le genre de vie qu'il voulait mener et il a préféré faire seul son chemin.

— Vous l'avez rencontré ? demanda le sergent.

— Je l'ai vu, mais ma sœur travaille là-bas et elle le connaît. Il est très bavard et très agréable, qu'elle m'a dit. Il est aussi habile de ses mains. Il a réparé le collier de ma sœur qui s'était cassé. Il arrive tout droit de Valence, vous vous rendez compte le chemin que ça fait ?

— Pas quand on est soldat, maîtresse. Même très éloigné, on arrive toujours à revenir chez soi, ajouta-t-il en lui caressant la main. Il n'y a personne d'autre à qui vous pensez ? Parce que, s'il est blond et qu'il vient de Valence, ce ne peut pas être notre homme.

— C'est l'homme de personne, si vous voulez mon opinion, dit Blanca. On dirait plus une fille affublée d'une barbe qu'un homme. J'en voudrais pas même s'il m'offrait un sac d'or.

Le sergent lui sourit et se leva de table, non sans lancer un regard de regret vers le pain et le fromage.

— Où se trouve cette *finca* ? On pourrait gagner pas mal de temps en ne s'y rendant pas.

— Je suis vraiment désolé, sergent, dit Gabriel, pitoyable, quand leurs chevaux eurent repris la route. Je croyais qu'on allait trouver quelque chose.

— Mais on a trouvé ! répondit Domingo d'un ton joyeux. C'est lui, j'en suis sûr et certain. Mais la sœur de la cuisinière m'a l'air de s'être entichée de ce personnage et elle le préviendra si on ne prend pas de précautions. Qui vit là-bas, au fait ? J'ai entendu dire que toute la famille était morte et que de nouveaux venus avaient pris possession des lieux.

— C'est un gentilhomme prospère et son épouse, la sœur de maître Jaume, le notaire, assura Gabriel. Je ne les imagine pas trempant dans une telle histoire. Tout le monde dit le plus grand bien d'eux.

— Je me demande comment il a pu se faire engager dans une telle maison. C'est peut-être par l'intermédiaire de maître Jaume.

— Est-ce qu'on va tout de même à la *finca* ?

Ils avaient fait halte et les chevaux reprenaient leur souffle.

— Pas ce soir, trancha le sergent. Je crois qu'on ferait mieux de rentrer et de faire notre rapport à Son Excellence l'évêque.

Les cloches annonçant les complies sonnaient quand Jacinta, la fille de cuisine, débarrassa la table. Elles n'avaient interrompu aucune conversation et un silence pesant s'abattit sur la pièce quand leur clameur eut cessé. Les jumeaux s'étaient couchés avec le soleil ; Beniamin dormait dans son berceau. Raquel regarda ses parents silencieux et décida de se lever, mais elle n'en fit rien. Personne ne bougeait.

— Étaient-ce des pas devant la porte ? demanda brusquement Isaac.

— Non, papa, lui répondit-elle. Je me demande si nous ne devrions pas aller voir comment ça se passe chez Romeu.

— Yusuf nous le dira si besoin est. Je préfère attendre ici. Peut-être me ferais-tu la lecture, Raquel ?

Le bébé se mit à pleurer. Judith s'arracha à sa somnolence et tendit l'oreille. Il pleura à nouveau et elle quitta la pièce.

— Certainement, papa, répondit Raquel. Qu'aimeriez-vous que je vous lise ?

— Il y a dans mon cabinet des copies de plusieurs ouvrages traitant des plantes médicinales. Ils doivent être regroupés. Je cherche à retrouver quels remèdes recommande chaque école. Demande à Ibrahim de t'aider.

— Comme vous voudrez.

Raquel pensait que son père connaissait déjà les proportions, les propriétés, les dangers et l'usage de centaines de préparations et qu'il n'avait pour l'heure pas besoin d'en savoir plus, mais cela valait quand même mieux que de rester assise à ne rien faire.

Raquel avait l'impression de lire depuis des heures, pourtant elle n'avait parcouru qu'un seul volume, recherchant, pour la lire à son père, la documentation propre à une douzaine de plantes. Naomi était venue dire que la maîtresse s'était endormie avec le bébé. Elle demanda ce qu'il fallait faire à présent.

— Envoie tout le monde se coucher. Je reste avec papa et je m'occupe de tout. Toi aussi, tu peux aller au lit.

Elle reprit sa lecture en se demandant à quel moment elle s'enrouerait au point de ne plus pouvoir parler.

— Chut, fit brusquement son père en levant la main. On dirait que quelqu'un se dirige vers le portail.

— Je ne crois pas, papa. Vous voulez que je continue ?

— Oui. Lis-moi ce que...

— Moi aussi j'entends des pas.

— Tant mieux. C'est peut-être ce bon sergent Domingo à qui j'ai confié une mission. Descendons dans la cour.

La cloche tinta au moment où Raquel foulait la dernière marche. Elle souleva le battant du lourd portail qu'elle entrouvrit.

— Daniel !

— Je suis si heureux de vous voir, murmura le jeune homme en la serrant rapidement contre lui. Mais il doit se passer des choses graves pour qu'on me demande de rentrer aussi vite. Y aurait-il un problème ?

— Plus aucun maintenant que vous êtes ici.

— Ce n'est pas tout à fait exact, intervint Isaac. Moi aussi, je suis enchanté de votre retour, mais il y a effectivement une raison pour laquelle nous avions besoin de vous voir au plus tôt.

— Serais-je en retard ? demanda Daniel. J'ai pourtant fait de mon mieux.

— Avec qui avez-vous voyagé ? demanda Raquel.

— Tout d'abord avec un courrier qui portait des lettres à Perpignan. Il s'est arrêté dans une ferme pourvue d'écuries, juste à l'entrée de la ville. Il y passe souvent la nuit. J'ai laissé mon cheval et je suis venu à pied jusque chez vous.

— J'en suis heureux, dit Isaac. Vous arrivez à point nommé. Êtes-vous passé chez vous ? Avez-vous eu le temps de vous rafraîchir et de vous changer ?

— Non, maître Isaac, et je vous avoue que j'apprécierais de chasser la poussière du voyage, mais je tiens d'abord à vous entendre. Je me changerai ensuite.

— Bien. Vous trouverez de l'eau et tout ce qui vous est nécessaire dans mon cabinet. Raquel, veux-tu donner une bougie à Daniel ? Nous l'attendrons dans la pièce commune.

Quand Daniel revint, une chaise avait été installée près du feu devant une table où Raquel avait disposé les restes de leur souper : un bol de soupe fleurant bon les épices, une assiette de viande froide, du pain et des olives.

— C'est splendide, dit le jeune homme. Je ne me rendais pas compte que je pouvais avoir aussi faim.

Il mangea à la hâte et se tourna vers Isaac.

— Messire, je sais que vous êtes pressé de savoir ce que j'ai découvert. J'ai tout inscrit sur un document que je tiens dans mon paquetage, mais j'ai également mémorisé chaque détail.

— Parfait, mais continuez à manger, je vous en prie. Entre deux bouchées, vous pourrez me dire ce que vous avez appris sur l'enfant de la cousine de Mordecai.

— La chose la plus importante, c'est que le fils de Faneta est mort, dit sans ambages Daniel. Tout comme Faneta. Ils se sont éteints peu avant le temps des Pénitences, à l'automne dernier. Aucun de ces imposteurs ne peut donc être Rubèn.

— Morts ? Vous en êtes sûr ?

— Maîtresse Perla, qui est la mère de Faneta et la grand-mère de Rubèn, me l'a révélé en personne. Même s'ils n'étaient pas morts, aucun des hommes qui se font passer pour Rubèn ne lui ressemble. Le fils de Faneta était grand, mince, avec un teint et des cheveux bruns ainsi que des yeux verts. Il avait un ami qui pourrait très bien être Lucà. J'ai trouvé au marché un gamin qui les a vus ensemble à plusieurs reprises. L'ami vivait aux abords de la ville ; il aurait quitté Majorque depuis plus d'un an.

— Pour aller où ?

— Il était apprenti. Il s'en est allé aussitôt son apprentissage terminé. La dame rencontrée à l'atelier de son maître ignorait totalement où il était parti. Selon elle, il avait certifié à son maître, un homme malade, qu'il reviendrait. Il ne l'a pas fait. Je n'ai pu parler au maître, elle ne savait pas ce qu'il était devenu. Mort, sans nul doute.

— Quelle profession exerçait donc ce personnage ?

— Il était menuisier et ébéniste.

— Voilà qui est intéressant. Autre chose ?

— Eh bien... ce gosse avait un second ami qui vivait près des tanneries, un quartier de la ville des plus mal famés. J'ignore son nom, mais mon petit informateur m'y a emmené. Quand j'ai expliqué ce que je désirais à la femme habitant dans cette maison, les voisins se sont jetés sur moi. Je n'ai pas été blessé, ajouta-t-il en souriant, mais ce ne fut pas très agréable. Ce n'était d'ailleurs pas la première fois qu'on s'en prenait à moi. Apparemment, mes recherches déplaisaient à quelqu'un.

— Il n'y avait pas de troubles en ville ? À cette époque, c'est plutôt monnaie courante.

— Non, Majorque était calme, dit Daniel en reprenant du pain et de la viande froide. Ils n'en voulaient pas à un membre de notre communauté, mais bien à moi-même. La première fois, on m'a capturé, ligoté et jeté dans une cuisine.

— Capturé ? Ligoté ? dit Raquel, tiraillée entre le rire et la peur. Je ne peux y croire. Que s'est-il passé ? Comment vous êtes-vous enfui ?

— Une fillette m'a aidé. Elle s'appelle Benvolguda. Elle m'a apporté un couteau et j'ai tranché mes liens. Ensuite, elle m'a montré un trou dans le mur par où me sauver. Ce ne fut pas très héroïque, j'en conviens. J'étais très sale quand je me suis présenté à maître Maimó, qui est un gentilhomme extrêmement élégant.

— Il semble que vous ayez eu un voyage des plus mouvementés, dit Isaac de manière évasive.

— Fort intéressant, en tout cas. Un jour, nous devrions aller à Majorque, ajouta Daniel en posant un instant sa main sur celle de Raquel. C'est un endroit merveilleux. J'ai aussi rapporté un paquet de lettres destinées à maître Mordecai. J'ignore si elles ont rapport avec ma mission, mais je suppose que je devrais les lui apporter séance tenante.

Il se leva à contrecœur.

— Je pense que ce serait une excellente idée, convint Isaac. Raquel, serais-tu assez aimable pour raccompagner Daniel ? Je dois me retirer dans mon cabinet. Mais parle doucement, fit-il en se dirigeant vers l'escalier. Ta mère s'est endormie avec le bébé et j'espère qu'il ne la réveillera pas de la nuit.

Isaac embrassa sa fille, lui murmura quelque chose à l'oreille et se dirigea vers la porte de son cabinet.

Raquel prit Daniel par la main et le conduisit au banc près de la fontaine.

— Asseyons-nous un instant avant votre départ, dit-elle.

— Que voulait votre père ?

— Il a suggéré que rien ne vous obligeait à partir si vite et qu'il avait bien des choses à faire avant que d'aller se coucher. Ce qui signifie que nous pouvons rester tranquillement ici sans qu'il vienne nous déranger.

Daniel prit les mains de Raquel et les porta à ses lèvres.

— Vos mains sont si belles à la lueur de cette lanterne ! Si gracieuses, si fortes, et pourtant, une fois immobiles, elles ressemblent à du marbre tiède. Quand vous écoutez parler quelqu'un, elles reposent sur vos genoux, totalement détendues. Le saviez-vous ? Elles ne font jamais de gestes inutiles, comme les mains des autres femmes, et je me rends compte à présent qu'il est trop tard pour déranger maître Mordecai. Je resterai ici le plus longtemps possible et ne lui porterai ses lettres qu'au matin.

— Croyez-vous vraiment que c'est ce que papa désirait en se retirant dans son cabinet ? dit Raquel qui avait du mal à réprimer un petit rire.

— J'en suis certain, répondit Daniel, car lui aussi est fait de chair et de sang.

XVII

No cal dubtar que sens ulls pot home veure

On ne peut douter que sans yeux un homme ne peut voir

Isaac dit ses prières du soir et se prépara pour la nuit. Mais au lieu de regagner sa couche, il s'enveloppa dans un grand châle de laine et prit place dans son fauteuil.

Son savoir comme son instinct lui disaient que, si rien n'était fait, le lendemain, un innocent serait jugé pour meurtre, condamné, puis livré à la ville pour être pendu quelques heures après. Les informations de Daniel étaient certes intéressantes, mais elles ne pouvaient sauver Lucà.

Sa certitude de l'innocence du jeune homme lui venait d'ailleurs. Ce qui signifiait que, sans même connaître le véritable coupable, il y avait en lui un fragment de connaissance, une ébauche de preuve logique à même de convaincre le tribunal épiscopal. Mais cette certitude ne venait-elle pas simplement de la pitié qu'il éprouvait pour Regina et Romeu? Croyait-il Lucà innocent parce que lui-même l'avait dit et que lui-même était droit? Il frissonna. Seul un dément ou un être divin pouvait nourrir de telles pensées, et il espérait, non, il savait n'être ni l'un ni l'autre.

Il contempla les ténèbres insondables et écouta les voix enregistrées dans son esprit. « Il a passé deux jours à reconstituer une potion qu'il avait vu son maître concocter. » C'étaient les douces intonations de Regina. « Il m'a parlé dcs plantes qu'il trouvait aux environs de Gênes. » Là, c'était Yusuf. « Il m'a parlé de sa vie à Majorque et en Sardaigne. » Et là, Romeu. Pas à Gênes, mais en Sardaigne. Pourquoi mentir sur ce point ? Serait-il allé dans ces deux endroits ? Pourquoi un compagnon menuisier ramasserait-il des herbes médicinales à Gênes... ou en Sardaigne ? Et avec qui ?

Avant de trouver une explication raisonnable, il entendit frapper à la porte si doucement que l'on eût dit la caresse d'une branche.

— Êtes-vous réveillé, seigneur ?

— Entre.

— Tomás est conscient et il se sent mieux, dit Yusuf. Son regard est normal et il se souvient de certaines choses.

— Il faut y aller sur-le-champ. Cette fois-ci, nous franchirons le portail.

— Comment savez-vous que je ne l'emprunte pas ?

— Parce que je n'ai entendu personne te parler. De même, je n'ai pas entendu Ibrahim se lever ou claquer les battants du portail, assez bruyants pour réveiller un mort quand on entre de façon normale.

— C'est pour ça que je ne passe pas par là, seigneur, fit l'enfant, qui feignit d'être offensé. Je ne veux pas déranger toute la maison, mais désormais, je ferai ainsi, le plus silencieusement possible.

— Pas tout à fait, Yusuf. Il te faudra faire assez de bruit pour attirer l'attention de Raquel.

Isaac jeta sur ses épaules une cape légère et suivit le garçon dans la cour.

— Papa ? dit doucement Raquel.

— Es-tu encore là, ma chérie ? Je dois aller chez Romeu. Daniel te tient toujours compagnie ?

— Je suis là, maître Isaac, dit Daniel.

— Dans ce cas j'ai une faveur à vous demander. Pourriez-vous rester avec Raquel jusqu'à mon retour ? Si vous avez froid, vous pouvez emprunter le châle que je range dans mon cabinet. Vous mettrez la barre du portail après notre départ. Ainsi, nous ne dérangerons personne en rentrant.

L'enfant était allongé, yeux grands ouverts, une tranche de pain à la main. À côté de lui était posé un bol où subsistaient encore quelques traces de soupe.

— Messire le médecin, dit-il, je me rappelle tout plein de choses.

— Excellent, dit Isaac, tu m'en vois ravi. Comment va ta tête ?

— Des fois elle me fait encore mal mais des fois je ne sens plus rien du tout.

— Pourquoi ne me montres-tu pas l'étendue de tes souvenirs en me parlant de toi ? Je m'intéresse à la façon dont tu es arrivé à Gérone. Tu es de Figueres, n'est-ce pas ?

— Oh non, messire, j'y suis allé uniquement parce qu'on m'avait dit que mon oncle, le frère de mon père, y habitait. Il y était parti après la Peste noire. Personne ne savait rien de lui, sauf un homme qui m'a dit qu'il n'y avait séjourné que très brièvement et qu'il était reparti pour Gérone. C'est pour ça que je suis là.

— Dans ce cas, d'où es-tu originaire ?

— De Sant Feliu de Guíxols. On vivait au bord de la mer. Il y a eu une attaque des pirates et ma mère est morte, je crois bien, mais je me suis caché et personne ne m'a vu. Il y a des gens qui partaient à Figueres et ils m'ont emmené avec eux. En tout cas, je me rappelle bien sa voix.

— Sa voix ? s'étonna Isaac.

— Oui, il parlait comme ma mère quand elle avait trop bu et qu'elle se mettait en colère après moi. Les mots qu'il disait, c'était... comme ceux de ma mère. Ça m'a d'ailleurs rendu triste...

Il allait à nouveau sombrer dans le sommeil.

— En quoi sa voix te rappelait-elle celle de ta mère ?

— Ils venaient du même endroit, sûrement, répondit Tomás dans un bâillement.

— Lequel ?

— De Majorque, bien sûr.

L'enfant s'endormit.

— Ce pauvre gamin n'a donc personne, dit une voix grave derrière Isaac.

— Non, Romeu, il n'a plus personne.

— Vous le saviez déjà ! s'écria Regina en se levant de son tabouret. Sinon, pourquoi dormirait-il dans une cabane près de la rivière ?

— Il aurait pu faire une fugue, expliqua Romeu. Et, dans ce cas, quelqu'un aurait pu se lancer à sa recherche. Il m'a l'air d'un gentil garçon. L'esprit vif. intelligent.

— Comment pouvez-vous dire ça? s'étonna sa fille.

— Il est encore en vie, répondit sèchement son père. Voilà comment je le sais.

— Je dois rentrer chez moi, dit Isaac. J'espère encore entendre quelqu'un susceptible de m'apporter d'intéressantes informations. Oh, si Tomás se réveille, demandez-lui si l'adolescent à la pèlerine portait un panier et si oui, quelle forme il avait. Bonsoir.

— Le capitaine sait-il où vous êtes allé, sergent ? demanda Berenguer avec froideur. Et ce que vous faisiez ?

— Non, Votre Excellence, malheureusement le capitaine avait affaire ailleurs et je n'ai pu l'informer, répondit le sergent impassible. J'ai demandé aux meilleurs de mes hommes de me remplacer pendant mon absence et je suis allé voir s'il y avait du vrai dans les rumeurs qui circulent.

— Et alors ?

— On a découvert quelque chose d'intéressant, Votre Excellence. Un jeune homme, de dix-sept ans environ, est venu travailler avec l'intendant d'une grande propriété sise à l'ouest de la route de Figueres, à une lieue d'ici environ. Il avait été recommandé par maître Jaume, le notaire, à qui il avait lui-même remis une lettre émanant d'une de ses connaissances, à Barcelone.

— C'est bien mince comme recommandation, non ?

— C'est vrai, mais Votre Excellence s'en souvient certainement, il est souvent difficile de trouver des jeunes gens intelligents et travailleurs quand on désire se faire assister. On est heureux d'engager le premier qui se prétend compétent et a l'air honnête.

— J'en suis parfaitement conscient, sergent.

— J'ai parlé à la cuisinière de la *finca* voisine et je lui ai demandé, comme à tout le monde ce soir-là, s'il y avait de nouvelles têtes dans les parages. Elle m'a évoqué un garçon qui avait étudié chez les frères. Il était agréable, parlait beaucoup et disait venir de Valence.

— Et c'est pour ça que vous me dérangez ? demanda l'évêque.

— Non, mais elle a également dit, si je me souviens bien de ses paroles, « il est plutôt mignon, celui-là, avec son sourire d'ange, ses boucles dorées et sa barbiche roux foncé ». Là-dessus, elle a ajouté : « Il est aussi habile de ses mains. Il a réparé le collier de ma sœur qui s'était cassé. » Ça m'a fait penser à quelqu'un, il a un visage d'ange mais est capable de voler des maravédis dans une bourse et de les remplacer par des pièces en cuivre sans que personne le remarque à l'exception d'un aubergiste aussi perspicace que suspicieux.

— Le jeune homme angélique nommé Rafael ou quelque chose comme ça, dit Berenguer dont le visage s'éclaira, brièvement il est vrai, d'un sourire. Je me demande comment s'appelle celui-ci.

— Oui, et il est sorti de nulle part avec une lettre de la part d'une vague relation de maître Jaume. J'ai pris la liberté de lui parler avant de venir vous déranger, Votre Excellence : si le notaire avait pu me rassurer sur le passé de ce jeune homme, mes soupçons seraient aussitôt tombés.

— Et il ne l'a pas pu ?

— Non. Le jeune homme est arrivé et il lui a présenté sa lettre en lui demandant s'il avait du travail à lui proposer. Le clerc du notaire lui a alors rappelé une chose : sa sœur lui avait expliqué que l'intendant était débordé et qu'il cherchait un commis sur qui se reposer.

— La *finca* doit être prospère, fit remarquer l'évêque. Il faudra que j'en parle à Bernat. Chaque fois que nous demandons de l'argent pour les pauvres ou les malades du diocèse, la maîtresse pousse des hauts cris et se prétend réduite à la misère.

— Quand j'ai demandé si cette lettre pouvait être un faux, maître Jaume m'a répondu qu'il n'avait pas écrit à cette relation d'affaires depuis un certain temps, mais qu'il allait le faire sans tarder. Le diocèse pourrait-il l'indemniser pour avoir envoyé une lettre par messager spécial ?

— Nous recourrons aux fonds spéciaux du diocèse, dit Berenguer. Le courrier de Barcelone devrait arriver demain.

— Je le tiendrai au courant, Votre Excellence. Il semble ensuite que le clerc se soit rendu à la *finca* en compagnie du jeune homme et qu'il l'ait présenté à la maîtresse des lieux.

— Et comment s'appelle-t-il ?

— Raimon, Votre Excellence.

— Raimon, par tous les saints du Ciel ! s'exclama Berenguer. Je veux parler à ce jeune homme. Prenez tous les hommes nécessaires et allez le chercher !

Mais quand le sergent et les six gardes arrivèrent à la *finca*, l'oiseau s'était envolé.

— J'ignore où il peut être, dit la maîtresse paniquée. Il était là pour souper, je le sais. J'espère qu'il ne lui est rien arrivé. Ce n'est pas un de ces jeunes fous qui ne pensent qu'à se quereller avec le premier venu.

— Où dort-il ? demanda Domingo.

— Il a une chambre au-dessus du cabinet de l'intendant, répondit-elle en désignant une aile de la maison donnant sur l'extérieur de la propriété. C'est très pratique pour lui.

Ils allèrent inspecter les lieux et découvrirent que c'était en effet très pratique. Un petit escalier menait de la chambre à un portail que l'on pouvait franchir discrètement à toute heure. Il était fermé, mais ni barré ni verrouillé, et la chambre elle-même était vide.

Une heure de recherche dans les dépendances, lanterne à la main, ne servit à rien, comme s'il n'était jamais venu dans cette maison.

Isaac fit tinter discrètement la cloche du portail. Un

instant plus tard, il entendit des pas rapides et légers puis la barre qu'on ôtait avec difficulté.

— Raquel ? Où est Daniel ?

— Chut, papa, dit-elle en entrouvrant le portail. Il est dans votre cabinet, endormi.

— Sur ma couche ?

— Où pourrait-il dormir autrement ? Oh, papa, ce voyage l'a épuisé au point qu'il ne tenait même plus sa tête droite. Je lui ai suggéré de s'allonger sur votre couche et, comme il avait froid, je l'ai recouvert d'une de vos capes. Il s'est endormi en un instant, mais je vais aller le réveiller.

— Ne le dérange pas, ma chérie, je dormirai dans la chambre à coucher, avec ta mère. Ah ! Raquel, c'est mon tour de te suggérer quelque chose. Viens t'asseoir avec moi près de la fontaine.

Raquel écouta avec attention la douce voix de son père et hocha la tête à plusieurs reprises.

— Certainement, papa. Ce sera peut-être difficile, mais je m'occuperai de tout. Il est heureux que maman se soit endormie avec le bébé.

— Ne sous-estime pas l'œil perçant et l'ouïe fine de ta mère, ma chérie, dit Isaac en lui tapotant le genou.

Le lendemain matin, les serviteurs avaient à peine eu le temps de se frotter les yeux qu'Isaac se présentait déjà à la porte de la maison de Mordecai. Le portier ne comprit pas qu'une personne aussi honorable, souvent reçue dans cette demeure, pût arriver aussi tôt et demander qu'on le conduisît sur-le-champ à la chambre du maître. Il le regarda longuement avant de conclure qu'il ne pouvait pas lui interdire le passage. Il le fit donc patienter dans la pièce où attendaient d'habitude les clients et monta alerter son maître.

— Fais-le donc monter, lui dit Mordecai qu'il avait arraché à un profond sommeil. Il nous faut parler de bien des choses. Et que l'on apporte des rafraîchissements.

— Bien, maître Mordecai, dit le portier étonné de constater que son maître n'avait nulle intention de renvoyer le médecin.

— Entrez, Isaac. Vu la réaction de mon portier, je crains qu'il ne soit encore très tôt.

— Je le crains aussi, mais je dois vous parler avant que débutent les affaires du jour.

— Les cloches ont-elles sonné la première heure ?

— Oui, Mordecai. Je ne vous aurais pas réveillé plus tôt sauf si je n'avais pas eu le choix. Mais la raison de ma venue...

— Oui, pourquoi êtes-vous ici ? Est-il arrivé quelque chose ?

— Non, hormis le fait qu'un courrier est arrivé avec un paquet de lettres à votre intention et que je souhaitais vous les apporter.

— C'est pour ça que vous m'avez réveillé ? Elles concernent sans aucun doute mes affaires, Isaac. C'est très aimable à vous, mais vous n'aviez pas besoin de faire un tel effort.

— Je n'en suis pas certain. Elles viennent de votre ami Maimó.

— Maimó ? Cela signifie-t-il que Daniel est revenu de mission ? Dans ce cas je vais les lire immédiatement, ajouta-t-il sans même attendre de réponse. Cela ne me prendra pas longtemps pour savoir si elles répondent à mes questions.

— Je ferai preuve de toute la patience dont je suis capable, dit Isaac.

Mordecai brisa le sceau apposé sur le paquet et découvrit cinq missives. Il examina chacune d'elles, en mit trois de côté dont il ouvrit la première.

— Celle-ci est de la main de Maimó, dit-il en en parcourant rapidement le contenu. Elle évoque des problèmes autres que ceux qui nous intéressent aujourd'hui. La seconde lettre sera peut-être plus instructive.

Il était occupé à l'ouvrir quand la gouvernante entra avec l'un des serviteurs, chargé de nourriture et de boissons en abondance. Mordecai garda le silence tandis que l'on déposait sur la table une corbeille de fruits, du pain et du fromage, ainsi qu'un plat de riz et de lentilles aux herbes aromatiques. Quand son hôte et lui-même eurent été servis, il congédia les serviteurs et attendit que la porte fût bien refermée.

— Je ne désire pas que le contenu de cette lettre devienne un sujet de conversation, dit-il. Elle émane de Perla, la veuve d'Ezra. Elle date de jeudi, la veille du retour de Daniel. Maintenant que nous sommes seuls, je vais vous la lire.

Mon très cher Mordecai,

Cette lettre est écrite à ma demande par Arnau G., écrivain public de la ville de Majorque, et elle reprend fidèlement chaque parole que j'ai prononcée.

J'ai beaucoup réfléchi ces derniers jours depuis que votre ami, Daniel ben Mossé, est venu me poser des questions en votre nom. Sans lui avoir menti, je crains de l'avoir fourvoyé en omettant de nombreux détails que j'aurais dû porter à sa connaissance. Pardonnez-moi, je vous en prie. Une mère veut toujours protéger son enfant, une grand-mère souhaite toujours redorer la réputation de son petit-fils.

En parlant de mon pauvre Rubèn, cet adorable garçon, j'ai conduit Daniel à croire qu'il n'avait pas d'amis, j'entendais par là qu'il n'en avait pas à l'intérieur du Call. Malheureusement pour nous tous, c'était inexact. Il avait deux amis. L'un d'eux était un chrétien, plus âgé que lui, dont il appréciait la compagnie ; le second n'était autre que Josep, le fils de ma blanchisseuse, Sara. Josep était intelligent, pauvre et ambitieux. Il m'était évident qu'il nous croyait, ma famille et moi-même, immensément riches et qu'il espérait en tirer avantage.

J'ai pour ainsi dire toujours connu Sara. C'était l'enfant de notre blanchisseuse, qui avait coutume de l'amener chez nous les jours de lessive : je pouvais alors jouer avec elle et la distraire pour le seul plaisir de l'entendre rire. C'était une enfant délicieuse, dotée d'un beau sourire, d'un visage charmant et d'une chevelure rousse dont les boucles lui retombaient sur le front. Avec les enfants, on se fie toujours aux apparences, je m'en aperçois aujourd'hui.

Je lui vouais un amour sincère. La laisser derrière nous me fut presque aussi pénible que de quitter ma ville et ma mer bien-aimées lorsque je fus contrainte de me marier. À mon retour, je m'enquis d'elle, craignant que, comme tant d'autres, la peste l'eût emportée. Mais j'appris que ce n'était pas le cas. Elle s'était mariée puis, quelques années après, elle s'était enfuie à Valence avec un étranger. Quand il la quitta, elle dut vivre dans la rue.

Je la fis rechercher, lui envoyai de l'argent pour revenir à Majorque et fis de mon mieux pour que notre communauté l'acceptât un tant soit peu. Elle revint, accompagnée du petit Josep, âgé de sept ans. Je l'aidai, bien entendu. Elle était comme une fille pour moi — une fille difficile, mais à qui je devais l'attention d'une mère. Je lui donnai du travail et lui trouvai d'autres emplois. J'ai voulu ignorer les signes qui, de temps à autre, prouvaient qu'elle était revenue à ses mœurs anciennes.

En un ultime effort pour lui venir en aide, je me suis arrangée pour que son fils, Josep, devienne apprenti, mais il a abandonné son maître au bout de deux ou trois ans. Dès cet instant, il a vécu comme tous ces garçons perdus qui infestent la ville. Mais je crois que Josep n'a cessé de garder le contact avec sa mère, car bien des gens racontaient qu'ils avaient vu notre Rubèn, à l'heure où il aurait dû être en classe, traîner devant la maison de Sara, en bord de mer, et dans d'autres quartiers mal famés en compagnie du fils de Sara.

Je posai franchement la question à Rubèn et il m'avoua que c'était la vérité. Il m'expliqua qu'il était malheureux à l'école et ne se sentait bien qu'en compagnie de Josep et des amis de celui-ci. Il ajouta que Josep avait été engagé comme apprenti — comment, je l'ignore — par un maître herboriste qui lui transmettait son savoir. Ils devaient s'en aller pour Gérone, où l'on recherche ce genre de gens. L'herboriste avait promis à Josep que ses nouvelles connaissances lui vaudraient la richesse. Rubèn enviait son ami, il aurait voulu apprendre lui aussi un métier qui lui permît de s'élever dans le monde.

Mais Josep n'eut pas l'occasion d'aller à Gérone. Il apprenait rapidement mais n'était pas prompt à obéir. Le maître se querella avec lui et fit appel à un nouvel apprenti.

Rubèn passa tout l'été dernier en compagnie de Josep. On le voyait à peine des jours entiers. Faneta et moi étions rongées d'inquiétude. À notre grand soulagement, nous apprîmes que Josep avait quitté l'île. Ma joie fut de courte durée car, trois jours plus tard, Faneta et Rubèn tombaient gravement malades.

Votre ami Daniel m'a demandé comment ils sont morts ; je n'ai pas eu la force de le lui révéler. Mais je vous le dirai à vous. Ils sont partis à une heure l'un de l'autre après une journée de soif inextinguible, d'horribles crampes dans les membres, d'engourdis-

sement des mains et des pieds. Notre médecin émit l'hypothèse qu'un champignon vénéneux avait été ajouté par accident à l'omelette qu'ils avaient tous deux mangée, mais il n'en était pas certain. Il finit par parler d'inflammation infectieuse des entrailles et nous en restâmes là. Aujourd'hui je ne sais toujours pas.

Maintenant que Rubèn est mort, je n'ai pas le moyen de savoir ce que sont devenus ses amis. Depuis j'ai eu une conversation avec Sara, qui s'inquiète de voir son fils emprunter un chemin dangereux. Mais elle a également prononcé certaines paroles qui me laissent croire qu'elle est toujours en contact avec lui.

Je vous supplie, si vous n'avez pas besoin de savoir tout cela, de l'oublier à tout jamais. Cela me plongerait dans la détresse que de trahir vainement ses secrets et les miens.

— Il est mort, dit Mordecai. Tous deux mentaient. Ni l'un ni l'autre ne pouvait décemment être l'enfant de Faneta.

— À moins que maîtresse Perla ne cherche à protéger ce garçon, dit Isaac, en faisant croire à sa mort.

— Je ne puis l'imaginer. C'est une femme trop droite, trop honnête pour se comporter ainsi.

Il reposa la lettre sur la table et se tourna vers la fenêtre.

— Le reste de cette missive contient des choses qui me sont toutes personnelles, ajouta-t-il enfin d'une voix mal assurée. Mais il y a aussi une sorte d'étrange post-scriptum.

— Et que dit-il ?

— Il est écrit d'une main toute différente — très correctement même s'il ne s'agit pas d'un scribe. Permettez-moi de vous le lire.

J'ai demandé à mon ami, l'homme qui s'est chargé de l'enseignement de Rubèn, d'achever cette lettre pour moi. Quand l'écrivain public eut terminé son travail, il me déclara, avec un manque de discrétion inadmissible dans sa profession, qu'il avait, très peu de temps auparavant, travaillé pour quelqu'un que je devais connaître. Cette lettre était également destinée à Gérone et, s'il l'avait su, elles seraient parties en même temps, ce qui aurait fait faire des économies. Je crains qu'il ne s'agisse de Sara et que le destinataire ne soit Josep. Prenez garde à lui, Mordecai, car je le crois dangereux.

— Vous pensez que le fils de Sara est le premier jeune homme qui se présenta à vous ? demanda Isaac. Il aurait pu tenir de Rubèn et de sa propre mère les détails concernant votre famille.

— C'est impossible. Il ne pouvait s'agir du fils de la blanchisseuse de Perla : cette femme n'est rien de plus qu'une prostituée de bas étage, même si Perla la prend toujours en pitié. Il m'avait l'air si éduqué, si bien élevé. Mais une chose est certaine : s'il est de fait le fils de Sara, il n'a rien à voir avec ces potions empoisonnées.

— Comment cela ?

— Son corps a été retrouvé une semaine après sa disparition de Sant Feliu de Guíxols.

— Mais vous m'avez dit douter que ce fût son corps. Bien des hommes périssent dans la tempête et, en une semaine, la mer peut cruellement détériorer la chair d'un homme.

— Isaac, Isaac, vous pouvez être cruel quand vous opposez votre esprit lucide au mien. Je m'obstine à dire que nous n'en savons pas assez pour juger.

— C'est bien possible.

— Pouvez-vous m'envoyer le jeune Daniel dès

qu'il aura déjeuné ? J'aimerais apprendre de sa bouche ce qu'il a découvert et le remercier pour ses efforts. Au jour de ses noces, il ne regrettera pas de m'avoir rendu un tel service. C'est un splendide jeune homme et je vous envie d'avoir un futur gendre comme celui-ci, mais n'en dites rien à mes filles !

— Hélas, j'en serais enchanté, mais Daniel n'est pas encore de retour. Il a certainement confié le courrier à un messager rapide et choisi de prendre son temps pour revenir.

— J'ai du mal à croire que Daniel ait pu agir de la sorte, dit Mordecai. Si tel est le cas, je ne suis pas sûr de vous envier votre gendre. Maîtresse Raquel doit se sentir cruellement négligée si les joies du voyage comptent plus pour lui que ses charmants sourires.

— Elle sait au moins qu'il a regagné la terre ferme et qu'il sera bientôt là. Mais veuillez me pardonner, maître Mordecai, je dois retourner chez moi.

— Je crains que la lettre de Perla ne m'ait été plus utile à moi qu'à vous. Je regrette qu'elle ne renferme rien qui puisse aider le jeune Lucà.

— Nous verrons, mais puis-je vous demander une faveur ?

— Cela va de soi mon ami, et laquelle est-ce ?

— Pouvez-vous garder pour vous seul la nouvelle de la mort du fils de Faneta ? Du moins jusqu'à ce que Daniel nous explique au juste ce qui s'est passé sur l'île.

— Si vous voulez. Je ne vois pas ce que cela changera, mais je ferai selon votre désir.

— J'aurai l'esprit plus tranquille, lui confia Isaac.

Le médecin se hâta de traverser le Call pour regagner sa maison dans la quiétude matinale. Çà et là, quelques servantes vaquaient déjà à leurs occupations, mais la majeure partie des habitations n'étaient pas encore réveillées.

Tout près du portail de sa demeure, il ralentit le pas pour se donner le temps de réfléchir à ce qu'il venait d'apprendre.

— Si tous deux sont décédés en même temps, dit-il à voix basse, de quoi sont-ils morts ? Une maladie qui frappe simultanément deux personnes dans la même maison et épargne maîtresse Perla ? C'est possible.

— Maître Isaac, dit une voix familière. Vous n'avez pas besoin de parler tout seul. Son Excellence serait enchantée de bavarder avec vous.

— Tout de suite, sergent Domingo ? fit Isaac en se retournant.

— À la minute même. Je suis désolé de n'être pas revenu vous parler la nuit dernière, mais j'ai découvert une chose si extraordinaire que je l'ai révélée aussitôt à Son Excellence.

— Pouvez-vous me dire de quoi il s'agit tandis que nous nous rendons au palais ?

— Promettez-moi alors d'écouter Son Excellence vous la narrer comme si vous en ignoriez tout.

— C'est le moins que je puisse faire pour vous, mon ami. Permettez-moi de prévenir ma fille, ensuite nous nous rendrons au palais.

— J'attendrai ici, dit le sergent.

Isaac traversa la cour d'un pas rapide et frappa doucement à la porte de son cabinet.

— Raquel ? murmura-t-il en entrant. Es-tu encore là ?

— Oh, papa, fit une voix ensommeillée. Je me suis assise à terre et je me suis endormie. Au pied de votre couche.

Il entendit ses vêtements bruisser quand elle se releva.

— Daniel est toujours ici ?

— Oui, papa, mais je vous assure qu'il ne s'est rien passé, s'empressa-t-elle d'ajouter. Il dormait si profondément que je n'ai pu...

— Épargne-moi tes excuses. Je veux que tu le gardes ici jusqu'à mon retour. Donne-lui à manger si je suis plus long que je ne le voudrais mais personne — je dis bien personne, ni ta mère ni maîtresse Dolsa — ne doit savoir qu'il est revenu. Fais ce que je te demande, ma chérie, pour son bien comme pour le tien. À présent, je dois m'en aller.

— J'aurais aimé savoir cela hier plutôt que ce matin, dit Isaac quand le sergent eut terminé.

— Pourquoi ?

— Parce que dans tout ceci, même si vous ne pouvez trouver Raimon et l'appréhender, il y a une preuve qui pourrait innocenter Lucà. Hélas, je ne pense pas que cela soit possible.

— Il suffit que Son Excellence le croie aussi innocent. Le tribunal de Son Excellence ne se réunit pas tant qu'elle n'est pas prête et il a les moyens de deviner les opinions de Son Excellence avant de décider qu'elles sont excellentes. Il en va de même au tribunal de Sa Majesté le roi. Au fond, il est heureux que notre évêque et notre souverain soient tout simplement des hommes, ajouta Domingo dans un surprenant excès de candeur.

— Je crois que vous avez raison, lui répondit Isaac. Et vous me réchauffez le cœur.

— Je ne suis pas sûr que cela puisse faire pencher la balance en faveur de la culpabilité ou de l'innocence du jeune Lucà, dit Berenguer après avoir été mis au courant des événements de la nuit, mais il est évident qu'il y a un rapport certain.

— J'ai une autre raison de croire que l'individu

que nous cherchons est ce Raimon, Votre Excellence, dit lentement Isaac. Et qu'il est de Majorque.

— Ah oui ? Et allez-vous nous dire cette raison ?

— Certainement, Votre Excellence. L'enfant agressé près de la rivière a repris brièvement ses sens et s'est souvenu d'une chose concernant ce prétendu messager. La personne avec qui il s'est colleté sous le pont parlait comme sa mère et employait les mêmes mots qu'elle quand elle était en colère — j'ai compris, Votre Excellence, qu'il s'agissait d'expressions vulgaires ou irréligieuses. Il n'a pu s'empêcher d'éprouver de la nostalgie. Sa mère était originaire de Majorque. Il a également décrit la pèlerine à capuche et le panier oblong que tous les autres ont vus lors de la livraison des poisons. Chaque chose en soi est bien minime, je le concède, ajouta-t-il avant que chacun pût objecter, mais ensemble elles sont assez suggestives.

— Mais où est-il ? Comment a-t-il su qu'il lui fallait s'enfuir au plus vite ?

— Je crois que c'est ma faute, dit le sergent. Je me suis rendu directement de la ferme à l'étude de maître Jaume et je lui ai posé plusieurs questions. Il a réveillé son assistant, qui m'a répondu et est reparti. Il est peut-être allé se recoucher, mais il peut aussi avoir fait un tour jusqu'à la *finca* pour informer son ami qu'on s'intéressait à lui.

— Comment savez-vous qu'ils étaient amis ? demanda l'évêque.

— Je n'en sais rien, Votre Excellence, mais voilà qui expliquerait bien des choses.

— Cela en expliquerait au moins une, renchérit Isaac. Je m'étais demandé comment maître Lucà pouvait savoir que maîtresse Magdalena avait modifié son testament en sa faveur, que maître Narcís avait fait de même ou encore que maître Mordecai avait envoyé chercher le notaire. Je sais que la rumeur va vite dans cette ville, mais le contenu d'un testament est généralement ignoré de tous à moins que le testateur n'explique à ses amis la répartition de ses biens à son décès. Maître Jaume Xavier a la réputation d'être discret, pour ne pas dire secret.

— C'est vrai, reconnut Berenguer. La personne la plus à même de savoir tout cela est le clerc de maître Jaume puisqu'il a recopié les testaments en question.

— Si les deux jeunes gens étaient amis, expliqua le sergent, ce Raimon pourrait logiquement détenir ces renseignements. Parce que, si le clerc avait raconté au premier compagnon de taverne venu ce qu'il savait des clients du notaire, leurs affaires privées s'étaleraient aujourd'hui sur la place publique. Si Votre Excellence veut bien m'excuser un instant, je crois pouvoir découvrir qui sont les compagnons du clerc de maître Jaume.

Il sortit dans le couloir et appela Gabriel.

— De plus, le clerc serait déjà remercié, dit Berenguer. Mais il n'y a là rien qui me convainque de l'innocence de Lucà. Qui d'autre voudrait empoisonner ces trois personnes ? Qui d'autre dispose d'un mobile suffisant ? J'ai du mal à croire qu'un homme jouerait à la fois son corps mortel et son âme immortelle en commettant un crime méprisable dans le seul but de nuire à autrui. Un homme dont nous ne savons même pas s'il le connaît. Et pourquoi Lucà ne cherche-t-il pas à se défendre ?

— Parce que nous ne lui avons pas posé les bonnes questions, dit Isaac. Il en sait peut-être même encore moins que nous. Interrogez-le sur Raimon et Joan Cristià.

— L'herboriste mort à Cruilles ? Ce peut être intéressant. Au fait, savez-vous quand Daniel doit revenir en ville ? Je ne crois pas pouvoir reculer encore le procès si l'on ne pose pas de nouvelles questions.

— Et qui s'en chargerait ? fit Isaac d'un ton innocent.

— Qui, je vous le demande, dit Berenguer en riant. Mais s'il ne se présente pas à son mariage, Isaac, nous devrons reprendre nos réflexions.

Pensif, Isaac revint lentement du palais épiscopal. Cacher Daniel à l'évêque ne serait pas chose facile, puisqu'il était presque impossible de le faire sortir de la ville par des moyens ordinaires. Le cacher à son oncle et à sa tante le serait encore moins, surtout à sa tante Dolsa, qui passait son temps à s'inquiéter à propos de son neveu, de son mariage, de sa sécurité et de Raquel. Mais le dissimuler dans sa propre maison sans que Judith le sache constituerait une expérience hors du commun.

— Ne vous inquiétez pas, papa, lui dit Raquel avec l'optimisme de la jeunesse. Maman est si occupée par Beniamin qu'elle néglige bien des choses.

Ce n'était pas tout à fait exact. Elle confiait certaines tâches à ses serviteurs, mais ne négligeait rien.

— Ne sous-estime pas ta mère, dut se contenter de dire Isaac.

D'une manière ou d'une autre, ils réussiraient à le dissimuler aux yeux de Judith.

Mettre Daniel à l'écart était un problème, certes, mais c'en était un autre que de débusquer Raimon, qui allait et venait en toute liberté comme un animal nuisible. Peut-être pourtant y avait-il une chose qui le ferait sortir de sa tanière.

Isaac s'arrêta au portail et appela Yusuf.

Quand les allées du marché furent pleines de monde et les rues bondées de ménagères, de marchands, de badauds, d'apprentis, de porteurs, de servantes et de commerçants désireux de s'arrêter un instant pour boire ou se restaurer, Yusuf s'infiltra dans la foule et se mit à parler. Il débuta par le nord de la ville, hors les murs, puis il traversa l'Onyar pour rejoindre le quartier sud : déjà ses commérages le précédaient. Quand la quatrième personne lui eut raconté ce qu'il savait déjà, il ne transmit pas l'information et rentra directement au Call.

— C'est fait, seigneur, dit-il à Isaac. À l'heure du déjeuner, il n'y aura pas un chat ou un bébé qui ne sache ce qui se passe.

— C'est parfait, répondit le médecin. Tu peux maintenant t'en retourner à tes études.

La nouvelle de la fortune promise à l'un des prétendants au titre de fils du cousin de Mordecai se répandit en ville comme une traînée de poudre. Raimon, si tel était bien son nom, fut mis au courant dès qu'il eut franchi la porte nord et rencontré l'une de ses connaissances.

— Tu n'aimerais pas être à la place de ce Rubèn ? lui demanda le personnage en question.

— Pourquoi ? J'ai déjà assez de mal à être moi-même.

— Pour l'argent.

— Quel argent ?

— Une fortune, dit-on, une véritable fortune. Et tout lui a été légué par un oncle ou un grand-père, je ne sais. Mordecai la détient actuellement et doit la lui remettre dans une semaine, seulement il n'est pas certain de son identité.

— Où as-tu entendu dire ça ?

— Tout le monde est au courant. Ils vont juger ce garçon qui est arrivé en ville et qui s'est fait passer pour lui. C'est dans les dépositions. Je crois qu'un des gardes ou un des geôliers l'a raconté à sa femme.

— Je n'ai jamais entendu parler de lui, dit Raimon. De quoi l'accuse-t-on ?

— D'avoir tué des gens, ses patients, et ensuite d'avoir essayé de tuer Mordecai.

— Écoute, je dois porter des papiers pour mon maître. On pourrait se retrouver de l'autre côté de la rivière devant un pichet de vin, non ? Tu me raconteras tout ce qu'on dit en ville. J'ai tant de travail que je ne sors pas souvent. Dans la prairie d'ici une heure, d'accord ?

Ils se séparèrent et Raimon s'éloigna de la rivière, pensif.

Le sergent se présenta à l'évêque dès que Gabriel fut de retour avec les résultats de son enquête.

— J'ai fait demander dans les tavernes avec qui le clerc de maître Jaume passait son temps.

— Et qu'a-t-on appris ? dit sèchement Berenguer.

— Peu de choses. Il n'a jamais été en compagnie d'un dénommé Raimon ni de quelqu'un qui correspond aux descriptions qu'on nous en a faites, Votre Excellence.

— C'est malheureux.

— Mais on l'a vu une ou deux fois avec Lucà chez la mère Benedicta, près de la rivière. Et nulle part ailleurs.

— Cette taverne est peu éloignée de la maison de Romeu.

— Oui, Votre Excellence. Habituellement, on n'y remarque pas son voisin de beuverie. En tout cas, on n'en parle pas.

— Ce Raimon s'est-il jamais rendu à l'étude de maître Jaume ?

— Une fois seulement, selon le notaire. Il n'apprécie pas que son clerc ait des visiteurs, qu'il travaille ou se repose. Et il ne lui connaît pas de relation amicale avec le jeune Raimon.

Le lendemain matin, quatre membres de la garde épiscopale se présentèrent à nouveau à la maison de Romeu, le menuisier.

— Qu'est-ce qu'ils viennent faire aujourd'hui? demanda la femme qui habitait de l'autre côté de la rue.

— Peut-être qu'ils cherchent quelqu'un d'autre, suggéra une voisine.

— Combien de gens croyez-vous que Romeu peut cacher dans une maison de cette taille? Son atelier occupe pratiquement toute la superficie.

— Même son apprenti dort à l'étage avec la famille, dit une autre femme. Je n'aurais jamais accepté ça chez moi.

— Savez-vous ce qui se passe chez Romeu, maîtresse Rebecca? demanda la femme qui habitait de l'autre côté de la rue.

Elle s'adressait à une charmante jeune femme sortie sur le pas de sa porte avec un enfant de quatre ans.

— Quatre membres de la garde sont entrés, ajouta-t-elle.

Chacune attendait une réponse de la part de la nouvelle venue car son mari, Nicolas, était scribe à la cathédrale. Elle-même était la fille du sage médecin Isaac et, comme chacun le savait, elle avait été rejetée par sa famille après avoir épousé un chrétien. Toutefois les voisines avaient souvent vu le médecin entrer dans la demeure de maîtresse Rebecca quand il passait dans le quartier, mais elles n'en parlaient pas.

— Ils cherchent des preuves en vue du procès, dit-elle, mais peut-être qu'ils passent prendre des affaires pour le détenu. D'ailleurs... regardez, ils portent un ballot. Maîtresse Regina les accompagne et elle aussi porte quelque chose. Le procès a été retardé, il a besoin de linge propre, vous comprenez, expliqua-t-elle avec toute la conviction d'une femme dont le mari assiste souvent aux procès épiscopaux.

— C'est plutôt lourd, son paquet, non? fit remarquer une femme.

— Oh, je ne crois pas! lui répondit Rebecca. Quand on l'a arrêté, il n'avait sur lui que la vieille tunique qu'il portait pour aider Romeu. Il doit y avoir là une tunique neuve, des bottes et une chemise ou deux.

Les femmes acquiescèrent. Les gardes avaient à peine disparu qu'elles étaient persuadées que l'enfant de neuf ans transporté par les gardes dans une couverture n'était en fait qu'un paquet de vêtements et des bottes.

Carles, le fils de Rebecca, réclama à manger. Elle sourit à ses voisines et, transpirant sous les efforts qu'elle venait de fournir, rentra chez elle.

Accompagné de Raquel, Isaac rencontra au palais épiscopal le groupe de six personnes, soit les quatre gardes, Regina et Tomás.

— Il devrait être en sécurité ici, dit Bernat qui avait veillé à ce qu'il fût bien installé.

— Sauf que la ville tout entière doit maintenant savoir où il est, dit Berenguer. On ne peut porter un enfant dans les rues sans que cela se remarque.

— Il est possible qu'on n'ait rien remarqué, intervint Isaac. J'ai organisé une légère diversion. Il vaut mieux que la personne qui a frappé l'enfant le croie tombé dans la rivière et emporté vers la mer.

— Quelle forme de diversion?

— Ce garçon a été enveloppé dans une grosse couverture et ma fille Rebecca attendait près de la porte. Elle avait pour instructions de convaincre les curieux que les gardes venaient chercher des habits destinés à maître Lucà.

— Elle a réussi son coup, maître Isaac, messire, dit l'un des gardes. Je l'ai jeté sur mon épaule comme un paquet de linge sale, mais j'ai tout de même fait attention de ne pas lui cogner la tête.

Cinquième partie

LE PROCÈS

XVIII

Una sabor d'agre e dolç amor llança

Un goût d'amour doux-amer se répand

Les bruits de la maison tirèrent Daniel du sommeil. Un bébé pleurait ; une voix semonçait quelqu'un, peut-être une servante qui n'avait pas fait son travail. Il cligna des yeux, les ouvrit. En dépit de cette activité apparente, le monde qui l'entourait était encore plongé dans l'obscurité. Il s'assit avec difficulté, se débattit avec des vêtements qui ne lui étaient pas familiers et fut un instant pris de panique. Rien n'avait de sens, hormis cette voix qui ne lui était pas inconnue...

— Ne vous inquiétez pas, maman, dit une voix qui ne lui était en rien étrangère. Je vais m'en occuper.

La porte s'ouvrit. La lumière et les souvenirs inondèrent la pièce.

— Raquel, dit-il, mais que fais-je ici ?

— Vous êtes au calme, tout simplement, murmura-t-elle en ouvrant les lourds volets. Je vous ai apporté votre déjeuner. Il y a de l'eau pour votre toilette et votre linge de rechange est posé sur la table de papa.

Je reviens dans un instant. C'est jour de ménage aujourd'hui et nul ne doit savoir que vous êtes ici.

— Il faudra le demander à papa, dit Raquel quand elle revint. Je lui ai parlé un instant ce matin : il a bien précisé que vous ne deviez vous montrer à personne, même pas à maman, aux jumeaux ou aux serviteurs. Même à Naomi. Ensuite, il est parti précipitamment voir l'évêque.

— J'ai du mal à comprendre. Pourquoi dois-je me cacher? Et durant combien de temps?

— Je suis certaine que papa vous expliquera tout mieux que moi, répéta Raquel, mi-exaspérée, mi-perplexe.

— Je ne puis rester dans le noir dans le cabinet de votre père, je vais devenir fou.

— Rassurez-vous, je vous tiendrai compagnie, et vous ne serez dans le noir que la nuit.

— Et comment allez-vous expliquer à votre mère que vous passez tout votre temps dans le cabinet de son époux?

— C'est facile. Nous faisons le ménage pour la Pâque, répondit-elle. Je lui ai promis de m'occuper personnellement de cette pièce, et je vous assure que je vais la trouver dans un état épouvantable.

Il fallut attendre le vendredi pour que Berenguer trouvât le temps de s'imprégner des détails du procès de Lucà.

— Comment va l'enfant? demanda-t-il à Isaac.

— Bien mieux, Votre Excellence. Il lui arrive toujours de souffrir de la tête. Il a parfois l'esprit embrouillé et il est très affaibli, mais je suis enclin à penser que c'est là la conséquence d'une malnutrition de longue date. Son humeur s'améliore et je crois qu'il commence à en avoir assez de ce repos forcé.

— Je le ferai venir. Cela lui changera les idées. Et nous entendrons ce qu'il a à nous dire.

Regina prit en charge l'enfant, lui fit franchir la porte et demeura en retrait dans le corridor. On avait pour l'occasion fourni à Tomás une tunique et des sandales pratiquement neuves ainsi qu'une chemise propre trouvée dans un des innombrables coffres de la cathédrale et du palais épiscopal. Il regarda autour de lui avec crainte et curiosité, puis il ébaucha une révérence devant Bernat, qu'il avait pris pour l'évêque.

Berenguer s'était placé près de la fenêtre pour observer son entrée. Il s'approcha de lui et posa une main sur son épaule pour le conduire vers la chaise placée près de sa table de travail.

— Asseyons-nous, veux-tu ? Tu t'appelles Tomás, c'est cela ? Je suis monseigneur Berenguer, l'évêque. La personne que tu as saluée en entrant est le père Bernat : il notera ce que tu dis parce que sa mémoire déficiente risquerait de lui faire oublier des choses importantes. Maître Isaac est ici présent pour s'assurer que nous ne te fatiguons pas trop.

— Oui, messire, dit Tomás.

Le scribe de Bernat était assis de l'autre côté de la table. Il s'approcha de l'enfant pour lui murmurer quelques mots à l'oreille.

— Oui, Votre Excellence, répéta Tomás.

— Tu deviens un parfait gentilhomme, dit Berenguer. C'est excellent. Bien. Tu as dit au médecin que l'homme qui t'a poussé...

— Il m'a frappé, Votre Excellence ! s'indigna Tomás. Là, au bras. J'ai encore un bleu, ajouta-t-il en relevant la manche de sa tunique.

— C'est intéressant. Je crois que tu as dit que l'homme qui t'a frappé sous le pont te rappelait ta mère. Parlait-il comme une femme ?

— Pas exactement. Pas comme les femmes d'ici, en tout cas. Pas comme Regina ou Raquel, ou la femme du boulanger qui m'a donné plusieurs fois du pain.

— Dans ce cas, pourquoi cette voix t'a-t-elle fait penser à ta mère ? Parle-moi d'elle.

— La plupart du temps, elle est gentille, hésita-t-il. Elle me chante des chansons qu'elle a apprises dans les îles, ça parle de la mer, des marins et des tempêtes. C'est des chansons tristes, mais elles sont jolies. Quand je posais la tête sur sa poitrine, je sentais sa voix en elle. Mais ça, c'est quand j'étais plus jeune, ajouta-t-il comme pour repousser une faiblesse enfantine.

— Elle avait donc la voix grave. Ce n'était pas une voix aiguë, comme celle des enfants qui chantent à l'église.

— Non.

— Tu dis que la plupart du temps, elle est gentille, intervint Isaac. Pas tout le temps, donc ?

— Non. Elle se met en colère, surtout quand elle a bu trop de vin, alors elle crie des choses horribles, comme les hommes sur les bateaux quand ils se battent. C'était les mêmes mots qu'il me criait et sa voix ressemblait à la sienne, sauf que c'était pas la même personne... Je ne comprends pas, dit-il d'une voix sourde. C'est trop dur. En tout cas, il m'a fait penser à elle quand elle est comme ça et j'ai eu très peur, comme les jours où elle brandissait son couteau devant moi, même qu'elle faisait pareil avec les hommes...

Les larmes lui vinrent aux yeux.

— ... elle disait qu'elle ne leur faisait pas vraiment mal, c'était juste pour les prévenir.

— De quoi parle-t-il ? demanda Berenguer d'une voix discrète.

— De choses qui n'ont certainement pas de rapport avec ce que nous désirons savoir, lui répondit le médecin sur le même ton. Sa mère devait vivre parmi les brutes.

Il se tourna vers le garçon.

— Ta mère était originaire de Majorque. De la ville ou de la campagne ?

— De la ville, je crois. Mon père racontait qu'il l'avait trouvée près du port et qu'il l'avait ramenée chez lui comme un trophée après une bataille, mais sûrement qu'il plaisantait.

— Votre Excellence, il me semble que cet enfant se fatigue, dit Isaac.

— Je n'en doute pas, dit l'évêque. Mais j'ai encore une chose à te demander, Tomás. Deux hommes vont se parler dans le couloir. Veux-tu aller jusqu'à la porte, que quelqu'un t'ouvrira, et les écouter ? Tu me diras si tu reconnais à sa voix celui qui t'a frappé.

— Il ne me verra pas ?

— Non, il ignorera ta présence.

Le scribe quitta sa place et alla entrouvrir la porte. Tomás descendit de sa chaise et traversa la pièce, pâle, fatigué. Il écouta.

Un instant plus tard, il se retourna, l'air malheureux.

— Il me semble que le deuxième homme parlait un peu comme celui du pont, mais je n'en suis pas très sûr.

À nouveau ses yeux s'emplirent de larmes.

— Ce sera tout, dit Berenguer. Maîtresse Regina va s'occuper de toi. Tu as fait du bon travail, Tomás, et je t'en remercie. Mais tu vas devoir rester encore quelque temps au palais, je le crains. Nous ne voudrions pas qu'il t'arrive quelque chose.

Bernat ouvrit la porte, prononça quelques paroles et fit entrer Regina.

Lorsqu'elle vit le visage blême de l'enfant, elle le prit dans ses bras comme un bébé.

— Je vais le porter ! lança-t-elle d'un ton accusateur. Vous l'avez épuisé.

— Permettez-moi de m'en charger, maîtresse, dit le scribe.

Tous trois quittèrent la pièce.

— Je ne suis pas certain que cet épuisement nous ait apporté grand-chose, dit Berenguer. Pensez-vous qu'il a reconnu la voix de Lucà comme étant celle de son agresseur ?

— C'est difficile à dire, déclara Bernat avec prudence. Il n'avait pas l'air sûr de lui. Je l'aurais cru plus précis parce que cet enfant a l'ouïe fine comme celle d'un musicien. Je me demande s'il chante...

— Pour vous, Bernat, cela n'a rien d'une identification ?

— C'est très imprécis, mais on peut l'utiliser...

— Au fait, comment avez-vous justifié sa présence au palais ?

— Cela ne fut pas compliqué, Votre Excellence, hésita Bernat. Il a suffi de laisser entendre que c'était le neveu de Votre Excellence, qu'il était souffrant et qu'il séjournerait ici pour y être soigné par maître Isaac.

— Un enfant des rues ? L'enfant, sans aucun doute, d'une fille à marins, abandonné par sa mère ? Mon neveu ?

— Il ne parle pas comme ces gens-là, Votre Excellence. Comme je vous l'ai dit, il a un don pour saisir les voix. Encore quelques jours et on croira à son langage qu'il a été élevé au sein de la noblesse. De plus, on le traite pour l'heure comme un vicomte, et c'est ce qui a convaincu tout le monde. Je ne pense pas qu'une personne mal intentionnée viendra le chercher dans l'une des chambres d'amis de Votre Excellence.

— Laquelle ?

Bernat le lui dit.

— Non, je ne le pense pas non plus. Des princesses royales y ont dormi. C'est votre idée, Bernat, n'est-ce pas ? Vous l'avez installé dans cette chambre et vous avez laissé la rumeur se répandre qu'il était mon neveu ?

— Peut-être mes paroles ont-elles été mal interprétées, répliqua Bernat avec diplomatie. Et peut-être n'ai-je pas pris assez de soin pour que la rumeur...

— Peu importe, il sera en sécurité. Par bonheur, il ne me ressemble pas vraiment, ajouta joyeusement Berenguer. Sinon, chacun viendrait déposer de petits cadeaux devant sa porte pour s'attirer les faveurs du diocèse.

L'évêque revint près de la fenêtre et contempla le parvis.

— À présent, voyons ce Lucà. Qu'on le fasse entrer.

— Parlez-nous de Raimon, dit Berenguer qui n'avait pas quitté la fenêtre.

— Raimon, Votre Excellence ? J'ai peur de ne pas comprendre. Je connais quelques personnes portant ce nom, mais j'ignore de laquelle Votre Excellence veut parler.

— Raimon de Majorque, celui qui a un visage d'ange et des cheveux clairs et concocte des poisons mortels.

— Raimon, Votre Excellence ? répéta-t-il le front plissé. Un fabricant de poisons ? J'ai entendu parler d'hommes originaires de ma ville à qui la rumeur publique attribue la capacité de fabriquer des poisons ainsi que leurs antidotes, mais aucun ne s'appelle ainsi, à ma connaissance.

— Dans ce cas, Cristià ? Joan Cristià ?

— Ce n'est pas un empoisonneur, Votre Excellence. Ah non, pas Joan. Peu importe ce qu'on raconte. C'est un herboriste habile dans son art, voilà ce qu'il est. Quelques-unes de ses potions contiennent d'infimes quantités de poisons, Votre Excellence, il l'admet volontiers, mais elles sont tellement diluées que le poison en question soigne et renforce l'organisme au lieu de le détruire. Il maîtrise au mieux son art, je vous l'assure.

— Quel rapport avez-vous avec lui ?

— Je l'ai rencontré lors de mon apprentissage. Je l'admirais beaucoup et son talent m'éblouissait, Votre Excellence. Ce qu'il réalisait me paraissait si important que je voulais à tout prix en faire autant, mais je crois que j'étais déjà trop vieux quand j'ai débuté. J'ai appris de lui un certain nombre de choses et j'ai voyagé à ses côtés pendant quelque temps parce qu'il n'avait ni assistant ni apprenti à l'époque. Je l'aidais en cueillant des plantes, je m'efforçais d'apprendre leurs noms et leurs propriétés. Mais ma lenteur lui déplut et nous nous séparâmes. Je suis revenu dans cette ville parce que l'une de ses relations m'avait confié que maître Isaac était un grand herboriste.

— Pourquoi avoir déclaré que vous étiez parent avec maître Mordecai ? lui demanda Isaac.

— Je pensais que cela me faciliterait l'entrée dans la communauté, maître Isaac. J'étais trop maladroit et trop ignorant pour comprendre ce que mon mensonge avait d'insensé.

— Quand êtes-vous rentré en Catalogne ? lui demanda Bernat à brûle-pourpoint.

— Au printemps, mon père. Avant la guerre. Car je savais qu'elle allait éclater...

— Vous étiez en Sardaigne, dit l'évêque.

— Oui, Votre Excellence, nous y étions. À Alghero. Joan Cristià affirmait que nous nous rendions à Gênes, mais il changea d'idée et nous sommes allés à Alghero.

— Je vois. Comment saviez-vous qu'il y aurait la guerre ?

— Tout le monde le savait, Votre Excellence. Il y avait des préparatifs, des rumeurs circulaient et les gens prenaient parti. Joan Cristià prétendait qu'avec tous ces événements, je serais plus un fardeau qu'une aide, alors je m'en suis allé.

— Comment avez-vous quitté l'île ?

— Je me suis engagé sur un navire à destination de Valence. De là, j'ai marché et j'ai trouvé du travail tout au long de mon chemin. J'ai rencontré des gens intéressants, des bons et des mauvais, et aussi beaucoup de gentillesse et de générosité. Il m'a fallu près d'un an pour arriver. Et regardez où j'en suis, ajouta-t-il tristement. Non que je me plaigne, Votre Excellence. Dieu nous envoie des épreuves pour nous punir de nos mauvaises actions, même si les hommes se fourvoient sur les raisons de ce châtiment.

— Vous n'avez donc pas empoisonné maître Narcís Bellfont ?

— Non, Votre Excellence.

— Ni maîtresse Magdalena ?

— Non plus.

— Et vous n'avez pas tenté d'empoisonner maître Mordecai ?

— Certainement pas, Votre Excellence. Comment aurais-je pu vouloir nuire à ces gens-là ? Ils ont tous été bons envers moi et m'ont traité en ami. Et je jure que le remède que je leur ai donné est l'un de ceux dont Joan Cristià m'a enseigné la préparation et qu'il sert à apaiser douleurs et crampes. Il disait que c'était l'un des plus utiles qu'il connaissait et qu'il ferait ma fortune. Chaque fois, je l'ai essayé sur moi-même pour m'assurer que ce n'était pas trop fort. Je ne pouvais commettre d'erreur : j'aurais été le premier à en mourir, pas le dernier.

— L'enfant vous a identifié à votre voix.

— Quel enfant, Votre Excellence ? demanda Lucà.

— Celui du pont.

— Il y a beaucoup d'enfants qui se retrouvent aux abords des ponts, Votre Excellence. Il est vrai que certains me connaissent, mais je ne comprends pas le sens de votre question.

— Nous en discuterons plus tard. C'est tout pour maintenant. Votre témoignage sera présenté lors de votre procès et vous aurez la possibilité de dire ce que vous voudrez pour votre défense ou pour adoucir votre peine.

Sur un signe de tête de Berenguer, Lucà fut reconduit dans sa cellule.

Berenguer s'était à peine attelé à l'étude d'une pile de documents qui attendaient d'être signés lorsqu'un coup léger frappé à la porte l'interrompit.

— Je croyais vous avoir demandé que l'on ne me dérange pas avant l'heure du déjeuner, Bernat, maugréa-t-il.

— C'est ce que j'ai fait, Votre Excellence, répondit le secrétaire.

— Qu'y a-t-il alors ?

— Un instant, Votre Excellence, je vais m'en occuper.

Bernat ouvrit la porte et dit sèchement, d'une voix qui n'acceptait aucune contestation, que Son Excellence ne désirait recevoir personne.

— Je sais qu'elle est là et je dois la voir !

La porte s'ouvrit toute grande et Regina passa devant le franciscain stupéfait.

— Votre Excellence, je ne vous demande qu'une minute.

— Maîtresse Regina, fit l'évêque d'un ton inquiet, l'état de l'enfant aurait-il empiré ?

— Non, il va très bien. Et il est fier d'avoir

conversé avec un personnage de votre importance, Votre Excellence. Mais peut-être me direz-vous si Lucà a déclaré quoi que ce soit qui pût l'aider...

Les sanglots brisaient sa voix, mais elle se reprit.

— C'est si important pour mon père. Il le considère pour ainsi dire comme son fils, et il a vécu tant d'épreuves...

— Je crains qu'il ne nous ait rien confié, maîtresse Regina. Et bien qu'il persiste à affirmer qu'il n'a rien à voir avec ces morts, il semble assez étrangement qu'il se soit résigné à son destin.

— Me permettrez-vous de le voir ? Je suis sûre qu'il pourrait vous apprendre bien des choses s'il les croyait utiles à son salut. Il n'a pas l'habitude de parler de lui.

La prison de Son Excellence occupait une partie de l'étage inférieur du palais épiscopal, non loin des cuisines et des offices, et rien ne la distinguait du reste sinon qu'il fallait franchir une lourde porte pour y pénétrer. Elle n'était en règle générale pas très peuplée. Au fil des années, les détenus n'avaient été que des prêtres tombés dans le péché, des laïcs qui avaient eu l'idée saugrenue de commettre leurs forfaits au détriment de l'Église et quelques individus dont les crimes avaient débordé la frontière de la communauté juive, où ils auraient sinon été jugés et châtiés.

D'où qu'ils vinssent, les hôtes de la prison épiscopale ne passaient habituellement qu'un jour ou deux en cellule dans l'attente de leur procès. Lucà constituait une exception. Regina s'était attendue à le trouver enchaîné, et quelle ne fut pas sa surprise de le voir attablé avec son geôlier devant un panier de nourriture provenant de sa propre cuisine.

— Maîtresse Regina, dit Lucà en rougissant. Je ne m'attendais pas à vous voir ici.

— Son Excellence m'a accordé la permission de venir, expliqua-t-elle nerveusement, tout en jetant un coup d'œil au geôlier.

— Il est encore trop tôt pour déjeuner, dit ce dernier en se levant. Je vous souhaite le bonjour, maîtresse Regina. Je vais chercher quelque chose à ajouter à la manne que votre père a apportée. Vous serez plus à l'aise ici, je pense, si vous souhaitez rester un instant.

Regina retint son souffle jusqu'à ce qu'elle eût entendu le bruit de la clef dans la serrure.

— Il fallait que je vous voie.

— Asseyez-vous, je vous en prie, dit Lucà. J'ignore pourquoi vous vous inquiétez. Comme vous le constaterez, grâce à votre père, je ne manque de rien, et le brave homme qui s'occupe de cette prison me tient volontiers compagnie.

— Pourquoi refusez-vous de prouver votre innocence ? Pourquoi attendre ici, sans rien dire ni rien faire, qu'on vous juge et qu'on vous pende ?

Des larmes emplirent ses yeux et coulèrent sur ses joues ; elle les essuya d'un geste brusque, et attendit en silence une réponse.

— Regina, par pitié, ne pleurez pas. Je ne puis le supporter.

— Alors, parlez-moi. Expliquez-moi pourquoi vous vous jetez dans les mains du bourreau.

— Je ne fais rien de tel ! s'écria-t-il. Je ne sais comment m'expliquer et me défendre. Je n'ai pas commis ces crimes, même s'il apparaît que nul autre que moi ne pourrait les avoir commis. Maîtresse Regina, je vous le jure, je n'aurais pu faire ça, mais comment le prouver ? Au moins pendant que je suis ici, en prison, aucune autre mort n'est à déplorer. N'est-ce pas une bonne chose ? Et quand ils me pendront... Je sais qu'ils me pendront, même si de braves gens tels que Romeu et maître Isaac cherchent à m'aider.

— Je ne comprends rien. Ni ce qui s'est passé ni vous-même. Voulez-vous donc finir vos jours ici ?

— Maîtresse Regina, j'ai commis bien des péchés tout au long de ma vie — mensonges, trahisons, petites cruautés. Mais je n'ai jamais trahi personne ici, je vous le jure, et, le jour même où je suis arrivé dans cette ville, j'ai découvert que j'avais perdu le goût au mensonge et n'en étais plus capable. J'ai dit la vérité ou gardé le silence. Mais j'ai beaucoup réfléchi à ce qui m'arrive et je comprends que l'on me punisse. Ce châtiment doit être juste puisque Dieu permet qu'il soit. Que puis-je penser d'autre ? Vous savez tout à présent. Je n'ai jamais voulu le dire auparavant parce que l'opinion que vous aviez de moi-même m'importait par-dessus tout et que vous en seriez venue à me mépriser... Savoir que vous me méprisez, dit-il après avoir repris son souffle, c'est comme vous voir m'enfoncer dans le cœur un glaive chauffé à blanc.

Il se leva et se tourna vers le mur, le visage dans les mains.

— J'avais espéré entrer au tombeau en sachant que vous éprouvez un peu de chagrin pour moi et de l'indignation à voir condamner un innocent. Cette pensée m'apaisait, mais c'était aussi un mensonge destiné à me réconforter. C'est bien que vous soyez venue aujourd'hui. Au revoir, maîtresse.

— Vous êtes fort pressé de me dire adieu, Lucà. Je n'ai pas décidé de partir, et sans le retour du geôlier, je ne puis de toute façon le faire. Cette porte est verrouillée.

— Dans ce cas, c'est moi qui regagnerai ma cellule.

— Pour vous aussi, la porte est fermée, et il vous faut donc poursuivre cette conversation. Vous n'avez pas le choix.

— Comment pouvez-vous accepter de parler à un individu tel que moi ?

— Lucà, pour un homme habile et intelligent, il me semble que vous ne comprenez pas grand-chose au monde qui vous entoure.

— Pourquoi dites-vous ça ?

— Et vous, pourquoi dire que je vous méprise ? Ce n'est pas plus vrai aujourd'hui qu'auparavant. Je savais que vous n'étiez pas expert en matière de plantes médicinales : ma grand-mère concoctait des remèdes autrement plus efficaces que les vôtres. Mais vous n'avez jamais prétendu en être un. Certains le disaient et, comme vous vouliez être herboriste — pour une raison qui m'échappe —, vous les avez laissés parler. Mais grâce à vos deux remèdes et à votre nature plaisante, les gens se sont également sentis mieux.

— Ce n'est pas une excuse.

— C'est moi qui vous juge, Lucà, et je dis que ce n'était pas mal agir. À présent, écoutez-moi. Bien des gens ont proféré de terribles mensonges et cela n'empêche pas leur famille et leurs amis de continuer à les aimer. À un moment ou à un autre, nous trahissons tous nos proches. Qui avez-vous trahi, Lucà ? Votre pays ? Votre roi ? Confiez-vous à moi et je vous dirai si c'est mal. Je saurai garder le silence si c'est un péché mortel. Je vous en conjure par tous les saints, dites-moi ce que vous avez fait !

— Vous n'êtes pas un prêtre pour que j'injecte en vous le poison de mon âme.

— Non, je suis une guérisseuse, qui vous est envoyée pour extirper le poison de votre corps et vous guérir.

— Quelle différence cela fait-il ?

— Ne discutez pas. Parlez.

Il rapprocha sa chaise de la sienne, s'assit et, à voix basse, raconta son histoire.

Une demi-heure plus tard, Lucà leva pour la première fois les yeux vers Regina.

— Je ne vois rien d'autre, dit-il, surpris de déceler un timide sourire sur les lèvres de la jeune fille aux yeux encore humides.

— C'est tout ? Rien de plus ?

Elle se leva et fit le tour de la pièce en prêtant l'oreille aux bruits qui venaient de l'autre côté de la cloison de bois. Elle revint vers lui, le prit par les mains et le força à se relever.

— S'il en va ainsi, dit-elle très doucement, chaque homme de la place et chaque femme du marché devraient être pendus avant la tombée du jour. Vous avez été dur et irréfléchi, mais nous le sommes tous. Lucà, vous êtes si bon, si attendrissant... à moins que je ne sois la femme la plus stupide de la création ?

— Pourquoi dites-vous ça ?

— Parce que je vous aime, Lucà, et s'il me faut vous arracher au gibet, je le ferai.

Le geôlier revint et entra dans la pièce attenante à celle qui lui était réservée.

— *¡Hola!* Pere, dit-il à l'homme penché sur des livres de comptes. Je viens juste vérifier que tout va bien.

Il s'approcha du mur et colla l'œil à un petit trou dans la cloison.

— Ils sont toujours là, dit Pere. Je les entends parler.

— Je crois que, vu les circonstances, je vais leur accorder quelques minutes supplémentaires. C'est un brave garçon.

Le mercredi matin, Daniel s'était réveillé dans le cabinet du médecin ; le dimanche, il était encore dans la maison, s'adonnant discrètement à des exercices quand le jour n'était pas encore levé ou que tout le monde était déjà endormi. Il mangeait la nourriture que Raquel lui apportait subrepticement et passait de nombreuses heures à converser à voix basse avec son futur beau-père.

— Je dispose d'un récit sur lequel j'ai travaillé chaque jour, dit Daniel, afin de ne pas omettre de détails qui pourraient se révéler importants. Je crains que la majeure partie soit dépourvue de tout intérêt, mais si vous le voulez bien, je vais le reprendre et voir si je n'ai rien négligé.

— C'est parfait, dit Isaac, mais j'aimerais mieux que vous me le lisiez.

— Par où voulez-vous que je commence ?

— Par Majorque. Je crois que nous pouvons laisser de côté pour l'instant votre expérience de marin.

Il se mit donc à lire, et bien souvent à relire, jusqu'à en être enroué. Raquel faisait de rapides passages, surveillait les gens dans la cour, avertissait de l'arrivée de sa mère, portait à boire et à manger et emportait bols, gobelets et cruchons.

Isaac ne prêtait pas vraiment attention à ce qui semblait capital aux yeux de Daniel : maîtresse Perla, Sara, l'agression contre sa personne, la femme des tanneries qui avait pris si mal ses questions. En revanche, il semblait fasciné par des détails que Daniel avait tout juste ébauchés : le maître d'école, l'épouse de l'ébéniste, la femme et le soldat sur les remparts alors qu'ils appareillaient.

— Pourquoi n'en avez-vous pas fait état auparavant ? demanda-t-il à Daniel après qu'il eut mentionné ce passage romanesque.

— Parce qu'ils n'avaient aucun rapport avec ce sur quoi l'on m'avait envoyé enquêter.

— Il n'empêche qu'ils ont leur intérêt propre.

Pendant cinq jours, alors que chaque occupant de la

maison du médecin, à l'exception du maître et de son bébé, s'affairait à préparer la demeure pour la Pâque, Daniel demeura caché dans le cabinet d'Isaac. Enfin, quand l'après-midi céda la place au soir, chacun mit ses plus beaux habits et tous se réunirent pour le séder[1]. Bien qu'inquiets et attristés par le retard de Daniel, Éphraïm et Dolsa s'étaient joints à la famille du médecin, fidèles à ce qui avait été prévu avant la mission à Majorque. Une nappe de lin immaculée décorait la table, les plus beaux couverts avaient été disposés et chacun se préparait à prendre place, de la maîtresse au personnel de la cuisine, quand le grand moment arriva. Judith examina une dernière fois les préparatifs.

— Jacinta, tu mettras un siège de plus.

— Mais, maîtresse, dit la petite fille indignée, c'est déjà fait.

— Rajoutes-en un autre. Et toi, Raquel, avant que j'allume les bougies, va donc chercher Daniel. Ce serait faire manque d'hospitalité que de le laisser seul dans le cabinet de ton père pendant que nous sommes réunis pour la fête.

— Daniel ! s'écria Dolsa. Mais quand est-il revenu ?

— Vous étiez au courant ? fit Raquel. Yusuf, ramène-le ici, vite. Mais comment l'avez-vous su ?

— Ma chérie, tu cacherais une petite cuillère dans la maison, je ne la trouverais pas...

— Je n'arrive pas à y croire, dit Jacinta à l'aide de cuisine qui gloussa.

— Mais cacher un adulte dans le cabinet de travail de ton père, reprit Judith, et croire que je n'en saurais

1. Service religieux associé à un banquet ; il se déroule les soirs qui précèdent la première et la seconde nuit de la Pâque. *(N.d.T.)*

rien, ah, c'est bien mal me connaître. Daniel, comme je suis heureuse de vous revoir ! Enfin, je vous ai déjà vu, mais nous n'avons pas eu l'occasion de converser. Attendons encore un peu et nous pourrons parler librement.

Grâce aux efforts combinés de toutes les femmes de la maison — Naomi, Judith, Jacinta et Raquel —, le dîner fut splendide. Après qu'Isaac, en tant que chef de famille, eut prononcé les paroles rituelles du séder, « c'est un devoir pour nous de rappeler la sortie d'Égypte, d'en parler, d'en instruire nos enfants », et que les convives eurent dégusté la moitié des mets, Judith posa la question qui la tenaillait tant.

— Isaac, maintenant que tout le monde est présent, dites-nous pourquoi Raquel et vous avez jugé nécessaire de nous dissimuler la nouvelle du retour de Daniel, à moi, mais surtout à Éphraïm et à Dolsa.

Isaac releva la tête et se tourna vers sa femme.

— Vous avez raison. Je suis le seul coupable et je vous demande pardon du mal que j'ai pu faire, mais j'avais de bonnes raisons. Voici la plus importante : Daniel est la seule personne à connaître certaines vérités concernant la mort de Narcís Bellfont et celle d'un autre homme, étranger à cette ville, mais aussi la tentative d'assassinat de Mordecai. Il y a dans Gérone un personnage qui plus que tout désirait que Daniel ne revienne pas de sa mission.

— Et quelle est cette personne ? demanda Éphraïm.

— Je l'ignore encore, et c'est ce qui la rend si dangereuse. La chance a voulu que Daniel rentre en ville par la porte sud de la façon la plus discrète possible et qu'il passe devant notre maison avant de gagner la vôtre, maîtresse Dolsa.

— Il s'est arrêté pour faire savoir à maîtresse Raquel qu'il était revenu, dit la tante. Je m'en doutais.

— Nous l'avons invité à rentrer un instant mais, quand il m'a raconté, en toute innocence, ce qu'il avait appris, j'ai compris qu'il était en danger de mort et j'ai décidé de le cacher. Moins nombreux l'on était à connaître ce secret et plus notre comportement semblerait normal. C'était sans compter sur le don d'observation de ma Judith. Mais maintenant que nous sommes tous au courant, je ne peux que vous implorer de continuer à vivre comme s'il n'était pas là.

— Avant de vous faire cette promesse, quelles sont vos autres raisons ? l'interrogea Judith.

— La plus importante est que j'ai arraché à l'évêque la promesse de ne pas faire comparaître Lucà tant que Daniel serait incapable de témoigner.

— Mais le voici revenu.

— C'est exact, mais il est dans l'incapacité de témoigner.

— Et pourquoi ? Il m'a l'air en parfaite santé.

— Tout simplement parce que je ne lui permettrai pas de quitter cette maison, dit Isaac avant de faire honneur aux mets délicieux qu'on lui avait servis.

— Votre Excellence, j'ai reçu un mot de mon futur gendre, Daniel. Il est à Barcelone. Il a eu les fièvres, mais il se remet...

— Les voyages sont plus périlleux qu'il n'y paraît, maître Isaac, dit Berenguer. Je sais par expérience qu'ils entraînent des fièvres et autres troubles de la santé.

— C'est tout à fait exact, mais comme Votre Excellence le sait certainement, la fête de la Pâque s'achève dans quatre jours, lundi au coucher du soleil. Il passera ce temps avec des amis à lui et se mettra en route mardi matin, porteur des documents et des matériaux requis par Son Excellence. Il espère être en ville avant la tombée de la nuit.

— Voilà de bonnes nouvelles. Pour vous et pour le diocèse. Avec une semaine de retard, le procès pourra enfin avoir lieu. Je suis heureux de savoir que le jeune Daniel est en état de voyager. Faites-moi prévenir dès son arrivée.

— Je n'y manquerai pas, Votre Excellence.

XIX

Tant és subtils qu'om non la pot vezer

Elle est si subtile qu'on ne peut la voir

C'était un samedi après-midi, le deuxième jour de mai. La ville presque tout entière avait sombré dans la somnolence. Le travail était achevé, le soleil brillait, la brise était légère et les prairies s'emplissaient de fleurs.

Sur les pentes herbeuses et odorantes, quelques jeunes couples se prélassaient loin des regards des mères soupçonneuses et des pères inquiets. Çà et là, des femmes regardaient jouer leurs enfants et des hommes marchaient ensemble, en grande conversation. Mais pour qui voulait bavarder sans que ses paroles n'alimentent les commérages du marché, il était facile de trouver un endroit agréable où s'asseoir, un endroit où rien de plus gros qu'une musaraigne ne pourrait espionner sans se faire remarquer.

C'est ainsi qu'en un de ces lieux privilégiés un jeune homme aux boucles blondes s'entretenait librement avec un autre jeune homme, plus sombre d'apparence et de comportement nerveux.

— L'évêque m'a convoqué au palais pour me poser toutes sortes de questions. Je ne sais pas quoi faire. Maître Jaume est furieux et, sans mon père, j'aurais déjà perdu ma place.

— Il t'a parlé de moi ?

— Oui. Il voulait tout savoir de toi, où tu vivais, d'où tu venais, comment on s'est connus.

— Et tu connaissais les réponses ?

— Comment l'aurais-je pu, Raimon ? Tu ne m'as jamais confié où tu allais.

— En tout cas, tu sais pourquoi à présent. C'était pour t'éviter des ennuis. Tu sais, Pau, je crois n'avoir rencontré qu'un ou deux hommes capables de mentir. Moi, je ne peux pas. Quand on me pose une question, soit je dis la vérité soit je ne réponds pas. Quand les gens mentent, ils en disent trop, ils parlent trop rapidement et leur regard déborde de sincérité. Il est trop facile de les percer à jour. C'est pourquoi je ne t'ai jamais dit tout ce qui pourrait se révéler dangereux pour ta personne — l'endroit où je me cache quand j'attends que cela se calme, par exemple.

— Je me demande comment tu sais autant de choses, dit Pau. Comment les as-tu apprises ?

— J'observe les gens, lui expliqua Raimon. J'étais très calme quand j'étais petit et j'avais peur des étrangers, alors j'observais tout soigneusement. C'est comme ça qu'on apprend. Ensuite j'ai rencontré des hommes très intelligents, qui m'ont parlé du mensonge comme je viens de le faire. Et je les ai écoutés.

— Pourtant l'évêque croit que je mens, et c'est ce qu'il a dit à maître Jaume.

— Écoute-moi, Pau. Tu n'auras plus besoin de ce travail quand j'aurai mon argent, tu le sais bien.

— Mais pourquoi maître Mordecai te donnerait-il cette fortune ? Elle ne doit pas revenir à son neveu ou à son cousin ?

— Si, mais c'est un peu compliqué. Je ne peux pas te fournir tous les détails parce que cela implique une tierce personne, celle qui est censée récupérer l'argent. Rubèn. C'est lui, le cousin.

— Pourquoi le cousin de Mordecai te donnerait-il ce qui lui revient ? insista Pau. Quelle raison aurait-il ? Ce que je veux dire, c'est que ce n'est pas aussi simple que d'abandonner une telle somme.

— Non, ce n'est pas du tout ainsi. Il s'agit d'une transaction d'affaires des plus ordinaires. Il avait un besoin urgent d'argent et il savait qu'il rentrerait rapidement en possession du sien, alors je lui en ai prêté. Il doit me rembourser sous peu. Nous sommes en contact et il ne vit pas très loin d'ici.

— D'où sors-tu cette richesse ? demanda Pau.

— Je te l'ai déjà dit. Mes parents sont morts.

— Quand Mordecai va-t-il payer ton ami ? Il faut que je le sache.

— La dernière fois que je lui ai parlé, il m'a dit qu'il vaudrait mieux attendre l'issue du procès du faux Rubèn. En a-t-on fini avec lui ?

— Pas encore, fit Pau d'un air sombre. On m'a confié qu'ils attendaient le retour de Daniel, le neveu d'Éphraïm. Il semble qu'il soit allé à Majorque. Il y aurait fait d'intéressantes découvertes.

— Majorque ? C'est loin d'ici. Quand doit-il revenir ?

— Lundi, m'a-t-on dit. Mais deux des gardes qui buvaient dans la taverne de Rodrigue parlaient plutôt de mardi. Ils n'étaient pas contents parce qu'on les avait envoyés partout pour trouver des témoins et maintenant, il leur fallait attendre le retour de Daniel. Les autres témoins seront alors inutiles. Ils auraient pu s'épargner pas mal de travail.

— Je me demande avec qui voyage ce Daniel, dit négligemment Raimon. Il déteste se déplacer seul —

l'automne dernier, mon ami est allé avec lui jusqu'à Sant Feliu de Guíxols pour lui tenir compagnie.

— Je n'en sais rien. Il était censé revenir avec la fille de Mordecai et son gendre, mais il n'en a rien fait. Je suppose qu'il est seul cette fois-ci.

— Tout est arrangé, dit Isaac. Son Excellence a donné sa permission et le capitaine s'est chargé de l'organisation. Le garde qui vous ressemble le plus sera vêtu d'une vieille tunique et d'une cape fournies par votre tante Dolsa. Il arrivera par la route de Barcelone. Des hommes seront postés non loin pour intervenir en cas d'agression.

— Et si l'homme que vous voulez capturer me connaît ?

— Comment le pourrait-il ? À moins que je ne me fourvoie, il est arrivé de Sardaigne en octobre dernier. Son compagnon, Joan Cristià, l'a laissé à Palamós avant de venir mourir à Cruilles. Il semble être arrivé à Gérone après votre départ pour Majorque.

— Espérons que vous ne vous trompez pas, maître Isaac, commenta Daniel sobrement.

Les cloches avaient sonné pour complies avant que le capitaine de la garde épiscopale vînt faire son rapport à Berenguer.

— M'apportez-vous de bonnes nouvelles ? demanda l'évêque.

— Je crains que non, Votre Excellence, répondit le capitaine. Notre homme est parti à cheval à l'heure dite. Nos gardes les plus vigilants avaient été postés de façon à voir la moindre feuille voleter sur la route. Ils ont recommencé à deux reprises, après nones et après vêpres, avec le même résultat. Maintenant il fait nuit noire, Votre Excellence, et la lune ne brillera pas avant des heures. Un voyageur ne circulerait pas dans de telles conditions. Je les ai donc rappelés. C'était une bonne idée, Votre Excellence, mais je ne crois pas que notre homme, s'il existe, ait eu la même.

— C'est possible.

— Voulez-vous que je continue demain ?

L'évêque attendit un moment avant de répondre au capitaine. Il se tourna vers lui, sourire aux lèvres.

— S'il était sage d'essayer aujourd'hui, il serait absurde d'abandonner demain. Commencez à tierce, cela lui donnera le temps de s'installer dans sa cachette, quelle qu'elle soit.

Isaac rentra tard ce soir-là. Judith avait été gentiment persuadée d'aller se coucher après les enfants, mais Daniel, Yusuf et Raquel l'attendaient dans la cour.

— L'ont-ils attrapé, maître Isaac ? demanda Daniel.

— Je crains que non, répondit le médecin. Soit il n'était pas là, soit le faux Daniel ne l'a pas abusé. Ils essaieront de nouveau demain matin. Bien, je suis fatigué et je vais aller me coucher. Ta mère dort déjà, Raquel ?

— Je crois que oui, papa.

— Alors je vous souhaite à tous bonne nuit.

Sur quoi, il se retira dans son cabinet de travail.

Daniel avait désormais sa chambre à coucher bien à lui, mais il semblait peu enclin à s'y enfermer.

— Je ne tiens pas en place, Raquel. Je crois que je vais faire un tour et profiter de l'air frais avant d'aller me coucher. Bonne nuit, mon aimée, murmura-t-il.

Mais au lieu de déambuler dans la cour une fois seul, ainsi qu'il l'avait dit, il se dirigea vers la chambre voisine du cabinet d'Isaac, celle attribuée à Yusuf dès son arrivée dans la maison du médecin. Il frappa doucement à la porte.

— Yusuf, appela-t-il en entrant dans la pièce, tu es réveillé ?

— Non, répondit l'enfant.

— Dans ce cas, réveille-toi, dit Daniel en refermant la porte.

— Qu'y a-t-il ?

— J'ai besoin de t'emprunter ta jument demain matin, très tôt.

— Pourquoi ?

Et Daniel lui expliqua son projet.

Avant le lever du soleil, Yusuf arriva aux écuries de l'évêque, où sa jument vivait dans le luxe sous l'œil attentif du palefrenier de Son Excellence. Ce vénérable personnage et ses aides étaient habitués à voir Yusuf se présenter avant le lever du soleil pour faire faire de l'exercice à sa jument et s'entraîner à l'art équestre. Ce jour-là était comme les autres, sauf que Yusuf était peut-être encore plus matinal. Comme d'habitude, il partit au trot vers la porte nord de la ville et disparut.

Mais cette fois-ci, il prit en direction de l'est et, après un itinéraire compliqué riche en chemins aussi étroits que déserts, il se retrouva au sud de la ville, à une lieue environ des murailles. Une grande ferme, doublée d'une écurie, se dressait là. Daniel en sortit, tenant un petit cheval par la bride. Il se mit en selle et rejoignit Yusuf.

— J'ai apporté de quoi manger, dit celui-ci. J'ai eu l'impression qu'on en aurait besoin. Quelqu'un vous a-t-il vu partir ?

— Je ne le crois pas, dit Daniel. La petite brèche dans le mur est toujours là et personne n'aura remarqué mon passage. La maîtresse de ces lieux dit que le deuxième chemin à gauche nous mènera dans la bonne direction. Celui avec un arbre mort à mi-pente. De là, d'autres chemins nous permettront de rejoindre la route principale.

Ils prenaient à gauche quand Daniel regarda son compagnon.

— Tu n'avais pas besoin de venir avec moi. J'aurais pu aller seul, sur ton cheval ou sur celui-ci.

— Je ne vais tout de même pas laisser quelqu'un vous tuer alors que vous montez mon cheval, répliqua Yusuf indigné. Je pense que c'est ici qu'il faut contourner la colline.

— Quelqu'un s'est levé aussi tôt que nous. J'entends des sabots de l'autre côté de la rivière.

— Pressons-nous dans ce cas. Il n'est pas question d'annoncer notre présence au monde entier.

— Tu as raison, dit Daniel en éperonnant son cheval.

Le tribunal épiscopal devait commencer ses activités à l'heure de tierce. Quelques affaires moins importantes seraient d'abord jugées, et le clerc avait calculé qu'il s'écoulerait encore une heure avant la venue des témoins au procès de Lucà.

La dernière affaire fut vivement expédiée : ce contentieux sur une propriété fut réglé au grand déplaisir des deux parties. Son Excellence se pencha alors pour appeler le clerc.

— Y a-t-il du nouveau ?

— Non, Votre Excellence, fit-il, imperturbable.

Quand l'évêque décidait de rendre justice, sa mission consistait à organiser les débats et à faire en sorte qu'ils durent le moins longtemps possible. La présence ou l'absence des témoins ne le regardait en rien quand il n'avait pas mission de les faire comparaître.

— Dans ce cas, nous ne pouvons plus attendre, conclut l'évêque, et la nouvelle affaire passa en jugement.

La première déclaration d'un témoin à charge

émana de maître Jaume Xavier, le notaire. D'une voix blanche, dépourvue de toute émotion, le clerc la lut aux trois juges, deux spécialistes du droit canon et du droit régulier ainsi que Berenguer. Quand le clerc en arriva à la candide déclaration de maîtresse Magdalena, où elle expliquait pourquoi le jeune Lucà méritait ses cinquante pièces, on entendit quelques rires dans l'assistance de la part de ceux qui avaient réussi, souvent en graissant la patte à quelqu'un, à assister au procès. Le reste du témoignage fut écouté respectueusement par tous.

— « En ce qui concerne maître Narcís Bellfont, mort par empoisonnement le dixième jour du mois d'avril, lut le clerc : maître Narcís m'a envoyé chercher sous prétexte qu'il désirait modifier son testament. Il avait été informé que son principal bénéficiaire, son oncle, membre des saints ordres, était sur le point de mourir, et il ne désirait pas, sous prétexte que ledit ordre avait maltraité le vieil homme au cours des derniers mois de son existence, que l'ordre dudit oncle hérite. Selon son précédent testament, l'ordre aurait reçu la part de l'oncle si ce dernier était mort avant lui. Ce nouveau testament n'était que provisoire, m'expliqua maître Narcís, parce qu'il se remettait si bien de ses blessures qu'il envisageait même de prendre épouse. À l'occasion d'un tel événement, il ferait un autre testament, mais pour l'heure présente, il souhaitait que sa fortune fût répartie entre le diocèse de Gérone et maître Lucà.

« En ce qui concerne maître Mordecai, dont il fut attenté à la vie de la même manière au soir du dix-huitième jour du mois d'avril. Maître Mordecai demanda que je vinsse lui rendre visite et m'adressa un message disant que, lors de ma venue, il m'expliquerait toute l'affaire. Quoi qu'il en soit, lorsque j'arrivai, la tentative d'empoisonnement avait déjà eu lieu, et maître Mordecai annula notre entretien.

« Tout ceci, je le jure, etc., Jaume Xavier, notaire à Gérone. »

Le clerc apporta la déposition aux juges et s'assit.

— Quel autre témoignage vient charger l'accusé ? demanda le premier juge, qui se tenait à la droite de l'évêque.

— La déclaration, dûment enregistrée en présence de témoins le vingtième jour du mois d'avril, de maître Mordecai ben Aaron, juif du diocèse, par laquelle il explique, déclara le clerc, que « le onzième jour du mois de mars, près de l'heure de complies, la personne connue sous le nom de Lucà arriva au Call, dans la maison de maître Isaac, le médecin, où il me cherchait et où il se présenta à moi comme le fils unique de ma cousine Faneta, né à Séville. Je me montrai extrêmement suspicieux, car c'était la seconde fois en cinq mois qu'un jeune homme se prétendait le fils unique de ma cousine Faneta. Ce jeune homme expliqua qu'il ne souhaitait que rencontrer ses parents et qu'il était chrétien, ses parents étant convertis de longue date, puis il s'en alla après avoir bu du vin et partagé le petit souper donné en l'honneur du fils nouveau-né du médecin.

« Tout ceci, je le jure, etc., Mordecai ben Aaron, juif du diocèse ».

Une nouvelle fois, le clerc tendit le document aux juges. Celui assis à la gauche de l'évêque se pencha en avant.

— Maître Mordecai est-il présent dans ce prétoire ?

— Oui, Votre Seigneurie, dit Mordecai en se levant.

— Ce jeune homme, l'accusé, a-t-il cherché à tirer de vous un quelconque avantage en arguant de votre prétendue parenté ?

— Nullement, Votre Seigneurie. Je lui ai parlé à plusieurs reprises après cette soirée, mais uniquement parce que je l'avais fait venir chez moi.

— Pourquoi donc ?

— Il me fallait absolument découvrir s'il était le fils unique de Faneta parce que, dans ce cas-là, il était aussi le juste bénéficiaire d'une grosse somme d'argent et de propriétés que je détenais par fidéicommis. L'époque fixée par la disposante venait à terme et il était de mon devoir de m'exécuter.

— L'accusé vous a-t-il présenté d'autres arguments destinés à vous convaincre qu'il était l'héritier de cette fortune ?

— J'ai très vite découvert qu'il en ignorait jusqu'à l'existence, Votre Seigneurie. Quand je l'interrogeai sur son passé, Lucà m'expliqua que ses parents étaient morts et que des tierces personnes l'avaient convaincu de venir à Gérone. Il ajouta qu'il ne se croyait pas vraiment de ma parentèle et qu'il n'attendait rien de moi. Il désirait par-dessus tout rencontrer le médecin, dont la réputation lui était parvenue aux oreilles.

— Voilà qui est étrange, murmura le troisième juge. Avez-vous cherché à vérifier ses déclarations ?

— Effectivement. J'ai prié Daniel ben Mossé, qui se rendait pour affaires à Majorque, de voir ce qu'il pourrait découvrir.

— Cela vous a-t-il éclairé ?

— Je ne pourrais le dire, Votre Seigneurie, car, que je sache, Daniel n'est pas revenu.

Le juge se tourna vers Berenguer. Les trois hommes discutèrent à voix basse un instant.

— Y a-t-il d'autres témoignages relatifs à ce crime ? demanda le premier juge.

Le clerc s'approcha de lui et lui chuchota quelques mots.

— Bien entendu. Entendons-le.

— Voici la déclaration sous serment d'Anna, gouvernante de maître Narcís Bellfont, dûment enregistrée en présence de témoins le treizième jour du mois d'avril, dit le clerc, et par laquelle elle explique que « la nuit du neuvième jour du mois d'avril, quelqu'un frappa à la porte après que je l'eus verrouillée. Quand je l'ouvris, un messager me dit qu'il apportait un nouveau médicament destiné à maître Narcís et envoyé par maître Lucà, l'herboriste. Quand je voulus lui donner une pièce, il me répondit qu'on l'avait déjà payé et s'en alla. Il était de bonne taille, comme un homme de stature moyenne, et il marchait assez vite, comme quelqu'un de jeune. Je ne pus voir son visage parce qu'il faisait sombre et qu'il portait une pèlerine à capuche. Je ne peux donc dire de qui il s'agissait.

« Tout ceci, je le jure, etc., Anna, gouvernante à Gérone ».

— Maîtresse Anna est-elle présente ? demanda Berenguer.

— Oui, Votre Excellence, répondit-elle du fond du prétoire.

— Pouvez-vous me dire dans quoi il portait ce paquet ?

— Dans l'un de ces paniers, Votre Excellence. Ceux longs et étroits que l'on accroche sur le dos à l'aide d'une courroie. Il a dû l'abaisser pour prendre le médicament.

— Merci. Et qu'avez-vous remarqué dans sa façon de parler ?

— On aurait dit qu'il venait d'ailleurs — une autre région, en quelque sorte. Vers la côte, peut-être bien, ou quelque chose comme ça.

— Parfait. À présent avons-nous une déposition de la part du serviteur de maître Mordecai, celui qui ouvrit la porte ?

— Elle n'est pas très détaillée, déplora le clerc.

— Nous l'entendrons tout de même, dit le premier juge en se tournant vers l'évêque, lequel hocha la tête.

Le témoignage ne fut pas très différent de celui

d'Anna, dans un premier temps. Le portier avait expliqué qu'il était tard, que la maison était fermée pour la nuit, que la nuit était d'un noir d'encre et qu'il pleuvait abondamment. « J'ai voulu le payer, mais il m'a dit que c'était déjà fait et il s'en est allé. À cause de la pluie, je n'ai pas remarqué à quoi il ressemblait ni s'il était grand. »

— Le portier est-il ici ? demanda Berenguer.

Plusieurs personnes le poussèrent en avant.

— Le voilà, Votre Excellence, dit l'une d'elles.

— Dans quoi transportait-il le remède ?

— Juste comme elle a dit, répondit le portier. Un de ces paniers où on retrouve jamais rien une fois qu'on l'a mis dedans.

— Avait-il une courroie ?

— On peut pas le porter autrement.

Quelqu'un lui donna un coup de coude dans les côtes.

— Votre Excellence, ajouta-t-il.

— Merci beaucoup.

À ce moment, un page entra dans la salle et courut vers les juges. Il s'inclina et dit quelques mots à l'oreille de l'évêque. Celui-ci fronça les sourcils. Il regarda les deux autres juges, puis les trois hommes se rapprochèrent pour discuter.

Les spectateurs — surtout ceux qui n'étaient pas des gens assez importants pour se voir gratifier d'une place assise — commençaient à s'impatienter, remuant les pieds, parlant à voix basse puis plus fort. Le premier juge leur lança un regard glacial et le silence revint.

— La cour aimerait maintenant entendre la déclaration de l'accusé, dit-il.

Le clerc s'empressa de se lever.

— J'ai ici sa déposition si vous désirez que je vous la lise.

Le juge acquiesça.

— Voici la déclaration de Lucà, fils de Gabriel et Catarina, décédés, de la ville de Majorque, prise le treizième jour du mois d'avril de l'an de grâce 1355. « Je suis innocent des crimes d'empoisonnement de maître Narcís Bellfont et de tentative d'empoisonnement sur la personne de maître Mordecai, juif du diocèse, en ce que je n'ai préparé aucun remède susceptible d'entraîner leur mort, que j'ignore comment une telle potion a pu se concocter et que je n'ai adressé ni à l'un ni à l'autre un mélange nocif préparé par une tierce personne.

« Tout ceci, je le jure, etc., Lucà de Majorque. »

— Est-ce tout ? s'étonna le troisième juge.

— C'est tout, répondit le clerc.

— Je pense que nous aimerions entendre le prisonnier, dit le premier juge.

— Que comptez-vous faire ? demanda Yusuf après que leur long détour par la campagne les eut conduits à quelques lieues de la ville.

Ils étaient allongés sur le ventre dans l'herbe tendre et un gros rocher les dissimulait à demi. Ils attendaient que quelque chose se produisît. Le soleil apparaissait derrière le faîte des collines. Leurs chevaux paissaient de l'autre côté d'un petit bouquet d'arbres. La chaleur du soleil, le parfum des fleurs de la prairie et le bourdonnement des abeilles les berçaient doucement. Yusuf déplia une grande serviette où il déposa la nourriture chipée dans la cuisine avant leur départ.

— Je pensais attendre l'arrivée des gardes, dit Daniel en servant du pain et du fromage. Ils sont censés envoyer en tête celui qui me ressemble, les autres le suivant à distance raisonnable. Quand il sera attaqué, ses camarades interviendront.

— Il faut espérer que l'agresseur n'a pas décidé de lui planter une flèche ou deux dans le dos.

— Je pense qu'il porte une armure sous sa cape. Il doit avoir terriblement chaud. Mais j'ai le sentiment que l'inconnu sait que ce n'est pas moi et qu'il le laissera passer. Moi-même chevaucherai derrière les gardes.

— Et s'il vous attaque ?

— Je crierai au secours. Ils seront non loin de moi, dit Daniel en posant la main sur l'épaule de Yusuf. Tiens, les voilà, fit-il en se tournant vers le sud. Je les entends.

— Non, c'est par là qu'ils arrivent, le corrigea Yusuf en indiquant la direction de Gérone, où un nuage de poussière s'élevait au-dessus de la route. Ils passent juste à côté de sa cachette.

— Tu crois qu'il s'y trouve déjà ?

— Qui donc pourrait aller au galop dans cette direction à une heure si matinale ?

— Tu as raison. J'aurais dû y songer. Je l'ai pris pour un courrier.

— Qui viendrait de par là ? C'est peu probable.

Tous deux se cachèrent mieux derrière le rocher quand les cinq gardes passèrent à toute allure et filèrent vers le sud. Dès que la poussière fut retombée, Yusuf s'assit.

— Pourquoi les gardes sont-ils partis si tard ? demanda-t-il. Nul n'ignore qu'un voyageur venu de Barcelone arrive le soir, à moins qu'il doive passer la nuit en chemin. Il repart alors à l'aube. Notre homme doit le savoir, assurément.

— Ils ne croient pas en son existence, dit Daniel d'une voix morne. Et s'il n'existe pas, peu importe l'heure à laquelle ils font cet exercice.

— On dirait qu'ils se sont arrêtés. À moins qu'ils partent vers Barcelone. Bon, ils vont se reposer, faire boire leurs chevaux et manger un morceau, probablement. Nous pouvons fermer les yeux jusqu'à ce que l'ombre de cet arbre s'étende sur nous.

— Arrête de te vanter, Yusuf, tu ne peux pas prédire ce qu'ils font en cet instant.

— Peut-être que non, mais je vous parie que ça va leur prendre du temps avant de revenir par ici. Plus ils sont loin et moins ils en ont à faire aujourd'hui. Quand l'ombre touchera cette pierre blanche, j'irai récupérer nos montures.

Il s'allongea sur le dos et ferma les yeux.

— Toi non plus, tu n'y crois pas, je me trompe ?

— Non. Je pense que c'est une invention de la part d'un garçon qui espère trouver un nouveau foyer et une fille susceptible de tomber amoureuse d'un sourire enjôleur et d'une carrure avantageuse. Car en dehors de lui, qui aurait eu l'occasion d'empoisonner tous ces gens ?

— Personne n'a été capable de retrouver le messager, protesta Daniel.

— La ville regorge de gamins aptes à garder un secret pendant des années, il suffit de leur donner une pièce. À moins que vous sachiez qu'ils mentent et que vous leur donniez une pièce encore plus grosse pour dire la vérité... en leur laissant entendre que d'autres suivront.

— Tu as dit toi-même qu'il ne connaissait rien aux plantes.

— C'est vrai, fit le garçon en ouvrant un œil, mais il se peut aussi qu'il ait déployé de grands efforts pour me convaincre de son ignorance.

— Mais maître Isaac et Raquel... tous deux croient...

— Maître Isaac est la première personne à dire qu'il commet des erreurs, que nous en commettons tous. C'est pourquoi il est si prudent. C'est aussi pour cette raison qu'il pardonne si facilement les erreurs d'autrui. Quant à Raquel, lui avez-vous demandé ce qu'elle croit vraiment ?

Daniel ne répondit pas.

— Je pense qu'il est temps d'aller chercher les chevaux, dit Yusuf.

Ils se tenaient à l'ombre du petit bouquet d'arbres, tout à côté de leurs montures, et attendaient le passage du faux Daniel. Il arriva bientôt au petit galop, sans regarder à gauche ni à droite, et fila vers le nord.

— Il va terriblement vite pour quelqu'un qui espère être l'objet d'une agression, fit remarquer Yusuf.

— J'ai vu ça, oui. Je crois que je vais marcher, dit Daniel. Tu tiendras le cheval. Regarde, il y a une branche de belle taille.

Il prit son couteau, coupa la branche et la débarrassa de ses feuilles.

— Cela me donnera de quoi me défendre contre notre ennemi fantôme.

— Une minute.

Yusuf prit le foulard qu'il portait au cou, le plia et le noua au niveau du boulet de l'antérieur gauche de sa jument.

— Pourquoi fais-tu ça ?

— Chacun croira que vous avez mis pied à terre parce que votre monture boitait. Elle ne s'en rendra certainement pas compte, mais peut-être que n'étant pas habituée à sentir quelque chose sur son boulet, elle affichera un léger boitillement, ce qui sera d'autant plus convaincant. Si cela la perturbe vraiment, ajouta-t-il d'un ton inquiet, ôtez-le-lui. Je ne l'ai pas serré très fort.

— Tu te soucies plus du cheval que de moi.

— Vous n'avez besoin de personne pour ça.

Sur quoi, Yusuf emmena sa jument sur un chemin plus moins parallèle à la route.

— Où vas-tu ?

— Il y a un endroit étroit et bien abrité. C'est là

que je me placerais si je devais attaquer. Je pense que je vais attendre ici. Vous aurez peut-être besoin de quelqu'un pour vous aider à appeler les gardes. Ils ont l'air de vouloir rentrer, dit Yusuf qui disparut dans les bois en souriant.

La petite troupe passa. Daniel compta jusqu'à cent, s'arrêta, compta ensuite jusqu'à cinquante. Il prit les rênes de la jument et la mena vers la route. Elle baissa la tête pour regarder le foulard, fit quelques pas en posant prudemment son sabot gauche, puis une fois arrivée à la route, se dit de toute évidence qu'il ne s'agissait que d'un ornement futile. Et elle se remit à marcher normalement.

Un quart d'heure et deux petites collines plus tard, le paysage changea du tout au tout. La route paraissait rétrécir. Daniel comprit très vite que c'était le bas-côté qui était différent. Un terrain rude et rocheux, couvert d'arbres et de broussailles épaisses, s'élevait de manière assez abrupte du côté droit de la route, plus doucement du côté gauche. Soudain, il fit froid et sombre, et le bruit des sabots de la jument se trouva curieusement étouffé. Le vent qui avait soufflé tantôt de l'est et tantôt du nord-est était soudain retombé, comme si l'on avait refermé les volets d'une énorme maison emplie d'arbres.

Il serra son bâton et regarda de tous côtés dans l'espoir de voir bouger quelque chose. Rien. Dans cette atmosphère oppressante, même les oiseaux se taisaient. De temps à autre, un bruissement attirait son attention. Il se retournait et ne voyait rien.

C'était le paysage hostile et pentu de droite qui lui semblait le plus sinistre et, sans s'en rendre compte, il dirigea la jument vers le terrain de gauche, plus accueillant.

Enfin, devant lui, après ce qui lui parut une éternité, le paysage s'éclaircit. Encore une butte et il retrouverait la lumière du soleil. Il reprit son souffle, se rit de ses frayeurs et regarda son cheval, qui s'inquiétait à nouveau de son antérieur gauche.

— Dis-moi, ça te gêne? fit-il doucement, et sa monture manifesta son impatience en secouant sa bride.

Il prit ce geste pour un « oui », lui fit faire halte et se pencha pour dénouer le foulard.

La jument poussa un hennissement et se dégagea. Au même moment, un objet aussi gros qu'un rocher s'abattit sur les épaules de Daniel et le fit rouler à terre, le souffle coupé, incapable de crier et de bouger.

Daniel lutta de son mieux contre la chose qui lui écrasait le dos et l'empêchait de respirer. Puis il comprit que la chose en question était vivante. Son agresseur le saisit par les cheveux et lui tira la tête en arrière. Il ébaucha un cri de douleur et de surprise et essaya de se libérer de cette emprise effrayante. Du coin de l'œil, il vit briller la lame d'un couteau. Alors il s'immobilisa.

— Laisse tomber ta dague ou je te pourfends !

Les mots résonnèrent, la voix qui les avait proférés paraissait venir de loin. Mais la main lâcha ses cheveux. Sa tête retomba sur la terre durcie de la route, et il perdit toute notion de ce qui se passait.

Le poids qui lui écrasait le dos se volatilisa et il découvrit qu'il recouvrait la faculté de se mouvoir et de respirer.

— Daniel, ramassez son couteau et venez m'aider.

C'était Yusuf, épée à la main, qui tenait en respect un jeune garçon de seize ou dix-sept ans : il avait des boucles dorées, une barbiche rousse et le visage criblé de taches de son. Le pied de Yusuf lui écrasait la poitrine et la pointe de son épée s'enfonçait dans sa gorge.

Daniel prit le couteau avant de dénouer la ceinture de la tunique du prisonnier.

— Lions-lui les mains.

— Pourquoi ne pas le tuer, tout simplement ? demanda Yusuf.

— Parce que nous avons besoin de lui pour prouver qu'il existe.

Quelques instants plus tard, le garçon avait les bras attachés dans le dos. Daniel avait retrouvé sa jument, affolée de voir quelqu'un tomber d'une branche, juste devant elle. Mais à présent elle paissait au bord de la route.

— Comment es-tu arrivé ? lui demanda Daniel. Je regardais partout et je ne t'ai pas vu.

— J'ai grandi en apprenant à me cacher. Cela s'est révélé profitable. Dès qu'il vous a vu vous hasarder sur le côté gauche de la route, il a grimpé dans un arbre pourvu d'une grosse branche en surplomb. Mais vous ne vous trouviez pas exactement où il vous attendait quand il a sauté.

— C'est parce que la jument l'aura vu avant moi, dit Daniel en hochant la tête.

XX

Tal só com cell que pensa que morrà

Je suis celui qui pense qu'il va mourir

Il y eut une suspension de séance destinée à permettre aux gardes d'aller chercher l'accusé dans sa cellule. Les spectateurs se penchaient les uns vers les autres, échangeaient des opinions, secouaient la tête d'un air sombre en évoquant l'arrogance de cet homme désireux de se défendre seul bien qu'accusé de crimes horribles. En un mot, chacun se drapait dans la cape de l'autosatisfaction.

En revanche, les membres d'un petit groupe ne paraissaient en rien satisfaits. Assis dans un coin, loin des autres spectateurs, Tomás, Romeu et Regina étaient venus parler en faveur de Lucà.

— Papa, pourquoi n'avons-nous pas eu le droit de dire quelque chose ? demanda la jeune fille.

— Plus tard, certainement, lui répondit Romeu, l'air inquiet. Son Excellence sait comment ce genre de chose doit se dérouler. Il n'est pas question de faire ce qui ne nous est pas permis.

— Son Excellence ne pense pas à nous ou à Lucà. Son Excellence pense à son déjeuner !

Regina n'avait pas tout à fait tort, mais elle se montrait quand même injuste à l'égard de Berenguer de Cruilles. Certes, il songeait à son déjeuner, mais c'était en rapport avec l'affaire. Il expliquait au premier juge que si l'on ne pouvait faire venir tous les témoins avant l'heure du repas, moment où l'auditoire se disperserait, ils s'exposaient à de sérieux ennuis.

— Tu ne dois pas dire des choses comme ça, se fâcha Romeu, inquiet de l'atmosphère qui régnait dans le prétoire.

— Si, je le dois et je le ferai !

Regina quitta le banc où elle était assise et, avant même qu'on pût l'arrêter, marcha vers la table où les trois juges continuaient de converser.

— Pourquoi les témoins à décharge n'ont-ils pas encore déposé, Votre Excellence ? demanda-t-elle. Ce n'est pas justice que de voir les seuls accusateurs s'exprimer. Je vous supplie de laisser parler ceux qui désirent défendre Lucà. Il a droit à un jugement équitable, non ? s'écria-t-elle, les joues empourprées par la colère qui l'aiguillonnait.

— Ma fille, lui répondit calmement Berenguer, nous souhaitons commencer par entendre Lucà. Car ce qu'il a dit jusqu'à présent ne peut en rien l'aider, ajouta-t-il à voix basse, c'est pourquoi je ne veux pas le laisser parler en dernier. Ensuite, reprit-il sur un ton plus normal, et en toute justice, nous donnerons la parole à ceux qui désirent parler en sa faveur, ce qui est votre cas. Je vous le promets, ma fille, vous serez entendue. À présent, regagnez votre place, car je vois que le prisonnier va faire son entrée.

En effet, Lucà pénétrait dans le prétoire. Il lança un regard étonné et malheureux à Regina puis il s'inclina devant les juges.

— Voulez-vous ajouter quoi que ce soit à la déposition que vous avez faite et signée ? lui demanda le premier juge.

— Si je savais quoi lui adjoindre, je le ferais volontiers, dit Lucà, mais je n'ai aucune autre information.

— La cour a quelques questions à vous poser, dit le juge en consultant le document qui se trouvait devant lui. En quoi les réponses à ses questions peuvent vous aider, nous l'ignorons, mais elles devraient contribuer à mieux cerner la vérité.

Après avoir prononcé cette homélie à la gloire de la loi, il adressa un signe de tête au troisième juge, lequel considérait d'un air inquiet les papiers dont il disposait.

La raison de son souci était la suivante : pour une raison qu'il ne comprenait pas, ce cas semblait d'une grande importance pour Son Excellence. Il était donc prêt à accorder à ce guérisseur — quels que fussent son passé et ses titres — autant d'attention qu'à un noble. Ce qu'il ne comprenait pas, c'étaient les questions que Son Excellence désirait lui voir poser et qui, selon lui, n'avaient pas d'incidence directe sur l'affaire jugée ce jour-là.

— Pourriez-vous expliquer pourquoi vous êtes arrivé dans la ville de Gérone en disant que vous étiez un parent de maître Mordecai ? J'ai cru comprendre que c'était faux.

— En effet, monseigneur, dit Lucà, ce n'était pas la vérité. Et il était non seulement faux, mais stupide, de le proclamer. J'ai fait cela parce que j'espérais trouver davantage de travail en tant qu'herboriste : j'attendais que maître Mordecai me présente à des gens susceptibles de m'employer.

— Votre raison d'agir n'est pas admirable, dit le troisième juge, mais elle est compréhensible. Comment en êtes-vous venu à jeter votre dévolu sur maître Mordecai plutôt que sur n'importe quel autre homme aisé de cette ville ?

— Je connaissais Rubèn, monseigneur. Le vrai fils de Faneta. À Majorque, il était seul et malheureux, et il venait souvent dans l'atelier où j'étais apprenti...

— Auprès d'un herboriste ? demanda le premier juge.

— Non, monseigneur, dit Lucà qui devint écarlate. Auprès d'un ébéniste.

— Je le savais, murmura Romeu à sa fille, non sans satisfaction.

— Et il nous disait...

— Nous ? s'étonna le juge.

— Oui, monseigneur, à mon maître et à moi-même, et parfois à cet autre garçon, un pauvre qui n'avait nul endroit où aller et nous rendait de temps à autre visite. Mon maître était très bon. Rubèn nous parlait des parents fabuleusement riches qu'il avait à Gérone, il racontait comment son oncle sans enfants avait écrit à sa mère parce qu'il cherchait un héritier. Mais avant de lui laisser de l'argent, il voulait le rencontrer. Rubèn irait donc à Gérone, même s'il disait qu'il ne voulait pas nous quitter. Mais, voyez-vous, monseigneur, je voulais m'en aller à la fin de mon apprentissage, et le garçon pauvre parlait également de quitter l'île. Rubèn allait donc devoir attendre pour se rendre à Gérone et toucher son héritage. Il prétendait que sa famille de Gérone buvait dans des coupes en or et mangeait avec des cuillères en or, et aussi que les fenêtres s'ornaient de vitraux, comme dans les églises, que les maisons étaient aussi grandes que l'Almudaina, qu'il y avait partout des serviteurs, des esclaves, ainsi que d'immenses fontaines, et que personne n'avait à travailler.

Les spectateurs étaient abasourdis par cette vision

de leur ville où semblaient ne régner que la richesse et l'oisiveté.

— Vous avez dû être surpris en arrivant ici, dit sèchement Berenguer.

— Oh, je savais bien à quoi m'attendre, Votre Excellence. Ce n'était qu'un enfant, et il adorait nous impressionner avec ses récits fabuleux.

— Vous n'espériez donc pas hériter de cette immense fortune ? demanda le troisième juge.

— Elle n'est pas mienne, monseigneur. C'est celle de Rubèn. Je désirais juste trouver du travail.

Les dernières paroles de l'accusé furent ignorées de tous, à l'exception des scribes et des juges : un clerc venait de franchir une porte normalement réservée aux juges et aux autres personnages officiels. Il s'approcha de la table des juges, s'accroupit à côté de Berenguer et lui murmura quelques mots avant de disparaître. Mais au lieu de sortir aussitôt, il se dirigea vers le banc des témoins et posa la main sur l'épaule du jeune garçon appelé Tomás. Celui-ci se leva pour le suivre. Dès que Lucà eut fini de parler, Berenguer adressa un signe de tête à ses confrères, se leva et disparut à son tour.

— Bien, dit le troisième juge. J'aimerais revenir sur votre déclaration relative à vos visites chez maître Narcís Bellfont.

Le clerc, Tomás et l'évêque franchirent la porte et entrèrent dans l'antichambre du prétoire. Daniel et son captif étaient assis et leur tournaient le dos. Il avait réussi à remettre de l'ordre dans sa tenue pendant le bref laps de temps qu'on lui avait octroyé. Le jeune homme tombé de l'arbre avait des habits sales et déchirés, mais tout son être clamait son innocence.

Le clerc s'assit à une extrémité de la table, bientôt rejoint par un scribe qui se dissimulait dans l'ombre.

Il fut suivi du capitaine des gardes, qui posa aussitôt ses questions.

— Tu dis t'appeler Raimon ?

— C'est exact, répondit le jeune homme.

— Tu es le Raimon qui travaillait pour l'intendant de la propriété sise au nord-ouest de la route de Figueres ?

— Je travaille toujours pour lui. Je suis son clerc et son secrétaire particulier.

— Est-ce lui ? demanda doucement Berenguer à Tomás.

— Non, répondit-il sur le même ton. Il ne parle pas de la même façon, celui-ci a l'air d'un gentilhomme, poli et riche.

— Je dois bientôt regagner le prétoire, lui dit Berenguer, mais, après mon départ, j'aimerais que tu restes ici où l'on ne peut te voir et que tu continues à écouter. Le clerc te fera revenir quand ce sera nécessaire.

— Puis-je demander ce qui se passe ? dit Raimon sur un ton assez sec. Je suis un jeune homme respectable, qui effectue un voyage d'affaires pour le compte de mon maître. J'étais entré un instant dans les bois pour satisfaire un besoin naturel et, quand je cherchai à porter assistance à un homme attaqué sur une portion de route mal protégée, je fus saisi et mené ici comme si j'étais un criminel.

— Qui l'a attaqué ? demanda le capitaine.

— Un dément qui s'est laissé tomber d'un arbre. Je croyais que c'était pour voler son cheval. Je me jetais sur lui quand un benêt venu d'on ne sait où brandit son épée — certainement volée — et me menaça d'attenter à ma vie. De toute évidence, il a mal compris ce qui se passait.

— Nous en sommes désolé, dit l'évêque en s'avançant pour se montrer au jeune homme. Il y a eu malentendu, certes. Mais, par une étrange coïncidence, nous pensons que vous pourriez être à même de nous aider à identifier le malfaiteur jugé aujourd'hui. Ses amis et lui sont peut-être impliqués dans cette attaque survenue sur la route, et nous espérons que vous l'avez déjà vu.

Berenguer sortit de la pièce et retrouva sa place parmi les juges.

Le capitaine poussa Raimon, qui regarda autour de lui, l'air inquiet, avant d'être conduit vers le prétoire.

Lucà parlait toujours et racontait par le menu le traitement de maître Narcís Bellfont quand Raimon s'arrêta dans l'encadrement de la porte.

Berenguer leva la main pour interrompre le flot de ses paroles.

— Maître Raimon, dit-il d'une voix mielleuse, est-ce là l'homme qui vous a attaqué ce matin ?

— C'est difficile à dire, répondit le jeune homme qui se détourna brusquement de Lucà pour s'adresser aux juges, je ne l'ai pas bien vu avant son attaque, mais ce pourrait être lui.

En entendant la voix de Raimon, Lucà tourna la tête. Il fut saisi d'étonnement.

— Josep ? Mais que fais-tu à Gérone ? Je te croyais en Sardaigne avec Joan Cristià. Il t'a envoyé chercher... est-il là, lui aussi ? Dans ce cas, messeigneurs, il pourrait témoigner en ma faveur. Il sait à quel point je suis ignorant, surtout en matière de poisons.

Raimon était livide.

— Je n'ai jamais vu cet homme auparavant.

— C'est faux, répondit Lucà. C'est le garçon dont je vous parlais, celui qui venait dans l'atelier de mon maître pour écouter les récits fabuleux de Rubèn. Je vous en conjure, messeigneurs, faites-lui dire où se trouve Joan Cristià. Il parlera pour moi.

— Cet homme se méprend, reprit Raimon. Je ne

suis jamais allé à Majorque. Je suis originaire de Valence.

— Comme c'est intéressant ! fit le troisième juge, une lueur de malice dans le regard. Je suis moi-même de Valence. Comment se nomme votre famille ? Je dois certainement la connaître.

— Je n'ai jamais vu cet homme auparavant, répéta Raimon d'une voix qu'il ne contrôlait plus, le doigt tendu vers le prisonnier.

— Mais ce n'est pas vrai ! s'exclama Lucà. Il s'appelle Josep, pas Raimon. Il nous aidait à balayer le sol de l'atelier en échange d'un repas, parce que sa mère...

— Laisse ma mère hors de tout ça ! cria Josep. Espèce de bâtard, fils de catin...

Ce furent les dernières obscénités que les spectateurs, saisis, réussirent à entendre. Le reste jaillit de sa bouche à un tel débit que c'en était incompréhensible.

— Oui, c'est lui, intervint Tomás, tout excité aux côtés du capitaine. C'est lui ! C'est l'homme à la pèlerine et au panier, celui qui m'a frappé sous le pont la nuit où il pleuvait tant ! Vous voyez ? ajouta-t-il en s'avançant dans le prétoire et en regardant tout le monde d'un air triomphant. Il parle exactement comme ma mère quand elle se met en colère.

Derrière lui, Daniel acquiesça.

— Ils parlent tous ainsi dans le quartier des tanneries de la ville de Majorque.

Mais, dans le tumulte général, sa voix ne fut perçue que des seuls juges.

— Jeune homme, dit le premier juge en se penchant pour mieux voir Tomás, es-tu certain que c'est la même personne qui t'a frappé ?

— Oh oui, monseigneur, c'est bien l'homme à la pèlerine et au panier !

— Dans ce cas, c'est aussi le messager qui porta les remèdes fatals à maître Narcís et à maître Mordecai. Jeune homme, dit-il calmement en s'adressant à Raimon, qui vous a engagé pour livrer ces flacons ?

— Mais je n'ai rien à voir avec aucun flacon, dit-il d'une voix de plus en plus aiguë. Je ne sais rien de tout ça !

— Voilà qui est vraiment intéressant, intervint le troisième juge. Peut-être reviendrons-nous ensuite sur ce point. Mais qui est ce Joan Cristià qui peut se porter garant de l'accusé ? Se trouve-t-il dans ce prétoire ?

Une voix s'éleva au-dessus des murmures de l'assemblée.

— Messeigneurs, puis-je répondre à la question qui vient d'être posée à propos de l'identité de Joan Cristià ?

— Avancez-vous, maître Isaac, dit le clerc d'un air consterné. Que l'on fasse silence en présence des juges !

Isaac s'approcha donc, la main posée sur l'épaule de Yusuf, et il s'inclina.

— Vos Seigneuries, j'ai eu l'occasion de soigner Joan Cristià lorsqu'il a été atteint des maux qui ont fini par l'emporter. Il est mort au château de Cruilles où il avait été aimablement reçu par Son Excellence et par les subalternes de celle-ci.

— Quelle fut la cause de sa mort ? demanda le troisième juge.

— Le poison, monseigneur. Dès que je lui parlai au château, il me raconta qu'il avait été empoisonné, et qu'il connaissait le coupable.

— Comment pouvait-il en être si certain ? s'étonna le premier juge.

— Il semble qu'une seule personne savait préparer ce poison et avait eu l'occasion de le lui donner. Cet homme, il me le décrivit comme un apprenti déloyal, mais il lui avait enseigné la formule de cette mixture particulièrement dangereuse. Quand il arriva à Cruilles, il se prescrivit un antidote de la préparation qu'on lui avait fait boire. Nous l'avons fabriqué et le lui avons donné, mais il savait que c'était en vain car trop de temps s'était écoulé entre le moment où il avait ingéré le poison et son arrivée au château.

— À votre avis, dit le troisième juge, son opinion était-elle fiable ?

— Oui, messeigneurs. C'était de toute évidence un homme versé dans ces choses. Il sut, dès que les symptômes se manifestèrent, ce qu'il avait avalé malgré lui. Et la façon dont il est mort est capitale pour ce tribunal, car c'est très exactement celle que j'ai observée lorsque je traitais maître Narcís. Les symptômes correspondaient également à ceux présents chez maître Mordecai lorsqu'il but une infime quantité de poison, mais il le recracha quand il se douta qu'il y avait là vilenie.

— Savez-vous ce que contenait ce poison ?

— Aujourd'hui, oui, mais, malheureusement, je ne maîtrisais pas ce savoir à l'époque où j'aurais pu venir en aide à maître Narcís. Maître Mordecai a conservé le reste du flacon qui lui avait été porté et j'ai pu effectuer différentes expériences afin de l'analyser. La plupart des poisons, messeigneurs, sont de simples extraits d'une plante, unique et mortelle, et ils ont une odeur ou un goût révélateurs, pour ne pas dire une consistance particulière quand on les touche du bout des doigts, mais il ne s'agissait pas dans le cas présent d'une drogue commune. C'était en fait, ainsi que je l'ai découvert, un mélange subtil de substances paralysantes et spasmodiques qui, dans une certaine mesure, s'annulent mutuellement. Je conclus que c'était là le principe qui avait commandé le choix de tels ingrédients.

— Mais quel serait le but d'un tel mélange si des éléments contraires viennent se neutraliser ? s'enquit le troisième juge.

— Je soupçonne l'empoisonneur qui a développé cette recette d'avoir cherché à masquer l'effet initial des divers poisons.

— À quelle fin ?

— Pour dissimuler ce qui se passait, monseigneur. Si l'on veut faire une comparaison plus triviale, j'évoquerais une cuisinière qui a ajouté un fruit sucré et une orange amère à un plat de viande. Le palais les goûte tous deux mais croit qu'ils n'en font qu'un, ni doux ni amer.

— Nous dites-vous qu'on ne peut reconnaître ainsi le poison que l'on ingère ? Précisément à cause de cette association ?

— Cette mixture présente un goût des plus désagréables même fortement diluée dans de l'eau. Il pourrait être dissimulé sous celui du miel et des épices. Mais je pense que le créateur de ce mélange désirait surtout que sa victime ne sache pas au vrai quels poisons elle avait absorbés, car il existe des contraires — des antidotes — que certains individus méfiants conservent par-devers eux. De plus, l'empoisonneur ne voulait pas que sa victime comprenne ce qui se passait avant qu'il fût loin de là.

— Et quel était le créateur de cette substance diabolique ? demanda Berenguer. L'a-t-il dit ?

— Sans aucun doute, Votre Excellence, c'était Joan Cristià en personne. C'est pourquoi il rageait tant.

— L'homme que j'ai abrité à Cruilles et à qui j'ai donné une sépulture chrétienne ? La vie nous apporte bien des surprises, oui...

— Il est miraculeux que maître Mordecai ait survécu, fit remarquer le premier juge.

— Nullement, monseigneur. Il avait été alerté de cette éventualité, et le goût, accompagné d'un certain engourdissement de la bouche, l'a mis en alerte. Mais je suis pratiquement certain, messeigneurs, que la même main, fidèle à la recette de son maître, a préparé trois, peut-être même quatre doses de ce poison : celles qui ont tué Joan Cristià et Narcís Bellfont, celle qui a mis en danger la vie de Mordecai ben Aaron, et peut-être aussi celle qui a tué maîtresse Magdalena.

— Pourrait-il s'agir de l'accusé ?

— Je ne le pense pas. La personne qui se trouvait auprès de Joan Cristià quand il a été empoisonné se faisait appeler Raimon. Selon divers témoignages, ce Raimon avait des cheveux rouges et un visage angélique. Je ne puis voir le jeune homme qui est entré dans ce prétoire, mais tous ceux présents en ce lieu pourront dire si une telle description lui correspond.

— Puisses-tu crever comme un chien et pourrir en enfer, bâtard d'aveugle ! hurla Josep.

— Ce sont pour ainsi dire les paroles proférées en ces derniers instants par Joan Cristià, commenta calmement le médecin.

— Pauvre Joan Cristià... fit Lucà, affligé. Quoi qu'on puisse dire de lui, il a guéri bien des gens...

— Il semble aussi qu'il en a tué beaucoup. Ou, pis encore, qu'il a fourni à d'autres le moyen de détruire leurs ennemis et leurs rivaux.

— Je ne puis y croire. Lui, si généreux, si intelligent. Quand est-il mort ?

— C'était, si je ne m'abuse, le vingt-troisième ou le vingt-quatrième jour du mois d'octobre, l'année dernière, alors que Son Excellence était très malade, dit Isaac.

— Je crois que vous avez déclaré que vous parcouriez la province à l'époque, dit Berenguer, et que vous cherchiez du travail.

— Non, je ne voyageais pas, Votre Excellence, précisa Lucà. De la Saint-Michel en septembre jusqu'après la Toussaint, j'ai séjourné à Vilafranca de Penedés. J'ai eu la chance de travailler avec un ébéniste à qui la ville avait commandé un splendide coffre ouvragé destiné au palais royal. Il sera offert à Sa Majesté l'année prochaine. Je suis certain que des habitants se souviennent de moi : je logeais chez une veuve dont je pourrais vous donner le nom. Une femme très respectable, très honnête. À moins que le pauvre Joan n'ait été empoisonné non loin de là, je n'ai pu me trouver dans le lieu où un aussi horrible événement s'est déroulé.

— Il n'a pas été empoisonné près de Vilafranca de Penedés, certifia Isaac. Mais je crois que le sergent de Votre Excellence, qui a soigneusement enquêté sur la mort de cet homme, pourrait bien mieux que moi témoigner sur ce point.

Une voix s'éleva au fond de la salle.

— Puis-je prendre la parole ?

Le clerc murmura quelque chose aux juges.

— Certainement, maître Mordecai, dit le premier d'entre eux.

— Selon les lettres que j'ai reçues de Majorque, ce Josep est le fils d'une dénommée Sara, qui travaille de temps en temps dans la maison de ma parente, Perla, la mère de ma cousine Faneta. Il me rappelle beaucoup un jeune homme qui, se faisant appeler Rubèn, vint me trouver en octobre dernier pour me déclarer qu'il était le fils de Faneta. Ses cheveux sont les mêmes, mais il a grandi et porte maintenant la barbe.

— Approchez-vous, maître Mordecai, et observez-le plus attentivement.

Mordecai traversa la foule et se planta devant Josep.

— Oui, c'est toi. Tu ne te fais plus appeler Rubèn. Je m'en doutais. Ce n'est pas une barbe qui va m'abuser.

— Je ne vous ai jamais rencontré auparavant, dit Josep. Ce dont je remercie le Ciel.

— De quel poison as-tu usé pour tuer ma cousine, Faneta, et son fils, Rubèn? demanda Mordecai d'une voix douce. Perla m'a décrit leur fin en des termes qui indiquent clairement qu'ils ont été empoisonnés, mais comment t'y es-tu pris après avoir quitté l'île? A-t-il fallu plusieurs jours pour les tuer? Ou ta mère s'en est-elle chargée? C'est pour ça que tu devais tuer maître Daniel, n'est-ce pas? Avant qu'il raconte à quelqu'un que Faneta et Rubèn étaient morts. Parce que tu croyais toutes ces histoires de coupes et de cuillères en or, de biens familiaux inestimables...

— Ôtez ces gens de ma vue! hurla Josep que les gardes maîtrisaient. On ne peut m'obliger à les écouter!

Berenguer fit un signe aux gardes qui emmenèrent Josep.

— Maîtresse Regina, dit-il aussi calmement que si rien ne s'était passé, vous souhaitiez faire une déclaration en faveur de maître Lucà?

— Je voulais expliquer que maître Lucà ne pourrait avoir concocté ou porté ces poisons à mon insu.

— Nous serions heureux de vous entendre, dit le premier juge.

D'une voix claire, qui ne tremblait pas, Regina témoigna.

— Et vous, maître Romeu, pouvez-vous nous dire ce que vous savez des déplacements de ce jeune homme? dit Berenguer.

D'abord hésitant, puis plus assuré quand il constata que les juges lui accordaient une complète attention,

Romeu expliqua que, pendant ses instants de liberté, Lucà descendait dans son atelier pour l'aider et qu'il ne s'absentait jamais sans que lui-même, Romeu, sût où il se trouvait. À une ou deux reprises, il s'était rendu à la taverne, mais Romeu l'accompagnait. Comme ils ne tenaient pas à laisser maîtresse Regina seule, cette pratique avait cessé très vite.

Stupéfaits, les spectateurs écoutaient la déclaration solennelle de leur voisin et hochaient la tête pour manifester leur accord. Ils n'avaient jamais cru un jeune homme aussi agréable capable de commettre des actes à ce point horribles. En revanche, ils ne manifestaient aucune déception : on leur donnait un autre sujet de haine — une âme damnée au visage angélique — et la promesse d'une pendaison toute proche.

Berenguer parla aux autres juges. L'un d'eux s'adressa au clerc, qui libéra le prisonnier, et le prétoire se vida.

À l'exception de Romeu, Regina et Tomás. Non loin d'eux se tenaient Isaac, Daniel, Raquel et Yusuf.

Les cloches sonnaient midi. Quand les collines avoisinantes eurent cessé de renvoyer l'écho de leur tintement, Raquel prit la main de son père.

— Papa, vous devriez parler à Lucà. Il a l'air si seul...

— Regina et Romeu sont-ils encore ici ? demanda-t-il.

— Oui, j'allais justement la voir...

— Non, ma chérie, laisse-les l'un à l'autre. C'est mieux ainsi. Nous avons encore beaucoup à faire. Ne pourrions-nous rentrer à la maison ?

— Qu'y a-t-il encore à faire ? demanda Daniel. Il me semble que cette journée est déjà bien remplie.

— Oh, Daniel, fit Raquel, avez-vous oublié que demain vous devez vous marier ? Vous devez rentrer chez vous maintenant que l'on sait que vous êtes de retour. La mémoire vous reviendra : avec tous ces préparatifs, la maison est si pleine qu'il n'y aurait même pas de place pour un chat, encore moins un homme.

— Évidemment que je n'ai pas oublié ! s'indigna Daniel. Après avoir attendu si longtemps, cela ne risque pas de m'arriver ! Viens avec moi, Yusuf, et explique-moi comment il se fait que tu n'aies pas témoigné devant la cour.

— Son Excellence pensait que ce n'était pas approprié. Et il semble bien que ce n'était pas nécessaire.

Lucà n'avait pas bougé de l'endroit où le clerc lui avait notifié sa mise en liberté, et c'est l'air complètement affolé qu'il contemplait le prétoire vide. Regina écarta le voile qui lui dissimulait le visage et franchit d'un pas rapide l'espace qui les séparait.

— Il est temps de rentrer à la maison, Lucà. Ne nous faites pas trop attendre. J'ai laissé du mouton braisé sur le feu, ce matin, et je dois le surveiller.

— À la maison ? fit Lucà. Je croyais être mort à l'heure qu'il est.

Regina le prit par la main et le conduisit vers son père. L'enfant se tenait à ses côtés.

— Voici Tomás, dit-elle. Il a trouvé la personne qui a tué maître Narcís. Toi aussi, Tomás, tu viens à la maison.

— Je ne suis plus malade ?

— Maintenant qu'on l'a retrouvé, dit Romeu, tu es guéri.

Sans un mot de plus, il prit Lucà par le coude et l'entraîna vers la porte qui menait à l'entrée du palais. Accueillis par le chaud soleil de mai, ils traversèrent le parvis.

— Dites-moi, Lucà, lui demanda Romeu sans se préoccuper des regards curieux des passants, dans quel genre d'ébénisterie votre maître se spécialisait-il ? Comme vous l'avez vu, j'ai davantage de travail que je n'en puis abattre et il me semble que nous pourrions travailler ensemble. De plus, il est temps que le jeune Tomás apprenne un vrai métier...

XXI

Junt és lo temps que mon goig és complet

Le temps est venu que mon plaisir soit comblé

Tôt le matin, le jour du mariage de Raquel, un page se présenta devant le portail de la maison d'Isaac, porteur d'un message de l'évêque. Aussitôt le médecin appela Yusuf, et tous deux suivirent le page qui les conduisit vers le palais. Ils ne se rendirent pas dans le cabinet de Berenguer, mais dans l'une des petites pièces du rez-de-chaussée. Le page frappa à la porte et celle-ci s'ouvrit immédiatement.

— Maître Isaac, dit l'évêque, je vous remercie pour votre promptitude. Avant de parler de nos affaires, nous devons terminer la petite conversation que nous avions avec Pau, le clerc de maître Xavier Jaume. Peut-être vous joindrez-vous à nous.

— Certainement, Votre Excellence, dit Isaac qui s'assit.

— Le jeune Pau, ici présent, nous a raconté tout ce qu'il sait de Josep. Hélas, il en sait fort peu.

— C'est vrai, Votre Excellence, dit Pau

Le médecin pouvait sentir la peur panique qui faisait suer le jeune homme à grosses gouttes.

— Il m'a expliqué que si je ne savais pas où le trouver ni où il habitait, je ne pourrais mentir et m'éviterais ainsi bien des problèmes.

— Il avait tort, non ? fit le capitaine des gardes. Parce que tu t'es fourré dans des problèmes pires que tu n'imaginais.

— Je savais que je perdrais ma place si maître Jaume apprenait que je l'aidais en lui donnant des lettres.

— Ce n'est pas seulement ta place que tu risques de perdre, jeune Pau. Ton ami sera pendu avant la fin de la semaine, et tu dois te demander si tu veux être un loyal ami ou te trouver pendu à ses côtés.

— Pendu ! s'écria Pau. Mais je n'ai rien fait de mal, je lui ai seulement donné ces lettres. Et puis, il n'y en avait que deux.

— Qui les avait expédiées ? demanda Berenguer.

— Sa mère. C'est une pauvre veuve qui ne peut se permettre de payer un courrier, alors elles sont parties à Barcelone avec un ami et nous... je les ai récupérées quand maître Jaume y a fait porter des documents.

— Une pauvre veuve, ah oui ? Il y a d'autres termes pour la décrire, mais soit. Il est donc venu te voir pour les prendre ?

— Euh... pas exactement. Je les lui ai portées. Il connaissait quelqu'un en ville et il ne voulait pas le revoir parce qu'ils s'étaient querellés.

— Tu t'es donc rendu à la *finca* pour les lui apporter ?

— Une fois. Où nous nous retrouvions à flanc de colline, juste après le pont.

— Et c'est là que tu lui as parlé des testaments consignés par maître Jaume, affirma le capitaine.

— Mais non ! s'indigna Pau. Je n'ai évoqué que

celui de maîtresse Magdalena parce que je trouvais drôle ce qu'elle disait, et il m'a répondu qu'à la place de Lucà, il serait tenté de glisser un peu de jusquiame dans sa potion pour l'estomac. Nous en avons ri tous les deux parce que, bien sûr, il ne l'aurait jamais fait.

— Pourtant elle est morte.

— Chacun savait qu'elle était malade. Elle est morte, c'est tout.

— C'est alors que tu lui as parlé de maître Narcís, dit le capitaine.

Ce n'était pas une question, rien qu'une affirmation, glaciale, brutale.

— Non, pas vraiment. C'est sorti d'un coup une fois qu'on discutait d'autre chose. Il m'a alors promis qu'il ne le répéterait pas. Mais il a pourtant parié six pièces d'argent qu'il arriverait bientôt quelque chose à maître Narcís. Quand je lui ai donné cette somme, il m'a expliqué que tout homme testant en faveur d'un tel individu, c'est-à-dire léguant de l'argent à quelqu'un qui sait fabriquer des poisons, n'a que ce qu'il mérite, surtout quand il le met au courant.

— Quand il le met au courant ? répéta Berenguer. Qu'entends-tu par là ?

— Il n'aurait pas dû, hein ? Comment aurait-il pu le savoir autrement ? Je n'ai rien raconté à maître Lucà. Raimon le disait, mais ce n'était pas vrai. Tout le monde croyait que je révélais à qui veut l'entendre le contenu des testaments — Son Excellence m'a accusé de mentir et elle a dit à maître Jaume que j'avais certainement divulgué des secrets. Raimon ne s'en faisait pas. Quand il rentrerait dans son argent, il le partagerait avec moi et nous serions riches tous les deux.

— Quel argent ? voulut savoir le capitaine. J'ignorais que ton ami devait en toucher un jour.

— Si. Il a prêté de l'argent à ce Rubèn, lequel allait hériter de maître Mordecai. C'était vrai, parce que j'ai retrouvé les documents dans nos archives. C'était une somme d'argent prodigieuse, dit Pau en écarquillant les yeux. Plus importante encore que...

— Pau, fit Berenguer. Voilà que tu recommences. Nous sommes huit dans cette pièce et tu t'apprêtes à nous apporter des informations confidentielles qu'aucun de nous n'a le droit d'entendre.

— Oh... Dès que maître Mordecai aurait donné l'argent à Rubèn, celui-ci en aurait rendu la majeure partie à Raimon puisqu'il le lui avait prêté. Ils ont grandi ensemble, ils étaient comme frères. Ensuite, nous serions riches, tous les deux. L'argent allait arriver, il a alors dû s'arrêter de travailler pour se concentrer.

— Et où était-il quand il s'est concentré, pour reprendre ton expression ?

— À la *finca*. La plupart du temps. L'intendant et la maîtresse, ils sont toujours prêts à le cacher quand quelqu'un vient le chercher. Tout le monde l'aime bien, Votre Excellence. Vous voyez ? Il n'a rien fait de mal.

— Emmenez-le ! s'écria Berenguer. Quelqu'un pourrait-il enfin lui expliquer quels crimes a commis son ami ? Je ne puis supporter une telle ignorance !

Quand chacun fut parti, Isaac se tourna vers son patient.

— Vous sentez-vous bien, Votre Excellence ?

— Oui, maître Isaac. Et je me sens soulagé d'avoir pu juger le jeune maître Lucà sans devoir le livrer aux autorités civiles. Nonobstant les indices et en dépit de toute logique, j'avais du mal à le croire capable d'empoisonner quelqu'un... même un rat.

— J'imagine que maîtresse Regina est également soulagée.

— Oui. De même que Romeu, qui va l'intéresser à ses affaires. Apparemment, qu'il ait ou non des talents d'herboriste, il connaît fort bien le travail du bois. Romeu a aussi demandé à prendre le petit Tomás comme apprenti puisqu'il n'a aucun parent... pas même moi.

— J'avais entendu cette rumeur, Votre Excellence, et j'espérais que vous ne la trouveriez pas trop pénible.

— Elle m'a semblé utile et je n'ai par conséquent rien fait pour la contrecarrer. C'est un gentil garçon, même si sa mère n'a pas toujours été aussi bonne qu'elle aurait dû l'être. Mais il s'en tirera. Bien des riches et bien des puissants de ce royaume y sont eux-mêmes parvenus, ajouta-t-il avec le rire d'une personne dont la lignée est aussi ancienne que respectable.

— Allez-vous juger Josep ?

— Je l'ai livré à la ville. Je suis las de cette affaire, et ils régleront vite le problème.

— Votre Excellence, il reste troublant que ces morts se soient produites après que j'ai envoyé Daniel à Majorque découvrir qui était ce Rubèn. Presque comme si j'avais précipité les événements...

— Isaac, mon ami, l'idée du mariage de votre fille vous obscurcit l'esprit ! Les morts ont commencé dès que Josep est arrivé en ville.

— Mais il nous a fallu du temps pour agir, s'entêta Isaac.

— Nullement. Réfléchissez. D'abord, une vieille dame meurt, puis un invalide. Leurs testaments ont éveillé nos soupçons, même si nous nous sommes lancés sur une mauvaise piste. Le mobile exécrable de ce jeune homme et son mépris à l'égard de la vie d'autrui nous ont fourvoyés.

— C'est vrai, Votre Excellence. Il rêvait de manger dans de la vaisselle d'or et de se vêtir de soieries. La puissance des rêves d'un jeune homme peut être effrayante.

— Le capitaine lui a demandé pourquoi il avait élaboré un tel plan pour impliquer le jeune Lucà.

— Et qu'a-t-il répondu, Votre Excellence ?

— Rien. Il s'est contenté de rire. Parce que nous avons failli pendre un innocent. Un vieil ami à lui.

— Je pense qu'il voyait plus en lui un rival qu'un ami, Votre Excellence. Et il avait besoin que vous fassiez pendre quelqu'un pour la mort de Mordecai. Il était bien décidé à hériter et il savait que Mordecai ferait son enquête, tôt ou tard. Il n'allait pas le laisser vivre assez longtemps pour apprendre la mort de Rubèn.

— Comme Lucà savait qui il était, il faisait un condamné idéal, dit l'évêque. Mais je trouve les morts majorquines aussi troublantes que ce qui s'est passé ici, et je doute de pouvoir y faire quelque chose.

— Si la mère de Josep a bien empoisonné Faneta et Rubèn, il sera difficile de le prouver. Et si elle l'a fait, c'est bien entendu à l'instigation de son fils.

— Voilà qui est pousser l'amour maternel trop loin à mon goût, mon ami. Et je crains que nous devions laisser au Ciel le soin de la châtier.

Une fois que la soirée eut commencé à répandre son ombre sur le Call, les femmes se réunirent dans la cour pour escorter Raquel jusqu'à la synagogue où elle allait se marier. Après une journée entière consacrée aux préparatifs, elle passa une chemise de soie brodée puis une robe de soie fauve bordée de vert. Là-dessus elle enfila un surcot de soie verte brodé de fils d'or. Son voile, qui lui tombait presque jusqu'aux pieds, recouvrait sa chevelure parfumée.

— Maman, dit-elle, je me sens toute drôle. Ce n'est pas du tout moi. Comment puis-je espérer faire quoi que ce soit vêtue ainsi ?

— Tu es incroyablement belle, ma chérie. Et l'on n'attend de toi que de rougir et de sourire, de danser un peu et de marcher d'un pas lent, parée de toutes ces soieries. Je te jure que tu es encore plus belle que moi au jour de mes noces, et chacun disait que j'étais la plus grande beauté qu'il avait jamais contemplée.

Judith soupira.

— Vous êtes toujours belle, maman. Et c'est presque agaçant par instants !

— Je ne suis plus aussi mince, dit sa mère avec la froideur qui la caractérisait dans ce genre de situation. Mais viens avec moi. Il est temps.

Après le mariage, un petit garçon à l'ouïe particulièrement fine raconta ce que Daniel avait susurré à sa jeune épousée, voilée ainsi qu'il ne l'avait jamais vue auparavant.

— Je ne vous épouserai pas emballée de la sorte si vous ne me promettez que vous êtes bien Raquel.

Ce à quoi elle répondit :

— Arrachez ce voile et vous verrez bien.

— Maintenant, je sais, dit-il. Nulle autre que vous n'aurait pu dire cela.

Après plusieurs heures de réjouissances, de bombance, de danses et de chansons, religieuses, sentimentales et parfois aussi, hélas, gaillardes, la jeune mariée fut conduite dans la maison de Daniel pour sa nuit de noces.

Isaac était assis à côté d'Éphraïm quand Mordecai se joignit à eux.

— Isaac, dit-il, j'ai trouvé une maison.

— De laquelle parlez-vous ?

— De celle qui jouxte la vôtre. Elles ont même un mur en commun. Il serait fort simple de percer une porte dans ce mur et de réunir les deux propriétés.

— Mordecai, à moins que ma Judith ne me donne un nouveau fils chaque année, je ne pense pas que nous ayons besoin d'une nouvelle maison, aussi belle et aussi bien bâtie fût-elle.

— *Vous* n'en avez pas besoin, mais Daniel et surtout Raquel apprécieraient une demeure sise à côté de celle de son père à elle. La dot de Raquel permet d'acquérir une telle maison.

— La dot de ma fille n'est pas aussi importante.

— Et cette maison n'est pas aussi coûteuse que vous le croyez, Isaac, mon ami. Je connais l'étendue de la dot de Raquel et je sais qu'elle couvrira le prix d'achat, il en restera même encore !

— Mordecai, c'est un cadeau de mariage trop luxueux, même pour ma Raquel. Et nul ne sait mieux que moi ce qu'elle mérite.

— Pensez à tout ce qu'ils ont souffert à cause de moi quand j'ai envoyé Daniel à Majorque : il a été contraint de séjourner chez Maimó, de dormir dans des draps de soie et de manger comme un prince chaque soir. Il ne faut pas négliger son sacrifice !

— Étaient-ce vraiment des draps de soie ? demanda Éphraïm.

— Oui, il y a de grandes chances, répondit Mordecai.

Mais dans la chambre préparée à leur intention, Raquel et Daniel ne songeaient ni à leurs familles, ni à leur maison, ni à la dot.

— Mon bien-aimé est mien, murmura Raquel d'une voix rauque de désir. Et je commençais à penser que cela n'arriverait jamais, ajouta-t-elle en riant. Soufflez ces bougies et venez ici, Daniel.

— Jamais, répondit-il. Notre chambre à coucher sera toujours emplie de bougies et de chandelles afin que leur lumière révèle toute votre beauté.

— Vous allez être un mari bien dépensier, alors !

ÉPILOGUE

— J'ai reçu une lettre de Perla, dit Mordecai, assis à l'ombre des arbres fruitiers de la cour d'Isaac.

— Va-t-elle bien ?

— Elle est perturbée, mais elle va bien. Puis-je vous en lire une partie, mon ami ? J'aimerais connaître votre opinion avant d'y répondre.

— Certainement, dit Isaac. Cela m'intéresse beaucoup.

— Voici ce qu'elle dit : « Vos nouvelles m'ont troublée, car je crains que mon silence n'ait permis à Josep de nuire à ce malheureux. » Je crois que si Perla avait connu toute l'histoire, elle n'aurait pas dit ça, ajouta Mordecai. Je ne lui ai mentionné que le meurtre de maître Narcís. Je pense que ce fut une gentillesse déplacée de ma part.

— C'est possible, mais je comprends vos raisons.

— La lettre se poursuit ainsi : « Sara se serait vu épargner bien des tourments. J'ai pleuré le gentil garçon que j'ai connu et aimé, mais Sara a été accablée de douleur en apprenant le procès et la mort de son fils. Du moins ses tourments ne furent-ils pas bien longs. »

— Qu'entend-elle par là ?

— « Moins d'une semaine après avoir reçu cette

nouvelle, on retrouva le corps de Sara au pied des remparts. Nul ne sait si elle s'est jetée dans le vide par désespoir, si elle a trébuché par inadvertance — elle sentait fortement le vin, hélas — ou si on l'a poussée. Peu importe, nul ne s'intéressera à la mort d'une blanchisseuse, et me voici donc seule pour pleurer la belle Sara que je connaissais.

« Je suis également très troublée parce que, peu avant l'arrivée de votre lettre, elle m'a demandé une énorme somme d'argent — mille pièces ! — pour rembourser, paraît-il, un ami qui la lui avait prêtée et se faisait menaçant. Elle m'a juré que c'était pour une durée très brève parce qu'elle espérait en recevoir encore plus de la part de Josep, lequel se comportait fort bien dans son nouvel emploi. Je lui avais donné plusieurs fois de l'argent au fil des années, sans être jamais remboursée, et cette fois-ci je refusai. C'était trop et je craignais que cela n'allât dans la poche de Josep. Aujourd'hui, je me demande si elle devait cette somme pour de bon et si elle était véritablement menacée. Elle avait des amis assez grossiers, qui auraient très bien pu se venger de la sorte.

« Peu importe la façon dont je considère cette affaire, je vois bien que je me suis trompée. Si vous pouviez avoir la générosité de m'écrire, ce me serait d'un grand réconfort. » Voilà tout ce qu'elle dit de Josep et de Sara. Qu'en pensez-vous ?

— Ce que je pense, Mordecai ? Je crois que ces mille pièces ont payé les divers trajets de son fils entre Majorque et d'autres lieux. Je dois avouer que ce problème m'intriguait.

— Elles ont dû également servir à acheter les habits que se doit de porter un homme de qualité, ajouta Mordecai.

— Sans aucun doute. Mais si j'étais vous, Mordecai, j'enverrais à maîtresse Perla une réponse pleine d'amabilités.

NOTE DE L'AUTEUR

Toutes les têtes de chapitre sont tirées de l'œuvre du poète catalan Ausiàs March (Gandie v. 1397-Valence 1459).

Kate Sedley

Les enquêtes de Roger le Colporteur

Trop curieux de la vie pour se satisfaire de la discipline monastique, Roger choisit de se faire marchand ambulant pour emprunter les chemins du monde. Malgré son jeune âge, le colporteur a plus d'un tour dans sa besace et, mieux que marottes ou colifichets, c'est un profond sens de l'observation et de l'analyse qu'il va mettre au service des malheurs de ses contemporains. Pour ce digne descendant de frère Cadfael, Kate Sedley réinvente et reconstitue les faits divers d'un Moyen Age anglais qui vit ses derniers instants.

n° 2921 – 6,90 €

GRANDS DÉTECTIVES, DES POLARS HORS LA LOI DU GENRE

Cet ouvrage a été imprimé par

FIRMIN DIDOT

GROUPE CPI

Mesnil-sur-l'Estrée

pour le compte des Éditions 10/18
en novembre 2005

Imprimé en France

Dépôt légal : décembre 2005
N° d'édition : 3788 – N° d'impression : 76496